외딴집

下

孤宿의 人

옮긴이 **김소연**

1977년 경북 안동에서 태어났다. 한국외국어대학에서 프랑스어를 전공하고, 현재 출판기획자 겸 번역자로 활동하고 있다. 옮긴 책으로 교고쿠 나쓰히코의 『우부메의 여름』, 『망량의 상자』, 『광골의 꿈』과 『음양사』, 『샤바케』, 『집지기가 들려주는 기이한 이야기』(이상 손안의책 출간), 미야베 미유키의 『마술은 속삭인다』(도서출판 북스피어), 『드림 버스터 1,2』(프로메테우스) 등이 있으며 독특한 색깔의 일본 문학을 꾸준히 소개, 번역할 계획이다.

KOSHUKU NO HITO
by MIYABE Miyuki
Copyright © 2005 MIYABE Miyuki
All right reserved.

Originally published in Japan by SHIN JINBUTSU ORAI SHA, Japan.
Korean translation rights arranged with OSAWA OFFICE, Japan
through THE SAKAI AGENCY and SHINWON AGENCY.

이 책의 한국어판 저작권은 THE SAKAI AGENCY와 신원 에이전시를 통해
MIYABE Miyuki와의 독점계약으로 도서출판 북스피어에 있습니다.

＊ 이 도서의 국립중앙도서관 출판시도서목록(CIP)은 e-CIP 홈페이지(http://www.nl.go.kr/cip.php)에서 이용하실 수 있습니다.(제어번호: CIP2007003232)

미야베 월드 제 **2** 막

孤宿の人
こしゅくのひと

의딴집 下

미야베 미유키 지음 | 김소연 옮김

북스피어

책에 등장하는 에도 시대의 주요 관직

에도 막부의 지배 체제는 막번 체제라고 불려, 중앙정부인 막부와 지방정부인 번의 이중 지배로 구성되었다.

쇼군(征夷大將軍) ● 병마와 정치의 실권을 가진 막부의 주권자
다이묘(大名) ● 1만 석 이상의 독립된 영지를 소유한 영주
삼가(御三家) ● 도쿠가와 씨의 일족으로 오와리 · 기이 · 미토의 세 가문. 막부의 최고 지위를 차지하고 쇼군을 보좌하였다.

로주(老中) ● 에도 막부의 직제에서 최고의 지위 · 자격을 가진 집정관
   루스이(留守居) 에도 시대에 에도의 다이묘 저택에 있으면서 막부와 번과의 공무상의 연락, 다른 번과의 연락 등을 맡았다.
   오반(大番) 상비병력으로서 하타모토를 편제한 부대이다. 전시에는 본진을 지키는 정예병이 되고 평시에는 교대로 성을 경호하는 역할을 한다.
   오오메쓰케(大目付) 당초에는 소메쓰케라고 했다. 최고 집정관인 로주 밑에 있으면서 다이묘, 하타모토, 그 외 여러 관리의 정무 · 행정을 감찰하는 것이 주된 임무였다.
   부교(奉行) 무가武家 시대의 관직명으로, 정무 분담에서 행정과 재판을 담당하고 집행하는 사람. 에도 막부에서는 사원 부교 · 마을 부교 · 재정 부교의 3 부교를 비롯해 중앙 · 지방에 수십 개의 부교를 설치했다.
   작사 부교(作事奉行) 어전의 조영 · 수리 등의 건축 공사를 맡았다.
     작사방(作事方) 작사 부교에 속해 있으면서 막부의 건축 공사를 담당하던 사람
   건축 부교(普請奉行) 에도 성 내외 제반 시설의 정비 · 관리를 주된 임무로 했다.

오메쓰케(御目付) ● 여러 메쓰케를 두고 있던 일종의 첩보 기관. 행정상의 일에는 무엇이든 관여할 수 있었으며 경찰 및 재판에도 관여할 권리가 있었다.

소바요닌(側用人) ● 쇼군 가까이에서 모시며 명령을 로주에게 전달하고, 로주가 올리는 말씀을 쇼군에게 전달하며, 나아가 쇼군에게 의견을 간언하는 중직

조다이가로(城代家老) ● 조다이城代. 성을 가진 다이묘가 자리를 비웠을 때, 그 거성의 수호 및 그 외 영지 내의 모든 정무를 관장하던 가로

가로(家老) ● 무가武家의 중신으로 집안을 통솔하는 자. 또는 그 직명. 에도 시대에는 한 번藩에 여러 명이 있었고, 대부분은 세습이었다.

모노가시라(物頭) ● '우두머리'라는 뜻으로, 여러 가지를 가리킬 수 있으나 본문에서는 마을, 또는 도시의 장長을 가리키며 하급 무사를 관리했다. 에도 시대의 관직명 중 하나로 지방 정치의 중심이었으며 세습이 보통이었다.

　　구미가시라(組頭) 조직의 우두머리

　　고가시라(小頭) 오가시라나 구미가시라 밑에서 적은 인원수의 부하를 통솔하는 장長

갓테카타(勝手方) ● 재무 · 민정을 관장하던 관리를 널리 일컫는 말. 로주 · 와카도시요리若年寄 · 재정 부교 등에 담당자가 배치되었다.

나누시(名主) ● 마을의 대표로 마을 정치의 중심이었던 지방 관리 중 하나

가레이(家令) ● 율령제에서 친왕가 등의 사무, 회계를 관리하던 사람. 메이지 이후에는 황족, 귀족 집안의 관리인도 일컫는다.

번사(藩士) ● 번에 소속되어 있는 무사. 에도 시대 다이묘의 가신. 귀인의 저택이나 각처의 경비에 임한 당번 무사

가치구미(徒步組) ● 쇼군 외출시 도보로 앞장서 달리며 경비 등을 맡은 자

요리키(與力) ● 부교 등에 소속되어 부하인 도신을 지휘하던 사람

　　도신(同心) 요리키 밑에 있으면서 서무 · 경찰 일 등을 맡았다.

　　　　오캇피키(岡引) 도신 밑에서 일하며 범인의 수색 · 체포를 맡았던 자

주겐(中間) ● 무가의 고용살이 일꾼 중 일부를 가리키는 호칭

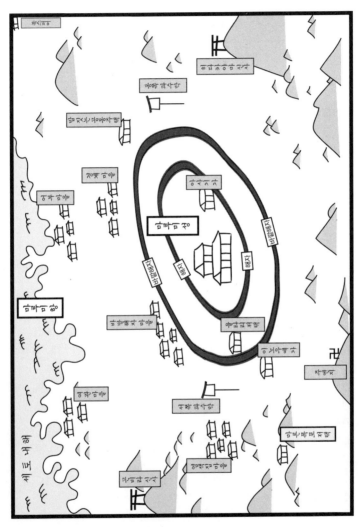

마루미 번 주변 지형도

차
례
하 권

어둠 속에 사는 자

1

"어어이, 토끼. 빨래는 다 널었나?"

에이신 스님의 명랑하고 걸걸한 목소리가 본당 쪽에서 들려온다. 우사는 발돋움을 해서 마지막 한 장의 빨래를 빨랫줄에 넌 참이다.

"네, 끝났습니다아."

우사도 느긋한 목소리로 대답한다. 얼굴을 드니 햇빛이 눈부시다. 해님은 마침 수리한 흔적투성이인 주엔지中円寺의 지붕 위에 오도카니 올라와 있다. 여름 해는 아직 한참 길다. 이쯤에서 조금 쉬기로 한다. 이 절은 성 아래가 내려다보이는 언덕 위에 있기 때문에 해님도 푸른 하늘도 가까워 보인다.

"그럼, 심부름을 좀 다녀와 주겠나?"

에이신 스님이 본당 뒷문으로 나왔다. 기울어진 나무 계단을 내려와 거기에 벗어던져 둔 얄팍한 나막신을 신는다. 우사는 빈 통을 안고 스님 쪽으로 달려갔다.

"뛰지 않아도 되는데. 정말 기운이 넘치는 처자로군."

구깃구깃한 기모노 위로 찢어진 가사를 걸친 대머리에 번쩍번쩍 햇빛을 받으며 에이신 스님은 웃고 있다. 웃어도 무서운 얼굴이다. 잠자코 있으면 더 무섭고, 아침저녁으로 열심히 경을 읽고 있을 때의 얼굴은 그보다 더 무섭다.

"말하자면 인상이 나쁜 거지." 와타베 가즈마는 진지하게 말했다. "실은 꽤 고매한 스님이지만, 인덕이 얼굴에 나타나질 않거든. 전생에 어지간히 나쁜 짓을 했나 보지."

주엔지는 낡은 절이다. 내력은 훌륭한 절이지만 왠지 가난하다. 그런데도 이재민 막사 같은 역할을 담당하고 있다.

절로서의 역할만으로는 유지가 어려워서 이재민 막사가 된 것인지, 주지가 이재민 막사 같은 일을 하다 보니 가난해진 건지, 어느 쪽이 먼저인지 알 수 없다. 어쨌거나 마루미에서 궁핍하게 살아가는 사람들에게는 고마운 일이다. 게다가 이곳 신세를 지는 것은 이 지방 사람들만이 아니다. 곤비라 참배를 하러 왔다가 노자를 잃어버리거나 병에 걸리거나 다친 사람들도 몸을 의탁하고 있다.

"어디로 가면 될까요?"

에이신 스님은 품에서 뭔가 적은 종이를 꺼내 우사에게 건넸다. 히라가나로 씌어 있다. 그 하나하나를 가리키면서 어디로 가서 무엇을 사고 누구를 만나고 오면 되는지 가르쳐 준다.

"그리고 돌아오는 길에 미노야에 좀 들렀다 오게."

"또요?" 우사는 살짝 웃었다. "그래도 됩니까?"

"돼, 돼." 스님은 무겁게 말씀하신다. "약속이 되어 있거든. 주조 녀석, 쌀가마니 세 개라고 말해 놓고 어제는 두 개밖에 보내지 않았어. 하나가 모자란단 말일세. 심부름 온 남자가 이런저런 변명을 했지만, 어차피 그런 건 거짓말이 뻔하지. 망언을 계속 지껄이면 부처님의 가호를 잃게 될 거라고 잔뜩 위협해 줘야 해."

미노야는 마루미에서도 이름난 큰 여관이다. 주조는 그곳 주인으로 여관 마을의 관리인을 맡고 있는 사람이다. 에이신 스님의 동생이기도 하다.

참근교대1년씩 번갈아 다이묘들을 에도와 영지에 거주하게 한, 에도 막부의 다이묘 통제책 중 하나 행렬의 길목에 있는 것은 아니지만 다이묘들이 곤비라 신사에 참배를 하러 올 때 마루미 항에 내리는 경우가 많기 때문에, 마루미에는 본진本陳역참에서 다이묘 등이 숙소로 삼던 공인 여관이 있다. 대대로 한 집안이 맡아 왔지만 본진을 꾸려가는 일은 매우 힘들다. 묵을 곳을 제공하고 정성을 다해 부족함이 없도록 대접하지만 대가는 거의 없다. 자기 부담이 더 많을 정도다. 오직 명예가 있을 뿐이다.

따라서 마루미의 여관 마을에는 돈이나 일손을 보내어 그런 본진을 돕는 가게가 있고, 그것이 세 개 있기 때문에 삼점三店이라고 불린다. 다이묘 가의 곤비라 신사 참배가 겹쳐 본진 하나로 다 감당할 수 없을 때에는 삼점이 보조숙사를 맡을 자격도 갖고 있다.

미노야는 그 삼점 중 하나다. 다시 말해서 에이신 스님은 그런 대단한 집안 출신이다. 그런데 주인 자리를 동생에게 양보하고 자신은 불도에 들어간데다 이렇게 다 쓰러져 가는 절의 주지 자리에 앉아 있다.

어떤 사정이 있어서 이렇게 된 것인지는 아무도 모른다. 다만 스님은 끊임없이 미노야의 동생에게 금품을 요구한다. 그것도 당연하다는 얼굴로 등치는 것이다. 우사가 주엔지에 온 지 열흘도 지나지 않았지만 지금까지 몇 번 '미노야에 다녀오게'라는 말을 들었는지 모른다. 자기 일은 아니지만 약간 부끄러울 정도다.

하지만 스님은 전혀 기죽지 않는다. 또 동생 주조도 매번 계속되는 금품 요구에 화를 내거나 심부름 간 우사를 빈손으로 쫓아내는 일은 결코 없다.

"또 형님인가?"

집에 있을 때면 직접 나와서 이것저것 싸 주거나 나중에 보내주겠노라고 약속을 해 준다.

형제 사이도 나쁘지 않다. 가끔 주조가 이 황폐한 절에 술을 들고 놀러올 때가 있는 것이 그 증거다. 얼마 전에도 그런 일이 있었는데(쌀가마니 세 개 이야기는 그때 나온 것이리라), 우사는 불려가서 바구니 가득 든 달걀을 받았다. 두세 개 삶아서 술안주로 내주고 나머지는 다른 사람들과 먹으라고 한다. 덕분에 다음 날 아침 병자들에게 달걀죽을 내 줄 수 있었다.

"그럼 다녀오겠습니다."

우사는 앞치마를 벗고는 발걸음도 가볍게 주엔지를 나섰다. 이 절에는 산문山門이 없다. 오랫동안 궁핍한 생활이 이어지던 중에 장작으로 변하고 만 것이다. 산문이 있던 자리에는 그루터기 같은 나무 밑동이 남아 있을 뿐이다. 우사는 그것을 폴짝 뛰어넘었다.

우사를 주엔지에 소개해 준 사람은 와타베 가즈마였다.

서쪽 파수막에서 쫓겨난 날, 훌쩍거리는 우사를 앞에 두고 계속 떫은 표정을 짓고 있던 와타베는 우사가 가까스로 울음을 그치자 "우동이나 먹지" 하며 가까운 가게로 데려가 주었다.

"그렇게 기세 좋게 울었으니 배가 고플 테지. 보고 있던 나도 배가 고파 죽겠네."

무뚝뚝하게 말했지만 우사는 그래도 기뻤다. 와타베의 상냥한 마음이 몸에 사무쳤다.

"그래서 자네, 앞으로 어쩔 텐가? 어떻게든 먹고살아야 할 것 아닌가."

우동 그릇을 앞에 놓고 와타베는 지극히 소탈하게 물었지만, 우사는 아무 생각도 할 수가 없어서 잠자코 고개를 숙일 뿐이다.

"언젠가 말했지. 자네 어머니는 자네를 염색집 직공으로 만들고 싶어 했다고. 지금부터라도 늦지는 않은 게 아닌가?"

별채의 오산에게 부탁해 보면 어떻겠느냐고 한다. 우사는 고개를 저었다.

"저는 손재주가 없습니다."

아아, 그래서, 하며 와타베가 들고 있던 보따리를 가리켰다. "바느질도 못 합니다. 헌옷은 감사히 받겠지만 수선은 다른 사람에게 부탁해야 합니다."

도움이 안 되는 여자로군, 하며 와타베는 탄식했다.

"죄송합니다. 히키테 따위나 되고 싶어 하는 여자라서."

가볍게 말할 생각이었지만 가슴이 지끈 아팠다. 와타베는 우동을 한두 입 먹고 나더니 "뭐, 사람은 다 다른 법이지" 하고 산뜻하게 말했다.

"분한 것은 알겠네만 토라지지 말게." 우동을 입에 가득 넣고 우물거리며 말을 이었다. "비뚤어진 근성은 좋지 않아. 그러려면 차라리 화를 내게. 어차피 나는, 하면서 비뚤어진 생각으로 비비 꼬이는 것보다 솔직하게 화를 내는 게 훨씬 낫네."

우사는 고개를 끄덕이고 우동 가락을 씹었다.

"어부 마을로 돌아갈 텐가?"

"돌아가지 않을 겁니다."

"단호하게 말하는군. 어째서인가?"

"한번 나온 곳입니다."

"그렇다고 돌아가지 말라는 법은 없잖나."

와타베의 말이 옳다. 시오미인 우노키치는 기뻐하며 맞아들여 줄 것이다. 히키테 노릇에 질리면 돌아오라고 한 것은 그냥 하는 말이 아니다.

"어부 마을로 돌아가서 누군가에게 시집을 가면 어떤가. 자네는 몸을 아끼지 않고 열심히 일하고, 몸이 튼튼한데다 성격도 밝지. 좋은 색시가 될 걸세."

칭찬을 받았다. 겸연쩍기도 하여 우사는 웃음을 터뜨렸다.

"저 같은 걸 받아 줄 사람은 없습니다."

"그렇지는 않을 걸세." 와타베는 그릇을 내려놓고 우사를 보았다. "서쪽 파수막에 하나키치인가 하는 히키테가 있지. 머리에 겨우 피가 마른 애송이 같은 녀석 말일세."

그 녀석에게 들었네, 하며 말을 이었다.

"시오미가 자네를 며느리로 들이고 싶어 한다면서. 그런데 우사는 그게 싫어서 어부 마을을 떠나왔다고. 시오미 집안의 며느리가 될 수 있다니 매우 행복한 일인데 아깝다고 하더군."

어떻게 하나키치가 그런 것을 알고 있었던 걸까. 처음 듣는 이야기다. 게다가 와타베 님에게 주절주절 떠들어 대다니.

"가쓰 씨를 말하는 거겠지요. 시오미인 우노키치 아저씨의 아들입니다. 저는 가쓰 씨의 아내가 되고 싶지 않아서 어부 마을을 떠난 게 아닙니다. 그게 이유가 아니에요."

"그럼 왜 떠나왔나?"

똑바로 묻는 말에 우사는 당황했다. 질문 때문이 아니라 곧장 대답하지 못하는 자기 자신에게.

나는 어째서 어부 마을을 떠나 히키테가 되고 싶다는 생각을 한 것일까.

"저도 이제 잘 모르겠습니다."

우사는 젓가락을 가지런히 모아 그릇에 올려놓고 양손의 손가락을 깍지 꼈다. 자연스럽게 등이 쭉 펴진다.

"어째서일까요. 이상하네요."

와타베는 흐흥 하고 코웃음을 쳤다. 그릇에 남아 있던 국물을 다 비운다.

"어머니는 어부 생활을 좋아하지 않았습니다. 바다는 무섭고, 고생만 한다고 하면서요. 그래서 저도 염색집에 맡기고 싶어 했던 것입니다."

염색집에서 직공이 될 수는 없었지만 적어도 어부 마을을 떠나 해자 바깥에서 삶으로써 어머니의 바람을 이루어 드리고 싶다고 생각했다. 그 무렵 자신의 마음은 고작해야 그 정도로 작은 것이었으리라. 돌이켜 보고 자세히 생각해 보아도 그 이상의 마음은 찾아낼 수 없다.

"히키테 견습이 된 것도 가스케 대장님이 자잘한 일을 할 여자가 있으면 도움이 될 테니 일해 보지 않겠느냐고 말해 주셨기 때문입니다. 처음부터 히키테가 되고 싶다고 생각하고 있었던 것은 아닙니다. 파수막에서 일하다 보니 그런 마음이 들었지요."

무엇보다 가스케 대장이 훌륭한 히키테였기 때문에—라고 말하자 또 눈물이 났다.

"가스케는, 불쌍하게 됐네."

억누른 목소리로 와타베가 말했다.

"아이들도."

우사는 눈물을 닦던 손을 멈추고 흠칫 놀라 얼굴을 들었다. "와타베 님, 알고 계셨습니까?"

와타베는 고개를 끄덕였다. "나도 일단, 마을 순찰을 담당하고 있으니까. 일이 일어나서 어수선할 때 얼핏 들었네."

그을린 천장을 잠깐 올려다보더니,

"마을관청에서는, 그렇지—열 명 정도 되는 자들이 알고 있네. 나머지 사람들은 시내에서 호열자가 발생했다고 생각하고 있네. 표면상으로 가스케의 두 아이는 호열자로 죽었고 가스케와 아내에게도 그것이 옮아 격리되었다는 것으로 되어 있지."

그렇다면—그런가. 대장의 아내가 사지 고사카 가에 맡겨진 것도 그런 표면적인 이야기에 맞추기 위한 조치였을지 모른다. 그 이야기를 하자 와타베는 고개를 끄덕였다.

"그야 그렇지. 앞으로는 나도 그렇고, 진상을 아는 자들은 모두 뒤에서 입을 맞춰 나갈 걸세. 쓰네지도 당연히 그런 언질을 받았을 거야."

그리고 살짝 고개를 갸웃거렸다.

"쓰네지가 자네를 쫓아낸 연유도 그 때문일지 모르겠군. 자네는 완고해서 남의 말을 듣지 않지. 아무리 구슬리려 해도 호열자는 지어낸 얘기라고 큰 소리로 떠들고 다닐 수도 있네. 아무리 여자고 견습이라도 파수막에 출입하는 자가 그런 짓을 한다면 쓰네지 대장으로서는 참을 수 없을 테지."

우사도 알 것 같은 기분이 들었다. 지금까지 쓰네지 대장과 얼굴을 맞댈 기회는 적었지만 사람됨을 전혀 모르는 것은 아니다. 그런 우사의 눈으로 보아도 오늘의 쓰네지 대장의 차가운 태도는 평소의 태도와 완전히 딴판이다. 그렇게 심술궂게 말할 사람이 아니었다.

그러나—호열자라고 위장하기로 했다면, 가스케 대장은?

"대장님은 지금 어디에 계실까요. 와타베 님이라면 아시지요?"

"거기까지는 나도 모르네. 일을 처리한 사람은 구지카타와 옥지기라서."

짙은 눈썹을 찌푸리며 팔짱을 끼었다.

"하지만 이미 살아 있지는 않네."

우사의 눈물에 젖은 뺨이 순식간에 차가워졌다. 몸의 온기가 밖으로 날아가 버린다.

가스케 대장이—죽었다.

우사는 눈물을 뚝뚝 흘렸다. 눈물은 우동 국물 속에도 떨어졌다. 와타베는 아무 말 하지 않고 우사가 우는 모습을 지켜봐 주었다.

잠시 후 와타베가 물었다.

"이보게, 우사. 히키테의 무엇이 좋나? 자네는 가스케의 어떤 점이 훌륭하다고 느끼고 있었나?"

우사는 얼굴을 번쩍 들었다. 와타베는 우사를 응시하고 있다.

"다른 사람에게…… 도움이 될 수 있습니다. 마루미 사람들을 위해서 일할 수 있지요."

"어부의 아내도 남편이나 아이들을 위해 일하고 있네. 시오미 집안의 며느리라면 거느리고 있는 어부들도 보살피지. 히키테만이 훌륭한 일인 것은 아닐세. 어떤 일이든—."

"그러면 와타베 님은," 우사는 말을 가로막았다. "왜 마을 관리가 되신 겁니까?"

"나 말인가." 와타베는 생각하는 기색도 없이 마치 받아든 것을 도로 툭 던지듯이 대답했다.

"아버지의 뒤를 이은 걸세. 집안 대대로 관리였으니 나도 관리가 되어야지. 그뿐이야."

손뼉을 쳐서 한 그릇 더 달라고 청했다. 우동 가게 아저씨가 예에 하고 대답한다. 자네도 먹겠느냐고 물었지만 우사는 고개를 저었다. 아직 그릇에 우동이 남아 있다.

"가쓰라는 어부는 괜찮은 사내인가?" 하고 불쑥 물었다.

"얼굴은 험하지만 착한 사람입니다. 어부로서의 실력도 좋고요."

소꿉친구라 잘 알고 있다. 시오미인 우노키치는 마루미 번 어용선御用船의 물길 안내를 맡은 적도 있다. 머지않아 가쓰도 그렇게 될 것이다. 그만큼 마루미의 바다를 잘 알고 있다.

"그럼 우사, 다 자네를 위해 하는 말이니 그자의 아내가 되게. 그게 자네를 위해 가장 좋은 일이야. 행복해질 수 있을 걸세."

와타베는 빈 그릇을 노려보다시피 하며 빠른 말투로 그렇게 말했다.

"어떻게 와타베 님이 그런 걸 아십니까? 가쓰 씨에 대해서 알지도 못하시면서."

"가쓰는 모르지만 자네에 대해서는 조금 알았네."

우동 가게 아저씨가 우동을 한 그릇 더 가져왔다. 와타베는 입을 꽉 다물고 침묵을 지켰다.

"저에 대해서요?"

아저씨가 가고 나자 우사는 작게 물었다. 와타베는 고집스러운 느낌으로 고개를 끄덕였다.

"그래. 게다가 나는 이노우에 게이치로에 대해서도 잘 알고 있네. 그러니 자네는 가쓰의 아내가 되는 게 좋다는 걸 아는 걸세."

우사는 피가 머리에서 아래로 쏠리는 것을 느꼈다. 그러면서도 뺨은 뜨겁다.

"이노우에 가의 작은선생님이, 어째서 저 같은 것의 처신과 관

련이 있습니까? 무슨 이상한 말씀을 하시는 겁니까. 와타베 님은
이상하시네요."

순간적으로 발끈해서 대꾸하지만 와타베는 대답하지 않는다. 새
로 나온 우동 그릇을 끌어당겨 먹기 시작했다. 후루룩거리며 와구
와구 먹어치운다.

천천히 젓가락을 멈추며 말했다. "게이치로는 절대로 길을 벗어
나지 않는 사내일세. 자신의 본분을 잘 알고 그것을 지키려고 하는
사내야. 그리 멀지 않은 장래에 겐슈 선생님의 뒤를 이어 사지 가
의 당주가 될 걸세."

그런 것은 우사도 알고 있다.

"그러니 자네가," 와타베는 얼굴을 들고 목을 꿀꺽 울려 우동을
삼키고 나서 말을 이었다.

"아무리 게이치로를 사모해도 쓸데없는 짓일세. 설령 게이치로
가 자네의 마음에 응해 자네에게 정을 품는다 해도 소용없어. 그
사내가 자네를 이노우에 가의 며느리로 맞아들이는 일은 없을 걸
세. 절대로 없을 거야."

우사는 어찔해졌다. 그런 것은 말해 주지 않아도 알고 있다. 저
도 바보가 아닙니다. 압니다. 그런데, 그런데 어째서 눈앞이 캄캄
해지는 것일까.

알고 있다. 전부 알고 있는 것들뿐이다. 이제 와서 울거나 상처
입지는 않는다.

"자네가 해자 밖에서의 생활을 고집하고 히키테에 집착하는 것
은 게이치로와의 관계를 끊고 싶지 않기 때문이지? 어부 마을로

돌아가면 더 이상 만날 수 없게 되고 말 테니. 하지만 우사. 그편이 낫네. 가망 없는 사모는 품고 있어 봐야 괴롭기만 하네. 마음이 커지면 괴로움이 늘어날 뿐이야."

"저는…… 작은선생님의 아내가 되고 싶다는 생각은 하지 않습니다."

우사가 쉰 목소리로 중얼거렸지만 와타베는 단호하게 말했다.

"거짓말 말게. 생각하지 않았을 리가 없지. 나도 고토에 님을 아내로 맞이하는 꿈을 꾸었네. 무리다, 소용없다는 걸 알고 있어도 곁에 있으면 마음을 억누를 수가 없어. 그건 어쩔 수 없는 일일세."

우동 가게는 한산하다. 그래도 와타베는 맞은편에 앉은 우사조차 가까스로 알아들을까 말까 할 정도로 목소리를 억누르고 있었다. 그 때문에 그의 얼굴도 빨개져 있다.

"자네는 괜찮은 여자야."

말과는 반대로 야단치는 것 같은 말투다.

"나는 자네가 더 이상 괴로워하기를 바라지 않네. 불행해지는 것도 원치 않아. 자네에게는 자네의 행복이 있을 걸세. 우사, 그것을 찾게. 게이치로는 잊어버리고 어부 마을로 돌아가란 말일세."

그렇게 단언한 와타베는 사납게 우동을 먹었다. 우동이 원수라도 되는 것처럼 먹어치운다. 이미 배는 부를 텐데, 더 이상 아무 말도 하고 싶지 않아서, 우사의 얼굴을 보고 싶지 않아서 마구 먹고 있다.

"죄송합니다."

우사는 말했다. 또 눈물이 흘렀다. 나는 이렇게 울보였던가.

"하지만 저는, 어부 마을로 돌아가지 않겠어요. 해자 바깥에 남 겠습니다."

와타베는 젓가락을 멈추고는 한숨을 쉬었다. 우사는 서둘러 말 을 이었다.

"하지만 걱정하지 마십시오. 게이치로 선생님은—와타베 님의 말씀이 옳습니다. 저는 부질없는 희망 따윈 갖고 있지 않습니다. 정 말입니다. 해자 바깥에 남는 것은 다른 이유가 있기 때문입니다."

"그게 뭔가?"

반쯤은 기가 막히고 반쯤은 화난 얼굴을 한 와타베에게 우사는 말했다. "호입니다. 그 아이를 마른 폭포에 두고 저만 행복해질 수 는 없습니다. 안온하게 살 수는 없어요."

와타베의 얼굴에 말로 표현하지 못하고 소용돌이치는 감정이 가 득 나타났다. 그중 하나, 가장 강한 곤혹을 우사는 제대로 읽어냈 다.

"호는 마른 폭포에서 돌아오지 못할 것이다—와타베 님은 그렇 게 말씀하시고 싶으신 거지요?"

와타베는 당황했다. "돌아올 수 있다 해도 언제가 될지 알 수 없네."

"괜찮습니다. 저는 기다리겠어요. 그 아이는 인연이 있어 마루 미에 왔고 저와 알게 되었습니다. 그 아이도 외톨이, 저도 외톨이 였지요. 하지만 지금은 다릅니다. 우리는 자매입니다. 호는 제 동 생입니다."

소중한 동생이 마루미 번의 중요한 일에 관련되어 열심히 마른 폭포에서 일하고 있다.

"할 수만 있다면 저도 마른 폭포에 가고 싶을 정도입니다. 하지만 무리겠지요."

"당연하지."

"그렇다면 적어도 호에 대한 일, 그 아이의 근황을 조금이라도 알 수 있는 가까운 곳에 살면서 기다리고 싶어요. 그 아이가 자신의 역할을 다한 후 돌아오리라 믿고 그날이 오면 마중을 해 주고 싶습니다."

와타베는 한 손을 이마에 대고 힘없이 고개를 떨어뜨렸다. 아아, 정말 자네는 고집이 세군, 하고 신음하듯이 말한다. 우사는 또 죄송합니다 하고 사과했다.

"······호를 기다리는 동안 어떻게 먹고살 텐가?"

"일을 찾겠습니다."

"갈 곳은 있나?"

"그것도 찾아보겠습니다."

와타베는 몸을 일으키더니 뚫어져라 우사의 얼굴을 보았다. 우사는 똑바로 그 시선을 받아들였다.

와타베는 추켜올라간 눈을 문득 누그러뜨렸다. "자네를 거둔 가스케의 기분을 알겠네."

그러고는 쿡쿡쿡 웃었다. 우사도 따라서 미소를 짓고 눈가를 닦았다. 이제 울지 않을 것이다.

"참으로 공교롭게 되었네만 부탁받은 일이 하나 있네."

"예?"

"주엔지의 스님이 여자 일손이 부족하니 찾아봐 달라고 한참 전부터 말씀하셨거든. 주엔지, 알지?"

히키테로서 관련된 적은 없지만 물론 알고 있다. 이재민 막사 일을 하는 절이다.

"오랫동안 그곳에서 일하면서 스님을 돕던 하녀가 작년에 병으로 죽었다네. 그 후로 후임이 없어서 곤란해하고 있지."

우사는 기세 좋게 머리를 숙였다. "고맙습니다!"

"쉽게 결정하지 말게. 평범한 고용살이 하녀가 아니니까. 가난한 절이야. 봉급은 나오지 않을 걸세."

"예, 상관없습니다."

"취사에 빨래, 청소에 밭일, 뭐든지 해야 할 걸세. 자네, 밭을 돌본 적은 없지 않나."

"모르면 배우겠습니다. 열심히 일할게요."

"이봐, 멋대로 결정하지 말게. 아직 스님이 뭐라고 말할지 몰라. 히키테 흉내를 내다가 쫓겨난 처녀는 사양이라고 말할지도 모른다고."

"괜찮을 겁니다, 와타베 님."

실제로 스님은 첫눈에 우사를 마음에 들어 했다. 이렇게 해서 우사는 주엔지에서 살게 되었다.

볼일을 마치고 미노야에 들르자, 마침 배가 도착한 시간이라 가게 앞은 여장을 푸는 손님들과 그를 맞이하는 여자들로 붐비고 있었다.

격식 있는 미노야는 아무나 묵을 수 있는 숙소가 아니다. 단골손님의 대부분은 무가나 유복한 상인이다. 무리를 지어 여럿이 곤비라 참배를 하러 오는 마을 상인들의 경우에는 그 무리의 대표자가 전에도 미노야에 묵은 적이 있거나, 묵은 적이 있는 사람이 써 준 소개장이 없으면 안 된다. 숙박객이 아니라 이곳에서 잠시 쉬며 식사를 하고 해가 지기 전에 산을 올라 곤비라 신사 앞마을에 들어가려는 손님이라도 뜨내기손님은 들어갈 수 없다. 하지만 여관의 수는 많으니 그것 때문에 누군가가 불편을 겪는 것은 아니고, 요는 신분과 지갑 사정에 맞게 각자의 여행을 하는 것일 뿐이며, 결국 그편이 말썽도 적다.

그런 품위 있는 손님들도 여행을 하다 보면 역시 마음이 들뜨는지 미노야 앞은 매우 소란스러웠다. 여관 사람들도 안내를 하네, 발을 씻네 하며 바쁘다. 우사는 미처 말을 걸지 못했다. 차라리 인사를 하지 말고 슬쩍 계산대로 들어가 버릴까 생각하고 있는데 뒤에서 누군가 말을 걸었다.

"이런, 이런, 또 심부름을 왔나?"

돌아보니 주조가 있었다. 단정하게 하오리를 입고 있다. 키도 크고 체격도 탄탄한데다 에이신 스님과 똑같이 얼굴이 무섭다. 이런 주인이 경영하는 여관이라면 예의 없는 손님도 어지간한 짓은 할 수 없을 테니 여자나 아이들도 안심하고 묵을 수 있다—고 여겨질까, 산적 두목 같은 주인이 있는 숙소에서는 언제 몸에 지닌 것을 몽땅 털릴지 알 수 없어서 마음 놓고 잘 수 없다—고 여겨질까. 어느 쪽이 우세해서, 미노야는 번성하고 있는 것일까.

"죄송합니다, 또 심부름으로 왔습니다."

"쌀이지?" 주조는 떫은 얼굴을 했다. "한 가마니 부족했으니까. 정말이지 그 스님은 미노야를 요술방망이라고 생각하고 계시니 곤란한 노릇이란 말이야."

투덜거리듯이 말하지만 정말로 곤란해하거나 화를 내는 기색은 느껴지지 않는다.

"자, 안으로 들어오게. 마침 잘됐어."

앞장서서 사람들을 헤치며 성큼성큼 나아간다. 그동안에도 웅성거리는 손님들에게 긴 여행 하시느라 피로하시지요, 느긋하게 쉬십시오, 미노야에 와 주셔서 고맙습니다, 예, 곤비라 신사까지는 얼마 안 됩니다, 하며 붙임성 있는 말을 건네는 것도 잊지 않는다.

판자를 깔아 높게 만든 입구를 지나서면 오른쪽에 계산대가 있다. 격자에 둘러싸여 있는 앉은뱅이책상이 두 개 있고, 앞쪽에 있는 작은 책상에는 붉게 칠한 큰 주판을 앞에 놓고 대행수가 앉아 있다. 그 뒤에 있는 더 큰 책상에는 주조가 앉거나 안주인이 앉는다. 지금은 아무도 없고 빈 방석이 비스듬히 놓여 있었다.

"고구레 님 일행이 도착하셔서 안주인은 인사를 드리러 가셨습니다."

주조에게 다녀오셨느냐는 인사를 하고 대행수가 곧 말을 이었다.

"오늘 밤에는 하룻밤 묵으신다며 고구레 영감님께서 꼭 나리와 한상 받고 싶다고 하시더군요."

"한상이 아니겠지. 또 한판 벌이자는 걸세. 이런, 이런."

"그러게 말입니다" 하며 대행수가 웃는다. 눈이 마주쳐서 우사가 머리를 숙이자, 목례를 하며 "그쪽도 수고가 많으시군요"라고 말했다. 어쨌거나 짧은 기간 동안 몇 번이나 왔기 때문에 완전히 낯을 익히고 말았다. 이 대행수도 주조에게 지지 않을 만큼 체격이 좋고 얼굴도 이마도 머리도 번들번들하게 기름이 돈다. 이 사람은 대행수일 뿐만 아니라 호위꾼도 겸하고 있는 것이 아닐까 하고 우사는 생각한다. 무기는 물론 저 큰 주판이다.

"내년 봄에 있을 예정이던 하시모토 님의 참배는 아무래도 보류된 모양일세."

주인은 계산대 격자에 손을 짚고 활달하게 대행수에게 말했다.

"에도에서 편지가 왔네. 볼일이 많으니 어쩌니 썼지만 그저 자금 사정이 여의치 않은 탓일 테지. 하나비시에서는 안심하더군."

하나비시도 삼점 중 하나인 큰 여관이다. 하시모토 님은 무가 사람일 것이다. 보조숙사가 필요한 가문은 아니어도 하나비시에서는 매우 신경을 써서 맞이해야만 하는 가문일 것이다. 그런 주제에 아마 돈 씀씀이는 크지 않나 보다. 그래서 참배가 중지되어 안심하고 있는 것이다.

"일전에 화폐를 새로 주조하면서 에도의 경기는 오히려 나빠진 모양일세. 물가는 계속 오르기만 하는 것 같고. 최근에는 가가 님이 갓테카타로 계셨을 때를 그리워하는 분위기마저 있다고 하더군."

전혀 생각지도 못했던 곳에서 한동안 듣지 못했던 가가 님의 이름을 듣고 우사는 조금 흠칫했다.

"이러니저러니 해도 재정 부교로는 대단한 분이었으니까. 이러다간 또 얼마 안 있어 윗대가리가 바뀔 테지."

주조는 엄청난 말을 잡담으로 하면서 우사를 힐끗 돌아보더니 이쪽으로 오라며 앞으로 나아갔다. 에비스_{칠복신 중 하나로 장사를 번성하게 하는 신}가 도미를 낚는 그림이 그려져 있는 장지문을 드르륵 열자 작은 방이 있다. 앉으라고 말하며 주조는 무릎을 굽히고 정좌한 후 얼른 하오리를 벗더니 그쪽을 보지도 않고 안쪽을 향해 소리를 지른다. 오미쓰, 오미쓰, 차를 두 잔 가져오게, 하고 고함을 쳤다. 한 박자 늦게 몹시 바쁘다는 듯이 갈라진 목소리가 "예에, 지금 갑니다" 하고 대답했다.

평소에는 계산대에서 용건을 마치곤 했다. 이 방에 들어오기는 처음이다. 도코노마에 있는 키가 큰 죽통 꽃꽂이에 창포꽃이 꽂혀 있다. 서화 두루마리는 없다. 네모난 나무화로나 담뱃갑도 눈에 띄지 않지만 도코노마에 나란하게, 딱 우사의 허리 정도 높이에 폭은 삼 척, 깊이 일 척 정도 되는 배문갑이 놓여 있다. 배문갑은 보통 문갑보다 땅딸막한 생김새에 훨씬 무겁다. 특히 이 방에 있는 것은 오래된 물건인지 송진을 바른 듯한 칙칙한 갈색 잠금장치에도 녹이 슬어 있어서 더욱 묵직하게 보였다.

계산대와 면해 있지 않은 쪽의 장지문이 열리고 나이 많은 하녀가 차를 가져왔다. 두툼한 이중턱에 띠가 울룩불룩하다. 주인 맞은편에 앉아 있는 우사를 보고 어머나 하는 얼굴로 약간 눈을 크게 떴다. 우사는 정중하게 인사를 했다. 고참 하녀인 모양이지만 지금까지 만난 적은 없다.

"주엔지에 온 새 하녀일세." 주조가 우사를 가리키며 말했다.

"이번에는 꽤 젊은 사람이네요, 나리."

하녀가 뚫어져라 우사를 훑어본다.

"스님이 색에 눈을 뜨셨나."

거리낌 없는 말에 우사는 깜짝 놀랐으나 주조는 꾸짖지도 않고 웃었다.

"시답잖은 소리를 하면 오카메가 베갯맡에 나타날 걸세."

아아, 그러게요, 하며 하녀는 목을 움츠리고 바삐 나갔다. 주조가 우사의 놀란 얼굴을 마주 보고는 여전히 웃으면서 사과한다.

"미안하네, 저이는 입이 험해서."

"오카메 씨라면 전에 계시던 돌아가신 하녀 분이시지요?"

이십 년 이상 주엔지에 살면서 에이신 스님을 도와 왔다고 한다. 주엔지에 몸을 의탁하고 있는 사람들은 한 명도 빠짐없이 오카메의 신세를 졌고, 모두가 오카메의 죽음을 슬퍼하며 그리워했다. 우사도 지난 열흘 동안 많은 이야기를 들었다.

"아아, 맞네. 원래는 우리 여관의 고용살이 일꾼이었지."

주조는 맛있게 차를 마셨다.

"형님이 집을 나갔을 때 도련님을 보살필 사람이 필요하다며 뒤를 쫓아 나갔네. 여러 가지 일이 있고 형님이 불문에 들자 일단은 이리로 돌아왔네만."

에이신 스님이 주엔지에 자리를 잡자 또 그곳으로 쫓아갔다고 한다.

"오카메는 글쎄, 말하자면 형님의 마누라 같은 사람이었지만 형님은 이미 색에 관심을 끊은 지 오래고, 자네를 그렇게 취급할 생각은 전혀 없으니 안심하게."

눈앞에 있는 주조도 그렇지만 에이신 스님도 외모로 나이를 짐작하기가 어렵다. 사십대 중반이나 오십대로 보일 때도 있지만 몹시 영감 같아 보일 때도 있다. 그러나 색色에 나이는 상관없다고 하니 스님이 색에 관심을 끊은 지 오래라는 것은 나이 문제가 아니라 부처님의 길을 섬기고 있기 때문일 것이다. 실제로 우사는 지금까지 스님에게서 그런 잡념을 느낀 적은 한 번도 없다.

"조금은 익숙해졌는가?"

달마 무늬 찻잔을 손에 든 채 주조가 우사에게 물었다.

"예, 덕분에 많이 익숙해졌습니다. 저로서는 아직 모자라는 부분이 많지만요."

"그래도 자네, 여기에 심부름을 올 때는 몹시 거북한 얼굴을 하던데."

우사는 웃고 말았다. "죄송합니다."

"아까 말한 것 같은 사정이 있어서, 오카메는 자세한 상황을 알고 있었거든. 여기에 올 때도 당연하다는 얼굴로 왔고 우리도 거기에 익숙해져 있었지만, 자네는 그렇게는 안 되겠지. 한 번 이야기를 해 두어야겠다고 생각했네. 뭐, 복잡한 이야기는 아니야."

왜 장남인 에이신 스님이 뒤를 잇지 않고 주조가 미노야의 주인 노릇을 하고 있는가 하는 이야기였다.

"자네는 히키테 일을 하고 있었다고 하니 삼점에 대해서는 알고 있겠지."

"예, 압니다."

"미노야는 제가 8대째 주인입니다." 주조의 말투가 갑자기 정중해진다. "대대로 뒤를 이은 것은 장남이었고, 지금까지 그 관례가 깨진 적은 없었지만."

에이신 스님—속명俗名 히데조는 열두 살 때 몹시 나쁜 짓을 저질러 의절을 당했다고 한다.

"삼점에는 보조숙사 역할을 맡을 자격도 있네. 본진, 보조숙사란 돈은 벌리지 않지만 명예는 있지. 그 명예의 표시가, 그곳에 묵으신 다이묘 가에서 내리시는 가문 문장이 들어가 있는 하오리일세."

만사 부족함 없이 대접해도 여관에 묵은 다이묘가 쩨쩨한 사람이라 하오리를 주지 않는 경우도 있다. 그럴 때는 쫓아가 애걸해서라도 받아낸다고들 할 정도로 중요한 표시라고 한다.

"미노야에도 그렇게 받은 하오리가 있었지. 물론 가보일세. 그런데 히데조 형님은 그 하오리를 광에서 꺼내 입었네."

의절을 당할 정도의 실수인데도 이야기를 하는 주조의 말투는 가볍고 재미있다는 듯이 웃고 있다.

"선대 주인—즉 우리 아버지는 그야말로 귀신처럼 화를 내고 또 화를 냈네. 어린아이의 장난이라고 눈감아 주기에는 미노야의 이름이 땅에 떨어질 판이었거든. 그래서 형님을 쫓아낸 걸세."

히데조는 어머니와 친척들의 도움으로 일 년쯤 해자 바깥에서 근신하며 생활했지만 이윽고 불문에 들어가게 되었다.

"그게 본인을 위해서도 미노야의 안녕을 위해서도 가장 도움이 된다면서 말일세."

차를 다 마시고 방바닥에 찻잔을 내려놓더니 잠깐 생각하고 나서 말했다.

"형님이 왜 다이묘께 받은 하오리를 입는 엄청난 짓을 저질렀는지 아직도 모르겠네. 본인도 이것만은 말할 수 없다며 가르쳐 주지 않더군."

우사는 잠자코 들었다.

"그 일이 있었을 때 나는 열 살이었기 때문에, 장난일 거라고 생각하고 있었네. 본래 형님은 지기 싫어하는 성미에 하지 말라고 말릴수록 하고 싶어 하는 구석이 있었거든."

하지만—하며 살짝 눈을 가늘게 뜨고 말을 이었다.

"이렇게 미노야의 주인이 되어 옛날 일을 이것저것 생각해 보니 짐작 가는 바가 있네."

히데조가 소동을 일으키기 보름쯤 전 벌레나 곰팡이를 막기 위해 광의 물건을 볕에 널어 말릴 때, 광 속에 있던 중요한 물건을 함부로 다루어 망가뜨렸다는 벌로 젊은 하녀 하나가 야단을 맞았는데 그것을 괴로워하다가 목을 매단 사건이 있었다고 한다.

"오요라는 하녀로, 여관 안에서 일하게 되기 전에는 우리 형제를 돌봐 주고는 했지. 여관 장사는 바쁘기 때문에 아이들은 모두 보모의 손에 자라거든. 우리에게도 오요는 어머니나 마찬가지였다네."

그래서 히데조는 오요의 죽음에 화가 났다.

"얼마나 중요한 물건인지 모르겠지만 그런 것이 오요의 목숨보다 중요했느냐, 어째서 목을 매달아 죽을 정도로까지 몰아세웠느냐며 아버지를 증오했을 테지."

"그래서 다이묘의 하오리를—."

우사의 말에 주조는 입가에 엷게 남아 있던 웃음을 지우고 고개를 끄덕였다.

주조가 입을 다물자 방 밖의 소란스러운 소리가 장지문을 통해 들려온다. 아까보다는 많이 조용해진 모양이다.

"형님의 마음은 나도 이해가 가네."

주조의 눈빛이 약간 아련해졌다.

"게다가 본래 미노야는 형님 것이 되었어야 하는 가게일세. 그래서 나는 형님이 시주를 조르면 가능한 한 얼마든지 응할 생각일세. 자네도 쭈뼛거릴 필요는 없다는 뜻이야."

우사는 등을 곧게 펴고 자세를 고쳤다.

"잘 알겠습니다. 저도 열심히 스님을 거들겠습니다."

"잘 부탁하네."

다시 한번 깊이 머리를 숙이고, 우사는 자리에서 일어서려고 했다. 그런데 주조가 불러 세운다.

"자네, 히키테 일을 하고 있었다지. 어느 파수막인가?"

"서쪽 파수막입니다."

주조의 눈에 갑자기 그늘이 졌다. "그러면 가스케 대장님 밑에 있었겠군."

"예."

항구로 이어져 있는 여관 마을은 배 부교와 그 밑에 있는 이소반 파수막의 구역이다. 하지만 손님 장사인데다. 곤비라 참배를 하러 오는 여행객을 상대로 하는 장사이다 보니 해자 바깥의 파수막에도 이래저래 신세를 질 때가 있다. 따라서 해자 바깥 파수막의 히키테들과 꼭 소원한 것만은 아니다. 여관 마을은 해자 바깥과 항구의 히키테들의 세력이 뒤섞여 있는 곳이다. 주조가 가스케 대장을 알고 있다 해도 전혀 이상할 것은 없다.

"가엾게 되었지. 호열자라니."

주조도 가스케 대장과 두 아이는 호열자로 죽었다는 표면적인 이야기를 들어서 알고 있는 것이다.

"하지만 호열자치고는 약간 시기가 이른 것 같네만—자네는 어찌 생각하나?"

우사는 주조의 안색을 지켜보았다. 자신을 떠 보고 있는지 아닌지 판단할 수 없었기 때문이다.

방금 던진 물음은 이야기하다가 우연히 나온 것인지 주조는 우사의 대답을 기다리지 않고 말을 잇는다.

"아니, 우리 하녀가 해자 바깥에서 듣고 온 이야기인데 호열자가 아니라는 소문이 있다고 하더군."

"그럼 무슨 병이라는 겁니까?"

주조는 턱을 쓰다듬으며 약간 목소리를 낮추었다.

"벌써 십오 년은 지난 일이던가. 아사기 님의 저택에서 묘한 병이 돈 적이 있네. 자네는 모르는가?"

식중독 같은 기이한 병 이야기다.

"이야기를 들은 적은 있습니다. 그 병을 멀리 떨어뜨려 놓기 위해서 아사기 님은 마른 폭포의 그 저택을 지었다고 하더군요."

"그렇다네. 그 마른 폭포에 지금은 가가 님이 계시지."

어떤 말이 뒤에 이어질지 우사는 충분히 짐작이 갔다.

"마른 폭포 저택은 그대로 봉인해 두는 게 좋았는데 그런 일에 쓰이게 되었고, 게다가 그곳에 계시는 분이 또 그런 분일세. 거기에서 나쁜 병의 기운이 나와 성 아래로 옮아온 것은 아닌가 하는—그런 소문이 나 있다고 하네."

주조는 염색집 아이 중에도 앓아누운 자가 있는 모양이라고 말했다. 하치타로를 말하는 걸까, 하고 우사는 순간적으로 생각했다.

"제가 알기로는 분명히 염색집 아이 중에서 병에 걸린 아이는 있지만 식중독은 아니었습니다. 어린아이라서 잠시 열이 났을 뿐입니다. 게다가 그것은 가가 님이 아직 마루미에 오시기 전의 일이고요."

정확하게 말하면 하치타로는 보수공사중이던 마른 폭포 저택에 담력 시험을 하러 갔다가 귀신을 보고 앓아눕고 만 것이지만, 지금 여기서 그런 이야기는 하지 않는 게 좋을 것 같다.

"그래……?"

턱을 잡은 채 시선을 천장으로 향하며 주조는 무서운 얼굴에 이상야릇한 표정을 지었다.

"그렇다면 법석을 떨 필요도 없겠군. 하지만 소문은 그렇게 난 모양일세. 자네라면 뭔가 자세한 사정을 알지 않을까 했네만."

"글쎄요, 저는 가스케 대장님의 파수막에 있었고 이래봬도 다른 상인보다는 조금은 소식이 빠르리라 생각하지만 아무것도 모릅니다. 아주 일시적으로 한정된 장소에서 난 소문이 아닐까요? 내버려두면 더 퍼지는 일도 없겠지요."

저도 모르게 히키테 견습 시절의 말투가 되고 말았다.

"그렇군. 고맙네."

주조는 선물로 들어온 과자가 있을 테니 가져가라며, 또 하녀를 불렀다. 우사는 꾸러미를 고맙게 받아 들고 미노야를 나섰다.

주엔지에 들어가면서 시정의 생활에서 멀어지게 되어 안심한 지 아직 겨우 열흘밖에 지나지 않았는데 여러 가지 일들을 잊어 가고 있었다. 잊고, 도망치고 싶었기 때문이다.

하지만 우사가 잊었다 해도 마루미가 안고 있는 어려운 문제가 사라진 것은 아니다.

우사는 마치 흐름을 거스르듯이 완고하게 앞만 보며 주엔지까지 달려갔다.

2

겐슈 선생님이 말씀하신 '저택에서 있었던 약간의 소동'에 대한 구체적인 내용을, 호는 사흘 후 저녁때가 되어서야 비로소 들을 수 있었다.

도자키 님도 고데라 님도 호의 둔한 머리에 마구 화를 내시는 것 같았고, 옥지기의 우두머리, 제일 높은 분인 후나바시 님도 오신다는 말에 오두막으로 돌아가 언제 불려갈지 언제 꾸중을 듣게 될지 목을 움츠리고 기다리고 있었는데, 그날은 그냥 지나가고 말았다.

다음 날은 안색이 조금 나아진 이시노 님이 지금까지 하던 대로 일을 하라고 말했다. 유일하게 남쪽 초소에 들어가는 것만은 금지되었지만 그 외에는 아무것도 달라지지 않았다. 저택에 있는 사람들은 조금 어수선해 보였지만 초소의 도시락이나 뜨거운 차도 제대로 드시게 되었다. 호는 계속 일했다.

그러다가 드디어 불려가게 되었다. 동쪽 초소였다. 이시노 님이 데려다 주었다. 기다리고 있던 것은 겐슈 선생님으로, 걸핏하면 화를 내는 도자키 님도 높으신 후나바시 님도 계시지 않았다.

"오오, 호. 오늘도 고생 많았다."

겐슈 선생님은 그저께와 똑같은 정장 차림이었지만 그저께보다 훨씬 편안한 태도로 앉아 있었다. 호를 곁으로 부르더니 옆에 놓여 있던 보따리를 들고 말했다.

"시즈에게 받아왔다. 네 옷이다. 새로 지은 거란다. 과자도 조금 들어 있다고 하더구나."

호의 손에 건네주고 싱글벙글 웃음을 지었다.

이시노 님은 초소 장지문 바로 앞에 정좌하고 앉아 긴장한 눈으로 지켜보고 있다. 겐슈 선생님이 높으신 사지 가문의 선생님이라서 긴장이 되나 보다.

"시즈 씨가." 호는 보따리를 껴안았다.

"고맙습니다."

꾸벅 머리를 숙인다. 이곳에 오기 전에 함께 해자 안쪽에 들어갔을 때의 시즈 씨는 몹시 무서웠다. 이유는 알 수 없지만 호에게 화가 난 것 같았다. 따라서 이렇게 친절한 차입품은 솔직히 말해서

의외라는 기분이 들었다.

"그이는 그이대로 네 몸을 걱정하고 있단다" 하고 겐슈 선생님은 말씀하셨다. "오늘도 같이 오고 싶어 했지만 이 저택에는 나밖에 출입할 수가 없어서 말이다. 네게 몸조심하고 부지런히 일하라고 잘 타일러 주라더구나."

여전히 잔소리가 심하고 걱정이 많다고, 웃으며 덧붙였다.

누가 내온 것인지 큼직한 찻잔 접시에 작은 찻잔으로 백비탕이 나와 있다. 선생님이 달라고 하셨는지도 모른다. 희미하게 김이 피어오르는 찻잔을 들고 선생님은 한두 모금 천천히 마셨다. 그러고 나서 온화한 말투로 이야기를 시작했다.

"요전에는 너까지 무서워하게 만들고 말았구나. 미안하게 됐다."

겐슈 선생님이 사과를 하시다니 말도 안 되는 일이다. 호는 당황해서 머리를 숙이다가 보따리를 안은 채로 이러는 것은 예의 바르지 못하다는 것을 깨닫고는 서둘러 옆에 놓고 양손을 모아 방바닥에 짚으며 깊이 절을 했다. 무슨 말을 해야 할지 짐작도 가지 않았기 때문에 입을 다문 채로.

겐슈 선생님은 눈을 가늘게 떴다. "인사하는 맵시도 모양새가 나는구나."

그러고는 여전히 엎드려 있는 호의 머리 너머로 이시노 님에게 말을 걸었다. "이시노 님이라고 하셨지요. 호를 보살펴 주셔서 고맙습니다."

아, 아아아, 하고 이시노 님이 당황한 목소리를 낸다. 하카마가 바스락 소리를 냈다.

"아, 아니요. 저 같은 애송이가 사지 선생님께 그런 칭찬의 말씀을 듣다니 황송하기 그지없습니다."

겐슈 선생님이 호의 등을 가볍게 두드린다. "이제 일어나렴."

호가 얼굴을 들자 상냥하게 웃는 선생님의 얼굴이 바로 앞에 있었다.

"여기 계시는 이시노 님이 그 소동과 너는 전혀 관련이 없다고 열심히 말씀해 주신 덕분에, 너는 그 무서운 얼굴을 한 후나바시 님이나 야마자키 님께 야단을 맞지 않아도 되게 되었다."

이시노 님은 더욱 당황하며 동그란 얼굴을 붉혔다. "아니요. 그것은 아닙니다. 이노우에 선생님께서 말씀을 거들어 주셨기 때문이지요."

호는 두 사람의 얼굴을 번갈아 바라보았다. 찬찬히 보아도 어느 쪽 말씀을 따라야 할지 알 수 없었기 때문에 처음에는 겐슈 선생님께, 다음에는 단정하게 몸의 방향을 바꾸어 이시노 님께 "고맙습니다" 하고 정중하게 말했다.

"인사를 드리려면 이노우에 선생님께 드려라."

이시노 님은 붉그레한 얼굴을 한 채 고꾸라질 듯이 빠른 말투로 말을 잇는다.

"그 상황에서는 나 혼자의 힘으로는 어찌 할 수도 없었고, 너는—."

갑자기 흠칫하며 입을 다문다. 얼굴의 붉은 기가 가시자 눈을 이리저리 굴리다가 겐슈 선생님을 보았다.

겐슈 선생님은 고개를 끄덕였다. 그리고 호를 돌아보았다.

"그날 무슨 일이 일어났느냐 하면 말이다, 호."

이 저택에 숨어들려던 어린아이 둘이 경비를 하고 있던 관리에게 들켜 참수를 당했다고 말씀하셨다.

"참수······."

"칼에 베였다는 말이란다. 베여서 목숨을 잃었어."

선생님은 부드러운 목소리로 천천히 이야기해 주었다.

"그 두 아이에게 악의—아니, 나쁜 속셈이 있었던 것 같지는 않다. 그냥 장난이거나 어린아이다운 담력 시험으로, 귀신이니 악령이니 하는 소란과 함께 이 저택에 갇혀 있는 가가 님의 얼굴을 보려고 왔을 뿐이겠지. 그래도 옥지기로서는 내버려둘 수 없는 일이다. 그래서 벤 것이지."

호는 이시노 님을 돌아보았다. 이시노 님은 호의 눈을 보고 고개를 끄덕였다.

"둘 다 죽었습니까?" 호는 겐슈 선생님에게 물었다.

"음."

"몹시 무섭고, 아팠겠지요."

"그저 찰나의 일이었을 게다."

찰나라는 말의 뜻을 알 수 없지만 호는 잠자코 고개를 숙였다.

"그런 일들은 네가 아무것도 모르고 하루의 피로에 지쳐 쿨쿨 자고 있을 때 일어난 소동이다. 하지만 운 나쁘게도 그 두 아이는 네가 아는 사람이란다."

깜짝 놀랐다. 어떤 아이일까? 호에게는 친구가 없다. 있다면 성님뿐이다.

"가스케를 기억하느냐? 서쪽 파수막의 대장이지. 겨우 며칠뿐이었겠지만 너를 맡아 준 적이 있다."

대장—성님이 그렇게 부르던 그 아저씨를 말하는 것일까. 그렇다, 그 집이다.

"오요시라는 아이가 있었습니다."

호보다 나이가 많은 여자아이로, 심술궂은 일을 당했기 때문에 기억하고 있다. 그리고 보니 그 외에 남자아이가 둘 있지 않았던가. 시끄러울 정도로 기운이 넘치는 형제. 하지만 두 사람 다 호에게는 말을 걸지 않았다. 조금 떨어진 곳에서 눈을 데굴데굴 재빠르게 움직이며 신기한 듯 바라볼 뿐이었다.

딱 한 번, 호에게 물었다—너, 토끼의 친척이야?

호가 대답을 하지 않자 나이 많은 쪽의 남자아이가 동생에게 얘는 머리가 둔하대, 하고 말했다.

"오요시는 무사하단다. 이번 일로 죽은 것은 오요시의 두 동생들이었지."

둘 다 죽은 것일까. 호는 이름도 기억하지 못한다. 그때 가르쳐 주었겠지만 머리에 담아둘 수가 없었다.

"그들의 부모도 이 일로 처벌을 받았다." 겐슈 선생님은 말을 이었다. 목소리가 낮아졌다.

"가스케는 각오하고 있었던 모양이지. 가스케의 아내—형제의 어머니는 쓰러져서 앓아눕고 말았기 때문에 간신히 처벌을 면하고 지금은 사지 가에 맡겨져 있다."

이시노 님이 재빨리 끼어든다. "그 일에 대해서도 이노우에 선생님이 힘을 써 주셨다고 들었습니다."

젠슈 선생님은 대답하기 전에 후우 하고 한숨을 쉬었다.

"저뿐만이 아닙니다. 가스케는 모든 사람들의 존경을 받는 훌륭한 히키테 두목이었기 때문에 해자 바깥 사람들이 열심히 뛰어다녀 주었거든요. 허나 결국은 단지 시간만 벌었을 뿐입니다. 조만간 눈에 띄지 않는 형태로 처벌을 받게 되겠지요."

아아…… 하고 웅얼거리는 목소리를 내며 이시노 님은 눈을 내리깔았다.

"어쨌거나 이 아이까지 끌어들이지 않고 끝났으니 불행 중 다행이었습니다. 이시노 님 덕분입니다."

이시노 님은 무릎 위에 올려놓은 손을 가볍게 움켜쥐고 고개를 숙인 채 말했다.

"도자키 님이나 고데라 님은 가스케와 호의 관계를 전부터 알고 있었던 것 같았습니다."

젠슈 선생님은 묵묵히 고개를 끄덕인다.

"평소에는 하녀인 이 아이 따윈 강아지처럼 취급하며―아니, 그, 그냥 편리하게 부리기만 하시던 분들입니다. 도자키 님이 이 아이의 신상에 흥미를 가지실 이유도 없습니다. 그런데 대체 어떻게 자세히 알게 되셨는지 의아했습니다."

젠슈 선생님은 흠칫하며 무릎을 움직여 이시노 님 쪽을 향했다. "이시노 님은 본래 작사 부교의 번장棚匠이시지요."

이시노 님은 얼굴을 들고 대답했다. "그렇습니다. 십오 년 전, 이 저택을 지을 때는 작사 부교가 일을 맡았습니다. 당시 제 아비가 번장 우두머리를 맡고 있었기 때문에 모든 실무를 도맡아 했습니다."

"아버님께서."

"예. 저는 아직 미숙하고, 번장 중에서도 하급에서 막 승격한 터라 이번 부역과 같은 중요한 일을 맡을 수는 없는 몸입니다. 다만 저택을 지은 것이 제 아비라는 것 때문에—저 자신도 아버지를 따라다니며 당시의 공사를 눈으로 직접 보았고요—도움이 될 일도 있을 거라는 번장 우두머리의 배려로 옥지기와 함께 큰 임무를 맡게 되었습니다."

겐슈 선생님은 미소를 지었다. "그런데 막상 와 보니 어린아이 돌보는 일이나 하게 되신 거로군요. 정말 죄송합니다."

"아, 아니요. 당치도 않으신 말씀입니다. 본래 작사방에서 제가 뽑힌 이유 중에는 어쨌든 사람을 보내야 한다면 제일 쓸모없는 자를 보내자는 생각이 있었기 때문이고 아비의 일은 그저 구실—아아, 그게 아니라."

말하면서, 이시노 님은 땀을 흘리고 있다.

"게다가 저는 아이들을 좋아합니다. 호는 막내 누이와 비슷한 나이인데다 착한 아이입니다. 열심히 일하고 있고요."

"번장 분들은 산이나 바다나 들이나 강을 상대로 임무를 다하시느라 바빠서 평소 성 안의 추악한 수작과는 인연이 없는 생활을 하고 계시지요."

이시노 님이 난처한 얼굴로 호를 보았다. 겐슈 선생님은 호에게 말했다. "여기 계시는 이시노 님은 말이다, 호. 우리 마루미 사람

들이 안심하고 살 수 있도록 다리를 놓거나 제방을 쌓거나 쌓은 제
방이 무너지면 수리하는 일을 하신단다."

전혀 모르던 일이었기 때문에 호는 눈을 크게 떴다. "목수이신
가요?"

"무사이시니 번장이라고 불러야지. 목수가 아니라 많은 목수들
을 부리고 지시를 하는 역할이다."

"나는 아직 그 정도는 아니야."

이시노 님은 또 빨개졌다. 한 손을 마구 젓는다. 그런 몸짓을 하
니 갑자기 어린아이처럼 보였다. 호는 이시노 님의 나이에 대해서
는 생각해 본 적도 없었지만 지금까지 어렴풋이 생각하고 있던 것
보다 더 젊을지도 모른다.

"허나, 그렇다면 곤혹스러워하시는 것도 무리는 아닙니다." 겐
슈 선생님은 이시노 님에게 말했다.

"저는 모노가시라이자 옥지기 두목인 후나바시 님과는 죽마고
우. 가가 님의 담당 의원을 맡고 있는 도베 가와도 친하게 왕래하
는 사이입니다. 한편 도자키 님이나 고데라 님은 오반가시라大番頭
이신 구라모치 님의 수하로, 구라모치와 후나바시 양가는 오반가
시라와 모노가시라라는 상하관계에 있으면서도 대대로 사이가 좋
지 않지요. 또 구라모치 가는 사지 필두인 스기타 가와 깊은 인척
관계를 맺고 있습니다. 사지 칠가에 관한 사항이니 이것은 저도 잘
압니다만, 스기타 가는 만에 하나 있을지도 모를 실수를 두려워하
여 가가 님의 담당 의원이 되는 것을 피하고 있었지만 막상 그것이
도베 가로 결정되자 신참이 건방지다며 화를 냈지요."

"아하……." 이시노 님은 어이없다는 듯이 말했다.

"본래는 누가 옥지기 두목을 맡을 것인가 하는 싸움이 일의 발단입니다. 구라모치 님은 가가 님처럼 중요한, 에도에서 맡기는 분을 경비하는데 고작해야 하급 무사의 우두머리에게 맡길 수 있겠느냐고 말씀하셨어요. 그러나 후나바시 님은, 가가 님은 에도에서 맡기는 분이 아니라 유배인, 죄인이다, 그자를 경호하고 감시, 감독하는 일은 오히려 오반가시라 밑에 있는, 하급 무사 우두머리이기도 한 모노가시라에게 어울리는 임무라고 주장했지요. 여차한 일이 있으면 군대의 장이 되기도 하는 오반가시라가 직접 경호를 한다면, 막부가 정한 죄인을 마루미에서는 귀인처럼 예우한다는 꾸중을 면할 수 없다고 말씀하신 것입니다. 가로를 심판으로 세우고 그렇게 의견을 나누다가 결과적으로는 후나바시 님이 이기셨지요."

"영주님의 결단이라고 들었습니다." 이시노 님이 말했다.

겐슈 선생님은 크게 고개를 끄덕인다. "저는 영단을 내리셨다고 생각합니다. 그렇지요, 전에는 아무리 귀한 자리에 있었다 해도 지금의 가가 님은 일개 죄인이니까요."

어려운 말이 오간다. 호는 열심히 겐슈 선생님과 이시노 님의 얼굴을 번갈아 바라보고 있었지만 말씀하시는 내용을 절반도 알아들을 수 없었다.

"그래도 가로로서도 오반가시라의 체면을 완전히 망쳐놓을 수는 없었어요. 옥지기 두목은 후나바시 님, 옥지기를 맡는 번사도 반수 이상은 모노가시라 수하에서 보내기로 정한 후 오반가시라가 직접 감독할 사람을 몇 명 집어넣기로 했지요. 도자키 님이 감독 역할입니다. 다시 말해서 마른 폭포의 이 저택은 처음부터 구라모치와 후나바시의 오월동주인 셈입니다."

이시노 님의 꼭 다물려 있던 입매가 약간 느슨해진 것 같다.

"그렇군요……."

겐슈 선생님의 표정도 누그러진다. "겉으로 드러나는 싸움은 삼간다 해도, 역시 험악한 분위기가 있습니까?"

"예, 조금. 저로서는 그 이유를 알 수가 없어 곤란해하고 있었습니다."

그저께의 사건 때도, 하며 다시 진지한 얼굴로 돌아온다.

"후나바시 님은 아이들을 즉시 베지 말고 잠시 기다리라는 명령을 내리셨다고 합니다. 그러나 이미 늦었습니다. 그날 밤에 번을 서던 자들의 장튡은 다른 한 명의 보좌역인—."

끝까지 말하게 놔두지 않고 겐슈 선생님이 말했다. "그럴 거라고 생각하고 있었습니다."

"그날 밤, 저는." 이시노 님의 목이 꿀꺽 울렸다. "아이들이 저택에 숨어든 경로를 찾아내라는 명령을 받았습니다. 제 아비가 남긴 도면과 이번에 새로 공사를 할 때의 도면을 들고 밤새도록 검토했지만 이 야산이나 숲을 잘 아는 아이들의 지혜와 가벼운 몸에는 당할 수 없었던 모양입니다."

"작사방에서는 누군가 처벌을 받으셨습니까?"

"아이들이 쉽게 접근할 수 있었던 것은 공사에 미비한 데가 있었기 때문이라는 이유로 번장 우두머리가 칩거를 명령받으셨습니다."

호에게는 역시 어려운 이야기뿐이었지만 소동이 있던 날 밤 이시노 님의 버선이 진흙투성이가 되어 있고 밤새 자지 못한 것처럼 눈이 빨갰던 까닭은 밤새도록 일을 하고 있었기 때문이라는 것만은 알 수 있었다.

"구라모치 님은 그것 보라며 후나바시 님을 야단치신 모양입니다."

"그래도 처분은 받지 않겠지요? 그렇게 노골적으로 일을 크게 벌이면 마루미 번이 위험해지지 않습니까."

겐슈 선생님은 눈을 감고 고개를 끄덕였다.

"그래서 작사방의 번장 우두머리가 손해를 보게 된 것이겠지요."

"에도에도…… 이번 일이 알려졌을까요?"

"글쎄요, 그것은 모릅니다. 알려졌다 해도 어쩔 수 없지요."

그렇게 말하고 나서 겐슈 선생님은 갑자기 웃음을 터뜨렸다. 이시노 님이 놀란 듯이 눈을 부릅뜬다.

"이, 이노우에 선생님?"

"아니, 이거 무례를 저질렀군요. 하지만 우습다고 생각지 않으십니까? 그 두 아이들을, 그 어린아이들을 말입니다, 구라모치 님은 마치 자객이라도 되는 양 말씀하셨다고 합니다."

그, 그것은, 하며 이시노 님은 말을 더듬었다.

"게다가 여기 있는 호가 인도를 했다고요. 즉, 전부터 관계가 있던 아이들이니 틀림없다는 겁니다. 더 자세히 파 들어가 보면 가스케가 있고, 가스케는 이번 부역을 망침으로써 마루미 번의 전복을 꾀하는 일파의 앞잡이라는 말이지요. 트집을 잡는 데도 정도가 있을 텐데 말입니다."

겐슈 선생님은 그렇게 말하더니 여전히 쿡쿡 웃으면서 호를 돌아보았다. 그러고는 덧붙였다.

"너는 열 살, 여덟 살짜리 골목대장 자객을 끌어들였다는 이유로 하마터면 참수를 당할 뻔했다, 호."

자객? 참수?

"자객이란 사람을 죽이는 자를 말한단다. 네가 여기에 살인자를 불렀다고 생각하고 있었던 게지."

"제가요?"

호는 손가락으로 자신의 콧등을 가리켰다.

"그래, 네가. 어른들은 참 이상한 생각을 다 하지."

실감이 나지 않는다. 호는 계속 오두막에 있었고, 분명히 조마조마하긴 했지만 그저 그뿐, 아무 일도 없이 끝났으니.

"지난번에 갑자기 죽은 하녀는 구라모치 님의 추천으로 들어온 자였습니다. 그런데 덜컥 죽는 바람에 옥지기들 사이에 동요가 일어나 구라모치 님으로서는 당신보다 격이 아래인 후나바시 님 앞에서 체면을 잃은 모양새가 되었지요. 이번 일을 잘 이용하면 반격이 될 거라는 생각으로 그렇게 말씀하셨겠지만, 어쨌거나 상대는 어린아이니까요. 자객일 리가 없어요."

겐슈 선생님은 마지막 부분을 단호하게 자르는 말투로 말했다.

"저처럼 신분도 낮은 자가 이노우에 선생님께 이런 것을 여쭙는 것은 무례한 일일지도 모르겠으나."

이시노 님이 조심스럽게 입을 열었다.

"호가 처분을 면하게 된 데에는 다름 아닌 측은공惻隱公의 중재도 있었다는 소문을 들었습니다. 만일 그렇다면 그것도 선생님께서 힘을 써 주신 거겠지요."

젠슈 선생님은 가볍게 고개를 갸웃거리고는 호에게 말했다. "측은공은 말이다, 호. 성에 계시는 영주님의 아버님을 말하는 거란다. 지금은 공직에서 물러나셔서 측은이라고 불리고 계시지. 모든 가엾은 자들에게 자비가 깊으시다는 뜻의 이름이란다."

호는 잘 이해가 가지 않았지만 예, 하고 고개를 끄덕였다. 측은공이라니, 이상한 이름이다.

"이노우에 선생님은 측은공께서 영주님으로 계실 때는 담당 의원을 맡고 계셨으니, 지금도—."

젠슈 선생님은 이시노 님의 말을 가볍게 손을 들어 막았다.

"제가 호를 이 저택에 하녀로 추천한 것은," 젠슈 선생님은 한마디 한마디 분명하게, 이시노 님과 호가 아니라 허공에 있는 보이지 않는 무언가를 향해 단언하듯이 말을 잇는다.

"이 아이처럼 무구한 존재야말로 어른들이 하나같이 길을 잘못 들어 헤매고 있는 어둠을 거두어 주지 않을까 하는 기대를 했기 때문입니다."

헛된 공포. 아집. 욕심이나 미움. 하나하나 꼽아가며 말씀하신다.

"가가 님 같은 분은, 주위에 있는 자들이 평소에는 억누르고 있는 그런 시커먼 것들을 떠오르게 하지요. 가가 님의 독기가 어떻다느니 홀려서 이상해진다느니 하는 것은 바로 그자가 본래 속에 감추고 있던 것을 가가 님을 구실 삼아 밖에 내보낼 수 있게 되기 때문에 일어나는 일입니다. 원인은 자기 자신이지요. 어둠은 밖에 있는 것이 아닙니다. 하물며 가가 님이 가져오신 것도 아니고요. 영민들은 차치하더라도 이 저택에서 가가 님을 지키는 옥지기들만은 그것을 분명히 이해해야 합니다."

겐슈 선생님의 말을 열심히 듣고 있던 이시노 님의 입가와 눈썹이 곧게 펴졌다.

"안에 어둠을 품지 않은 이 아이를 보고 있으면 어리석은 어른들도 그 사실을 알게 될 거라는 희망을 조금이나마 가질 수 있습니다. 허나 제 그런 생각을 마음에 들어 하지 않는 사람들도 많아요. 호의 입장은 앞으로도 위태로울 것입니다. 이번 일은 운 좋게 넘어갔지만 이걸로 안심할 수도 없습니다."

"다음에 무슨 일이 생기면 호뿐만 아니라 선생님과 후나바시 님의 입장도—?"

"후나바시 님과 저, 제가 후원하고 있는 도베 선생님이 실수를 하면 구라모치 님과 필두인 스기타가 나서게 되겠지요. 그런다고 해서 잘될 거라는 생각도 들지 않습니다만."

엷은 웃음을 띠는 겐슈 선생님 앞에서 이시노 님의 표정이 더욱더 딱딱해진다.

"힘은 미치지 못하더라도 저 역시 최대한 주의하도록 하겠습니다. 이렇게 어린아이가 또 목숨을 잃는 일만은 결코."

있어서는 안 됩니다. 딱 잘라 말하는 이시노 님의 목소리가 살짝 떨린다.

"잘 부탁드립니다."

겐슈 선생님은 손을 짚고 절을 했다. 이시노 님도 똑같이 절을 한다. 호는 두 사람을 보고, 당황해서 방바닥에 납작 엎드려 절을 했다. 잠시 후, 자세를 바로 한 겐슈 선생님과 이시노 님이 억누른 목소리로나마 밝게 웃는 소리가 머리 위에서 들려왔다.

3

호의 생활은 그 후로도 판에 박은 듯이 똑같은 일을 반복하며 단조롭지만 바쁘게 계속되었다.

여름의 더위는 심해져 간다. 저녁때가 되면 찾아오는 뇌우雷雨가 올해는 특히 심하다고 수군거리는 옥지기들의 이야기를 듣고 이시노 님께 여쭤보았다.

"아무래도 그런 모양이다. 벼락이 많은 해인가 보지" 하며 웃으신다.

"너는 벼락이 무섭지는 않으냐?"

"무섭습니다. 하지만 성님이 부적을 주셨어요."

옷깃에 꿰매 넣은 히다카야마 신사의 벼락 부적을 보여 주었다.

"그렇구나. 그게 있으면 안심이지. 히다카야마 신사에서 지켜 주실 거다. 그래도 번개가 머리 바로 위에서 번쩍번쩍 빛날 때는 큰 나무 옆에 가까이 가지 말아야 한다. 낙뢰로 나무가 쓰러지면 큰일이니까. 오두막이나 저택 안에 들어가 있어야 해."

벼락은 무섭지만 소나기는 낮의 더위를 씻어 주기 때문에 몹시 반갑다. 바빠서 등목도 하지 못하고 몸을 닦지도 못한 채 지나가고 만 날에는 소나기가 지나간 후의 시원한 바람에 몸이 깨끗해지는 기분이 든다.

마른 폭포에 온 이후로 마루미 번에 있으면서도 호는 바다를 보지 못했다. 이 저택은 산 속에 있어서 성 밑에 있을 때처럼 마루미의 바다를 내려다볼 수 있는 곳은 극히 한정되어 있다. 게다가 대부분의 창은 호의 머리보다 조금 높은 곳에 있고, 발돋움을 해서 내다보아도 촘촘한 격자가 단단하게 끼워져 있어 시야를 가로막는다. 호가 생활하는 오두막은 산 쪽에 있기 때문에 보이는 것은 숲과 덤불뿐이다.

소나기를 보면 고토에 님이 돌아가신 날 내리던 비가 생각난다. 소나기가 올 때도 역시 바다에 토끼가 날고 있을까. 성님은 그것을 보고 있을까. 성님은 바다토끼와 똑같이 기운이 넘칠까. 언제가 되면 만날 수 있을까.

호의 오두막에는 침상으로 쓰고 있는 거적과 이불, 이곳에 올 때 짊어지고 온 물건을 넣어두는 고리짝이 하나 있을 뿐이다. 장식물이라고는 아무것도 없다. 지난번 소동이 있은 지 열흘쯤 지난 어느 날 이시노 님이 달력을 한 장 주셨다.

"벽에 이렇게 놓아두렴. 이제 너도 오늘이 무슨 날인지 알 수 있을 거다."

손수 벽에 붙여 주셨다. 달력에는 가느다란 한자와 히라가나가 줄줄이 늘어서 있었는데, 그 위에 작은 하리코<small>나무틀로 모양을 만들고 거기에 종이를 여러 겹 겹쳐 붙여 풀이 마른 후에 나무틀을 떼어낸 것</small> 개 그림이 붙어 있었다. 이시노 님은 개 하리코가 아이들의 병을 막아 준다고 가르쳐 주셨다.

"우리 어머니는 마루미 태생이 아닌데 어머니의 고향에서는 개 하리코를 붉게 칠한다고 하더구나. 붉은색도 병을 막아 주는 색깔이거든."

동그란 눈의 개 하리코는 매우 귀엽다.

하지만 얼굴을 가까이 대고 뚫어져라 바라보아도 전혀 달력을 읽을 수가 없다. 이노우에 가에 들어갔을 때 제일 먼저 배운 것이 달력 읽는 법이었다. 그때도 좀처럼 외울 수 없었지만 고토에 님과 게이치로 선생님이 참을성 있게 가르쳐 주셨다.

그런데 잊어버리고 말았다. 호의 머리는 차례차례 일어나는 새로운 사건과, 새로 옮겨간 곳에서 일하는 것, 만나는 사람의 얼굴을 외우느라 바빠서 전에 배운 것이 밀려 나가듯 사라지고 만 모양이다.

시험 삼아 히라가나로 자신의 이름을 써 보려고 하니 그것도 제대로 할 수가 없었다.

'호'라는 글씨가 잘 생각나지 않는다. 나뭇가지를 한 손에 들고 땅바닥을 박박 긁으며 몇 번이나 다시 써 보았지만 쓰면 쓸수록 혼란스러워지는 것 같다.

바보의 '호'다. 그것만은 기억하고 있다. 고토에 님은 틀림없이 '곤란한 아이로구나' 하며 웃으실 것이다.

그날 밤에 꿈을 꾸었다. 꿈속의 호는 이노우에 가에 있었고, 고토에 님도 계셨다. 게이치로 선생님도 겐슈 선생님도 나왔다. 어째서인지 모르지만 성님도 이노우에 가에서 호와 함께 일하고 있다.

두 사람은 똑같은 옷을 입고 있었다.

―성님, 이제 아무 데도 안 가도 돼요? 계속 성님과 같이 살 수 있어요?

―응. 이제 계속 같이 있는 거야.

아아, 다행이다. 기쁘다. 거기에서 잠이 깨었다.

달이 없는 밤이었다. 별빛이 희미하게 오두막의 널빤지 사이로 숨어든다. 그 빛을 받아 벽에 걸린 달력이 희끄무레하게 도드라진다.

마른 폭포에 온 지 며칠이 지났을까. 세어 둘걸 그랬다. 이곳에 온 것은 무슨 날이고, 오늘은 무슨 날일까. 이시노 님도 호가 달력을 읽을 줄 안다고 생각하셨는지 가르쳐 주시지 않았다.

달력을 바라보고 있노라니 묘하게 눈이 말똥말똥해져서 거적 위에서 몸을 일으켰다. 안 그래도 해가 지면 시원해지고, 오늘은 소나기가 특히 세차게 내렸기 때문에 외풍은 차갑게 느껴질 정도다. 그러고 보니 이시노 님이 오늘 밤에는 추워질 테니 조심하라고 말씀하시지 않았던가?

이불을 잘 덮고 자지 않으면 고뿔에 걸린다. 성님이 걱정이 되어 꿈에 나와서 호를 깨워 알려 준 것이리라. 발끝을 만져 보니 차가웠다.

그때. 밤 어디에선가 무언가가 딱딱 울리는 소리가 들렸다.

호는 귀를 기울였다. 덜컹덜컹. 문을 여닫는 소리도 난다. 이런 밤중에 무슨 소리일까?

혹시 또 누군가가 숨어 들어온 것일까. 또 어린아이가? 또 베여 죽는 것일까.

호는 이불을 걷고 일어났다. 천천히 오두막 문으로 다가간다. 문에 손을 대었을 때 이번에는 저택 쪽에서 사람 목소리가 똑똑히 들려왔다.

"찾았나?"

"아니, 여기에는 없네!"

호는 소리가 나지 않게 조심하면서 문을 열고 얼굴을 내밀었다.

"모두 나와라!"

"불은? 불을 켜."

빠른 목소리가 오가고 복도를 달려가는 발소리가 이어진다. 틀림없다. 덧문이 단단히 닫혀 있는 저택 안쪽에서 몇 사람이 뛰어다니고 있다.

어떡하지. 호는 오두막 문을 붙잡은 채 여름밤 밑바닥에 깊이 가라앉아 있는 마른 폭포 저택을 올려다보았다. 오두막으로 돌아가는 게 낫겠지. 가만히 있는 편이 나을 거야. 방해가 되지 않도록. 전에도 그랬고.

만일 다시 어린아이가 베여 죽는다면 또 꾸지람을 듣게 될까.

갑자기 오두막에 면해 있는 덧문 한 장이 툭 쓰러져 정원으로 떨어졌다. 호는 깜짝 놀라 뒤로 펄쩍 뛰었다.

안에서는 아무도 나오지 않는다. 별빛도 저택 주위를 비출 뿐이다. 저택 안에는 어둠이 쌓여 있다.

덧문을 원래대로 해 놓아야지.

심장이 두근두근 뛰어서, 양손으로 가슴을 누르고 우두커니 서 있었다. 무릎에 힘이 들어가지 않는다. 아아, 어떡하지, 어떡하지.

그때 머리 위로 바람이 스쳤다.

그런 기분이 들었다. 서둘러 시선을 들어 보아도 아무것도 보이지 않았던 것이다. 뭔가 새 같은 것이 날아간 것 같았는데.

이런 밤중에 날아다니는 새는 없다.

그래도 호는 생물의 기척을 느꼈다. 뭔가 숨을 쉬는 존재가 바로 가까이에 있는 것을 느꼈다.

양손에 힘이 꽉 들어간다. 잠옷 자락을 움켜쥔다.

큰 짐승이 옆에 있다.

호는 오두막 지붕을 올려다보았다. 널빤지와 그 위에 올려놓은 돌이 둥글게 빛나고 있다.

거기에 어둠이 고여 있었다.

밤의 어둠이 아니다. 하늘에 흩어져 있는 별이, 그곳만 어둠에 잘려 나가 있는 것이다.

눈에 힘을 주었다. 고인 어둠은 꼼짝도 하지 않는다.

심장이 크게 뛴다. 무릎이 덜덜 떨린다. 그래도 호는 어둠의 형태를 가늠해 보려고 했다.

어둠이 움직였다.

움직인 순간, 형태가 보였다. 머리, 어깨와 팔.

사람의 형태가 보였다.

호는 숨을 삼켰다. 심장이 멈춘다. 그와 동시에 지붕 위에서 호의 주먹만 한 돌이 데굴데굴 굴러 떨어졌다.

지붕 위의 사람이 일어선다. 무언가가 번쩍 빛났다. 은빛이다.

칼이다! 호는 소리도 내지 못하고 달리기 시작했다. 당장이라도 저 사람이 뛰어내릴 것이다. 호는 베여 죽을 것이다. 죽고 말 것이다. 덧문이 떨어진 곳에 다다르기 전에. 뛰다가 따라잡힐 것이다.

이치를 따져가며 생각한 것이 아니다. 몸이 멋대로 움직이고 있었다. 호는 고꾸라질 듯이 달려 저택 마루 밑으로 굴러 들어갔다. 무릎으로 기어 양손으로 땅바닥을 긁으며 무턱대고 안쪽으로 나아갔다. 따라잡히면 죽는다.

우아, 우아, 하고 소리를 지르고 있었다. 자신은 큰 소리를 냈다고 생각했지만 실은 숨을 내쉬고 있을 뿐이었다. 식은땀과 눈물로 눈앞이 흐려졌다. 그래도 앞으로 나아가기를 멈추지 않았다.

머리 위 마루를 몇 사람이 발소리를 천둥처럼 울리며 뛰어간다. 저도 모르게 꺅 하고 소리를 지르다가 멈추고 양손으로 머리를 끌어안았다. 몸을 움츠려 동그랗게 만다. 호가 멈추자 저택 안의 소동이 들려왔다. 여기저기에서 고함 소리가 났다. 덧문이나 장지문을 발로 차서 쓰러뜨리는 소리가 난다.

"정원이다, 정원이다! 정원으로 가라!"

호는 마루 밑의 흐릿한 어둠 속에 혼자 있었다. 심장 고동을 손으로 필사적으로 누르고 기척을 느끼기 위해 몸을 긴장시킨다.

오두막 지붕 위에 있던 어둠의 사람은 쫓아오지 않은 모양이다.

주위를 둘러보았다. 주춧돌 위에 세운 기둥의 그림자가 희미하게 보인다. 일어서면 머리를 부딪힐 것이다. 양손은 모래와 흙에 범벅이 되었고 무릎이 벗겨졌는지 따끔따끔했다.

저택 어디쯤까지 와 버린 것일까. 어느 쪽으로 돌아가면 오두막이 있는 뒤뜰일까. 무턱대고 기어온 탓에 어느 쪽에서 온 건지도 짐작이 가지 않는다.

다시 땅바닥에 손을 짚고 우선 얼굴이 향하고 있는 방향으로 나아가 보았다. 기둥, 나뭇조각, 돌. 몸을 스치고 도망간 작은 무언가는 쥐일 것이다. 물리지 않아서 다행이다.

얼굴에 성가시게 달라붙는 것은 거미줄일까. 손으로 북북 문지른다.

안 된다. 전혀 모르겠다. 마른 폭포 저택은 넓다. 이대로 가다가는 마루 밑에서 미아가 되고 말 것이다. 날이 밝을 때까지 기다릴까. 하지만 쥐에게 물리기는 싫다.

호가 망설이고 있는 동안에도 머리 위에서는 발소리와 고함 소리가 이어진다. 바로 가까운 곳에서 소리를 질러도 목소리가 갈라지고 찢어져서 알아들을 수가 없다.

옥지기 분들은 아까 그 어둠의 사람을 쫓아서 뒤뜰에 간 것이다. 칼을 들고 있었다. 수상한 놈이다.

갑자기, 귀에 익지는 않았지만 들은 지 얼마 안 된 말이 호의 마음에 떠올랐다.

자객. 살인자.

부들부들 떨리기 시작했다. 이제 무릎이 더 이상 움직이지 않는다. 잠옷은 땀으로 흠뻑 젖었다.

호의 오른손 앞쪽으로 한 간 정도 나아간 곳에 가느다란 빛이 새어들고 있었다.

다다미와 그 아래에 있는 마루 판자가 느슨해진 것이다. 그래서 불빛이 보인다. 이런 시간에 불이 켜져 있는 곳은 복도가 아니면 초소다. 호는 저택에서 변사가 일어난 이상, 어디에 불이 켜져 있어도 이상하지 않다는 사실까지는 생각이 미치지 않았다.

밑에서 사람을 불러 보면 어떨까. 마루 밑으로 도망쳐 들어와서 나갈 수가 없게 되었습니다. 칼을 든 수상한 사람을 보았습니다. 그렇게 말하면 옥지기 분들이 구해주실 것이다.

호는 불빛이 새어드는 곳 아래까지 기어갔다. 바로 밑까지 가서 위를 올려다보았다. 손을 뻗어 마루 판자의 틈새를 만져 보았다. 호의 주먹 폭만큼 빛이 가려져서 어두워진다.

갑자기 머리 위가 열렸다. 다다미가 올라가고 마루의 널빤지가 사라졌다. 눈이 부셔서 순간적으로 얼굴을 돌렸다. 두 손으로 눈을 가린다.

"이, 이것은?"

큰 소리가 내려왔다. 눈을 깜박거리며 쳐다보니 코앞에 창이 보인다. 호의 콧등에서 한 치도 떨어져 있지 않았다.

그대로 몸이 굳고 말았다.

"너는—."

머리 위에 세 사람의 그림자가 있다. 불빛을 등지고 있어 시커먼 그림자다. 어떤 분인지는 알 수 없다. 한 사람이 창을, 두 사람은 칼을 들고 있다.

가까스로 창이 치워졌다.

"하녀다. 그 아이야."

내뱉듯이 누군가가 말하고는 호의 팔을 덥석 잡았다. 그대로 끌어올려진다. 어깨가 빠질 듯이 아팠다. 마루 판자 가장자리에 호되게 무릎을 부딪힌다.

"이런 곳에서 무얼 하고 있는 게냐!"

고함 소리와 함께 침이 튀었다. 호는 무섭고 영문을 알 수가 없어서 머릿속이 새하얘지고 말을 잊었다. 입술이 제대로 다물어지지 않는다. 멱살을 잡고 흔드는 손길에 팔도 다리도 이리저리 흔들렸다.

"이 천치 같으니. 여기서 무얼 하고 있었느냐고 묻지 않느냐!"

"대답하지 못하겠느냐! 대답하지 않으면 베겠다."

세 옥지기가 저마다 고함친다. 쳐든 칼이 번쩍거린다. 그곳은 저택으로, 사방등이 붉게 켜져 있었다. 호는 눈이 빙글빙글 도는 것 같았다.

"도망쳐 온 것일 테지."

울림이 좋은 목소리가 들렸다.

호를 붙들고 있던 옥지기들은 하나같이 흠칫하며 움직임을 멈추었다.

"분별없는 어린아이를 상대로 흥분하여 고함을 지르다니 무사의 수치다. 그대들의 경거망동은 하타케야마 공의 수치이기도 할 테지. 진정들 하라."

세 옥지기는 고개를 틀어 자신들의 뒤쪽을 보고 있다. 호도 옷깃을 잡혀 공중에 매달린 채 그쪽을 돌아보았다.

"놓아 주어라. 아이의 목이 졸리겠다."

울림 좋은 목소리가 옥지기들에게 그렇게 명령했다. 잔잔한 물

같은 목소리였다. 목소리가 사람의 형태를 비추는 것이라면, 옥지기들의 목소리가 차분함을 잃고 있는데도 이 목소리만은 묵직하게 자리를 지키고 있었다.

목소리의 주인이 있는 쪽을 향한 채 호의 목덜미를 잡고 있던 옥지기는 손에서 힘을 뺐다. 호는 그 자리에 털썩 쓰러졌다.

긴장하고 있는 옥지기들의 몸 사이로 조용히 울리는 목소리의 주인이 보였다.

벽에 선반이 달려 있는 도코노마를 등지고 무릎을 가지런히 모은 채 정좌하고 있다. 사방등의 빛이 얼굴을 절반만 비추고 있다. 나머지 절반은 그늘이 져 있다.

몸의 절반이 사람이고 절반이 어둠이다. 하얀 수의 같은 옷을 입고 있고 머리카락은 아무렇게나 흐트러져 있으며 턱은 홀쭉하게 야위었다.

얼굴의 밝은 부분 반쪽에서 눈이 빛난다. 그 눈동자가 호를 보고 있었다.

"너는 여기서 일하는 하녀냐."

그 사람은 호에게 그렇게 물었다. 아직 목소리가 나오지 않아서 그저 몇 번이고 고개를 끄덕였다. 고개를 끄덕이다 보니 몸이 떨리기 시작했다. 눈물이 뚝뚝 떨어진다.

'오'니 '아'니 하는 짧은 신음 소리를 몇 번 내면서 옥지기들은 서로의 얼굴을 둘러보고 호에게 질문을 던지는 하얀 옷을 입은 사람을 본다.

"가, 가, 가." 한 옥지기가 말했다. 갈라진 정도가 아니라 거의 우는 것 같은 목소리다. 뭔가 말하려는 것이겠지만 말문이 막혀 말이 나오지 않는다.

"칼을 좀 집어넣는 것이 어떠냐."

침착하고 꾸짖는 것 같은 엄한 목소리로 하얀 옷을 입은 사람은 세 사람에게 말했다.

"하녀에게 무슨 위험이 있겠느냐. 아니면 이 저택에 발을 들인 벌로 이 아이를 벨 텐가?"

호는 드러내놓고 엉엉 울고 있었다. 하얀 옷을 입은 사람은 호의 우는 얼굴을 쳐다본다.

"쓸데없는 살생을 할 생각이라면 우선 이 가가를 죽이고 나서 해라. 하녀에게는 죄가 없지."

이 가가.

이분이 가가 님인 것이다. 호는 눈물로 흐려진 눈을 한껏 뜨고 그 병자 같은 모습을 바라보았다.

4

호는 날이 밝기 전에 마른 폭포 저택에서 밖으로 내보내졌다.

도망치지 못하도록 손발을 단단히 묶어 가마에 태운다. 어디로 끌려가는지 짐작도 가지 않는다.

한밤중 소동이 한창일 때 호는 처음으로 가가 님의 얼굴을 보았다.

가가 님의 신변을 지키는 옥지기 무사들이 호에게 칼과 창을 들이댔다.

호는 머리가 둔하지만 그래도 그 자리에 피어오르던 살기는 느낄 수 있었다. 이치를 따져 사물을 생각할 수는 없지만 자신이 오두막 옆에서 마주친 도적의 기척에 겁을 먹고 마루 밑을 도망쳐 다니는 사이에 다름 아닌 가가 님의 침소 바로 밑으로 들어서고 말았다는 사실 정도는 알아차릴 수 있었다.

베여 죽는다—고 생각했다.

그 순간에는 무섭지 않았다. 여러 목소리가 멀게 들리고 여러 사물의 빛깔이 똑똑히 보였다. 가가 님이 입고 계시던 수의 같은 하얀 옷은 지금도 눈에 선하다.

바로 손이 닿을 것 같은 곳에 보이던 마르고 야윈 가가 님의 얼굴도.

귀신이 아니었다. 머리에 뿔도 나 있지 않았고 무서운 이빨이 입가에서 비어져 나와 있지도 않았다.

다만, 몹시 슬픈 얼굴로 보였다.

가가 님이 뭐라고 말씀하셨다. 그러자 호의 '시간'이 움직이기 시작했다. 호는 오두막 위에 검은 새가 있었다고 이야기했다. 하지만 밤중에 새가 날아다닐 리 없다는 것도 말했다. 오두막 지붕에서 번쩍이던 칼에 대해서도 말했다. 거품이라도 뿜을 기세로 열심히 말했다.

그러자 저택에서 끌려나와 긴 복도를 질질 끌려갔다. 어떻게든 자기 발로 서려고 아무리 바닥을 차도 소용이 없었다. 호를 붙들어

질질 끌고 가는 옥지기 무사의 힘은 셌고 다리는 빨랐다. 모퉁이를 돌 때 호의 머리가 기둥에 호되게 부딪혀도 거기에 신경 쓰는 기색 없이, 뭔가 더러운 것을 서둘러 내다버리기라도 하려는 듯이 호를 막무가내로 가가 님의 저택에서 떨어뜨려 놓았다.

지금은 가마 안에 처박혀 있다. 주위가 움직이기 시작해서 호의 '시간'은 움직였지만 마음은 아직도 멈춰 있다.

호가 가마에 태워질 때, 바로 가까운 곳에서 누군가가 우는 듯한 목소리로 뭐라고 말하고 있었다. 이시노 님의 목소리라고 생각했지만 아닐지도 모른다. 이름을 불린 듯한 기분도 들었지만 그것도 아마 꿈에 지나지 않을 것이다.

어쩌면 이미 베여서 죽어 있는지도 모른다. 타고 있는 것은 가마가 아니라 삼도천의 나룻배일 것이다.

언젠가—그렇다, 이제 이름도 생각나지 않지만 에도의 요로즈야를 떠날 때 같이 따라온 심술궂은 하녀가 말한 적이 있다. 아마 오이카와 강이라는 본 적도 없는 넓은 강을 건넜을 때였던가. 호를 건네 준 뱃사공 아저씨는 상냥한 사람으로, 호가 곤비라 신사까지 집안사람들 대신 참배를 하러 간다고 이야기하자 대단하다며 칭찬해 주었다. 딱하다는 말도 했다. 딱하다는 게 뭐냐고 묻자 착한 아이라며 또 칭찬해 주었다.

강을 다 건너자, 잠깐 기다리라고 말하더니 뱃사공들이 머물기 위한 오두막으로 서둘러 돌아가 종이에 싼 것을 가져다가 호에게 주었다. 열어 보니 구운 과자였다.

"건강하게 여행을 마치고 돌아와야 한다."

나루터를 떠나자 그 하녀가 곁으로 다가와 호의 손에서 과자 꾸러미를 빼앗았다. 그것을 땅바닥에 버리고는 짚신 바닥으로 몇 번이고 짓밟았다.

—너 같은 건 오이카와 강이 아니라 삼도천을 건너야 하는 건데.

그러고는 호의 부드러운 상박 부분을 세게 꼬집었다. 여행을 시작한 후로 몇 번이나 그런 짓을 당했기 때문에 호의 팔 중 그 언저리에는 멍이 몇 개나 들어 있었다.

—언젠가 반드시 그렇게 해 주고 말 테다. 두고 봐.

눈빛을 바꾸며 으름장을 놓았다.

언젠가 반드시. 심술궂은 하녀는 사라지고 말았지만 그 언젠가가 지금인지도 모른다. 가마의 덮개를 들면 흐르는 강이 보일지도 모른다. 강을 다 건너면 기슭에는 어머니가 있을 것이다. 죽은 사람은 모두 건너편 기슭에 있으니까.

가마가 멈추었다. 갑자기 덮개를 걷어치우고 누군가의 팔이 뻗어와 팔을 꽉 움켜쥐고는 끌어내렸다. 그것 봐라, 기슭에 도착한 것이다.

봉당처럼 어두컴컴한 곳이었다. 천장이 낮고, 늘어서 있는 굵은 기둥과 교차된 대들보가 검게 빛나며 호를 내려다보고 있다.

몸이 허공에 떴다. 누군가 호를 짊어진 것이다. 호는 구불구불하게 들어가 있는 복도로 옮겨졌다. 마른 폭포 저택과 비슷한—아니, 더 넓을지도 모른다. 모퉁이를 몇 번 돌아도 또 모퉁이가 있다. 사람의 말소리가 들렸다가 들리지 않게 되기도 하고, 발소리가 가까워졌다가 멀어져서 갑자기 사라지기도 한다. 호를 짊어지고 있는 무사님은 혼자가 아니라 몇 사람이 앞뒤로 따르고 있고, 손에는 촛대를 들고 있다. 불꽃이 검은 복도를 비추며 흔들렸다.

무사님들이 걸음을 멈추었다.

쿵! 하고 호를 내려놓더니 등을 떠밀었다. 호는 낮은 쪽문 안쪽으로 머리부터 굴러 들어갔다. 곧 등 뒤에서 묵직한 것이 움직이는 듯한 기척이 났다.

판자를 깐 바닥에 이마를 부딪혀 눈에서 불이 나는 것 같았다. 팔다리가 묶여 있어서 아픈 이마를 문지르기는 고사하고 몸을 일으킬 수도 없다. 애벌레처럼 누운 채, 그래도 다리를 꼼지락거리거나 어깨를 비틀어 몸의 방향을 바꾸었다.

벽을 가득 메우고 있는 굵은 격자가 보였다. 아까 호가 굴러 들어온 쪽문은 그 격자의 일부로, 문틀 부분이 다른 격자보다 굵게 되어 있다. 격자 하나하나는 사방이 삼 척 정도 되는 크기라 어른이라면 팔도 통과시키지 못할 것이다.

격자 때문에 바깥 풍경은 보이지 않는다. 어쨌거나 어둡다. 하지만 쪽문 바로 옆에 이쪽에 등을 돌리고 앉아 있는 사람이 있다. 무사님이다. 기모노 등에 하타케야마 가의 문장이 하나. 옆에 촛대나 등잔이 놓여 있나 보다. 불빛의 대부분은 그 사람의 등에 가로막혀 있지만 불빛이 희미하게 흔들리는 것은 알 수 있다.

여기는—감옥이다.

에도의 요로즈야에 감옥방이 있었다. 무슨 일 때문에 호되게 야단을 맞고 벌이라며 한두 번 감옥방에 들어간 적이 있다. 그때는 하녀 우두머리가 크게 위협을 했다.

"선선대 나리는 여기에서 죽었다. 머리에 병이 들었거든. 다다미를 뜯어 입에 넣거나 이미 돌아가신 마님과 이야기하거나 웃곤 하셨지. 너도 마음을 고쳐먹고 얌전하게 굴지 않으면 죽을 때까지 여기에서 나갈 수 없을 거다."

그러면 네 머리에도 병이 들고 말 거야.

감옥이란 그런 곳이다.

그렇구나. 호는 가가 님을 만났기 때문에 벌써 뭔가 나쁜 것이 머리에 들고 만 것일까. 그래서 이런 곳에 갇히게 된 걸까.

나머지 삼면의 벽에는 판자가 쳐져 있는데, 꽤 낡아서 이음매가 일그러져 있는 데도 있다. 창은 없다. 두 평 반쯤 되는 이곳에는 곰팡이 같은, 진흙 같은, 뒷간 같은, 무겁고 끈적끈적한 냄새가 고여 있다. 손으로 떠낼 수 있을 것 같을 만큼 가득히.

"저……."

옆으로 누운 채 쪽문 옆에 있는 사람에게 말을 걸어 보았다. 대답은 없고 움직임도 없다. 불빛이 가볍게 흔들릴 뿐.

호는 눈을 감았다. 그러자 마음이 진정되었다. 가마를 타고 있을 때와 똑같다. 이곳은 삼도천 중간이다. 다음에 눈을 뜨면 회색 강의 흐름이 보이고 강기슭이 멀리 흐릿하게 보이고, 거기에 어머니가 서 있을 것이다.

그러니 울 것도 무서워할 것도 없다. 요로즈야의 나리처럼 슬픈 일이 일어나기 전에 호는 그쪽으로 건너갈 것이다.

그전에 한 번만 더 성님을 만나고 싶지만 이루어지지 않을 소원일 뿐이다.

복도를 밟는 거친 발소리에 정신이 들었다.

"이것은 대체."

누군가가 화를 내고 있다.

"왜 이렇게 잔인하게 대하는 겁니까. 누가 이렇게 하라는 명령을 내렸습니까."

어라, 겐슈 선생님의 목소리 같다.

쪽문이 열렸다. 호는 눈을 떴지만 잠이 덜 깨어서 잘 보이지 않는다.

"이 아이는 나쁜 짓을 한 게 아니오!"

이번에는 똑똑히 들렸다. 역시 겐슈 선생님이다. 눈의 초점이 또렷해졌다. 제일 먼저 보인 것은 선생님의 하카마가 접혀 있는 부분이다. 부드럽게 안아 몸을 일으켜 주신다.

"호, 괜찮으냐? 무섭게 해서 미안하구나."

겐슈 선생님은 호를 앉히고 팔다리의 포박을 풀기 시작한다. 호는 멍하니 시선을 들었다. 가미시모에도 시대의 예복를 걸친 후나바시 님이 쪽문으로 들어온다. 그리고 또 한 사람, 긴 초를 꽂은 촛대를 손으로 감싸면서 가미시모 차림의 무사님이 뒤를 따른다. 처음 보는 얼굴이다. 누굴까?

"다친 데는 없느냐? 어디 좀 보자."

겐슈 선생님이 호의 팔다리를 문지르며 묻는다. 서둘러 고개를 돌리더니 쪽문 밖을 향해 "이 아이에게 뭔가 먹을 것을, 백비탕을 가져다주게" 하고 엄하게 명령했다.

"이노우에 선생."

후나바시 님이 입을 열었다. 격자를 등지고 바른 자세로 앉아 치통으로 괴로워하는 사람과 비슷한 고통스러운 얼굴을 하고 있다.

"화는 그만 내시오. 고작해야 하녀 아닙니까."

겐슈 선생님은 물어뜯을 것 같은 기세로 후나바시 님을 돌아보았다. "고작해야 하녀라면 왜 이렇게 가혹하게 대하는 것입니까."

선생님이 고함을 치다니 믿을 수 없다. 호는 선생님의 두 눈알이 당장이라도 튀어나와 버리지 않을지 걱정이 되었다.

"아실 것 아니오." 한숨을 내쉬면서 후나바시 님은 말했다. "어쩔 수 없는 일이었습니다."

후나바시 님에게서 삼 척 정도 물러서서 촛대가 만드는 빛의 테두리 가장자리에 앉아 있던 가미시모를 입은 세 번째 분이 천천히 고개를 끄덕이면서 말문을 연다.

"구라모치 님은 이 하녀를 직접 조사하실 생각입니다. 지금도 기를 쓰고 이 아이가 어디 있는지 찾고 계시는 모양입니다. 재빨리 마른 폭포에서 데리고 나올 수 있어서 무엇보다 다행이었습니다."

겐슈 선생님이 내뱉듯이 말했다. "늘 그렇지만 가지와라 님의 솜씨는 참으로 좋으시군요. 허나 그렇다면, 마른 폭포에서 불상사가 일어났을 때 제일 먼저 구라모치 님께 알리러 가는 분별없는 자를 좀더 주의 깊게 골라내어 뺄 수는 없었습니까?"

가지와라라고 불린 가미시모를 입은 분이 불쾌한 냄새를 맡은 듯한 표정을 지었다. 가지와라, 가지와라. 호는 기억을 더듬었다.

가지와라—미네 님.

그러면 이분은 고토에 님을 해친 그 사람의 가족일까. 살집이 좋은 체격도, 촛대의 불빛에 번쩍번쩍 빛나는 사카야키도, 이중으로 늘어진 턱도, 미네 님과는 전혀 닮지 않았다. 하지만 성은 같다.

"너, 이름이 호라고 했지."

날카로운 대화에서 얼굴을 돌린 후나바시 님이 호에게 말을 걸었다.

"너는 어젯밤에 마른 폭포에서 무엇을 보았느냐? 왜 가가 님의 저택에 숨으려고 한 것이냐?"

겐슈 선생님이 호를 몸으로 감싸듯이 앞으로 나섰다. "이 아이는 보시다시피 어린아이입니다. 무작정 을러 대며 캐물어도 겁을 먹을 뿐이에요. 차근차근 타일러 가며 물어야 합니다."

"그럴 여유는 없소!"

후나바시 님의 목소리가 높아졌다. 하지만 곧 어둠 속에 가라앉으려는 듯이 낮게 웅얼거린다. 등을 굽히고 시선도 내린다.

"이 아이는 자객의 모습을 본 모양이오, 이노우에 선생. 거기에 겁을 먹고 도망친 것이오."

"검은 새라고 했다면서요." 가지와라 님이 끼어든다. "틀림없이 자객과 마주친 것입니다. 그 자리에서 베여 죽지 않았다니, 몹시 운이 강한 아이예요."

입 끝을 추켜올리듯이 웃으며 말한다. 겐슈 선생님도 씩 웃는다. 지금까지 호가 본 적이 없는 심술궂은 웃음이다.

"도망친 자객을 추적하는 일은 구라모치 님이 지휘를 하고 계시지요?"

"그것이 오반가시라의 임무입니다. 마른 폭포 저택은 우리 옥지기들이 지키고 있습니다."

"그렇군요, 새가 도망친 후에 새장 문을 닫는다."

"뭐라고요?"

가지와라 님이 몸을 내밀려고 하자 그것을 후나바시 님이 눈짓으로 말렸다.

"시시한 말다툼을 하고 있을 때가 아니오. 이노우에 선생도 진정하십시오. 지금은 마루미 번의 고비입니다."

호는 겐슈 선생님의 옷자락을 살그머니 잡았다. 겐슈 선생님이 돌아본다.

"저어, 저는, 보았습니다."

신분이 높은 분과 이야기를 할 때는 '저'라고 하는 거라고 이시노 님께 배웠다.

"무엇을 보았느냐, 호."

호는 한밤중의 일에 대해서 이야기했다. 말이 잘 생각나지 않아서 가끔 말이 막혀 쩔쩔맸다. 그때마다 겐슈 선생님이 머리를 쓰다듬거나 등을 문질러 주신다. 후나바시 님은 더욱더 이가 아픈 얼굴이 되고, 가지와라 님은 화난 얼굴이 된다.

"그렇다면 자객의 얼굴을 본 것은 아니로구나?"

아직 말을 다 마치지 않았는데 가지와라 님이 강하게 물어, 호는 흠칫하며 몸을 움츠렸다.

"아, 예."

"본 것은 검은 옷과 칼뿐이냐? 위협은 받지 않았느냐?"

호는 말로 얻어맞는 것 같아서 무서워지고 말았다. 그저 고개만 저을 수밖에 없다.

"이상한 일이오." 후나바시 님은 겐슈 선생님을 돌아보았다. "내가 자객이라면 반드시 이 아이를 베어 죽였을 것이오. 크게 손이 가는 것도 아니지. 칼 한 번만 휘두르면 끝이오."

겐슈 선생님은 입을 꼭 다물고 있다.

"진짜 자객이었는지 의심스럽군."

후나바시 님은 신음하는 목소리로 말했다. 호의 귀에는 이 감옥의 벽이나 바닥이 신음하는 것처럼 들렸다.

"자객을 붙잡아 보면 확실해지겠지요." 겐슈 선생님이 말했다. "호가 살아남아 이렇게 이야기했기 때문에 자객이 도망친 방향도 알 수 있었던 것입니다."

"그러니 그것도 덫이라 이 말입니다." 후나바시 님은 침을 뱉듯이 말을 내뱉었다. "구라모치 님은 책사요. 그저 무턱대고 산에 사람을 풀어 자객을 붙잡는다면 어찌 그렇게 수완이 좋으냐고 의심을 사겠지. 허나 자객이 뭔가 단서를 남겼다면 이야기는 다릅니다."

그것이 이 아이라며 턱 끝으로 호를 가리켰다. 호는 무서워져서 몸을 움츠렸다.

"이 아이의 머리가 둔한 것도 알고 꾸민 계략이겠지요."

"그럼 연극이란 말입니까?" 가지와라 님은 놀란 듯이 눈을 크게 뜨고 살찐 턱을 떨었다. "자객은 구라모치 님이 보낸 자라고요?"

"목소리가 큽니다."

가지와라 님이 목을 움츠렸다. 겐슈 선생님 일행이 올 때까지 쪽문 밖에 앉아 있던 사람은 어느새 모습을 감추었다.

"구라모치 님은 그렇게 속이 빤히 보이는 연극을 할 만큼 허술한 분이 아닙니다."

겐슈 선생님이 말을 곱씹듯이 천천히 내뱉었다.

"가가 님께 자객이 든 것은 이게 처음도 아니고요. 오사카에서 있었던 일을 잊으신 것은 아닐 테지요."

"허나 쇼군께서는." 후나바시 님은 주위를 두려워하는 낮은 자세를 유지한 채 말했다. "가가 님의 죽음을 바라고 계시지는 않을 것입니다. 그렇다면 애초에 유배에 처할 리가—."

"이 나라에서 일어나는 모든 일들이 쇼군의 뜻에 기초한 것일 리가 없지요."

겐슈 선생님은 엷은 웃음을 띠고 있다.

"작금에 에도 내에는 가가 님의 치정을 그리워하는 풍조가 있는 모양입니다."

후나바시 님과 가지와라 님이 얼굴을 마주 본다.

"우리 집안에는 오랫동안 출입을 허가해 온 에도의 친한 약재상이 있습니다. 그곳을 통해 들은 소문입니다만."

라쿠쇼나 요미우리 중에, 현재의 재정 부교의 일솜씨를 비난하고 가가 님을 칭송하는 내용이 얼핏 보이게 되었다. 바로 얼마 전에 그런 글들의 작자와 제작처가 처벌을 받았다고, 겐슈 선생님은 이야기했다.

"확실한 전망도 없이 되풀이되는 새로운 화폐의 주조나, 엄격하지만 공평하지 못한 사치 금지령 때문에 에도에서는 상인들이나 시정아치들 사이에 분개가 쌓이고 있는 모양입니다. 이렇게 무능하고 무자비한 재정 부교를 우두머리로 둘 바에야 차라리 귀신이건 살인자이건 가가 님이 더 낫다는 것이지요."

가가 님 부활 대망론이라고나 할까요, 하며 얼핏 웃음을 띠었다.

"그러면 이번 자객은 그것을 불쾌하게 여기는 사람들이 보낸 자라고─."

"알 수 없습니다." 겐슈 선생님은 무겁게 고개를 저었다. "에도는 멉니다. 거기에서 불어오는 바람에는 온갖 생각들이 담겨 있을 테지요. 허나 우리 마루미 번의 내부 다툼은 아닌 것 같습니다. 아니, 그런 것이 아니었으면 좋겠다고 생각합니다. 그렇게 어리석은 무리가 우리 번의 치정을 담당하는 곳에 자리를 잡고 있다고 생각하고 싶지는 않아요."

가지와라 님은 턱을 부들부들 떨며, 왠지 후나바시 님에게서 시선을 피하듯이 고개를 숙이고 말았다.

"어쨌거나." 겐슈 선생님은 인정사정없이 강한 목소리로 말을 잇는다. "누가 어떤 이유로 가가 님의 목숨을 노리든, 결과적으로 가가 님이라는 보물이 손상되는 사태에 이르면 그 순간 우리 마루미 번의 명운은 다하게 됩니다. 그렇다면 자객의 정체나 출신을 찾는 것은 허무하고 쓸데없는 시간 낭비겠지요. 우리는 그저 가가 님을 지키는 일에 전념하면 됩니다."

발끈한 듯이 눈을 어둡게 빛내며 후나바시 님이 겐슈 선생님을 노려보았다. "그런 것은 사지 가가 이제 와서 말하지 않아도 알고 있소."

"그러십니까. 저는 또 깜박 잊어버리신 줄 알았지요."

주눅도 들지 않고 받아친 겐슈 선생님은 호에게 시선을 옮겼다. 격려하듯이 미소를 짓고는 다시 후나바시 님을 정면에서 응시하며 말했다.

"어쨌거나 구라모치 님이 정말 자객을 잡으려고, 또는 이것이 그 자객이었다며 시체를 끌고 오시려고 지금부터 하실 일은 하나. 그것은 구라모치 님 본인도 알고 계실 것입니다."

"놓치는 경우에는 어떻게 됩니까?" 가지와라 님이 몸을 내밀며 묻는다. 겐슈 선생님은 짧게 웃고 후나바시 님은 불쾌하다는 듯이 숨을 내쉬었다.

"그것은 있을 수 없소."

"있을 수 없다니—."

"가지와라, 자네는 아무것도 모르는군. 잘 듣게, 가가 님께 자객은 들지 않았네. 자객은 없어. 어젯밤은 평소와 다름없이 조용한 밤이었네."

가지와라 님은 눈을 끔벅끔벅했다. 호도 무슨 소리인지 전혀 알 수 없어서 눈을 깜박거리고 있었다. 가지와라 님은 자신이 호와 같은 행동을 하고 있다는 것을 깨닫자 갑자기 무서운 얼굴을 하고 호를 노려보더니 무릎걸음으로 한 발짝 더 후나바시 님께 다가갔다.

"다시 말해서 덮어 버리시겠다는 뜻이로군요?"

"처음부터 아무 일도 일어나지 않았네. 일어나지 않은 일을 어찌 덮을 수가 있겠나?"

"허나, 영주님의 귀에는—."

"영주님도 우리와 같은 생각이시네. 그것밖에 길이 없다는 것은 잘 알고 계시니까."

"허나 구라모치 님은."

"구라모치 님에 대해서는 잊게. 영주님도 그분의 속셈은 이미 꿰뚫어보고 계시네."

그리고 이를 가는 소리로 착각될 만큼 낮게, 조다이^{城代}의 꿍꿍이도 말이야—하고 덧붙였다.

겐슈 선생님이 호의 어깨에 손을 얹었다. "호, 알겠느냐. 어젯밤에 너는 무서운 꿈을 꾸었다. 몹시 무서웠겠지만 그것은 꿈이야. 실제로 일어난 일이 아니다. 그러니 다시 마른 폭포로 돌아가서 지금까지 하던 대로 일을 하면 된단다."

그것이 꿈? 그 시커멓고 무서운 새가? 별빛 아래에서 싸늘하게 빛나던 칼날도? 겐슈 선생님이 그렇게 말씀하신다면 그런 것일까.

하지만 호가 고개를 끄덕이려고 했을 때 후나바시 님이 날카롭게 끼어들었다.

"이노우에 님, 그것은 안 되오."

겐슈 선생님은 놀라서 눈을 크게 떴다. "안 되다니 무슨 말씀이십니까."

"이 하녀를 마른 폭포로 돌려보낼 수는 없다는 말이오."

후나바시 님의 목소리가 격자를 빠져나가 어두운 복도에까지 잔향을 남기며 스며 들어간다. 모두들 아무 말도 하지 않고 침묵을 지키고 있기 때문이다. 겐슈 선생님의 얼굴은 무표정하게 굳어지고, 가지와라 님은 눈도 깜박거리지 않는다.

후나바시 님의 입은 굳게 다물어져 있다.

"무엇 때문입니까?"

겐슈 선생님은 얼어붙어 있던 것이 녹은 것처럼 재빨리 호의 어깨를 안고 감싸듯이 앞으로 나섰다. "앞으로 호가 무슨 지장이 될 거라는 말씀이십니까? 그것은 꿈이다, 이제 잊어라, 두 번 다시 말하지 말라고 잘 타이르면, 이 아이는 그 말을 따를 것입니다."

"믿을 수 없소. 이 하녀의 머릿속은 지푸라기로 가득 차 있는 것이나 마찬가지라고 하지 않소. 언제 누구에게 어떤 부주의한 말을 흘릴지 알 게 뭡니까."

"분명히 호는 분별없는 어린아이입니다. 하지만 그렇기 때문에 더더욱, 자신의 이해득실이나 체면과 같은 눈앞의 일에 휘둘리는 어른들보다 훨씬 믿을 수 있습니다."

후나바시 님은 겐슈 선생님의 말을 뿌리치듯이 고개를 저었다. 한 번, 두 번.

"이노우에 님의 의견은 알겠습니다. 하지만 그 의견을 받아들일 수는 없소. 마른 폭포에 더 이상 하녀는 두지 않겠소. 옥지기 두목을 맡고 있는 내가 그렇게 결정한 이상, 따라 주시오."

양손을 무릎에 두고 정면에서 겐슈 선생님을 노려보았다.

"아무리 명문가라 해도 사지는 일개 의원 가문. 분수를 아셔야지요."

호는 어깨를 안아 주고 있는 겐슈 선생님의 뼈가 앙상한 손이 땀에 젖어 있는 것을 느꼈다. 선생님의 이마와 콧등도 희미하게 빛나고 있다.

"선생님." 호는 그 얼굴을 올려다보며 물었다. "그러면 저는 돌아갈 수 있나요?"

성님에게, 라고 말하려고 했을 때 복도 쪽에서 다급하게 바닥을 울려대는 발소리가 다가왔다. 가지와라 님이 어둠 저편을 향해 시끄럽다며 크게 소리를 지른다.

"무례를 용서하십시오."

낯익은 옥지기 차림을 한 젊은 무사가 감옥 격자 앞에서 고꾸라질 듯이 엎드렸다. 소매를 묶어 올린 다스키가 등에서 꼬여 있는 것이 언뜻 보였다.

"사지인 도베 선생님께서 후나바시 님께 급히 전하라 하셨습니다."

"무슨 일이냐." 후나바시 님은 고개만 살짝 틀고 물었다. 격자 맞은편에 있는 사람은 엎드린 채 입을 다물고 있다.

"상관없다. 사람을 물릴 필요는 없으니 말하라."

예, 하고 말하더니, 젊은 옥지기는 코끝이 바닥에 닿을 정도로 몸을 낮춘 채 말했다. "도베 선생님께서는 가가 님으로부터 화급한 부탁을 받았다고 하십니다. 그것이 선생님의 독단으로는 도저히 결정할 수 없는 내용이라 급히 전갈하라 하셨습니다."

"뭣이?"

후나바시 님이 몸을 그쪽으로 돌렸다. 가지와라 님은 숨을 죽이고 있다. 겐슈 선생님이 호를 더욱 가까이 끌어당긴다.

"무슨 말을 하는 게냐, 너는."

"그러니 도베 선생님께서—."

"아니, 그보다 가가 님은 무엇을 원하신다고 하더냐?" 겐슈 선생님이 묻는다. 달래는 듯 차분한 목소리로 돌아와 있었다.

젊은 옥지기는 천천히 얼굴을 들었다. 그리고 다른 누구도 아닌 호를 보았다. 눈으로 호를 가리켰다.

후나바시 님도 가지와라 님도 겐슈 선생님도 그를 따라 호의 얼굴로 시선을 돌렸다. 일제히 자신을 쳐다보는 눈길에 호는 얼굴이 따끔거렸다.

"가, 가가 님은 어젯밤의 하녀와 면회를 청한다 하십니다."

후나바시 님이 다시 "뭣이?" 하고 말했다. 뒤집어진 목소리다.

"하녀라니—이 아이 말이냐?"

가지와라 님이 난폭하게 호의 어깨를 잡았다. 겐슈 선생님이 그 손을 단호하게 밀어낸다.

"가가 님은 어젯밤에 소동이 한창일 때 이 아이에게 접견을 허락하셨다." 겐슈 선생님은 천천히 단어를 하나하나 늘어놓듯이 말했다. "그때 특별한 감흥을 느끼셨기 때문에, 두 번의 접견을 허락하신다는 말이로군."

젊은 옥지기가 머리를 숙이며 뭐라고 대답하기 전에 후나바시 님이 벌컥 화를 냈다.

"말도 안 되는 소리를!"

"허나 후나바시 님, 그런 것이 아니겠습니까."

겐슈 선생님의 얼굴에 웃음이 돌아왔다. 호는 뭐가 뭔지 전혀 모르겠지만 겐슈 선생님의 기분이 나아진 것 같아 기뻤다.

"무엇보다 가가 님은 죄인이오. 누구에게 접견을 허락하고 말고 할 것이 어디 있소. 그런 말을 할 수 있는 신분이—."

"아니라고요? 단순한 죄인입니까? 쇼군께서 맡긴 중요한 사람이 아니었습니까?"

"그것과 이것은 다른 이야기요!"

후나바시 님이 엄청난 기세로 일어섰기 때문에 하카마 자락이 옆에 있던 가지와라 님의 소매를 스쳤다. 가지와라 님은 더 단단한 것에 얻어맞은 것처럼 비틀거렸다.

"화, 황송하오나 도베 선생님의 말씀에 따르면 가가 님께서는."

옥지기 두목이 내려다보는 시선에, 젊은 옥지기는 이제 땀으로 흠뻑 젖어 있다.

"지난밤 난리가 있은 직후부터 강한 불쾌감을 호소하시며, 지금껏 식사는 물론이려니와 물도 약도 전혀 드시지 않고 계십니다. 오직 그 하녀와의 면회를 청하고 계시며, 성사되지 않을 경우에는 이대로 숨을 거두게 될 거라는 말씀이."

후나바시 님은 양손으로 주먹을 쥐고 우뚝 서 있다. 얼굴을 찌푸리고 있는 탓에 갈고리 모양을 그리는 콧날이 귀신의 얼굴처럼 보인다.

"이제 와서 이런 말씀 드릴 필요도 없습니다만, 후나바시 님."

겐슈 선생님이 그 귀신의 얼굴을 향해 말했다.

"가가 님은 병환중이십니다. 이노우에와 도베의 진단뿐만 아니라, 사지 필두 스기타의 소견으로도 조속한 가료加療가 필요한 병환임이 확인되었습니다. 그 무엇보다도 로주께서 보내 오신 서장에도 가가 님의 병환에 대해서는 엄중한 단서가 있었습니다."

젠슈 선생님의 말투는 완전히 명랑하게 바뀌었다.

"마루미에 들어오셨을 때는 긴 여행의 피로까지 겹쳐져 몹시 쇠약해지는 바람에 한시도 눈을 뗄 수 없는 상태라고 도베 선생님이 엄하게 경고하셨던 일을 설마 잊지는 않으셨겠지요. 그 후로 오늘에 이르기까지 도베 선생님은 세심한 주의를 기울여 가료를 하고, 투약을 계속하며 가가 님의 몸을 지켜왔습니다. 왜냐하면, 다시 한 번 말씀드리겠지만 설령 그것이 병사病死라 하더라도 지금 여기에서 가가 님이라는 보물을 잃는다면 마루미 번은—."

"이제 됐소! 새삼 말하지 않더라도 알고 있으니."

후나바시 님의 노성에 젠슈 선생님은 조용히 고개를 끄덕였다.

"무례를 저질렀습니다. 허나 가가 님이 지금 하루, 아니 반나절 동안 약을 드시지 않고 안정을 취하지 못하며 식사도 거르신다면, 당장이라도 병세가 심각하게 악화될 것입니다. 도베 선생님이 당황하시는 것도 무리는 아니지요."

젠슈 선생님은 온화한 표정으로 격자 너머에 있는 젊은 옥지기를 바라보았다.

"우리가 있는 곳을 알아내기까지 상당히 수고를 했겠구먼. 후나바시 님이 여기 계시다는 것을 용케 알아냈군."

옥지기 무사는 당황한 듯이 다시 엎드리며 대답을 하지 않는다. 그런 것은 별로 상관없었는지 젠슈 선생님은 싱긋 웃는다.

"자, 어찌 하시겠습니까?"

후나바시 님은 몸을 부르르 떨며 겐슈 선생님을 한번 노려보고는 갈라진 목소리로 말을 내뱉었다.

"마른 폭포로 돌아가겠다. 그 하녀를 데려오너라."

쪽문을 열고 복도를 성큼성큼 걸어간다. 가지와라 님이 허둥지둥 뒤를 따라간다.

"자, 이리 오렴."

겐슈 선생님은 호를 손짓해 부르더니 손을 잡고 함께 일어섰다. 흐트러진 머리를 매만지고 주름이 진 기모노 자락을 잡아당긴 뒤 띠를 고쳐 주신다.

"겐슈 선생님."

"왜 그러느냐?"

호는 지금까지의 이야기 중에서 자신이 이해할 수 있었던 것만 물어보았다. "가가 님은 병환중이셨군요."

"그래. 무거운 병이다."

"몹시 야위셨습니다."

"진지를 드시지 않거든."

"그러면 안 되지요?"

"그것도 병환 때문이다."

"저는 마른 폭포로 돌아가는 건가요?"

"아아, 그래."

심부름을 온 젊은 옥지기가 촛대를 들고 기다리고 있다. 이마와 뺨은 아직도 식은땀으로 젖어 있다. 겐슈 선생님은 웃음을 지었다.

"이 아이의 이름은 호라네."

호입니다, 하며 호는 머리를 숙였다. 젊은 옥지기는 "알고 있습니다" 하고 겐슈 선생님에게 말했다.

"이노우에 선생님, 이 아이는—."

"음."

겐슈 선생님은 호의 등을 살짝 밀어 쪽문을 지나게 했다. 당신은 좁은 듯이 몸을 굽히고 신음하는 듯한 소리를 내며 복도로 나왔다. 그리고 호와 손을 잡았다.

"그럼, 갈까?"

"예."

호의 대답에 젊은 옥지기의 대답이 겹쳤다. 그는 당황한 듯이 호의 얼굴에서 시선을 피한다.

놀랍게도 겐슈 선생님은 즐거운 듯 웃기 시작했다. 걸음을 옮기기 시작하고 나서도 웃음이 그치지 않더니 결국은 멈추어 서고 말았다.

"선생님, 무엇이 재미있으세요?"

재미있는 것이 아니라 기쁜 거라고 선생님이 말했다. 웃으면서 호의 머리를 쓰다듬는다. 촛대의 불빛에 눈을 가늘게 뜨고 젊은 옥지기를 향해 말했다.

"나는 지금껏 이 아이의 순진함과 무지를 세상에 둘도 없이 아름다운 것이라고 생각해 왔네. 하지만 지금 이 순간에는 아쉽기 그지없군. 아주 잠깐 동안 이 아이에게 못된 꾀를 빌려 주고 싶어. 이 사태를 알게 해 주고 싶단 말일세."

"—이노우에 선생님."

주위를 살피듯이 옥지기는 낮은 목소리로 선생님을 제지했다.

선생님은 몇 번이나 고개를 끄덕인다. 그러다가 갑자기 호를 안아 올렸다. 호는 깜짝 놀라 떨어질 뻔해서 겐슈 선생님의 목덜미를 움켜잡아야 했다.

"너는 말이다, 호. 너 자신은 모를 테지만."

유쾌한 듯이 호를 번쩍 안아 흔들면서 겐슈 선생님은 말했다.

"귀신이다, 악령이다 하며 두려움의 대상이 되는 남자가 네 목숨을 구해주었다. 가가 님이 네 목숨을 구해주셨단 말이다. 그리고 번을 위해, 집안을 위해서라고는 하지만 또다시 어린아이를 베어야 하는 처지에 내몰릴 뻔한 옥지기 중 누군가도 그 행위에서 구해주신 거란다."

촛대를 든 옥지기가 비어 있는 손으로 얼굴을 닦았다. 희미하게 웃음 비슷한 표정이 그 자리를 스쳤다가 곧 사라졌다.

"자, 마른 폭포로 돌아가자꾸나. 가가 님을 뵙자."

검은 바람

1

눈부신 여름 햇빛 아래, 우사는 이마에 손으로 그늘을 만들며 빠른 걸음으로 걷고 있었다. 오늘도 에이신 스님의 명령을 받고 미노야에 돈 심부름을 가는 길이다.

마루미의 거리는 하늘과 바다가 하나가 된 것 같은 푸른 여름에 폭 감싸여 있다. 올려다보면 성의 하얀 벽은 구름에 지지 않으려고 강하게 햇빛을 반사하고, 거리를 둘러싸고 있는 산과 숲에서 기름 매미 울음소리가 쏟아져 내린다. 바다 향기를 머금은 바람이 남쪽 항구에서 불어 올라온다. 줄줄이 늘어서 있는 염색집의 굴뚝에서 피어오르는 김은 신기루처럼 천천히 흔들리고 있다.

올여름은 우사가 기억하는 한 가장 더운 여름이다. 그 탓인지 매일같이 지나가는 소나기도 유별나게 격렬하다. 한바탕 천둥이 울리고 격렬한 비가 내린 후, 잘려나간 것처럼 뚝 그치면 그 순간 주위가 싸늘해진다.

그럴 때, 몸에 익은 작업복의 소매와 옷자락을 걷어 올리고 바삐 뛰어다니느라 흘린 땀을 제대로 닦지 않으면 금세 재채기가 튀어나온다. 에이신 스님도 고뿔을 조심해야 한다고 말씀하셨다.

우사는 주엔지에 완전히 눌러앉고 말았다. 지금은 절에 있는 사람들 모두가 우사에게 친근하게 말을 걸고 또 의지해 주기도 한다. 그것이 기쁘고 의욕이 되어서 열심히 일하면 더욱 자신에게 기대어 준다.

에이신 스님의 동생이며 미노야의 주인인 주조도 우사의 부지런함을 높이 사 주는 것 같다. 시주를 요구할 때 쭈뼛거릴 필요가 없다는 이유는 들었지만 역시 자주 찾아가면 멋쩍다. 하지만 주조는 우사가 얼굴을 내밀면 아무리 바쁠 때에도 직접 나와서 상대를 해 준다.

서쪽 파수막에서 쫓겨났을 때 마음에 깊이 박힌 가시도 이제야 빠진 것 같다. 요즘 우사의 매일은 맑게 개어 간다. 히키테 견습으로서 허드렛일에 쫓기고 있을 때보다 어쩌면 지금이 더 즐거울지도 모른다는 생각마저 들게 되었다.

지금 우사의 마음에 걸리는 일이라면 단 하나, 호의 신상뿐이다.

마른 폭포 저택 쪽을 향해 두 손을 모으고 아침에는 이제부터 시작될 호의 하루가 무사히 끝나기를, 저녁에는 호가 혼자서 잠드는 밤이 편안하기를 간절하게 기도했다. 주엔지에서 밭을 돌보거나 밥을 짓거나 빨래를 할 때도 문득 생각한다. 호가 마른 폭포에서 돌아오면 이렇게 같이 살자고. 다시 같이 살면서 우사는 호의 '성님'이 되어 꼼꼼하게 보살펴 줄 수 있을 것이다. 하기야 손끝은 그 아이가 훨씬 야무지니 바느질이나 수선 정도는 맡길 수 있다. 에이신 스님도 틀림없이 호를 마음에 들어 할 것이다.

머지않아 그런 생활을 하게 될 것이다. 틀림없이, 틀림없이.

우사는 마른 폭포 저택이 지금 어떻게 돌아가는지 전혀 모른다. 마을에는 소문 한 조각도 전해져 오지 않기 때문이다. 파수막에 있을 때도 그랬지만 주엔지의 생활에 푹 빠진 지금은 더욱 그랬다.

"자네가 아무리 마음을 쓴다 한들 거기에서 무슨 일이 일어나건, 또 아무 일도 일어나지 않건, 그것에 대해서 알 수는 없네. 마른 폭포 저택은 우리 손이 닿는 곳이 아니야. 그렇다면 우사, 고민하는 것은 그만두게. 대신 기도해. 호를 위해서 말일세. 그리고 믿게. 부처님의 가호를. 기도란 그런 걸세."

그늘을 골라 폴짝폴짝 뛰듯이 걷다가, 염색집이 늘어서 있는 거리 저쪽에서 똑같이 서두르며 다가오는 여자와 마주쳤다. 눈이 부셔서 눈을 내리깔고 있기 때문에 얼굴을 잘 알아볼 수가 없다. 그대로 스쳐 지나가려고 하는데 여자가 멈추어 서서 우사 쪽을 돌아보았다.

"어머나, 그 서쪽 파수막에 있는 분 아닌가요?"

목소리가 귀에 익다. 돌아보니 햇볕이 쨍쨍 내리쬐는 길가에 서 있는 것은 울타리저택의 야마우치 부인이었다.

"아니, 부인, 실례했습니다. 오랜만에 뵙습니다."

우사는 단정하게 다리를 모으고 머리를 숙였다. 야마우치의 아내는 미소를 띠며 다가왔다. 손에 보자기를 들고 있다. 이 사람도 대부분의 하급 번사의 아내들처럼 염색집에서 일감을 받고 있는 모양이다.

"잘 지내시는 것 같네요."

야마우치의 아내는 점잖게 말했다.

"예, 부인도 별고 없어 보이셔서 다행입니다."

야마우치의 아내는 우사의 작업복 차림에 놀란 모양이었다. 우사는 웃는 얼굴로 말했다.

"저는 서쪽 파수막에서 물러나 지금은 주엔지에서 일하고 있습니다."

"어머나, 그래요?"

붉은 한텐이 잘 어울렸는데, 하고 말한다.

"고맙습니다. 하지만 여자 몸으로는 역시 히키테 노릇을 할 수가 없습니다."

"그렇지 않아요. 당신은 훌륭하게 일해 주었는걸요."

야마우치의 부인은 문득 주위를 둘러보더니 갑자기 의미심장한 표정을 했다.

"그건 그렇고, 마침 잘 만났어요."

우사에게 다가와 속삭이듯이 묻는다.

"당신이 있던 곳이 서쪽 파수막이지요? 그곳 두목을 맡고 있던 자가 얼마 전에 호열자로 죽었다는 소문을 들었는데 사실인가요?"

표면상으로는 그렇게 되어 있다. 우사는 고개를 끄덕였다.

"예, 참으로 안된 일이었습니다."

"아내와 아이들도 호열자에 걸려 세상을 떴다는 이야기도 사실이고요?"

"예." 우사는 짧게 대답하고는 야마우치의 아내가 모르도록 살짝 입술을 깨물었다.

"그래서 서쪽 파수막에서 물러난 것인가요? 이제 시집을 가서 아이를 낳을 소중한 몸이니까요."

"저처럼 험하게 자란 처자를 아내로 맞아 줄 사람이 있을 것 같지는 않습니다."

우사가 말을 딴 데로 돌리자 야마우치의 아내는 얼굴에 웃음을 지었다. "그것은 인연이니, 어디에서 어떤 분을 만날지 알 수 없는 법이지요."

하지만—하고 중얼거리더니 곧 웃음을 지웠다. 미간에 얕은 주름이 생긴다.

"그것은 정말로 호열자였나요? 아니, 호열자가 얼마나 무서운지는 저도 알고 있지만."

우사는 야마우치의 아내의 갸름한 얼굴을 찬찬히 마주 보았다. 처음 만났을 때는 식중독으로 약해져 있었고, 다음에 만났을 때는 오랫동안 의지하고 있던 하인 시게사부로가 떠나서 곤란해하고 있었다. 다시 말해서 항상 축 처져 있는 모습밖에 본 적이 없는 부인인데, 오늘도 무언가로 고민하고 있는 분위기이다.

"왜 그러십니까, 부인."

재촉할 요량으로 묻자, 야마우치의 아내는 다시 한번 주위 이목에 신경을 썼다. 염색집에서는 바쁘게 일하는 사람들의 소란스러운 목소리와 기척이 전해져 오지만 햇볕이 쨍쨍한 뒷길에는 지나다니는 사람이 없다.

"울타리저택에서 들었는데—."

아사기 님의 저택에서 또 기묘한 병이 돌기 시작한 모양이라고 한다.

우사는 저도 모르게 눈을 크게 떴다. "십오 년 전에도 생겼다는 그 병 말씀이십니까?"

"그런 모양이에요. 당신은 십오 년 전의 일을 아시지요?"

"잊으셨습니까? 부인께서 가르쳐 주셨잖아요." 우사는 생긋 웃어 보였다. "원인을 알 수 없는 식중독 같은 병 때문에 아사기 가의 분들이 매우 곤란해하셨다는 이야기였지요. 마른 폭포 저택도 그때 아사기 가에서 요양을 위해 지은 것이라고요."

"네, 맞아요, 그렇습니다."

고개를 끄덕이고 입을 다물어 버린다. 이마의 주름 수가 늘어난다. 자세히 보니 눈가나 입가에도 가느다란 주름이 져 있다. 나이와 힘든 생활이 새겨진 하급 번사 아내의 주름이다.

우사는 떠올린다. 야마우치의 아내는 마른 폭포 저택에 가가 님이 들어가시기 이전, 그 식중독 사건 때부터 두려워하고 있었다. 그 무렵 마른 폭포 저택은 가가 님을 맞이하기 위해 수리에 들어가 있었다. 야마우치의 아내는 그것을 가리켜 불길하다, 저 저택은 계속 봉해 두는 편이 낫다고 말했다. 자신들의 식중독과 십오 년 전에 아사기 가를 덮친 기묘한 병을 연결지어 생각하며 불안해하고 있었다.

그 무렵의 불안은 '쓸데없는 걱정이십니다'라는 우사의 말만으로도 지울 수가 있었다. 하지만 지금은 사정이 다르다. 일이 더욱 진행되어 버렸다고 할 수 있다.

"저는 너무 걱정이 됩니다." 야마우치의 아내는 작은 목소리로 말했다. "역시 마른 폭포 저택에는 사람이 들어서서는 안 되었던 게 아닐까요. 거기에 가가 님을 맞아들이자마자 봉해져 있던 병이 다시 움직이기 시작한 것이 아닐까요. 가가 님은 사람이 아닌 존재의 무시무시한 힘을 갖고 있다는 둥, 귀신에게 씌었다는 둥, 여러 가지 무서운 평판이 있는 분입니다. 그런 분의 힘이 마른 폭포 저택에 더해져 이번에는 더 심한 일이 일어나는 것은 아닐까요. 이상한 병이 아사기 가뿐만 아니라 성 아래 마을까지 퍼져서—."

"부인, 지나치게 생각하지 마세요."

우사는 애써 정중하고 밝은 말투를 유지하며 말했다.

"저는 아사기 님의 저택에서 일어난 병에 대해서 아무것도 모릅니다. 하지만 가스케 대장님은 호열자로 돌아가셨습니다. 아사기 님과는 아무런 연관도 없고 관계도 없을 것이라 생각합니다. 여름철에는 자칫하면 호열자가 생기곤 하니까요."

"정말로 호열자였나요? 아사기 님과 같은 병이 아니었나요?"

"예, 틀림없습니다."

나는 어느새 큰 소리로 단호하게 거짓말을 하는 자가 되었구나, 하고 마음속으로 생각했다.

전에 미노야의 주조도 같은 것을 물었던 기억이 난다. 가스케 대장은 정말로 호열자였나? 십오 년 전에 아사기 가를 괴롭힌 묘한 병이 다시 돌아 이번에는 성 아래까지 옮아왔다는 소문이 있네—.

그 소문이 퍼지고 있는 것 같다는 말도 했다. 그래서 한동안 우사는 조심하고 있었지만 그 후로는 아무에게도 아사기 가의 병이 다시 나타났다느니 하는 이야기는 듣지 못했다. 마을에서 얼핏 들은 적도 없고 주엔지에 있는 병자나 노인들 사이에도 그런 소문이 퍼져 있는 것 같지는 않았다.

그래서 잊고 있었다. 그러나 소문은 해자 바깥에서 해자 안쪽으로, 울타리저택 쪽으로 흘러 들어간 모양이다.

"아사기 님의 저택에서는 그 병으로 꽤나 호된 일을 겪으셨나 보지요. 그래서 부인의 걱정이 커지는 것입니까?"

야마우치의 아내는 팔 안의 꾸러미를 다른 팔로 바꿔 안고는 그 그늘로 얼굴을 가리듯이 했다.

"어떤 증상인지는 띄엄띄엄 소문으로 들었을 뿐이라 저도 자세히는 몰라요. 하지만 울타리저택에서는 요즘 그 이야기뿐이랍니다. 실은 울타리저택에서도 비슷한 병이 나돌고 있거든요."

우사도 이 말에는 놀랐다. 야마우치의 아내는 우사의 놀란 얼굴을 보고 더욱 표정이 무거워진다.

"하치야라는 가문의 당주가, 나이는 아직 서른도 되지 않은 분인데 사오 일 전부터 자리에 누워 계신다고 합니다. 치료를 해도 차도가 없고 날이면 날마다 병이 무거워져서—."

"그것이야말로 호열자가 아닐까요? 아니면 식중독이거나."

야마우치의 아내는 천천히 고개를 저었다.

"사지인 이노우에 가의 선생님이 부지런히 치료를 하러 오고 계세요. 사지 선생님의 진단으로 만일 호열자가 나왔다면 울타리저택 전체에 촉서가 돌았겠지요. 식중독이라 해도 마찬가지고요. 전에 당신이 해 주었던 것처럼 식중독의 원인을 찾아내기 위해 여기 저기 묻고 다녔을 거예요. 그런데 그런 일이 전혀 없습니다. 하치 야 가의 분들도 금족령이 내려진 것처럼 숨을 죽이고 가만히 계실 뿐이에요."

야마우치의 아내는 짧게 숨을 죽였다가 내쉬면서 빠른 어투로 덧붙여 말했다.

"하치야 님은 마른 폭포 저택에 머물며 교대제로 옥지기 일을 하 고 계셨습니다. 거기에서 병에 걸렸겠지요. 그 저택에 봉해져 있던 부정함과 가가 님의 무시무시한 기가 만나 생겨난 병에."

부인—하며 우사는 저도 모르게 야마우치의 아내의 팔을 잡았 다. 무례한 행동이라 곧 손을 떼려고 했지만 반대로 야마우치의 아 내가 우사의 손에 매달려 왔다.

"너무 무서워요. 하치야 님이 병으로 쓰러지시고 대신 남편이 옥지기 임무를 배명하게 되었어요. 건축 일이나 하는 말단 하급 번 사의 신분이라 설마 옥지기라는 큰 임무를 받게 될 거라고는 생각 도 하지 못했습니다. 아니, 하급 번사이기 때문에 옥지기 임무를 명령받은 것은 아닌가 하는 생각마저 들어요."

아플 정도로 손을 쥐는 부인에게, 우사는 기가 꺾이지 않도록 온 화한 목소리를 유지했다.

"옥지기는 가가 님을 맡는 큰 임무에 관련된 중요한 자리입니 다. 명예로운 자리이기도 하지요. 부인, 그런 얼굴 하지 마세요."

"뭐가 명예로운 자리란 말인가요?"

순간 야마우치의 아내는 날카로운 노기를 담은 말투로 말했다.

"마른 폭포 저택에서 일하는 분들은 마음고생과 피로 때문에 매일 명이 줄어드는 기분이라고 들었어요. 병까지는 아니라 하더라도 몸이 상하는 분들도 많다더군요. 그렇게 해서 일손이 모자라게 되고 새로운 옥지기를 명할 때에는 하급 번사들의 이름을 죽 적어 놓고 제비뽑기를 한다는 이야기도 있어요."

누가 옥지기가 되어 마른 폭포에 갈 것인가, 제비뽑기에서 꽝을 뽑는 자는 누구인가 하는 것일까.

야마우치의 아내의 손가락은 차갑고 뼈가 앙상했다. 손가락 끝에는 거스러미가 가득하다. 매일 물일이나 들일에 쫓기는 우사와 별로 다를 바 없이 거칠다.

우사는 잠자코 그 손가락을 마주잡았다. 지금 들은 이야기를 당장은 믿기 어렵다. 아니, 믿고 싶지 않은 것이다.

마른 폭포에 있는 옥지기들은 정말로 그렇게 두려워하고 허둥대고 있을까. 마른 폭포에서는 대체 무슨 일이 일어나고 있는 것일까. 마루미 번사들의 명을 줄일 만한 어떤 무시무시한 사건이.

호가 거기에 있는데.

"부인, 해자 바깥에는 옥지기 여러분이 그렇게 고생을 하고 있다는 이야기는 전혀 전해져 오지 않았습니다. 지금 처음 들었습니다. 전부 사실일까요? 소문이란 늘 꼬리에 꼬리가 붙어 과장되기 마련이니까요."

우사도 동요한 상태라 상당히 날카로운 말투가 되었다. 야마우치의 아내는 화도 내지 않았다. 더욱 몸을 움츠리고 목소리를 낮추었다.

"확실히 당신들은 알 수 없는 사안이겠지요. 본래 시정 사람들에게는 가가 님을 맡게 되었다는 번의 중요한 임무도 그리 실감나는 일은 아니니까요. 만사가 평온하게 지나가는 것처럼 보이면 안심할 수 있겠지요."

그것은 겉모습뿐이에요. 한순간 이를 드러내다시피 하며 그렇게 내뱉었다.

"마른 폭포 저택은 역시 사람이 발을 들여놓아서는 안 되는 곳이었어요. 그런데, 하필이면 그 장소에 사념邪念에 마음을 빼앗긴 무시무시한 살인자를 밀어넣고 말았지요. 이 얼마나 어리석은 짓을 한 걸까요."

"부인—."

"가가 님은 그 저택에 들어가서 거기에 깃들어 있던 악한 존재를 이제 완전히 수중에 넣으신 것입니다. 그리고 재앙을 일으키고 계셔요. 아사기 가의 병에 다시 불이 붙은 것은 겨우 시작에 지나지 않는다고요."

강한 눈빛으로 우사의 얼굴을 보더니,

"아사기 가는 단순히 마루미 번의 중신 가문인 것만은 아닙니다. 아시나요?"

그거라면 우사도 알고 있다. 아사기 가는 마루미의 수호신인 히다카야마 신사를 모시는 집안이기도 하다.

"아사기 가에 재앙이 일어난다는 것은 마루미를 수호하는 신이 약해진다는 뜻이에요. 십오 년 전에도 그랬지요. 아사기 가가 간신히 병을 봉할 때까지 계절에 맞지 않는 큰 비나 큰 바람, 산불 등이 일어나 이 마을은 큰 어려움을 겪었어요. 이번에는 그것보다 더, 더—."

넘칠 듯이 고여 있던 것을 단숨에 흘려내듯이 거기까지 말해 버린 야마우치의 아내는 제정신으로 돌아왔다. 입을 다문 채 물끄러미 바라보고 있는 우사의 눈빛을 느꼈을 것이다. 격렬하게 눈을 깜박이더니 당황하며 우사의 손을 놓고 몸을 뒤로 물렸다.

"세상에, 나도 참."

보따리를 꽉 껴안고 빈손으로 입가를 눌렀다. 이마에 땀이 살짝 배어 있다.

무턱대고 떠들어 대는 혼잣말이 멈추었기 때문에 가까스로 우사는 물을 수 있었다.

"부인, 마른 폭포 저택에서 대체 무엇이 옥지기 분들을 그리도 고민하게 하는 것일까요. 누군가가 죽었다거나, 이상한 것이 나타났다거나, 하치야 님 외에도 묘한 병으로 쓰러진 분이 계시다거나, 그런 일입니까? 아신다면 제발 가르쳐 주세요."

야마우치의 아내는 의심스러운 듯이 눈을 가늘게 뜨고 우사를 보았다. 우사는 생각다 못해 말했다.

"제 가족이 마른 폭포에서 하녀로 일하고 있습니다. 아직 어린 누이입니다. 그러니 부인, 저는 마른 폭포가 어떻게 돌아가는지 알고 싶습니다. 정말로 뭔가 무시무시한 일이 일어나고 있는 것이라면 저는 누이를 내버려둘 수 없습니다. 구해주고 싶습니다."

"당신의—누이."

"예." 우사는 힘있게 고개를 끄덕였다.

야마우치의 아내는 몸을 비틀어 우사에게서 얼굴을 돌리며 중얼거렸다.

"미안해요. 참으로 가엾게 되었군요. 제가 쓸데없는 소리를 너무 많이 지껄였습니다. 당신의 얼굴을 보니—저도 모르게 마음이 느슨해지고 말았어요."

"하지만, 부인."

야마우치의 아내는 옷소매에 매달리려고 하는 우사에게서 물러났다.

"저는 아무것도 모릅니다. 당신도 지금 들은 이야기는 잊으세요. 어쩔 수 없는 일이에요. 남편도—."

거기에서 말을 꾹 삼키더니 보따리를 안고 몸을 돌려 달려갔다. 우사는 몇 걸음 따라갔지만 붙잡아도 소용없을 거라는 생각에 포기했다.

어차피 길가에 서서 주워듣는 소문은 믿을 수 없다. 정말 마른 폭포의 상황을 알아볼 생각이라면 좀더 제대로 된 방법을 생각해야 한다.

2

미노야에 얼굴을 내밀어 보니 주조는 손님을 접대하는 중이었다. 긴장해야 하는 손님은 아닌지 담소를 나누고 있다. 장지문 너머로 복도 쪽까지 이야기소리가 띄엄띄엄 들려온다. 낙뢰 이야기를 주된 화제로 삼고 있는 모양이다. 그러고 보니 어젯밤에 해가 진 후 얼마 안 되어 한바탕 천둥이 치고 동쪽 산 쪽에서 깜짝 놀랄 정도로 큰 소리가 났다. 아아, 떨어졌구나, 하며 스님들과 밖에 나가 바라보았지만 어디에도 불길이 보이지 않았기 때문에 안심했다.

마루미 지방에는 벼락이 많다. 초봄부터 늦가을까지 일 년의 절반 이상은 낙뢰에 대비해야 하기 때문에 그것을 위한 많은 지혜를 가지고 있다.

어부들은 아무리 하늘이 파래도, 바람이 조용하고 바다가 잔잔해도, 뱃머리에서 하늘을 올려다보다가 주먹만 한 크기의 번개구름이 보이면 즉시 어장을 바꾼다. 바람의 방향에 따라서는 서둘러 배를 돌릴 때도 있다. 조수 관망대에는 종 대신 큰북이 매달려 있다. 산에 들어가는 사냥꾼이나 나무꾼들은 숲을 지나가는 바람이 북쪽에서 남쪽으로 갑자기 바뀌면 도구를 버리고 숲을 나와 풀밭으로 도망친다.

마을에서는 아무래도 그렇게까지 하늘 상태에 민감하지는 않지만 화재 관망대에 종이 달려 있지 않은 것은 마찬가지이다. 어느 집이나 처마 밑에 벼락을 막기 위한 부적을 붙이고, 누구나 기모노 목깃에 벼락을 피하기 위한 부적을 꿰매어 넣는다. 또 예로부터 마루미 여자들은 머리카락에 금속이 달린 비녀를 꽂지 않는 풍습이 있다. 뇌수는 금속을 좋아하기 때문이다. 여관 마을에서는 곤비라 신사에 참배를 오는 손님들에게도 산을 넘을 때에는 비녀를 빼라고 권한다. 크고 작은 두 개의 칼을 찬 무사에게는 검자루뿐만 아니라 칼날까지 감싸는 검집을 준다. 이것은 여관에 따라 의장意匠이 다른데 엄청나게 공을 들이는 가게도 있다. 번사들과 산 부교나 작사 부교의 관리들은 하타케야마 가의 문장이 들어 있는 자루를 반드시 허리에 차고 다닌다.

그러한 지혜가 쌓인 덕분에 산에서도 바다에서도 마을에서도, 사람이 벼락을 맞는 불행한 일은 꽤 오랫동안 일어나지 않았다. 하지만 낙뢰는 늘 있는 일이라 마루미 사람이라면 익숙하다. 대개는 산에 떨어져 자칫하면 불이 나지만 크게 번지는 경우는 없다. 산불을 재빨리 끄는 것은 산 부교에 속해 있는 산불 소방원들이 하는 일로 솜씨가 매우 훌륭하다.

그러니 이제 와서 낙뢰 이야기는 신기하지도 않을 텐데 무엇을 저리 오래도록 이야기하고 있는 것일까. 우사의 마음은 호의 신상을 걱정하여 마른 폭포 저택 쪽으로 쏠려 있어서 빙글빙글 헛돌고 있다.

가까스로 손님이 돌아가고—주조와 친한 회합 동료인지 우사의 얼굴을 보더니 '오오, 수고가 많군' 하고 말을 걸어 주었다—주조가 우사를 불렀다.

"오래 기다렸지? 이런, 안색이 왜 그러나?"

우사는 마음 상태가 금세 얼굴에 나타나는 체질인가 보다.

"누구랑 싸우기라도 했나? 아니면 사랑 때문에 고민인가?"

평소 같으면 이야기꽃이 피었겠지만 오늘은 재치 있는 대꾸를 할 수 있는 기분이 아니다.

"아무것도 아닙니다. 그보다 나리."

우사는 요즘 들어서 주조를 그렇게 부르고 있다.

"전에 서쪽 파수막의 가스케 대장님은 호열자로 죽은 것이 아니다, 그것은 십오 년 전에 아사기 님 댁에서 돌았던 병이 다시 돌아 이번에는 마을로 옮겨온 것이다―그런 소문을 가르쳐 주셨지요."

주조는 눈을 껌벅거렸다. "갑자기 무슨 소린가?"

"죄송합니다. 조금 전에도 같은 소문을 얼핏 들어서요. 전혀 근거 없는 이야기인데. 요즘에도 그런 말을 하고 다니는 사람이 있나요?"

주조는 야윈 턱을 잠시 어루만지며 고개를 갸웃거렸다. "글쎄. 요즘은 전혀 듣지 못했네. 파수막에서 서장이 와서 모두들 납득했기 때문일 테지."

"서장?"

"쓰네지 대장이 보냈네. 그렇지, 자네와 그 이야기를 한 직후였던가. 그런 소문이 나는 바람에 파수막에서도 신경이 쓰였던 게지. 가스케 대장과 대장의 아내, 두 아이들, 모두 호열자에 걸렸다더군."

대장의 아내도 죽었다고 똑똑히 씌어 있었던 걸까.

"제가 아는 바로는, 안주인은 사지이신 고사카 선생님께 맡겨졌을 텐데요."

"그러니까 고사카 선생님이 봐 주셨지만 다 헛일이 되었다는 걸세."

서장에는 호열자를 피하기 위해서는 어찌 하면 되는지, 생수는 마시지 말고 이러이러한 음식은 같이 먹으면 안 된다는 등의 사항도 적혀 있었다고 한다. 공 한번 많이 들였다.

덕분에 해자 바깥에서는 소문이 가라앉았다. 하지만 해자 바깥보다 훨씬 더 마른 폭포의 동정을 알기 쉬운 울타리저택에서는 그렇게 뜻대로 되어 주지 않았다. 이러다가는 울타리저택에서 해자 바깥으로 다시 소문이 되돌아올 수도 있을 것이다. 울타리저택에는 해자 바깥에서 온 많은 고용살이 일꾼들이 들어가 있다. 상인도, 직인도 출입한다.

"몹시 복잡한 얼굴을 하고 있군."

주조는 반쯤 놀리는 어투로, 반쯤은 걱정스러운 어투로 말했다.

"주엔지에서 무슨 일이 있었나?"

"아니요, 아무것도 아닙니다. 죄송합니다."

우사가 평소처럼 주지가 시킨 시주에 대해 이야기를 시작하자 주조도 평소처럼 고용살이 일꾼을 불러 척척 준비를 해 주었다.

"아까도 얘기하고 있었네만 어젯밤 큰 벼락이 떨어지지 않나."

"예. 또 동쪽 산이었지요."

"히다카야마 신사 바로 근처라네." 주조는 말하면서 눈썹을 찌푸렸다. "자네는 아나? 신사 남쪽에 있는 산에서는 사냥이나 벌채가 금지되어 있네. 히다카 님의 신전을 수리하거나 도리이를 새로 세울 때 쓰는 목재는 전부 거기에서 베어 오니까."

히다카야마 신사의 도리이는 주물이나 도자기가 아니라 나무로 되어 있다. 십 년에 한 번 정도 새것으로 바꾼다.

"어젯밤의 낙뢰로 다음에 도리이를 새로 세울 때 쓰기로 한 나무가 쓰러지고 말았네. 마치 노린 것처럼 그 자리에 떨어졌다더군."

우사는 주조의 작고 가느다란 눈을 보았다. 주조는 고개를 끄덕였다.

"나도 새삼 마루미의 벼락에 놀라지는 않네. 하지만 그 산은 히다카 님의 정원이나 마찬가지고, 지금까지는 한 번도 벼락이 떨어진 적이 없었어. 그런데 갑자기 어찌 된 일일까."

아주 산산조각이 났다고 하더라며 어두운 얼굴을 했다.

우사의 머리에 방금 전에 야마우치의 아내가 한 말이 스쳤다.

─아사기 가에 재앙이 일어난다는 것은 마루미를 수호하는 신이 약해진다는 뜻입니다.

저도 모르게 말할 뻔했다. 나리, 아사기 가에서 십오 년 전과 같은 병이 돌고 있다고 합니다.

가까스로 말을 참았다. 주조는 발이 넓다. 실수로 입을 잘못 놀렸다간 우사가 새로운 소문을 퍼뜨리게 된다. 물론 내버려두어도 조만간 반드시 해자 바깥까지 들려올 소문이긴 하지만 자신이 불씨가 될 필요는 없다.

"그럴까요, 나리? 사물은 생각하기 나름입니다."

애써 태연한 척하며 그렇게 말했다.

"어젯밤에는 정말 큰 벼락이 떨어졌습니다. 마을에 떨어졌다면 큰일이 났겠지요. 그래서 히다카 님이 일부러 벼락을 불러들여 가까운 곳에 떨어뜨리셔서 마을을 지켜 주신 것은 아닐까요?"

주조는 활짝 웃었다. "그렇군. 자네, 말을 참 잘하는군. 형님을 닮기 시작했는걸."

확실히 말하고 보니 지금 한 말은 어느 모로 보나 에이신 스님이 할 법한 소리이다.

"우리는 이제 나이를 먹을 만큼 먹지 않았나. 좀처럼 이렇게—한 가지 생각에서 벗어나질 못하지. 역시 가가 님이 계시기 때문에 이런 일이 일어나는 것은 아닌가 생각하니 아무래도 불안해서 견딜 수가 없네."

"나리는 마른 폭포 저택에 무슨 연줄이 있으십니까?"

에둘러 말하는 것보다 스스럼없는 얼굴로 묻는 것이 나을 거라고 생각했다. 하지만 주조는 갑자기 정색을 하며 우사를 보았다. 아무래도 지나치게 솔직하게 물었던 모양이다.

"왜 그런 걸 묻나?"

"아니요, 어쨌든 여기는 이름 있는 여관이니 혹시 가가 님을 맞이하는 일에 뭔가 거든 것이 있지 않을까 해서요. 성의 높으신 분들과도 나리라면 가까이 하실 기회가 있을 테고요."

"그야 뭐, 전혀 줄이 없는 것은 아니지. 하지만 가가 님을 맞이하는 일은 다이묘 가가 곤비라 신사에 참배를 드리려고 마루미에 묵으시는 것과는 비교가 되지 않는 큰일일세. 우리 여관 주인들이 거들 만한 일이 있을 리 없지."

"그런가요."

너무 솔직하게 실망하지 않도록 조심했다. 만일 주조가 어딘가에 줄이 닿는다면 마른 폭포에서 고용살이를 할 수 있도록 주선해 줄 수 있을지도 모른다고, 아주 조금이긴 하지만 기대하고 있었던 것이다.

만일 야마우치의 아내가 말한 것처럼 마른 폭포의 옥지기들이 동요하여 두려움이 퍼져 있다면, 병으로 빠지게 되는 사람도 나오고 있다면, 일손이 절실하게 필요할 것이다. 실제로 호가 하녀로 들어가 있지 않은가. 우사도 들어갈 수 있을지 모른다.

"그러면 나리도 마른 폭포 저택이 어찌 돌아가는지는 전혀 모르십니까?"

"모르지. 무슨 잠꼬대 같은 소린가." 쓴웃음을 지으며 그렇게 말하고 나서 주조는 흠칫 놀란 모양이다. "그렇지, 자네는 호라는 여자아이가 걱정이 되어서 그러는 세로군."

호에 대해서는 주조도 알고 있다. 형에게 들었다고 했다.

"예. 어떻게 지내는지, 전혀 알 수가 없습니다. 하다못해 저라도 같이 하녀로 일할 수 있다면 좋을 텐데."

"가엾게 되었네만 그건 어려울 걸세."

주조는 품에 손을 집어넣었다. 입가가 축 늘어진다.

"자네가 걱정하는 마음은 잘 알겠네만."

그러다가 문득 시선을 들었다.

"호라는 아이는 이노우에 가의 겐슈 선생님이 마른 폭포로 데려가셨지?"

"예."

"그렇다면 이노우에 가에 부탁해 보면 어떻겠나? 사지 선생님은 우리 같은 시정 사람들도 치료해 주시지. 겐슈 선생님은 그중에서도 특히 상냥하시고, 시정 사람들의 말도 잘 들어주시는 분이라는 평판일세. 자네가 꼭 그렇게 하고 싶다면 선생님께 부탁하는 것이

제일 빠른 길 아니겠나?"

우사도 그 생각은 했다. 하지만 제일 먼저 희망이 없다며 버린 생각이다. 우사에게는 겐슈 선생님께 가까이 갈 기회가 없다. 이노 우에 가에 찾아가 봐야 야모리인 가나이 님이나 시즈라는 그 무서운 하녀에게 또 쫓겨날 뿐이다.

작은선생님과도 만날 수 없고—.

그때 와타베의 얼굴이 떠올랐다.

그렇다. 와타베에게 부탁하면, 겐슈 선생님은 무리더라도 게이치로 선생님은 만날 수 있을 것이다. 우사의 바람을 전해 달라고 하는 것은 물론이고 마른 폭포 저택이 어떤 상황인지도 가르쳐 주실지 모른다. 이노우에 가의 분들이라면 호가 어떻게 지내고 있는지 틀림없이 알고 계실 것이다.

게다가 야마우치의 아내가 말하지 않았던가. 병으로 쓰러진 옥지기 하치야 님을 이노우에 가의 선생님이 돌보고 있다고. 겐슈 선생님인지 게이치로 선생님인지 알 수 없지만 어쨌거나 그것이 어떤 병인지 더 자세히 알고 있는 분이다.

"하지만 말일세, 우사."

주조는 달래듯이 말했다.

"어떤 연줄에 의지하더라도 그리 쉽게 자네가 마른 폭포에 들어 갈 수 있을 것 같지는 않네. 가가 님에 관련된 일은 각별하니까. 괴롭겠지만 호가 돌아오기를 기다리며 주엔지에서 일하고 있어 주면 안 되겠나?"

저도 서두르는 것은 아닙니다, 찬찬히 잘 생각해 보겠습니다, 하고 우사는 얌전히 대답했다.

미노야를 나서 해자 바깥을 돌아다니며 와타베가 갈 만한 곳을 찾았다. 와타베가 보이지 않아 결국 마을관청까지 가 보기도 했지만 보람은 없었다. 주엔지에서 온 심부름꾼이라고 신분을 확실히 밝혔는데도 와타베 님은 출타중이시니 나중에 다시 오라고 쌀쌀한 거절을 당했을 뿐이다.

우사가 주엔지에 자리를 잡은 후에도 와타베는 가끔 얼굴을 내밀어 준다. 정처없이 찾아다니는 것보다 그것을 기다리는 편이 나을까. 정말이지, 중요할 때 만나기 힘들다니까.

3

절로 돌아오니, 에이신 스님이 오늘은 왜 이렇게 시간이 많이 걸렸느냐고 대뜸 말했다. 스님도 작업복 차림으로 밭을 일구고 있다. 수행을 할 때 외에는 늘 이렇다.

"주조가 인색한 본성을 드러냈나? 응?"

스님은 수건으로 대머리의 땀을 닦으면서 뚫어져라 우사를 바라본다.

"나는 맷돌을 받아오라는 말은 안 했는데."

우사는 흠칫 놀랐다.

"자네의 그 얼굴, 등에 맷돌이라도 짊어지고 있는 것 같네. 왜 그리 혼자서 무거워하나?"

대뜸 꿰뚫어보는 말에 우사는 우물거렸다. 밭에는 다른 사람들도 있다. 이곳에서는 도움을 받은 병자나 빈민들이 그대로 눌러앉아 일손이 되는 일도 드물지 않다.

"나중에 본당으로 오게."

스님은 눈치 빠르게 그렇게 말했다.

한바탕 바쁘게 일하고 나서 우사가 본당으로 가 보니 스님은 작업복을 입은 채 불구佛具를 닦고 있었다.

"자네도 거들게."

우사는 걸레를 손에 들고 일을 시작했다. 손을 움직이면서 오늘 있었던 일을 고백했다.

정신을 차려 보니, 스님은 우사에게 청소를 맡기고 어느새 목탁 옆에 털썩 앉아 있다.

"우선 마른 폭포 저택에 들어가는 것은 포기하는 게 좋아."

에이신 스님은 목탁을 손으로 어루만지며 그렇게 말했다.

"하지만—."

"겐슈 선생님이 호라는 아이를 데려간 것은 뭔가 생각이 있어 하신 일일 테지. 자네도 아주 바보는 아니니 알 걸세. 소중한 가가 님을 맡고 있는 저택에 그렇게 분별없고 미덥지 못한 어린아이를 일부러 골라서 데려가셨네. 여기에는 상응하는 이유가 있을 걸세. 어른이고 아는 것 많은 하녀로는 부족한 이유가."

우사로서는 짐작도 가지 않는다.

"그 아이는 에도에서 온 떠돌이로 친지도 없습니다. 죽는다 해도 신경 쓸 사람은 저밖에 없지요. 그래서 편리했던 게 아닐까요?"

"겐슈 선생님은 그런 분이신가?"

이 말에는 잠시 대답이 막혔다.

"모르겠습니다. 저는 상냥한 선생님이라고 생각하고 있었어요. 하지만 마루미 번의 중요한 일에 관한 것이라면 겐슈 선생님도 저 같은 것은 생각도 하지 못할 일을 하실지도 모르지요. 사지 가문의 분들은 저나 호처럼 근본 없는 것들과는 다릅니다."

"그럼 묻겠네만, 자네는 어째서 마른 폭포에서 호가 죽게 될 거라 생각하는 겐가?"

"그런 생각은 하지 않습니다!"

"생각하고 있지 않은가. 입에 담기도 했네. 지금도 말했어. '죽는다 해도 신경 쓸 사람은 없다'고 말일세. 어째서 호가 금방 죽어야 한단 말인가? 그저 밥을 짓거나 청소를 하러 갔을 뿐인데. 보통은 하녀 일을 하러 갔다가 금방 죽을 거라는 생각은 하지 않네."

우사는 걸레를 움켜쥐었다. 지적을 받고 보니 그 말이 옳다.

"자네도 가가 님을 귀신이나 악령이라 생각하고 있다는 뜻이로군. 그래서 가까이 가면 죽을 거라고 걱정을 하는 게지."

그럴까? 우사는 자신의 마음을 들여다본다. 지금까지 그렇게 물어본 적은 없었다.

"저는…… 저어…….."

"자네답지 않군. 당당해지게."

우사는 얼굴을 들었다. 스님은 엄한 눈을 하고 있었다. 얼굴 한가운데에 책상다리를 하고 앉아 있는 훌륭한 콧구멍이 벌어져 있다.

"그렇게 생각하고 있지는 않습니다. 다만, 무슨 잘못이—마른 폭포 저택에서 좋지 못한 일이 일어났을 때 그것이 호의 탓이 되어 버리지는 않을지 걱정이 됩니다."

"어째서 호의 탓이 된단 말인가?"

"그 아이는 자신의 주장을 할 수 없으니까요."

"그런데 왜 마른 폭포 저택에서 좋지 못한 일이 일어날 거라고 단정하는 겐가?"

"그 저택은 사연이 각별하지 않습니까. 아사기 가의 병이 봉해져 있고, 거기에 사람이 들어간 순간 대울타리가 쓰러져 많은 사람들이 다치고—."

우사는 앗 하며 걸레를 든 손을 입가에 댔다.

스님은 흐흠 하며 웃었다.

"그런 게지. 사연이 각별하니. 실제로 불길한 일이 일어났네. 거기에 가가 님이 들어가셨고. 불길함에 불길함이 더해진 게지. 자네도 주조와 마찬가지로 한 가지 생각에서 도망치지 못하고 있어."

우사는 양손을 무릎에 얹고 단정하게 정좌했다. 머리도 몸도 가라앉을 듯이 무겁다.

"허나 자네는 바로 그 머리 어디에선가 옳은 사실도 알고 있을 걸세. 좋지 못한 일이 일어나면 그것이 호의 탓이 된다. 하기야, 그런 일은 일어날 수 있겠지. 자네의 걱정이 아주 엉뚱한 것은 아닐세."

"그렇다면!"

"그래서 내가 물은 걸세. 이노우에 가의 겐슈 선생님은 그런 일 때문에 어린아이를 버릴 만큼 잔혹한 분이냐고. 자네는 정말 그렇게 생각하느냐고."

잠시 동안 우사를 물끄러미 응시하고 나서 스님도 천천히 자세를 바로 했다.

"그럼 우사, 자네에게 한 가지 더 묻겠네. 부처님은 어디에 계시나?"

이곳에서 살게 된 후로 셀 수도 없을 만큼 많이 스님의 독경을 들어 왔지만 설법이나 설교를 들은 적은 없다.

"스님, 저 같은 것에게 그렇게 어려운 질문을 하지 마십시오. 게다가 지금 그런 이야기를 하던 것이 아니지 않습니까."

"어쨌든 대답해 보게. 부처님은 어디에 계시나?"

"어딘가—서쪽 하늘 높은 곳에 계시겠지요. 아주 먼 곳에요."

"아닐세. 부처님은 지금 여기에 계시네."

본존을 말하는 것일까?

"산천초목실유불성山川草木悉有佛性. 부처님은 만물 안에 계시네. 무슨 뜻일까?"

스님은 두터운 손바닥을 자신의 가슴에 댔다.

"우리처럼 덧없고 허무하고 비천한 사람의 몸속에도 불성은 있다는 뜻일세. 그것은 가가 님도 마찬가지지."

우사는 눈을 크게 떴다. "스님, 가가 님은 살인을 했습니다! 살생을 했다고요. 게다가 자신의 아내와 아이들을 해쳤어요. 그런 사람에게 어떻게 부처님이 깃들겠습니까?"

"죄를 짓는 이유는 고귀한 불성을 지니고 있으면서도 우리가 덧없고 허무하고 비천한 사람의 몸이기 때문일세."

현신現身으로는, 우리는 부처가 될 수 없네. 오직 부처님을 생각하고 자신 안에 있으면서도 손이 닿지 않는 부처님의 자비를 청하고 바랄 뿐. 스님은 이어서 가슴을 툭툭 두드렸다.

"허나 우사, 그래도 부처님은 우리의 여기에 계시네. 어디로도 가시지 않고 어디로도 숨지 않으시지. 우리가 그 모습을 찾으려고 하면 반드시 볼 수 있네. 하지만 우리가 부처님을 잊으면 부처님의 모습은 보이지 않게 되고 말지."

우사는 곤혹스러워져서 손에 든 걸레로 얼굴을 북북 문지르고 말았다.

"스님이 하시는 말씀을 저는 전혀 모르겠습니다."

"알려고 하지 않으니 모르는 걸세. 아는데도 안다는 것을 알려고 하지 않으니 계속 모르는 게지."

더 모르겠다.

"그렇습니다. 저는 부처님을 만난 적이 없어서 모르겠습니다. 하지만 나쁜 짓을 하는 사람은 세상에 얼마든지 있어요. 가가 님도 그렇습니다."

"가가 님은 자신이 저지른 그 짓을 과연 기뻐하실까? 귀신이나 악령이 된다는 것은 귀신이나 악령의 짓에 기쁨을 느낀다는 뜻일세. 가가 님은 스스로 자신의 처자를 해치면서 기쁘다, 즐겁다고 생각하셨을까?"

"그거야 더더욱 알 길이 없지요. 스님은 아십니까?"

"나도 모르네."

선뜻 말한다. 화를 내려던 우사는 스님의 능청스러운 얼굴에 웃음을 터뜨리고 말았다.

"모르지만, 아네."

스님은 매우 진지하게 말을 이었다.

"우사. 무엇 때문인지는 알 수 없지만 가가 님은 잠시 스스로를 잊고 자신 안에 있는 부처님과 멀어져 무거운 죄로 손을 더럽히셨네. 허나 가가 님의 몸은 여전히 사람이야. 덧없고 허무하고 비천한 사람의 몸. 하지만 그 밑바닥에는 부처님이 계시네. 부처님이 계시기 때문에, 사람은 결코 귀신이나 악령은 될 수 없어. 완전히 그렇게 될 수는 없단 말일세. 차라리 그렇게 될 수 있다면 훨씬 편하고 훨씬 안온할 텐데 말이야. 나는 그 사실을 알고 있네. 가가 님의 심정은 몰라도, 그것만 알면 사람의 이치는 알 수 있지."

간곡하게 타이르는 말투였다.

"마른 폭포 저택에 무슨 두려운 것이 숨어 있겠는가. 거기에는 사람 중의 사람인 가가 님이 칩거하고 계실 뿐일세."

"사람 중의 사람?"

"약하고 덧없고 비천한 사람 말일세. 죄를 저지름으로써 몸속에 있는 부처님의 가호를 깨달았지만 그 가호에는 더 이상 다가갈 수 없는 인간 말이야."

우사는 생각에 잠기고 말았다. 수수께끼 같은 말이 이어져 지금까지 알고 있던 것도 모르게 될 것만 같다.

"그 천으로 얼굴 닦지 말게."

그 말에 흠칫 놀라 손을 보았다. 걸레다. 당황해서 다른 쪽 손으로 얼굴을 깨끗이 한다.

"하지만 스님. 가가 님 주위에서는 정말로 불길한 일이 일어나고 있습니다."

"어떤 일 말인가? 말해 보게."

"그러니까 대울타리 일도 그렇고, 가스케 대장님의—아이들 일도 그렇잖아요."

지금도 입 밖에 내어 말하기는 괴롭다.

"그 일로 대장님과 안주인이 벌을 받았습니다. 아, 그 전에 호보다 먼저 마른 폭포에서 하녀 일을 하던 사람이 급사했습니다. 염색집의 하치타로라는 아이가 마른 폭포 저택에 담력 시험을 하러 갔다가 귀신을 보고 앓아누운 적도 있었고요. 그리고 이번, 아사기 님 댁의 병에 대한 소문은 옥지기 분들에게까지 퍼져 있습니다."

잊어버리고 말하지 않은 이야기가 하나 있었다.

"가가 님이 오시기 전에 오사카의 숙소에 묵으셨을 때 자객이 들어서 가가 님을 모시러 갔던 관리 중 한 분이 부상을 입었습니다. 배 부교 호타 님의 차남으로, 신노스케 님이라는 분입니다."

돌아가신 이노우에 고토에 님의 혼담상대라고 작게 덧붙였다. 고토에 님의 죽음의 진상에 대해서는 스님에게도 말하지 않았다. 그러니 지금 중얼거린 목소리가 쉰 의미를 스님은 이해하지 못했을 것이다.

"많이도 알고 있군. 과연 토끼야. 귀가 길구먼."

"몇 가지는 와타베 님께 들었어요."

"그 남자도 많이도 알고 있군. 게다가 그 남자는 자네보다는 똑똑해. 알고서도 자기 분수껏 모르는 척하고 있으니 말일세."

칭찬하는 말인데도 나무라는 것처럼 들렸다.

"다른 사람에게 말해서는 안 된다고 엄하게 주의를 받았습니다. 지금까지 말한 적은 없어요."

"우사."

활달하게 부르며 스님은 자세를 편하게 하고 목탁에 기대었다.

"나와 함께 한번 생각해 보지 않겠나? 하나하나 검토해 보세. 그 나쁜 일들을. 그 일들은 정말로 가가 님 때문에 일어난 흉사인가?"

스님은 우사가 뭐라고 말하기도 전에 멋대로 말을 이었다.

"그래. 전부 가가 님 때문에 일어난 일들뿐일세. 하지만 우사, 중요한 것은 모든 일은 가가 님 탓이지만 그것은 꼭 가가 님이 귀신이나 악령이 아니어도 일어날 흉사라는 걸세."

"'평범한 사람'이라도 말입니까?"

"좋은 질문이야. 그럼 나도 묻지. 가가 님은 '평범한 사람'인가? 한때 재정 부교라는 중직에 있으면서 권세를 휘두르던 분이 평범한 분인가?"

그것은 아니다. 우사는 고개를 저었다.

"그렇지. 가가 님은 훌륭한 분일세. 훌륭한 분이 죄에 빠지면 어쨌든 다루기가 어렵지. 쇼군이 맡기신 죄인은 본래가 어두운 대낮이나 마찬가지로 모순된, 있어서는 안 될 존재일세. 가가 님이 일으키는 귀찮은 일들은 바로 그 부분이 발단이지."

우사는 몸을 딱딱하게 굳힌 채 스님의 말을 들었다. 조금이라도 다른 데 정신을 팔면 또 모르게 될 것 같다.

"다루기 어려우니 잘못이 일어나는 걸세. 자객이 든 것, 마른 폭포 저택에 가까이 간 것뿐인데 어린아이까지 베어 죽인 것, 이런 일들은 그런 잘못이지."

"그럼 대울타리가 쓰러진 것은요? 하녀가 죽은 것은? 하치타로가 본 귀신은?"

"하녀의 죽음에 대해서 와타베는 뭐라고 하던가?"

"─급사라고요."

"원인은 뭐지?"

병사다, 쓸데없는 생각은 말라고 엄하게 말했다.

"병이라고 합니다."

"그렇다면 불행한 일이긴 하지만 어디에나 있는 일일세."

"저도 처음에는 그렇게 생각했습니다. 하지만 아사기 가의 이번 병과 함께 생각해 보면."

"잠깐, 잠깐." 두툼한 손바닥을 들며 스님은 우사의 말을 가로막았다. "아사기 가의 병은 좀 있다 얘기하세. 전부 다함께 이야기하면 보일 것도 보이지 않게 되네. 나는 그 병에 대해서라면 아는 게 좀 있거든."

놀랐다. 이렇게 가난하고 다 쓰러져 가는 절에 틀어박혀 있는 스님이 중신을 많이 배출한 마루미 번의 명문가에 대해서 무엇을 알고 있다는 것일까.

"하치타로라는 아이가 본 귀신은 진짜 귀신이었을 테지. 하지만 가가 님과는 상관없네."

"어떻게 그렇게 단언하실 수가 있습니까?"

"사람의 눈에 비치는 귀신은 그 사람의 눈 속에 살고 있기 때문일세. 그래서 쫓아내기가 어렵지. 쫓아내는 것이 반드시 좋은 일이라고도 할 수 없네. 우리 중들이 그래서 고생을 하는 거지."

또 이상한 말을 한다고 우사는 생각했다. 그 탓에 얼굴이 찌푸려졌는지 스님은 재미있다는 듯이 슬쩍 웃었다.

"대울타리 일은 말일세, 우사. 단순한 사고일세. 엉성하게 짜는 바람에 쓰러져서 다친 사람이 나온 거지. 그것뿐일세."

"하지만 지금까지 그런 일은—."

"없었지. 마루미 번에서는 대울타리를 세울 일이 우선 없었네. 오랫동안 그런 일은 하지 않았거든. 느긋해서 좋았지. 그래서 대울타리를 잘 세우는 방법을 아는 자가 없었던 걸세. 없었으니 실수를 했지."

"하필이면 마른 폭포에서요?"

"가가 님을 맞아들일 곳이 다른 저택이었다 해도 똑같이 쓰러졌을 걸세. 어디서 세우든 못하는 건 못하는 거야."

우사는 문득 그리운 기분에 사로잡혔다. 뭘까, 이 느낌은. 그리고 깨달았다. 게이치로 선생님께 이런저런 것들을 배울 때와 비슷하다. 우사가 묻고 작은선생님이 대답한다. 우사가 물은 것 이상의 일까지 대답해 주실 때도 있었다.

사물의 이치, 사람의 마음을 움직이는 법, 아직 모르는 것과 알고 싶은 것, 앞으로 어떻게 하면 모르는 것을 알게 되는가 하는 방법.

게이치로 선생님은 뭐든지 가르쳐 주셨다. 작은선생님의 말을

들으면 우사는 주변 모든 것을 꿰뚫어 볼 수 있을 것 같은 기분이
들었다.

가슴이 뜨거워진다. 그것을 스님에게 들키지 않으려고 시선을
아래로 내리깔았다.

"하녀의 죽음도 우연일세. 병에 걸렸다면 다른 곳에서 일하고
있었다 해도 죽었을지 모르지."

그 말을 듣고 보니 그렇지만, 그래도 실제로 하녀는 마른 폭포에
서 급사했다. 우사는 그렇게 스님의 말대로 하나의 생각에서 벗어
나지 못하고 있는 것일까.

"본래 가가 님은 왜 귀신이니 악령이니 하며 두려움의 대상이 되
게 된 걸까?"

스님은 물었다. 그리고 스스로, 귀신이나 악령에 씌었다고 생각
할 수밖에 없는 짓을 했기 때문—이라고 대답했다.

"하지만 우사. 가가 님이 한 짓은 정말로 귀신이나 악령밖에 할
수 없는 짓이었을까? 사람이기 때문에 저지른 죄였다고 생각할 수
는 없을까?"

"하지만 사람이 하는 일이라면 어떤 일에나 그에 상응하는 주장
이 있을 것입니다. 가가 님은 어째서 아내와 아이들을 해쳤는지,
그 이유를 말하지 않았잖아요? 그래서 에도 사람들은 무서웠던 거
지요."

"말하지 않는 것과, 주장이나 이유가 없는 것은 다르네."

스님은 천천히 타이르듯이 말한다.

"가가 님은 이유를 말하지 않은 걸세. 말하고 싶지 않았던 것인

지도 모르고, 말할 수 없었던 것일지도 몰라. 허나 그러면 세상사람들은 가만히 있지 않지. 가만히 있지 않고 멋대로 이유를 붙여가가 님의 주장을 만들었네. 그것이 귀신이나 악령이야. 그런 것이아니겠나, 우사?"

"그렇다면 막부의 높으신 분들도요?"

"그래. 귀신이니 악령이니 하는 것을 진심으로 믿고 두려워 떨던 사람들도 있겠지. 한편 귀신이니 악령이니 하는 것이 편리하니그런 것으로 해 두자는 사람들도 있었을 걸세."

스님은 쿡쿡 웃었다.

"생각해 보게. 가가 님이 정말로 귀신이나 악령 같은 것으로 변하셨다면 어느 누가 자객을 보내겠나? 오사카에서 가가 님을 덮쳤다는 자객이 어디에서 보낸 자였든 사람이 아닌 존재로 변한 가가님을 죽이기 위해 온 것일 테지? 그 자객은 귀신이나 악령의 엄청난 힘을 두려워하지 않았을까? 그렇다면 상당한 신통력을 가진 자였을 걸세. 그런 자가, 경호하던 호타 신노스케인지 하는 자와 붙어 호타에게 부상을 입히긴 했으나 가가 님까지 이르지는 못하고쫓겨가고 말았네. 꽤나 야무지지 못한 자로군."

악령을 봉하는 법술이라면 스님에게 부탁하면 될 것을, 하고 농담처럼 말했다.

"우사, 나는 아까 자네는 알면서도 자신이 알고 있다는 것을 모른다고 말했네. 내 눈에는 자네가 아무래도 공중에 매달려 있는 것처럼 보여."

"공중에……?"

"그렇다네. 나는 지금 바보 취급하는 것처럼 말했지만, 유배를 오게 된 가가 님을 귀신이니 악령이니 하며 두려워하고 봉하려고 하는 것은 꽤 좋은 생각이야. 그러면 만사가 잘 수습되겠지. 가가 님 본인도 그것이 좋다고 생각하시기 때문에 아직도 입을 열지 않고 담담하게 이곳으로 유배를 오셨다고 생각하네."

"어째서 만사가 잘 수습됩니까?"

"사람이 아닌 존재라는 덮개를 씌우면 번거롭고 다루기 어려운 가가 님이 조금은 다루기 쉬워지기 때문일세. 가가 님이 무슨 말을 하고 무슨 짓을 해도 그것은 이미 사람의 말이 아니고 사람이 하는 일도 아니지. 진지하게 받아들일 것도 없이 그냥 무서워하기만 하면 되네. 실수가 일어나도 귀신이나 악령은 사람의 손으로는 감당하기 벅차다고, 누구보다도 먼저 자기 자신에게 변명할 수 있단 말일세. 쇼군에게도 마루미 번에도 참으로 편리한 논리지."

그러나 그것을 완전히 믿지 않는 사람도 조금은 있기 때문에 자객을 보낼 때도 있다—.

우사의 중얼거림에 스님은 고개를 끄덕인다.

"뭐, 그 자객이 어디에서 온 건지는 모르겠네만."

"에도에서 왔겠지요. 뻔하지 않습니까?"

"자네가 그렇게 생각한다면 그런 거겠지."

수수께끼 같다.

"특히 지금의 쇼군께서는 귀신의 힘을 무척이나 두려워하시는 분이라는 소문일세. 그렇다면 좋지 않은가. 가가 님은 귀신일세. 마루미 번은 귀신을 맡아 진정시키고 봉인하는 큰 역할을 맡게 된 거야."

그래서 마루미 번은 가가 님을 두려워한다.

"우리 아랫것들도 영주님이 그렇게 말씀하신다면 그렇게 믿도록 하세나. 그리 해 두면 이 큰 역할을 해내기 쉬워지는 걸세. 아니, 아니, 내가 말할 것까지도 없이 해자 바깥이나 울타리저택에서도 모두들 믿고 있지 않은가. 마른 폭포에 관련된 소문이 그걸 뒷받침하고 있지. 이것은 지금의 마루미 사람들로서는 아주 옳은 모습일세."

그런데—하며 스님은 상반신을 내밀고 우사를 응시한다.

"그 가운데에서 자네 혼자 묘하게 공중에 매달려 있단 말이야. 그것도 알고 그러는 게 아닐세. 나는 그게 위험하다고 생각하네. 어째서 자네는 그 야마우치 가의 부인처럼 '아아, 무서운 가가 님의 저주다', '가가 님의 저주가 마루미에 가득 차서 병이 일어나고 재앙이 오는 것이다'—하고 두려워만 하지는 못하는 겐가?"

자신은 그렇게 생각해 본 적이 없었다.

"마음이 두려워하고 꺼리는 감정으로만 가득 차면 자네는 훨씬 편해질 걸세. 호가 무사하기를 비는 마음에도 좀 다르게 열기를 담을 수 있을 테지. 자신도 마른 폭포에 들어가서 안의 상황을 확인하고 싶다는 둥 깜찍한 생각에 휘둘리지 않고 오직 부처님께 호를 가호해 달라고 빌며 편안하게 살 수 있을 걸세. 그런데 자네를 보고 있으면, 내가 아무리 그렇게 가르쳐도 그다지 열심히 기도하질 않아."

그랬을까. 자신은 열심히 기도하고 있다고 생각했다.

하지만 어딘가에 의심하는 마음이 있었는지도 모른다.

"저는 히키테 견습으로 있을 때 이노우에 가의 작은선생님께 여러 가지를 배웠습니다."

"어떤 것 말인가?"

"사물을 보는 견해나 세상 이치 같은 것을요. 물론 제 머리로는 절반도 이해할 수 없었지만요."

순간 스님은 찌그러뜨린 만주 같은 얼굴이 되었다.

"이노우에 가의 작은선생님도 죄가 되는 일을 저지르셨군" 하며 신음 소리를 낸다.

우사는 당황했다. "그렇지 않습니다. 저는 기뻤어요. 조금은—똑똑해진 것 같아서."

"어중간하게 똑똑한 것은 어리석은 것보다 불행한 법일세. 그것을 알고도 똑똑함을 선택할 각오가 없으면 지혜에서는 멀리 떨어져 있는 편이 스스로를 위하는 길이야. 그것을 모르고 자네 같은 자에게 지혜를 가르치다니 이노우에 가의 작은선생님도 아직 미숙하군. 너무 안이해."

잘 모르겠지만 스님은 게이치로 선생님을 탓하고 있다. 그것은 부당하다. 저도 모르게 말투가 뾰족해졌다.

"그렇게 말씀하지 마세요. 게이치로 선생님께서 이치를 가르쳐 주시지 않았다면, 저는 고토에 님 일도 도저히 견딜 수 없었을 겁니다. 그러니—."

큰일이다, 말실수를 하고 말았다.

스님은 부리부리한 눈으로 우사를 보고 있다.

"고토에라니. 장마 때쯤 죽은 이노우에가의 여식 이름이 아닌
가. 그 아가씨의 무엇을 자네가 견뎌야 했단 말인가?"

잠시 눈싸움을 하며 무언의 입씨름을 했다. 하지만 우사가 이길
수 있을 리가 없다. 스님은 설교도 입씨름도 경험이 풍부하다. 얼
굴의 박력도 우사와는 자릿수가 다르다.

결국 전부 털어놓게 되었다.

"그렇군."

스님은 두툼한 손바닥으로 철썩 소리를 내며 무릎을 쳤다.

"자네가 가가 님을 귀신이나 악령으로 믿을 수 없는 이유를 나도
이제야 알겠네. 그래서 공중에 매달려 있는 게로군."

"저는 잘 모르겠는데요."

"자네는 가가 님보다 먼저 진짜 귀신과 악령을 보고 만 걸세."

가지와라 미네라고, 스님은 말했다.

"가가 님을 맞이해야 하는 중요한 일의 대의명분에 숨어 자신의
비열한 질투를 풀고 연적을 해친 여자 말일세. 자네는 그것을 목격
했어. 그리고 동시에 그것을 덮어 감추려고 하는 사람들의 눈짓과
손짓도 보고 말았네. 그러니 자네가 그저 귀신을 두려워하고 악령
을 무서워하며 눈을 내리깔 수 없게 된다 해도 무리는 아니지. 자
네의 마음속에는 거기에 저항하는 이치가 싹텄으니까."

우사는 문득 자신의 양손을 내려다보았다. 내 안에 싹튼 이치—.

사람은 자신의 이기 때문에 나쁜 짓을 한다. 귀신이나 악령 때
문이 아니다. 그렇다. 게이치로 선생님께 나는 그렇게 말한 적이
있다.

자기 입으로 작은선생님께 던진 말이었는데 잊고 있었다.

"허나 한편으로는 가가 님과 관련된 흉사가 마구 일어나고 있지. 그것은 전부 가가 님의 짓이고 인간이 아닌 존재의 악한 힘이 저지르는 짓이라고 자네의 마음은 믿으려 하네. 아니, 실은 믿는다기보다 다른 사람들이 모두 믿고 있는 것에 휩쓸리려 하는 걸세. 자네의 마음도 약하거든. 두 개의 힘이 오른쪽과 왼쪽에서 자네를 잡아당기는 걸세. 그래서 공중에 매달리고 마는 것이지."

스님의 말에 우사는, 앉아 있는데도 발밑이 무너지는 기분이 들었다. 자신이 있는 곳이 보이기 시작하니 오히려 무서워진다. 나는 이렇게 좁은 기슭에 서서 어디로 가야 할지 결정하지 못하고 있다.

"귀신도 악령도 살아 있는 사람이라는 뜻일세, 우사."

스님은 지금까지 중에서 가장 부드러운 목소리로 말했다.

"미네는 살아 있는 여자이지 않나? 아닌가?"

"아니요, 하지만—그."

후림칼을 들이댔더니 겁을 먹고 새파래졌다고 자백했다. 스님은 크게 웃었다.

"귀엽구먼. 그래서 어땠나, 우사. 미네에게 따끔한 맛을 보여 주고 난 후에 자네는 병에 걸렸나? 저주를 받았나?"

쌩쌩하게 잘 지내지 않느냐고, 스님은 우사가 대답하기도 전에 앞질러 말했다.

"게다가 지금도 미네는 화가 나 있네. 그래도 자네는 조금도 무섭지 않지?"

"그야 물론이지요. 얄밉잖아요. 아직도 호타 님과 밀회를 하고 있다니."

"몰래 정을 통하고 있는 셈이니 말이야."

이 말에는 얼굴이 빨개졌다. 스님은 태연하다.

"그게 귀신일세. 그게 악령이야, 우사."

정신을 차려 보니 스님은 다시 자세를 바르게 하고 앉아 있다.

"미네도 자기 안에 있는 부처님에게서 멀어졌네. 하지만 처음에 말했다시피, 멀어지더라도 부처님은 거기에서 떠나신 것은 아닐세. 모습이 보이지 않게 된 것뿐이지. 그러니 미네도 완전히 귀신이 될 수는 없네. 될 수는 없지만 자신의 얼굴을 버리고 모습을 버리고 귀신의 가면을 빌리고 있어. 미네가 뒤집어쓴 귀신의 가면은 미네에게는 몹시 편안하고 좋은 가면일 테지. 사람이 귀신으로 변한다는 것은 그런 것에 불과한 걸세. 사람은 여전히 사람이야. 가면이 있을 뿐이란 말이지."

그러니 귀신이나 악령이 저주로 사람을 죽일 수는 없다. 재앙을 일으킬 수도 없다.

"가면에는 팔다리가 없거든."

독을 쓸 수도 없다고 쓴웃음을 지으며 내뱉었다.

"그리고 보니 이노우에 가의 작은선생님은 제게 말씀하셨습니다."

납득이 가지 않더라도 차라리 우사도 앞으로 마루미에서 일어나는 재앙은 모두 가가 님 탓이라고 생각해 다오—.

"그 말이 자네를 방황하게 만들었는가. 안타깝구먼."

우사도 다시 생각해 보았다. 스스로 자신을 되돌아보았다.

만일 고토에의 죽음의 진상을 모르고, 고토에가 병으로 죽었다고만 알고 있었다면? 호를 만나지 않고, 그 아이의 말을 듣지 못하고, 작은선생님이 자신에게 머리를 숙이지도 않고, 작은선생님의 생각을 듣지도 않았다면?

나는 지금보다 더 쉽게 가가 님을 두려워할 수 있었을 것이다. 그분은 귀신이다, 악령이다.

내가 그렇게 생각하고 있었다면 염색집의 하치타로를 보는 눈도 달랐을 것이다. 좀더 조심해서 가스케 대장의 아이들을 비롯해 마을 아이들이 마른 폭포 저택에 가까이 가지 못하도록 눈을 부릅뜨고 감시했을 것이다.

가가 님의 저주, 악의를 두려워하는 한편으로 거기에서 마루미의 마을을 지킨다는 자부심도 느끼고 있었을 것이다.

마치—하나키치처럼.

지금처럼 어중간하게 망설이며 우두커니 서 있지만은 않았을 것이다.

스님은 크고 길게 한숨을 한번 내쉬고 본존이 모셔져 있는 궤 쪽으로 시선을 들었다. 우사도 따라서 그쪽을 올려다보았다.

"부처님, 현세는 이렇게 더럽습니다. 사람은 약하지요. 불법의 길은 좁고 험해 저도 길을 잃을 것 같습니다."

아니, 아니, 이미 잃었지. 그러니 이런 절에 있는 게야, 하고 중얼거리며 이마를 쳤다.

"아사기 가의 그 병도 말일세."

이야기의 방향이 바뀌었기 때문에 우사는 흠칫 놀랐다.

"그런 가면을 쓴 귀신이 저지르는 짓일세."

"무슨 말씀이신지?"

우사는 저도 모르게 목소리를 낮추었다.

"아사기 가 같은 명문가에는 여러 가지가 소용돌이치고 있거든. 서로 이득을 얻으려고 아등바등하고 온갖 음흉한 생각들이 뒤섞여서 말일세."

우사의 상상 속에서 끈적끈적하게 소용돌이가 친다.

"십오 년 전의 병은 병이 아닐세."

스님은 얼굴을 들고 문득이 우사를 보았다.

"자네라면 짐작이 가지 않나?"

우사는 숨을 죽였다. 말은 하지 않지만 스님이 암시하는 것을 읽어내기는 쉬웠다.

"혹시―아니, 그런."

독입니까? 하고 머뭇머뭇 말했다.

"그렇다네." 스님은 고개를 끄덕였다. "누군가, 그 집 안에 증오하는 누군가를 죽이고 자신의 욕심을 이루고 싶어 하는 자가 있었던 걸세."

"하지만 그런."

"드문 일은 아니지. 집안싸움은 어디에나 있네. 아사기 가에 있다 해도 이상할 건 없어."

"그럼 후계자 다툼인가요?"

"그런 거겠지."

우사는 입을 딱 벌리고 잠시 넋을 잃었다. 또 걸레를 손에 들었

지만 가까스로 얼굴은 닦지 않고 구깃구깃하게 움켜쥐었다. 손바
닥에 땀이 배었다.

"그렇군요."

맥이 빠졌다.

"스님, 어떻게 아십니까? 아사기 가와 무슨 관련이라도 있으신
가요?"

"없네." 스님은 곧장 대답했다. "없는 게 다행이지. 나는 그 집안
을 좋아하지 않아."

말 한번 분명하게 한다.

"다만, 십오 년 전의 소동 때 나는 우연히 사정을 알 수 있는 곳
에 있었네. 마치 이번에 이노우에 가에 일어난 불행에 자네가 연관
된 것 같은 형태로 말이야. 그뿐일세."

"하지만 그렇게 엄청난 일에……."

"나뿐만이 아닐세. 아는 사람은 나 말고도 있어. 중신들은 모두
알고 있지. 사지 가에서도 알고 있을 걸세."

우사는 기겁했다. "그럼, 모두들 알면서도 입을 다물고 있었던
겁니까?"

"그래. 조다이 가문을 누가 벌할 수 있겠나?"

가족들 간의 싸움이니 얼른 다스리라는 게 고작이라고 웃으며
말한다.

"그럼 이번 병도?"

"마찬가지지. 허나 이번에는 조금 성질이 나쁘네. 방패막이가
있거든."

생각할 것까지도 없다. 우사는 아아! 하고 큰 소리를 내다가 손에 든 걸레로 스님을 때리고 말았다.

"가가 님이다!"

"그렇지. 그렇긴 하네만 왜 날 때리나?"

"죄송합니다, 흥분해서 그만. 아아, 그렇구나. 그렇게 된 것이군요."

십칠 년밖에 살지 않은 우사가 이런 말을 하는 것도 건방지지만, 고작해야 십오 년 정도로 집안싸움의 불씨가 꺼지지는 않는다. 불씨는 계속 남아 연기만 내고 있었다. 그것이 이번에 가가 님이 마루미에 들어온다는 절호의 구실을 얻어 다시 타올랐다.

"지금 아사기 가에서 병이 다시 일어나 설혹 십오 년 전보다 더 심한 상황이 된다 해도 가가 님 탓으로 돌려 버리면 되니까요. 하지만 그런 짓을 하면 우리 마을 사람들이나 울타리저택의 사람들이 겁을 먹게 된다고—."

"생각하지 않을걸. 귀신이 하는 짓일세. 악령이 하는 짓이란 말이야."

"어떻게 하면 가면을 벗길 수 있을까요?"

기세 좋게 말했다. 스님에게 이마를 찰싹 얻어맞았다.

"바보 같은 소리 말게. 자네 같은 사람이 손댈 수 있는 일이 아니야."

"하지만 내버려둘 수는 없습니다!"

"내버려둬도 되네. 아사기 가 내부에서 또 어떻게든 하겠지."

"소문이 멋대로 퍼지고 말 겁니다."

"그것을 가라앉히는 것은 마을관청과 히키테가 할 일일세. 자네는 이제 히키테 견습도 아니야. 그러니 할 일은 아무것도 없네."

"와타베 님이라면요?"

"하!" 스님은 웃었다. "그 남자는 겁쟁이야. 의지해 봐야 소용없을 걸세."

"스님, 와타베 님을 꽤 나쁘게 말씀하시네요."

"겁쟁이니까 겁쟁이라고 한 건데 뭘. 무엇보다 본인도 인정하고 있네."

그건 확실히 그렇다. 자기는 겁쟁이라고 말했었다.

"하지만 그 남자는 똑똑해. 자네보다 훨씬 눈썰미가 좋고 냄새도 잘 맡지. 발을 들여서는 안 되는 길을 잘 알고 있네."

헐뜯는가 하면 칭찬한다.

"제가 바보일지도 모르지만 그래도 나쁜 짓을 잠자코 못 본 척하기는 싫습니다!"

"그러니 바보라고 하는 걸세."

어리석은 놈! 큰 소리로 일갈하신다. 펄쩍 뛰어 오를 뻔했다.

에이신 스님은 인왕님도 도망칠 것 같은 험악한 얼굴을 하고 있다. 당장이라도 콧방울이 찢어질 것 같다. 눈도 추켜올라가 찢어질 것 같다.

그러다가 표정이 누그러지고 평소의 얼굴로 돌아왔다. 아침저녁으로 불경을 읽고, 틈을 보아 밭에서 호미질을 하며 감자를 캐고, 뒷간 비료 값을 한푼이라도 많이 받으려고 뒷간치기와 흥정을 하고, 자기 손으로 찢어진 가사를 꿰매고, 낡은 불경을 햇볕에 말리면서 꾸벅꾸벅 조는, 가난한 절의 스님 얼굴로.

"나도 옛날에는 자네처럼 어리석었네."

뭔가—눈앞의 우사를 보는 것이 아니라 마음속에 있는 것을 꺼내어 즐기는 듯한 눈을 하고 있다.

"이 세상을 다스리는 법칙에 화가 나서 도리에 맞지 않는 일에는 철저하게 반발하고, 모든 것을 올바르게 고치려고 단단히 벼르고 있었지. 어린애였네."

우사는 문득 생각했다. 미노야의 주조에게 들은 이야기를.

어릴 때, 에이신 스님—당시 미노야의 후계자였던 히데조는 다이묘께 받은 가보 하오리를 입었다가 집에서 쫓겨나는 처지가 되었다. 다이묘께 받은 하오리가 얼마나 소중한 것인지 배워서 잘 알고 있었을 장남이 왜 그런 짓을 한 것일까.

그가 따르던 하녀가 하타케야마 가에서 내리신 물건을 망가뜨려 야단을 맞은 끝에 목을 매달아 죽었다. 히데조는 화가 났다. 아무리 소중한 것이라 해도 새로 장만할 수 있는 단순한 물건이 어찌 하녀의 목숨보다 소중했던 것이냐며.

스님은 그 이야기를 하고 있는 것이 아닐까.

"자네, 주조에게 뭐 들은 게 있나?"

스님이 눈치를 채는 바람에 우사의 뺨은 빨개졌다. 어째서 내가 부끄러워하는 걸까?

"아니요, 무슨 이야기인데요?"

"뭐, 좋아. 들었다 해도 옛날 이야기일세. 이제 와서 이러쿵저러쿵 할 것도 없지."

말과는 반대로 스님이 약간 수줍어하는 듯 보이는 것은 우사의 기분 탓일까.

"부아는 치밀지만 말일세, 우사. 이 세상에는 가끔 사람의 목숨보다 소중하게 여겨지는 대의명분이라는 것이 있네. 예를 들면 그―미노야에서 다이묘께 받은 하오리처럼."

알고 있지? 하고 스님이 물었다. 우사는 순순히 예 하고 대답했다.

"역시 들었나? 주조 녀석 입 한번 싸군."

다음번에 만나면 혼내 줘야겠다고 말한다.

"스님은, 돌아가신 유모 하녀를 정말 좋아하셨군요."

"우리는 누나라고 불렀네. 얼마나 예뻤는지 몰라. 나는 나중에 가문을 물려받으면 누나를 색시로 맞을 생각이었네."

내가 왜 이런 얘기를 하는 거냐며 갑자기 허둥거린다. 우사는 웃음을 터뜨리고 말았다. 스님도 수줍음을 감추려는 듯 웃음을 지었다. 사람은 수줍어하면 젊어 보인다. 에이신 스님은 지금 이 순간 누나를 연모하는 남자아이의 눈빛으로 되돌아간 상태이다.

그러나 잠깐 사이에 스님의 시간은 돌아왔다. 남자아이는 사라지고, 우사는 생각해 보기도 어려울 정도로 오랜 세월 동안 여러 가지 일들의 겉과 속을 보고 들으며 그때마다 부처님께 묻고, 대답을 얻지 못하더라도 불평 한마디 없이 지금까지 살아온 스님으로 돌아갔다.

"우사. 마루미 번에 있어 가가 님을 맡는 일은 미노야로 말하자면 다이묘께 받은 하오리와 마찬가지일세. 알겠나?"

몸 속 깊이 스며들듯이 이해가 되었다.

"예, 압니다."

"사람의 목숨보다—그게 더 중요할 때도 있네. 그래서 누나는 죽었네. 그래서 가스케의 아이들은 검에 베여 죽었어."

"그것은 잘못된 일이지요?"

"그럼 어떻게 바로잡을 텐가? 어떻게 고칠 거냐 말일세."

진지한 얼굴로 물었다. 우사는 또 걸레를 움켜쥐고 비틀어 댄다.

"옳게 만들겠습니다."

"무엇이 옳은가? 다이묘께 받은 하오리라는 풍습을 없앨 텐가? 허나 그러면 본진의 명예가 없어지네. 가가 님을 쫓아낼 텐가? 허나 그러면 마루미 번은 멸망하고 말 걸세. 뭐, 멸망해도 우리는 아무렇지도 않지만, 지척의 거리에서 많은 번사들이 생계를 꾸리지 못해 어려워하는 모습을 보는 일은 아무래도 뒷맛이 나쁘지 않겠는가?"

번찰藩札에도 시대에 각 번에서 발행하여 그 영지 내에서만 통용시켰던 지폐도 전부 휴지 조각이 될 거라며 갑자기 타산적인 말을 한다.

"나는 그때, 누나를 감싸 거짓말을 해 주었으면 좋았을 테지. 망가진 물건을 감춘다든지 내가 망가뜨렸다고 말한다든지 어떻게든 방법은 있었어. 대놓고 화를 내다니 가장 어리석은 방법이었네."

"그러면 우리도—."

"거짓말이 필요할 때는 거짓말을 하세. 감출 수 있는 것은 감추고. 가가 님은 마루미에 계시네. 가가 님도 도망쳐 숨을 수 없지만, 마루미 번도 도망쳐 숨을 수는 없지. 고치기보다 받아들이고 받아내어 흘려보낼 수 있도록 우리는 지혜를 짜낼 수밖에 없네."

쉬운 일은 아니라고 다짐하듯이 덧붙였다.

"아사기 가의 병에 관한 소문은 앞으로 더욱 널리 퍼질 테지. 우리가 모를 뿐 마른 폭포에서는 지금도 가가 님을 둘러싼 불온한 움직임이 일어나고 있을지도 모르네. 어떤 형태이든 그것이 밖으로 전해지면 또 소동이 일어날 걸세. 우리 절에서 구해야 하는 사람들도 늘어나게 될 테지."

우리. 스님은 그렇게 말했다. 우리 절.

우사는 이미 이 주엔지의 일원이다.

"세상을 고친다는 말은 아무나 할 수 있는 게 아닐세. 또 언제든지 할 수 있는 일도 아니지. 시간과 사람과 천운이 갖추어져야 비로소 이룰 수 있네. 지금은 그때가 아니야. 쇼군께서 아무리 잘못되어 있다 해도 가가 님을 맡는 일이 아무리 부조리한 난제라 해도, 주어진 이상은 해낼 수밖에 없네. 그런 뜻으로는 이노우에 가의 미숙한 작은선생이 자네 같은 사람에게 머리를 숙이면서까지 참아 달라고 말한 것은 옳은 일일세."

"하지만 가가 님을 이용해서 아사기 가처럼 나쁜 짓을 하려고 하는 사람까지 내버려둬도 될까요?"

"아사기 가는 내버려둬도 되네. 몇 번 말해야 알겠나?"

그런 걸까. 그럴 수밖에 없는 것일까.

"하지만 병이—아아, 진짜 병이 아니었지요. 그렇다면 어째서 하치야 님은 앓아누우셨을까요?"

"마음의 병이지. 지쳐서 그랬을 걸세. 아니면 다른 병이려나. 앞으로 늘어날 걸세. 더 많이 나올 거야. 소문이 퍼지면 병도 늘지. 사실은 호열자나 식중독이나 고뿔이라도, 아사기 가의 병이라고 생각하는 사람들도 나올 테니까. 하지만 병이라면 고칠 수 있네. 막을 수도 있고. 그렇게 생각할 수는 없겠나?"

우사는 약간 자포자기해서 생각난 것을 곧장 말해 보았다. "가가 님의 저주를 봉하는 부적이라도 팔까요?"

스님은 손뼉을 치며 기뻐했다.

"그것은 나도 생각하고 있던 바일세. 자네는 총명한 구석도 있군. 다시 봤어."

우사는 진심으로 한 말이 아니라고 큰 소리로 항변했다. 그것을 지우듯이, 에이신 스님의 웃음소리가 낡은 본당의 천장까지 울려 퍼졌다.

산울음

1

얼굴과 손은 깨끗이 씻었다. 입도 헹궜다. 다스키를 풀고 옷매무새를 가다듬었다.

호가 준비를 마치기를, 옥지기 관리자인 후타미 님이 엄격한 눈을 하고 기다리고 있다.

마른 폭포 저택에 있는 옥지기는 모두들 당장이라도 전쟁에 나가거나 범죄자를 체포하러 갈 듯이 머리띠를 조여매고 소매를 걷어올리고 하카마 자락을 좌우로 걷어붙이고 있다. 물론 칼도 차고 있다. 하지만 후타미 님은 다르다. 가가 님 곁에 가까이 가는 이분만은 가미시모를 걸치고 있고 칼도 차지 않는다.

"되었느냐?" 후타미 님이 물으신다. 무슨 이야기를 하실 때도 이분은 입가를 거의 움직이지 않는다. 나이는 고데라 님과 비슷한 정도로 보이지만 금세 허둥거리거나 큰 소리를 내곤 히는 고데리 님보다 훨씬 침착하고 조용한 분이다.

"예" 하며 호는 머리를 숙인다.

"그럼 가자."

후타미 님 뒤를 따라 저택 복도를 나아가기 시작하자, 마루미의 거리에 두 시를 알리는 종소리가 들려왔다.

매일 두 시가 되면 호는 후타미 님을 따라 가가 님의 방을 찾아 뵙는다. 대개 세 시까지 그곳에서 시간을 보낸다. 이 일과가 시작된 지 오늘로 닷새째다. 뒤뜰 오두막 지붕에 서 있던 그 무서운 검은 새를 본 후로 그만큼 날짜가 지난 셈이다.

후타미 님은 발소리를 내지 않고 미끄러지듯이 걷는다. 호는 후타미 님의 한 보 반을 두 보로 걸으며 따라간다.

호는 지금 같은 일이 있기 전까지 저택 안에서 후타미 님을 뵌 적이 없었다. 호는 마른 폭포의 가장 밑바닥에서 일하고 있었고 후타미 님은 꼭대기에 계시는 가가 님 곁에 있었으니 얼굴을 마주할 기회가 있었을 리 없다. 또 후타미 님은 항상 마른 폭포에서 근무하시는 것은 아닌 모양이다. 이렇게 호가 매일 가가 님의 방에 불려가게 되기 전에는 매일 정해진 시간에 마른 폭포를 찾아와 가가 님의 안부를 살피는 것이 임무였던 것 같다. 그때는 반드시 사지인 도베 선생님이 함께 계셨던 모양이다. 다시 말해서 도베 선생님이 매일 가가 님을 진맥할 때 후타미 님이 조수 일을 하고 계셨던 것이다.

안부를 살핀다는 것은 어떻게 하는 것일까. 호로서는 아무래도 짐작이 가지 않는다. 이야기를 나누는 것일까? 오늘은 날씨가 좋다는 둥 오늘 아침 식사는 어떠셨냐는 둥. 하지만 가가 님은 호와 이렇게 만나시게 되기 전에는 마른 폭포의 누구와도 말을 하지 않았다고 한다. 그러면 잠자코 있는 가가 님의 얼굴을 뵙는 것이 안부를 살피는 것일까. 내가 하는 일도 안부를 살피는 일인 것일까.

아무래도 마음에 걸려서 바로 어제 가가 님의 방에서 물러나자마자 고데라 님께 여쭈어 보았다가 호되게 야단을 맞았다.

"너 같은 바보가 무슨 주제넘은 생각을 하는 것이냐. 너는 잠자코 얌전히만 있으면 된다."

호는 이제 고데라 님께 야단을 맞는 데에 익숙해졌다. 죄송하다고 사과하고, 마음에 걸리는 한 가지를 더 물었다.

"고데라 님, 요즘 이시노 님을 뵙지 못했습니다. 어디에 계시는 걸까요?"

이시노 님의 모습이 사흘 나흘이나 계속해서 보이지 않다니 처음 있는 일이다. 뭔가 다른 용무가 있어 마른 폭포에서 근무하는 시간이나 날짜가 바뀔 때에는 언제나 반드시 사전에 가르쳐 주셨던 것이다. 혹시 옥지기 일을 하지 않게 되셨다 해도, 그렇다면 그렇다고 호에게 이야기해 주셨을 것이다.

고데라 님은 몹시 당황한 것 같았다. 입가가 부들부들 떨리고 두 눈과 눈썹이 이리저리 움직여 한순간 몹시 재미있는 얼굴이 되었다.

"너, 너는 신경 쓰지 않아도 된다."

"하지만 이시노 님은—."

"이시노는 아프다. 병에 걸렸어. 그러니 이제 이 저택에는 오지 않는다."

어떤 병일까. 옥지기 일을 하지 못하게 될 정도라면 병세가 상당히 무거운 것이리라. 간병해 줄 사람은 있는 것일까. 집은 울타리 저택에 있다고 하셨다. 사지 선생님이 봐 주시는 걸까.

고데라 님 이외에는 물어볼 상대가 없다. 본래 이 마른 폭포에서 호와 제대로 이야기를 해 주는 상대라면 이시노 님과 고데라 님 둘뿐이었다. 다른 옥지기 분들은 언제 만나도 어느 때에도 돌처럼 입을 다물고 있다. 호가 거기에 있어도 없는 것처럼 행동한다. 말을 붙일 여지도 없다.

요리 당번인 사람들은 어떨까. 이시노 님은 그 사람들과 이야기할 기회도 많았으니 뭔가 알고 있을지도 모른다. 몰래 물어볼까 생각했다. 지금까지도 아주 잠시 틈을 보아 '잘 지내느냐'든가 '밥은 충분하냐'고 말해 주곤 하던 사람들이었다.

그러나 이쪽도 분위기가 달라지고 말았다. 호가 부엌에 들어가면 쥐처럼 슬금슬금 도망친다. 부엌에는 부엌대로 요리 당번을 지휘하는 옥지기가 눈을 부라리고 있기 때문에 오랫동안 꾸물거리고 있을 수는 없다. 상대가 피하면 호에게는 더 이상 다가갈 방법이 없다.

언제부터 이렇게 모두들 자신을 피하게 되었을까. 내가 무슨 잘못이라도 한 것일까.

그런저런 일들 때문에 호는 오늘 가슴이 답답하게 막혀 있었다. 후타미 님의 곧게 펴진 등을 바라보며, 그렇지, 후타미 님이라면 뭔가 아실지도 모른다고 생각했다. 가가 님 곁에 가까이 갈 수 있을 정도이니 옥지기 일을 하는 분들 중에서도 높은 사람일 것이다.

하지만 어떻게 말씀드리면 좋을까.

복잡한 복도 모퉁이를 하나 돌고 두 개 돌아 점점 저택 안쪽으로 나아간다. 장지문을 열고 방으로 들어가니 다음 장지문 앞에 옥지기가 두 명 앉아 있다. 그 장지문을 열자 또 두 명이 앉아 있다. 겨우 익숙해지기는 했지만 이 삼엄한 경비에 처음에는 무릎이 부들부들 떨렸다.

호는 그날 밤 생각지도 못하게 가가 님의 얼굴을 뵈었다. 가까이서 보니 그분은 병들고 지친 한 노인으로 귀신이라 불리긴 하지만 머리에 뿔이 있는 것도 아니요, 악령이라며 두려움의 대상이 될 만한 불길한 모습을 하고 계시는 것도 아니었다. 그래도 호는 역시 두려웠다. 두려워하면서도 한편으로는 겐슈 선생님의 말씀이 마음속에 울리고 있었다.

—가가 님이 네 목숨을 구해주셨단 말이다.

그때 겐슈 선생님은 몸 안쪽에서 햇빛이 비쳐 나오는 것처럼 밝고 기쁜 얼굴을 하고 계셨다.

겐슈 선생님의 행동은 수수께끼다. 말씀도 수수께끼다. 그 수수께끼 때문에, 가가 님도 호에게는 더욱더 이상한 분이 된다.

하나, 둘, 세 개의 방을 지나자, 거기에서 후타미 님은 걸음을 멈춘다. 가미시모를 입은 무릎을 슥 털고 앉는다. 호도 문지방이 있는 데까지 떨어져 앉아 엎드린다. 후타미 님이 낮은 목소리로 옥지기와 한두 마디 말을 나눈다. 호는 그동안에도 계속 이마를 방바닥에 대고 있어야 한다.

"실례하겠습니다."

후타미 님이 말을 하니 안쪽 장지문이 열린다. 후타미 님이 방바닥을 밟고, 버선이 다다미를 스치는 슥 하는 소리가 난다. 호는 여전히 엎드려 있다.

"들어오게."

그 목소리가 나야만 비로소 움직일 수가 있다. 한번 몸을 일으켰다가 다시 한번 깊이 절을 한 뒤 눈을 내리깔고 몸을 반쯤 숙인 채 슬슬 앞으로 나서서 문지방을 넘는다.

시야 구석에 후타미 님이 정좌하고 무릎 위에 두 손을 올려놓은 모습이 보이면 거기에서 멈춘다. 다시 엎드린다. 두 손을 가지런히 모으고 얼굴을 숙인 채 양손을 향해 인사를 드린다.

"가가 님, 호가 왔습니다."

가가 님은 아무 대답도 하지 않는다. 호는 그대로 가만히 있는다. 그러면 후타미 님이 말씀하신다. "가가 님께 얼굴을 보여 드려라."

몸을 일으키고 얼굴을 정면으로 향한다. 가가 님은 그날 밤과 똑같은 하얀 옷을 입은 모습으로 후타미 님과 똑같이 등을 곧게 펴고 단정하게 앉아 이쪽에 옆모습을 보이고 계신다.

이 방은 한 면만 벽이고 나머지 세 면은 장지문으로 둘러싸여 있다. 창문은 없다. 가가 님은 벽을 등지고 계시기 때문에 회반죽을 바른 벽과 나무판자가 있을 뿐 아무런 장식도 없는 곳에 초췌한 뺨의 선이 또렷이 도드라져 보인다.

호가 인사하고 나서 한 호흡 두 호흡 사이를 두고 가가 님이 이쪽으로 얼굴을 돌린다.

그것을 기다려, 호는 말을 잇는다.

"가가 님, 오늘은 기체 평안하시옵니까?"

이 말을 입에 담는 것도 오늘로 다섯 번째가 된다. 후타미 님이 '이렇게 말하도록 해라' 하고 정해 주신 말이다.

호에게는 몹시 어려운 인사말이었다. 처음에는 막상 가가 님 앞에 나서니 목소리가 나오지 않았다. 가까스로 입을 열면 해야 할 말을 잊어버려서 후타미 님이 가르쳐 주셨다. 이틀째, 사흘째에는 더듬거렸고, 어제는 어제대로 인사말을 올리려고 했을 때를 골라 하필이면 재채기가 튀어나왔다.

어떤 때에도 후타미 님은 표정을 바꾸지 않는다. 호가 잘못하면 고쳐 주고, 잊어버리면 가르치고, 재채기를 했을 때도 웃지도 않고 당황한 호가 서둘러 인사말을 마치는 모습을 가만히 바라보고 계셨다.

그것은 가가 님도 마찬가지다. 호의 잘못도, 당황도, 그 무엇도 가가 님을 움직이지는 못한다.

곧고 얇은 눈썹. 곧고 가느다란 눈. 눈초리는 칼로 깎은 것처럼 날카롭게 쪽 째져 있다. 코끝은 뾰족하고 입술은 마른 버드나무 잎 같다.

"잘 말했구나."

그 입술이 움직이더니 그렇게 말씀하셨다.

"후타미 님도 안도하셨을 테지."

그것이 지금 한 인사말에 대한 칭찬이라는 것을 알기까지 호에게는 약간 시간이 필요했다. 후타미 님이 가볍게 머리를 숙이며 대답했기 때문에 알았다.

"고맙습니다. 제멋대로 자란 하녀라, 인사 말씀을 외우기까지도 시간이 걸렸습니다."

호도 머리를 숙인다. 가가 님은 다시 얼굴을 돌리고 또 옆을 향한다. 호가 찾아뵐 때는 항상 이렇다. 호는 가가 님의 옆얼굴과 마주 대한다. 결코 마주 보지는 않는다.

"호. 기체 평안하시옵니까, 라는 말의 의미는 아느냐?"

가가 님이 물으셨다.

호는 놀라서 저도 모르게 후타미 님의 얼굴을 훔쳐보았다.

"저어……."

"의미는 아느냐?"

"가가 님, 저어."

"질문을 받았으면 대답을 해야지." 후타미 님도 말을 거든다.

예, 하고 호는 고개를 숙였다. 가슴 언저리가 괴로워진다. 어떡하나?

닷새 전, 처음으로 이곳에 온 호가 빨개졌다 파래졌다 하면서 첫인사를 마치자 가가 님은 호에게 이름을 물으셨다. 호입니다, 라고 대답하자 나이를 물으셨다. 대답하자 또 이렇게 말씀하셨다.

"그럼 호. 너는 오늘 아침에 일어나서 여기 올 때까지 어떤 일을 했느냐?"

"어떤 일……."

"물을 길었느냐? 청소를 했느냐? 밥은 무엇을 먹었지? 누군가와 무슨 이야기를 했느냐? 그것을 묻는 것이다."

호는 열심히 생각해서 대답했다. 머리를 갸웃거리며 생각해야 했던 것은 자신이 한 일은 기억하고 있지만 그것을 말로 치환하기가 어려웠기 때문이다.

가까스로 이야기를 마치자 가가 님은 별다른 감상도 늘어놓지 않고 말씀하셨다.

"잘 알았다. 내일도 같은 것을 물을 것이다."

그 말대로 다음 날도 같은 일을 되풀이했다. 그저께도 어제도 마찬가지. 호가 이야기를 마치면 "잘 알았다." 그러고는 물러가라고 허락하신다.

그래서 오늘도 그럴 거라고만 생각하고 있었다. 그런데ㅡ.

"다시 한번 묻지. 기체 평안하시옵니까라는 말의 의미는 알고 있느냐?"

호는 쩔쩔매면서 매달리듯이 후타미 님을 보았다. 후타미 님은 얼굴 어느 부분도 움직이지 않는 평소의 모습으로 "대답해라" 하고 재촉한다.

"기, 기체 평안하시옵니까." 호는 그냥 인사를 되풀이했다. 몸에 땀이 흥건히 밴다.

장지문을 꼭 닫은 방은 안 그래도 덥다. 호는 이래서야 오히려 가가 님의 몸에 좋지 않은 것은 아닐까 하고 생각한다.

"그 의미ㅡ아니, 의미라는 말이 어려운 것이냐? 기체 평안하시옵니까라는 말이 무엇을 묻는 것인지 아느냐?"

닷새째에 처음으로 가가 님은 이렇게 제대로 된 말을 하신다.

"무엇을, 말씀이시옵니까?"

"그래."

가만히 앉아 있기도 힘들 정도로 가슴이 터질 듯 두근거린다. 큰 일이다, 큰일이다. 뭐라고 대답하면 좋을까?

가가 님은 묵묵히 기다리고 계신다. 후타미 님은 호를 바라보고 계신다.

"건, 건—."

호가 띄엄띄엄 말을 꺼내자 후타미 님도 한쪽 눈썹을 추켜올렸다. 하지만 후타미 님이 입을 열려고 하자 놀랍게도 가가 님이 가볍게 그쪽에 눈짓을 해서 말렸다. 호에게는 말린 것처럼 보였다.

"건, 거, 건강, 건강하."

가까스로 말할 수 있었다. 호는 땀에 흠뻑 절었다. 정좌를 하고 있어 엉덩이 밑에 깔려 있는 발가락 끝이 차분하지 못하게 꼼지락 꼼지락 움직인다.

"건강하십니까, 라는 뜻인 것, 같습니다."

호의 머릿속에는 고토에 님의 웃는 얼굴이 떠올라 있었다. 그렇다, 고토에 님께 배운 것을 떠올리면 된다. 고토에 님은 이노우에 가에 오는 아픈 사람이나 다친 사람들에게 종종 묻곤 했다. 오늘은 몸이 좀 어떠십니까? 기분은 어떠십니까? 기체 평안하십니까?

그것은 기분 좋게 잘 지내느냐는 물음이다. 어제보다는 기운을 차리셨습니까? 기운이 나셨습니까? 그것을 공손하게 말하자면 '건강하다'이다.

"그 말을 누구에게 배웠지?"

정신이 들고 보니 가가 님이 장지문이 아니라 호를 보고 있었다.

어느새 몸도 이쪽으로 돌리고 있다. 호는 더욱 깜짝 놀라서 눈을
크게 떴다.

"누구에게 배웠느냐."

여전히 담담한 말투로, 가가 님은 다시 물으신다.

"고토에 님, 입니다."

"고토에."

"예. 이노우에 가의 아가씨입니다."

후타미 님이 슬쩍 끼어들었다. "이노우에는 사지 가문 중 하나
이옵니다."

"의원 가문이군요?" 가가 님이 묻는다.

"그렇사옵니다."

"그러면 호, 너는 그 이노우에라는 집에 있었던 적이 있는 게로
구나."

"예, 예."

"예라는 대답은 한 번이면 된다."

예, 하고 크게 대답하며 호는 엎드렸다.

"인사가 끝났으면 머리는 이제 숙이지 않아도 된다."

가가 님의 말에 당황하며 벌떡 몸을 일으켰다. 관자놀이에서 땀
이 한 줄기 주르륵 흘러 떨어졌다.

"더우냐?"

덥다. 하지만 그렇게 말하면 안 될 것이다. 후타미 님을 보았다.
후타미 님은 또, 이번에는 반대쪽 눈썹을 추켜올린다.

"더, 덥지는 않습니다."

"덥겠지. 나도 덥다."

후타미 님이 두 눈썹을 추켜올렸다. 여러 가지 표정짓기 놀이라도 하는 것 같다. 그저 그것만으로도 온화한 것은 고맙지만 색깔을 칠한 그림자처럼 뚜렷한 느낌이 없던 후타미 님이 화내거나 웃거나 당황하는 평범한 사람, 젠슈 선생님이나 이시노 님과 똑같이 보이게 되었다.

재미있어서 호는 저도 모르게 웃었다. 웃음이 새어나오고 나서 당황하며 얼굴을 긴장시켰지만 이미 늦었다. 후타미 님의 눈썹은 다시 원래 위치로 돌아가고 눈이 가늘어지더니 입술이 한일자가 되었다.

"덥지만 이 방에 바람을 통하게 하는 것은 허락되지 않는다. 나는 유폐된 몸이니까."

지금까지와 똑같은 말투로 담담하게 말하고 가가 님은 천천히 눈을 깜박였다.

"호."

아주 약간, 손가락 마디 하나만큼 턱을 앞으로 내밀고 말씀하셨다.

"너는 사물의 도리를 모르고, 수를 셀 줄 모르고, 자신의 이름과 나이도 정확하게 알지 못하는 가엾고 어리석은 하녀라고 들었다."

호는 자세를 바로 하고 앉아 가가 님을 향했다. 또 관자놀이에서 땀이 한 줄기.

"닷새 전 밤에 네가 길을 잃고 이곳에 들어왔을 때 그렇게 들었다."

"가가 님―."

왜인지 모르겠지만, 후타미 님이 서두르는 기색으로 말을 걸었다. 하지만 가가 님은 호에게서 눈을 떼지 않는다.

"그래서 나는 네게 우선 이름을 물었다. 너는 대답했지. 나이를 물었다. 너는 대답했어. 그리고 나는, 네가 매일 무엇을 하고 있는지를 물었다. 너는 대답했다. 그렇지?"

호는 목소리를 내지 않고 똑똑히 고개를 끄덕인다.

"분명히 너는 말을 모르고, 사물을 말하는 법을 모르고, 자신이 하고 있는 일을 제대로 말로 치환하는 방법도 모르는 것처럼 보였다. 하지만 첫날보다는 둘째 날, 둘째 날보다는 셋째 날 이야기가 매끄러워졌어. 같은 물음과 대답을 되풀이하면서, 요령을 익혀 나간 것이다. 알겠느냐?"

"요, 령 말씀이옵니까?"

"그렇다. 일의 단계, 방법, 그것을 해 나가는 순서라는 뜻이다."

호는 열심히 머리를 움직여 생각하다가 입을 열었다. 그러자 자연스럽게 몸도 움직여 손짓발짓을 하게 된다.

"방을, 청소, 할 때."

"음."

"먼저 빗자루로 씁니다."

"음."

"그러고는 걸레질을 합니다."

"너는 그렇게 하는구나."

"예, 고토에 님께 배웠습니다. 그러지 않으면 먼지가 잘 닦이지 않습니다. 먼지떨이를 쓸 때는 높은 곳에서부터 떱니다. 그러지 않으면 뒤에 또 먼지가 떨어집니다."

가가 님은 턱짓으로 재촉했다. 후타미 님은 눈을 매우 가늘게 뜨고 두 사람의 대화를 가만히 보고 있다.

"단계라는 것은 그런 것이지요?"

"그래. 그것은 모든 일에 있다. 청소에만 있는 것은 아니지."

"예, 알겠습니다."

"너는 내게 이야기를 할 때에도 그 단계를 배우게 되었다는 뜻이다."

첫날부터 넷째 날까지, 라고 덧붙인다.

"그러니 너는 가엾고 어리석은 하녀가 아니다. 이렇게 나와 이야기를 할 수 있지 않느냐."

예, 라고 대답해도 좋을지 호는 후타미 님의 눈치를 살폈다. 후타미 님은 두 눈을 내리깔고 있다.

가가 님이 곧 말씀하신다.

"네가 가엾은지 가엾지 않은지 어리석은지 그렇지 않은지를 결정하는 것은 후타미 님이 아니다."

"아, 예."

가가 님은 호를 똑바로 보며 이야기하신다. 호가 후타미 님 쪽을 보려고 해도 눈을 뗄 수가 없다.

"호라니, 보기 드문 이름이구나."

"보기 드문, 가요?"

"에도에서는 들은 적이 없다. 마루미 지방에는 흔히 있는 이름일까?"

"저도 모릅니다. 저는 마루미 사람이 아닙니다."

호―하고, 가가 님은 입가를 오므리며 말했다.

"예!"

"방금 그것은 네 이름을 부른 게 아니다. 네가 한 말에 조금 놀랐기 때문에, 호, 하고 감탄한 것이다."

그래, 너는 이 지방 사람이 아니구나. 작은 목소리로 중얼거렸다. 후타미 님이 "가가 님" 하고 또 끼어든다.

"이자를 하녀로 들인 것은 가가 님을 지키는 저희들이―."

"후타미 님, 나는 호와 이야기하고 있소."

가가 님은 결코 목소리를 높인 것이 아니다. 그런데도 후타미 님은 황송해하며 즉시 물러났다. 그러자 가가 님은 더욱 이상한 말씀을 하신다.

"호, 후타미 님을 곤란하게 만들어서는 안 된다."

호는 두 분의 얼굴을 번갈아 바라보았다.

"저는, 후타미 님을 곤란하게 만들었나요?"

"이상하다고 생각했지? 후타미 님은 어째서 늘 저렇게 가면이라도 쓴 사람처럼 얼굴 표정을 바꾸지 않는 걸까 하고 생각하고 있을 테지."

호는 후타미 님을 보았다. 두 주먹을 무릎 위에 대고 단정하게 정좌를 하고 계신다.

"후타미 님은 이 방에 들어오기 전부터 이렇지? 방 밖에서 후타미 님이 웃거나 화내시는 모습을 너는 본 적이 있느냐?"

전혀 없다. 하지만 그것은 후타미 님만 그런 것도 아니다.

"가가 님, 이 마른 폭포 저택에서는 어느 분도 웃거나 화내지 않으십니다."

"그래? 너도 그러느냐?"

"저도, 그런 일은 되도록 해서는 안 된다고 생각합니다."

"어째서?"

"가가 님께 방해가 되니까요."

"내게 방해가?"

"예. 가가 님은 병에 걸려 몸이 약해지셨기 때문에 조용히 지내셔야 하지요?"

그렇다는 대답도 그렇지 않다는 대답도, 딱히 어느 한쪽을 기다리고 있었던 것은 아니다. 호는 역시 영문을 모른 채 그저 그때그때 가가 님의 물음에 생각나는 대로 대답하고 있을 뿐이다.

잠시 침묵하고 나서 가가 님은 대답하셨다.

"그 말이 맞다, 나는 병에 걸렸어."

"예."

"허나 이렇게 너와 이야기 정도는 할 수 있다. 매일 나를 봐 주시는 의원 도베 님도 내가 너와 이야기를 하는 것을 설마 말리시지는 않겠지."

가가 님이 그렇게 말씀하시니 그럴 것이다.

"그러니, 호. 너는 이 방 안에 들어와도 웃거나 화낼 일이 있으면 그리 하면 된다. 사람과 이야기한다는 것은 그런 거니까. 허나 호, 나와 네가 이야기하는 동안 후타미 님이 여기서 이렇게 얼굴

근육 하나 움직이지 않고 조용히 침묵하시는 것을 이상하게 생각
해서는 안 된다."

여기 앉아 있는 것이 호가 아니라, 가령 우사였다면 느꼈을 것이
다. 이렇게 조심스럽게 타이르면서 가가 님이 자신을 돌보는 역할
을 맡고 있는 후타미 님을 약간 놀리고 있다는 사실을. 그러나 호
는 알아채지 못했다. 물론 가가 님도 호는 모를 줄 알고 그러는 것
이었다.

"이것은 후타미 님의 임무다. 얼굴을 평온하게, 마음을 평온하
게 하고 이렇게 여기 앉아 있는 것이. 네가 청소를 하거나 물 긷는
것과 마찬가지로 임무인 것이지. 알겠느냐?"

"예."

"그러니 너는 앞으로 내가 묻고 네가 대답할 때, 대답해도 될지
이렇게 말해서는 안 될지 후타미 님의 얼굴을 살필 것 없다. 후타
미 님은 이곳에 계시기만 해도 이미 임무를 다하고 계시는 것이다.
내 말이 틀림없지요, 후타미 님."

후타미 님은 공손한 자세를 한 채 머리만 들었다. 과연, 그 얼굴
은 더욱더 가면처럼 평온하다.

"그렇게 해서 가가 님 마음이 평안해진다면 뜻대로 생각하십시
오."

"고맙소."

호가 아는 바로는 '고맙다'는 말을 쓸 때에는 어울리지 않는 짧고
강한 말투로 가가 님은 말씀하셨다. 이유는 모르지만 그 말을 들은
사람이라면 누구나 몸을 바짝 긴장시키게 될 것 같은 말투였다.

"그럼, 호. 아침에 일어나서 이곳에 오기 전까지 무슨 특별한 일이나 새로운 일은 없었느냐?"

"새로운 일 말씀이옵니까?"

"그래. 나흘 동안 날마다 들어서 네 생활이 어떠한지는 대강 알았다. 그러니 오늘부터는 무언가 특별한 일이나 새로운 일이 있을 때만 그것을 듣기로 하겠다."

호는 머릿속으로 아침부터 지금까지 해 온 일을 생각해 보았다. 가가 님은 바른 자세로 앉아 양손을 무릎에 놓고 조용히 대답을 기다려 주신다.

"아침에 특이한 소리로 우는 새를 보았습니다."

"어디에서 보았느냐?"

"오두막 있는 곳에서요. 오두막 맞은편에 있는 숲에서 울음소리가 들려왔습니다."

"그것을 들은 게로구나. 그러면 너는 새의 모습을 본 것은 아니겠군."

"예, 보지 못했습니다."

"그러면 지금 네가 한 말은 정확하게는, 특이한 새의 울음소리를 들었습니다, 가 되어야 한다."

"예."

"말해 보아라."

"특이한 새의 울음소리를 들었습니다."

"어떤 소리였느냐? 어떤 점이 특이하다고 생각했지?"

호는 적당한 말을 찾으며 생각하다가 또 약간 허둥댔다. 한편 후타미 님은 전혀 동요하지 않았다. 얼굴을 내리깐 채 이제는 속눈썹조차 움직이지 않는다.

"바닷새 소리와도 까마귀나 솔개 소리와도 달랐습니다. 강아지 소리 같았습니다."

"강아지라."

"예. 깽, 깽 하는 소리였어요."

"그것이 어떤 모습의 새인지 보고 싶으냐?"

"예, 보고 싶습니다."

"그러면 오늘 저녁, 네가 저녁을 먹을 때 거기에서 밥알을 조금만 남겨두었다가 오두막 바깥의 땅바닥에 뿌려 두어라."

"새에게 먹이를 주는 거군요."

"그래. 당장은 그 울음소리의 새가 올지 안 올지 알 수 없다. 하지만 며칠 계속하다 보면 언젠가 올지도 모르지. 새가 오면 울음소리를 잘 듣고 관찰하도록 해라."

"관찰."

"사물을 자세히 보고 확인한다는 뜻이다."

관찰. 이노우에 가의 게이치로 선생님이 언젠가 같은 말을 하시는 것을 들은 기억이 있다.

"예, 알겠습니다."

"그 외에는 새로운 일이나 특별한 일은 없었느냐?"

"예, 없사옵니다."

가가 님은 고개를 끄덕이셨다.

"그러면 다음에는 네 이름 이야기를 하자."

느릿한 말투로 말을 꺼내셨다.

"제 이름은 호입니다."

"보기 드문 이름이야. 너는 너 말고 같은 이름을 가진 사람을 아느냐?"

"아니요, 모릅니다. 저 말고는 없을 거예요."

가가 님은 차근차근 설명하듯이 묻는다. 호는 거기에 되도록 빨리 대답하려고 생각하면서도 그만 시간이 걸리고 꾸물거린다. 가가 님은 재촉하지 않는다.

"어째서 그리 생각하느냐?"

"그것은, 그, 좋은 이름이 아니니까요."

"나쁜 이름이냐?"

"부끄러운 이름입니다. 바보의 호거든요."

"바보의 호라는 글자를 쓴단 말이냐?"

"예. 저는 한자를 쓸 줄 모르기 때문에 히라가나로 씁니다. 하지만 한자로는 그런 글씨라고 배웠습니다."

"누가 가르쳐 주더냐?"

"요로즈야에서 배웠습니다."

"그것은 가게 이름이냐?"

"예. 저는 에도에서, 요로즈야에 있었습니다."

"네 부모님 가게냐?"

호는 당황하고 말았다. 가가 님 앞에서는 크게 몸을 움직이거나, 하물며 일어서는 짓은 결코 해서는 안 된다고 후타미 님께 단단히 주의를 들었다. 그것을 잊고 순간적으로 엉거주춤 일어서서 손을 마구 흔들며 고개를 젓는다.

"아닙니다. 당치도 않은 말씀이십니다. 제게는 아버지도 어머니도 없습니다. 아니요, 으음, 그, 있지만, 이제 없습니다. 아버지 얘기는, 해서는 안 된다고 했습니다."

가가 님은 조용히 두 번 정도 눈을 깜박였다. 호는 제정신으로 돌아와 다시 정좌를 했다. 후타미 님의 옆얼굴을 힐끗 살핀다.

야단을 맞지는 않았다. 하지만 당장이라도 야단을 치고 싶은 얼굴빛으로 보인다.

가가 님의 표정에는 전혀 변한 데가 없다.

"너는 이 저택에 오기 전에 사지 이노우에 가에 있었다고 했지."

"예, 하녀로 고용살이를 하고 있었습니다."

"지금과 똑같이 일하고 있었던 게로구나."

"예."

"거기에서도 너의 호라는 이름은 바보의 호라고 쓴다는 말을 들었느냐? 그곳의 고토에라는 여자도 그렇게 말하더냐?"

호는 세게 고개를 저었다. "아니요. 고토에 님은 그렇게 말씀하시지 않았습니다. 호의 호는, 그게 아니라 다른 글자라고 말해 주셨습니다."

"너는 그것을 믿지 않는 것이냐?"

"그건, 하지만, 저는 머리가 나쁘니까요."

"어떻게 나쁘지?"

깜짝 놀랐다. 이런 질문은 처음이었다. 스스로 생각해 본 적도 없었다.

"글씨를, 쓸 줄 모릅니다."

"히라가나는 쓸 줄 안다고 했지."

"겨우 쓰지요. 그, 이노우에 가에서는 더 여러 가지를 배웠습니다. 하지만 잊어버리고 말았습니다. 금세 잊어버리는 것은 바보이기 때문입니다. 저는 이제 달력도 제대로 읽을 줄 모릅니다. 게이치로 선생님이 가르쳐 주셨는데."

말하기 시작하니 기세가 붙었다.

"주산도, 고토에 님이 가르쳐 주셨습니다. 조금씩이라도 오래 계속하다 보면 언젠가 배워나갈 수 있다며 몹시 상냥하게 가르쳐 주셨습니다. 하지만 저는 잊어버리고 말았습니다. 그러니 숫자도 잘 세지 못한다는 것은 사실입니다."

어째서인지, 한번 가라앉았던 가슴의 두근거림이 다시 시작되었다. 슬픈 것은 아닐 텐데 눈시울이 뜨거워진다. 아니, 사실은 슬픈 것일까. 게이치로 선생님이나 고토에 님을 떠올리기 때문이다. 아아, 그렇다, 생각하면 생각할수록 슬픔과 불안이 솟구친다.

"성님도, 호는 바보가 아니라고 말해 주었습니다. 바느질을 잘한다면서요. 지금은 어떤지 모르겠습니다. 벌써 오랫동안 성님을 만나지 못했거든요. 게다가 이시노 님의 얼굴도 보지 못했습니다. 이시노 님도 호는 바보가 아니라고 열심히 일한다고 말해 주셨지만, 하지만 벌써 사흘 나흘이나 뵙지 못했습니다."

단숨에 말을 마쳤을 무렵에는 정말로 눈가가 젖어들었다. 호는 손등으로 얼굴을 북북 문질렀다.

"가가 님." 결국 참을성이 다했는지 후타미 님이 낮은 목소리로 말했다. "보시다시피 이 아이는 사물의 도리를 모르고 분수도 모르는 천한 하녀이옵니다. 가가 님과 친밀하게 대화를 나누는 중책을 도저히 다할 수 없는 자입니다. 모쪼록 하녀에게는 하녀의 일을 분부해 주십시오."

호가 슬쩍 살펴보니 가가 님은 후타미 님의 말을 듣고 있는 건지 듣지 않는 건지, 호의 머리 위 언저리를 멍하니 바라보고 계신다.

"그럼, 호" 하고 그대로 말씀하셨다.

"오늘은 이만 하자. 다음 이야기는 내일 들려다오."

다음이라니, 무슨 다음일까?

"후타미 님, 내일도 이 시간에 호를 데려와 주시기 바라오."

"허나, 가가 님―."

후타미 님이 끼어드는 것을 신경도 쓰지 않고 유유히 그럼 물러가라고 호에게 말씀하셨다.

"새에게 먹이를 주는 것을 잊지 말거라."

"예."

깊이 절을 하고 끌려 나가듯이 방에서 나왔다. 올 때 가슴이 술렁거리던 것과는 또 다르게 돌아가는 길에는 떨떠름했다. 틀림없이 호되게 야단을 맞을 것 같은 기분이 들면서도 왠지 커다란 것을 뛰어넘은 것 같은 즐거운 기분도 들었다. 눈에 익은 마른 폭포의 어두컴컴한 실내가 새로운 곳이 된 것 같은 기분도 들었다.

2

다음 날 같은 시간에 가가 님을 뵙자, 우선 새에 대해서 물으셨다. 그런 새는 오지 않았다고 대답하자 그러면 새로운 일이나 특별한 일은 있었느냐고 물으신다. 아무것도 없었기 때문에 그대로 대답했다.

"그러면 오늘은 너에 대해서 좀 들어 보자."

"저에 대해서 말씀이옵니까?"

"그래. 너는 에도의 어디에서 태어났느냐?"

그렇게 해서 세 시 정도까지 가가 님은 요로즈야에서 태어나고 자라 마루미에 보내지고 버려지기까지의 호의 신상 이야기를 전부 들으셨다.

물론 그냥 호에게 이야기를 시키기만 해서는 이렇게 되지 않았을 것이다. 호의 이야기는 갈팡질팡하는 것이 미덥지 못하고 말도 적절하게 고르지 못한다. 사람의 이름을 말할 때 이 사람이 어떤 사람인지 설명을 덧붙이는 지혜도 없고, 이야기는 이리저리 굴러다니고, 순서를 틀려서 이해하기가 매우 어렵다.

그러나 가가 님은 교묘하게 질문을 해 가며 호를 이끌어 이야기를 끌어냈다. 가령, 호가 새로운 사람의 이름을 말하면 "그것은 남자냐, 여자냐?" "나이는 어느 정도냐?" "너는 그 사람을 뭐라고 불렀느냐?" 하고 물어 확인한다. 덕분에 이야기하는 동안 점점 호 자신에게도 다음에 이야기하려는 내용이 또렷이 보이게 되었다. 이 이야기를 하기 위해서는 이것을 이야기해 두어야 한다. 이 이야기를 해 두면 다음에는 이 이야기로 이어진다.

이야기해 나가던 중, 호는 절절하게 한 가지를 이해했고, 그리고 더욱 이상하게 느꼈다. 가가 님은 어떤 분일까?

생각해 보면 이노우에 가에서 신상에 대해 물었을 때도 우사에게 신상 이야기를 했을 때도 역시 이렇게 대화를 이어나갔기 때문에 호는 이야기할 수 있었다. 가가 님도 지금 같은 일을 해 주고 계신다. 같은 일을 해 주신다는 것은 가가 님도 게이치로 선생님이나 고토에 님이나 성님처럼 상냥하다는 뜻이 아닐까.

가가 님은 몹시 나쁜 사람일 텐데.

사람을 죽이고, 부정함을 두르고, 산 채로 귀신이 되고 악령이 되어 마루미에 재앙을 가져왔다며 두려움의 대상이 되고 있는 분인데.

그래서 호도 마른 폭포에 오게 되었을 때 그렇게나 무서웠는데.

그런 가가 님이 상냥하다면 호는 앞으로 무엇을 두려워하면 좋을까?

이날, 가가 님의 방에서 물러나 오두막으로 돌아가기 전에 후타미 님이 호를 다른 방으로 데려갔다. 거기에서 후타미 님은 갑자기 얼굴이 벌게지시더니 말투도 날카롭고 눈에는 분노의 빛을 띤 채 호를 호되게 꾸짖으셨다.

호는 처음에는 무엇 때문에 꾸지람을 듣는 것인지 영문을 알 수가 없었다. 하지만 자세히 듣다 보니 모르는 것도 당연한 것이, 후타미 님은 오늘 호가 한 행동에 대해서 화를 내시는 것이 아니라 앞으로 있을 일에 대해서 화를 내시는 것임을 알게 되었다.

"알겠느냐? 내일 가가 님이 오늘과 똑같이 네게 질문을 하실 때, 마루미에 온 후 네가 어디에서 어떻게 지냈으며 누구에게 이끌려 이 저택에 오게 되었는지를 물으신다 해도 절대로 이야기해서는 안 된다. 또, 이곳에 온 후로 어떤 일이 있었느냐는 물음에도 대답해서는 안 돼. 그것은 절대로 너 같은 아이가 말해서는 안 되는 일이다. 사지 이노우에 가에서 하녀로 고용살이를 하고 있었고 이노우에 가에서 보내서 여기에 있다. 매일 열심히 일하고 있다. 네가 말씀드려도 되는 것은 오직 그것뿐이다. 그것을 마음에 잘 새겨두어야 한다."

아아, 그리고, 하며 더욱 목소리를 높여 덧붙였다.

"내일 가가 님이 뭔가 특별한 일이 있었느냐고 물으시거든 후타미 님이 이러이러한 말씀을 하셨다는 이야기도 해선 안 된다. 가가 님의 귀에 들어가야 할 내용이 아니니까."

똑똑히 기억해 두지 않으면 꽤나 어려운 일이다. 가가 님께서 물으시면 되도록 정직하게 대답하려고 하는데 그 생각을 억눌러야 한다. 호의 머리로는 벅찬 일일지도 모른다. 불안했다.

그러나 다음 날이 되자 호는 전혀 다른 일로 놀랐다.

장식물도 없고 가구도 없이 그저 평범하던 가가 님의 방에 작은 책상이 놓여 있었다. 책상 위에는 벼루와 붓이 하나씩. 종이도 한 묶음 놓여 있다.

가가 님은 새로운 일이나 특별한 일은 없었느냐는 물음부터 시작했다. 호는 아무것도 없었다고 대답했다. 그러자 가가 님은 호에게 책상에 앉으라고 재촉하신다.

"오늘부터 너는 여기에서 습자를 하게 될 것이다."

너무 의외의 일이었기 때문에, 호는 당장 대답도 하지 못하고 후타미 님의 얼굴을 보았다. 그러자 후타미 님이 뭐라고 말씀하시기 전에 가가 님이 말씀하신다.

"이 도구들은 오늘 아침에 후타미 님이 갖추어 주신 것이다. 호, 고맙다는 말씀을 드려라."

아직도 멍청하게 있는 호에게 다시 "인사를 드려라. 허락을 얻기 위해 후타미 님이 매우 고생해 주셨으니까" 하고 말씀하신다.

가가 님의 얼굴선—이목구비, 입매, 이마의 주름—그런 것들이 조금, 아주 조금이긴 하지만 어제보다 더 부드럽다. 그렇게 느껴지는 것은 호의 착각일까.

"고맙습니다."

방향을 바꾸어 양손을 짚고 머리를 숙인다. 후타미 님은 가만히 움직이지 않는다. 호는 가가 님의 얼굴을 올려다보았다.

"가가 님, 제가 습자를 하는 것이옵니까?"

"그래."

"글자를, 배우는 건가요?"

"그래. 내가 네게 가르쳐 주마."

다시 한번 깜짝 놀라서 이번에는 느닷없이 후타미 님을 돌아보고 말았다. 그때 얼굴을 숙인 후타미 님이 화난 얼굴이 되려는 것을 억누르고 계신다는 것을 알아차렸다.

"호, 우선 먹을 갈아라."

단호하게 말씀하셨다. 호는 책상에 앉는다. 손이 부들부들 떨렸다.

"습자를 하는 것은 처음이냐?"

"이노우에 가에서 배웠습니다."

"그러면 제대로 먹을 갈아라. 습자는 무서운 일이 아니다."

호가 먹을 다 갈자 말씀하신다.

"네 이름을 써 보아라."

호는 붓을 쥔다. 히라가나라면 쓸 수 있다고 말했지만 종이에 쓰기는 오랜만이다. 붓 끝이 흔들리고 먹물 방울이 종이에 떨어졌다.

간신히 써낸 '호'라는 이름은 일그러지고 기운데다 종이에서 삐져나오려 하고 있었다.

"내게 보여 다오."

종이를 떼어 내어 두 손으로 내민다. 가가 님은 그것을 받아 들고 팔을 길게 뻗은 채 찬찬히 보더니 종이를 뒤집어 호에게 보여 주었다.

"이것이 네 이름이다."

꼴사나운 글씨라는 것은 호도 안다. 목을 움츠렸다.

"이것이, 지금의 너다." 가가 님은 말씀하셨다. "네가 바보의 '호'라고 말하는, 너다."

"예, 그렇습니다."

"바보라는 글자는 쓸 줄 아느냐?"

"히라가나로요?"

"써 보아라."

이름을 쓰는 것보다 더 힘들었다. 종이는 먹물 방울로 끈적끈적하다.

가가 님은 다시 찬찬히 보고는 그것을 옆에 놓더니 갑자기 일어섰다.

"거기서 비켜 보아라. 내가 써서 보여 주마."

가가 님은 책상에 앉아 새 종이에 커다랗게 '阿呆ᵐ보'라고 쓰셨다. 종이를 한 장 더 넘겨 이번에는 '呆ᵃ'라고 한 글자를 썼다.

와아, 예쁜 글씨다. 호는 넋을 잃고 바라보았다. 겐슈 선생님이 편지를 쓰는 모습을 본 적이 있다. 게이치로 선생님도 자주 글을 쓰곤 하셨다. 두 분과 비슷할 정도로 잘 쓴 글씨다.

"보아라."

'呆ᵃ'라는 글씨가 적힌 종이를 호에게 건네며 가가 님이 말씀하셨다.

"이것이 너다. 지금의 네 이름이지."

호는 양손으로 종이를 받쳐 들고 고개를 끄덕였다.

"허나 이것은 정말로 네 이름일까?"

호는 무슨 질문인지 이해할 수 없다. 대답하기 곤란해서 그냥 고개만 숙이고 있었다. 눈만 움직여 슬쩍 올려다보니 가가 님은 호가 아니라 자신이 써서 호에게 들려 준 '呆ᵃ' 글씨를 바라보고 계셨다.

"그러면 다음에는 이로하한글로 따지면 가나다를 써 보아라."

이렇게 해서 하루에 한 번, 호는 가가 님의 방에 안부를 여쭙는 것이 아니라 습자를 하러 다니게 되었다.

처음 며칠 동안은 몹시 긴장이 되었고 이런 일이 계속 이어질 리 없을 거라는 기분이 왠지 모르게 들었다. 후타미 님은 화가 나신 것 같았으니까. 어느 날 찾아뵈면 책상이 없어져 있고, 너는 이제 오지 않아도 된다는 말을 듣고, 그걸로 끝이 나는 게 아닐까.

습자는 끝나지 않았다. 뿐만 아니라 닷새째 되던 날 이후로는 가가 님과 단둘이 있게 되었다. 후타미 님은 가가 님의 방까지 호를 데려오면 그 자리에서 물러나신다. 세 시가 되어 호가 방에서 나올 때 다시 오신다. 후타미 님의 화난 것 같은 얼굴은 그대로지만 전처럼 다른 방으로 불려가 야단맞는 일은 없다. 그 대신 후타미 님이 호에게 말을 걸어 주시는 일도 없어졌다.

계속 습자를 하러 다니다 보니 호는 마른 폭포 저택 안에서 전보다 더 눈에 띄게 옥지기 분들의 기피 대상이 되었다. 허드렛일은 여전히 계속하고 있고, 밥상을 올리거나 물리기도 하고, 청소에 물 긷기, 설거지를 하는 등 바쁘게 일하고 있다. 지금까지는 그럴 때면 어쩌다 짧게 말을 걸어 주곤 하시던 분들도 지금은 호에게 눈길도 주지 않는다. 그러면서도 몇 사람이 모이면 호 쪽을 힐끔힐끔 쳐다보며 뭔가 이야기를 하는 것 같다.

그렇게 화만 내던 고데라 님조차 호에게 가까이 오지 않게 되고 말았다. 여전히 얼굴이 보이지 않는 이시노 님이 마음에 걸려서 호가 몇 번인가 물으려고 했을 때도 거의 도망치듯이 멀어지고 말았다.

왜 갑자기 미움을 받게 되었을까.

호는 호 나름으로 생각했다. 역시 귀신 같은 가가 님께 습자를 배우고 있기 때문일까. 사람들이 모두 무서워하는 가가 님 곁에 매일 들어 글을 배우고, 말을 나누고, 써 주신 습자본을 받아 물러난다. 모두들 그런 호에게는 귀신이 옮았다고 생각하고 있을 것이다.

요리를 담당하는 사람들이 서로 수군거리는 이야기를 들은 적도 있다.

—가엾게도, 저 아이는 조만간 죽게 될 거야.

호가 가가 님의 저주를 받을 것이라고 생각하고 있다.

호 역시 지금도 가가 님이 무섭다. 글씨를 틀리면 엄하게 고쳐 주시고, 얼굴 표정이 변하지 않기 때문에 오늘은 기분이 어떠신지 짐작하기가 어렵다. 후타미 님과 달리 가가 님은 호를 야단치시지는 않지만 입을 다물고 아무 말씀도 하지 않으실 때가 많아서 매번 진땀이 난다.

하지만 그 두려움이 지금까지의 두려움과 다르다는 사실도, 호는 알게 되었다.

가가 님이 귀신이나 악령이라면 호는 귀신이나 악령에게서 글씨를 배우고 있다는 뜻이 된다. 귀신이 습자본을 쓰고 때로는 호의 손에 손을 겹쳐 글씨를 가르쳐 준다.

가가 님이 그렇게 하고 가르쳐 주시면 호의 글솜씨는 갑자기 좋아진다. 손을 움직이는 방법을 손으로 익힐 수 있기 때문이다. 고토에 님도 이렇게 가르쳐 주셨다. 그래서 이노우에 가에 있을 때의 호는 모래가 물을 빨아들이듯이 빠르게 새로운 글자를 익힐 수 있었다.

지금도 마찬가지다. 가가 님께 배우면 점점 글자를 쓸 수 있게 된다. 하지만 가가 님은 살인자고 귀신이고 악령이라 모두들 무서워하고 있다. 고토에 님과 똑같은 일을 해 주는 가가 님이 무섭다면 호는 고토에 님도 무서워해야 했다. 하지만 고토에 님과 달리 가가 님이 무서운 것은 가가 님이 그다지 이야기를 하지 않으시고 결코 웃지 않으시기 때문이고, 따라서 만일 가가 님이 웃어 주신다면 고토에 님의 웃는 얼굴과 똑같이 마음이 따뜻해지고 기쁠지도 모른다는 생각이 들어서,

—조만간 죽게 될 거야.

그런 수군거림도 실감으로 다가오지는 않는다.

게다가 호는 겐슈 선생님의 말도 들었다. 수수께끼 같은 그 말.

—가가 님이 네 목숨을 구해주셨단 말이다.

겐슈 선생님은 '너 자신은 모를 테지만' 하며 호를 안아 올려 미소를 지으며 그렇게 말씀하셨던 것이다.

그렇다면 역시 사람들이 모두 가가 님을 무서워하는 것은 잘못이 아닐까. 무언가가 잘못되어 다들 틀린 생각을 하고 있는 것은 아닐까.

무엇보다도 호는 가가 님에게 배우는 습자가 즐거웠다.

잊고 있던 글자를 떠올리고 또 새로운 글자를 배운다. 기뻐서 가슴이 뛴다. 열흘쯤 지나자 잘 썼는지 아직 멀었는지 스스로도 조금은 분간할 수 있게 되었다.

글자를 배우면 말도 배우게 된다. 히라가나를 대충 다 배우고 나자 가가 님은 달력 글자 쓰는 법을 가르쳐 주셨다. 자子나 미未, 갑甲이나 경庚. 습자본에는 달력도 더해지게 되었고, 쓰면서 달력 읽는

법도 다시 배웠다.

그러자 가가 님의 방을 찾아뵙고 제일 먼저 나누는 "무슨 특별한 일이나 새로운 일이 있었느냐?"라는 대화에 "호, 오늘은 무슨 날이지?"라는 물음이 더해지게 되었다.

호는 매일 대답을 하고 그것을 제일 먼저 쓴다. 습자를 마칠 때는 '호'라고 자신의 이름을 쓰고 끝낸다.

다시 달력을 읽을 수 있게 되었기 때문에 분명하게 알 수 있다. 가가 님을 찾아뵌 지 정확하게 열닷새째 되던 날의 일이다. 습자를 마칠 때 '호'라고 써서 보여 드리자 가가 님이 갑자기 말씀하셨다.

"잊고 있었는데 호, 새는 어찌 되었느냐?" 하고 물으셨다. "강아지 같은 소리로 운다는 새 말이다. 먹이를 계속 뿌려 주고 있겠지? 모습을 볼 수는 있었느냐?"

호는 기뻐서, 주체하지 못하고 얼굴이 확 밝아졌다. 분명히 그 새를 보았다. 바로 며칠 전의 일이다. 밥알을 뿌려 두면 여러 종류의 새가 오는데 그 사이에 섞여 있는 그 새의 울음소리를 들었던 것이다.

하지만 자신이 먼저 그런 잡담 같은 이야기를 할 수는 없다고 생각하고 있었다. 묻지 않으시는 한 습자를 할 때 쓸데없는 수다를 떨 수는 없다.

그래서 신이 나서 이야기를 했다. 그 새의 꼬리가 길고 붉은색 깃털이 돋아 있다는 것. 깽깽 하는 울음소리는 아무래도 동료를 부를 때 내는 소리 같다는 것.

"너는 사물을 자세히 볼 줄 아는구나." 가가 님은 말씀하셨다.

"그 새의 이름은 아느냐?"

이름은 모른다. 누군가에게 물어서 가르쳐 달라고 하고 싶은 생각은 있지만 어쨌거나 요즘은 모두들 호를 피하고 있다.

"이름은…… 저어."

저도 모르게 말하고 말았다.

"이시노 님이 계시면 금방 가르쳐 주실 것 같아요. 이시노 님은 작사방이라 산새나 산짐승에 대해서 아주 잘 아시거든요."

"—이시노."

"예, 옥지기이십니다. 늘 제게 친절하게 대해 주셨습니다. 하지만 벌써 보름이나 얼굴을 보지 못했습니다. 병에 걸리신 건지도 몰라요."

호가 그렇게 말씀드리자 왠지 한순간 가가 님의 무표정한 얼굴이 더욱 무표정해진 것처럼 보였다. 늘 곧게 다문 입매, 늘 눈꺼풀에 가려져 움직임이 없는 눈동자. 하지만 그 한순간은, 평소보다 더욱 얼굴이 멈춰 버린 것처럼 보였던 것이다.

이야기는 거기에서 어중간하게 끝나고, 호는 물러났다.

다음 날 습자를 하러 갔을 때도 가가 님의 얼굴은 여전히 멈춘 상태였다. 다른 옥지기 분이라면 몰랐을 것이다. 하지만 호는 똑똑히 알 수 있었다.

걱정이 되었다.

"가가 님, 오늘은 기체 평안하시옵니까?"

정해져 있는 인사말을 한다. 가가 님도 평소와 똑같이 물으신다.

"호, 오늘은 무슨 새로운 일, 특별한 일이 있었느냐?"

호를 데려온 후타미 님은 이미 옆방으로 물러나 계신다. 만일 후타미 님이 계셨다면 달랐을 것이다. 아니, 입 밖에 내기 직전까지 호 자신도 이런 말을 할 생각은 없었다. 말이 입에서 미끄러져 나와 스스로도 '어라라' 하고 생각했다.

"있사옵니다" 하고 대답했다. 심장이 두근두근 뛰었다.

"호" 하고, 가가 님은 희미하게 눈썹을 움직이셨다. 호를 부른 것이 아니다. 방금 그것은 가가 님이 놀라신 것이다.

"어떤 일이 있었느냐?"

가슴이 두근두근 뛴다. 한 번 절을 하고 호는 대답했다. "가가 님의 얼굴빛이 어제와 다르옵니다. 호에게는 그렇게 여겨집니다."

가가 님은 호의 얼굴을 보고 계신다.

"내 안색이 다르다."

"예."

"어떻게 다르더냐?"

"어제, 새 이야기를 했습니다. 새의 이름에 관한 이야기였습니다."

"음, 그랬지."

"호가 생각하기에는, 그때부터 가가 님의 얼굴빛이 가라앉은 것 같습니다."

이것은 매우 무례한 말일 터이다. 야단을 맞게 될까? 손바닥에 땀이 느껴진다.

"호에게 습자를 가르쳐 주신 후라 피곤하신 것이라고 생각했습니다. 하지만 오늘 이렇게 안부를 여쭈니 역시 가가 님의 얼굴빛이 가라앉아 있사옵니다."

아아, 이제 야단을 맞으려나. 장지문이 열리고 후타미 님이 뛰어 들어오셔서 나를 끌고 나가시려나.

"호는 걱정이 되옵니다."

가가 님은 아무 말씀도 하지 않는다. 그것이 무서워서 호는 계속해서 말을 이었다.

"호가 무슨, 버릇없는 짓을 저지른 것입니까? 아니면 가가 님 기분이 나쁘신 것입니까? 전에 요리를 담당하는 사람들한테 가가 님은 진지를 드시지 않는다고 들은 적이 있습니다. 그것은 매우, 몸에 좋지 않은 일입니다. 병에 걸렸을 때는 더더욱 영양가 있는 것을 드셔야 합니다. 호는 그렇게 생각합니다. 고토에 님께 그렇게 배웠습니다."

아무리 말을 해도 가가 님에게서 대답이 돌아오지는 않는다. 호의 목소리는 뒤집어지고 점점 작아져 간다.

"호가 나쁜 짓을 해서, 만일 가가 님이 화가 나셔서 얼굴빛이 좋지 못하신 거라면, 몇 번이든 사죄드리겠습니다. 가가 님, 호는 가가 님의 몸이 걱정되옵니다—."

마지막에는 목소리가 쉬어서 말이 사라지고 말았다. 호는 당장이라도 울고 싶어졌다. 아아, 이런 말은 역시 해서는 안 되는 것이었다.

딱딱하게 정좌를 하고 이마를 방바닥에 바싹 붙이고 있자니 가가 님의 목소리가 들려왔다.

"호."

이번에는 이름을 부르신 것이다. 호는 그 자세 그대로 예, 하고 대답했다.

"얼굴을 들어라."

호는 몸을 일으켰다. 얼굴을 들자 눈에서 눈물이 넘쳐흐르려 하는 것을 알 수 있었다.

주제넘은 말씀을 드렸습니다! 그렇게 외치려고 했을 때 가가 님은 호의 작은 머리가 전혀 상상하지 못한 일을 하셨다.

미소를 지은 것이다.

눈 깜짝할 사이의 일이다. 덧없는 미소였다. 보이는가 싶었는데 이미 사라지고 없었다. 하지만 틀림없다. 입술연지 붓으로 슥 그린 것처럼 가가 님의 곧은 입매가 누그러졌다가 금세 다시 돌아오고, 그 뒤에는 미소를 짓기 전에는 없었던 따뜻한 선이 남았다.

"이 저택에 오기 전에."

"예."

"너는, 이곳에 있는 이 가가는 매우 무시무시한 자라는 소문을 들었겠지."

갑작스런 물음이라 호는 저도 모르게 눈을 깜박거렸다. 그 바람에 눈물이 한 방울 굴러 떨어졌다. 코 옆을 타고 흘러 콧방울 있는 데서 멈추었다.

"사람이 아니다, 저것은 귀신이라는 이야기를 듣지는 못했느냐?"

'예'라고 대답하면 실례가 된다. 틀림없이 후타미 님께도 야단을 맞을 것이다. 이 자리에서는 물러나 계셔도 옆방에서 귀를 기울이고 계실 테니까.

가가 님은 대답을 재촉하지 않았다. 대신 스스로 고개를 끄덕이며 말을 이었다.

"분명히 나는 귀신이다. 사람 모습을 하고는 있지만 사람이 아니야."

호는 눈을 크게 부릅뜨고 새삼 가가 님의 모습을 바라보았다. 그러자 또 잠깐 동안 가가 님의 눈가와 입가에 웃음의 미풍이 스쳤다가 사라졌다.

"사람이 아닌 몸이니 나는 몸이 상하게 되는 일은 없다. 기분이 나쁠 것도 없고."

"하지만 가가 님은 병에 걸리셨지 않습니까?"

"그렇지"라고 대답하고 가볍게 숨을 내쉰다. "나는 '귀신'이라는 병에 걸린 것이다."

귀신이라는 병, 하고 호는 작게 중얼거렸다. 가가 님은 다시 한번 이번에는 깊이 고개를 끄덕였다.

"그러니 네가 내 몸을 걱정할 필요는 없다."

"그래도 진지는 드십시오. 귀신도 배가 고픕니다. 그래서 귀신도 여러 가지를 먹잖아요? 옛날이야기 속에 나옵니다."

"그렇구나. 그리 하마."

책상에 앉아 먹을 갈라고 말씀하셨다. 호는 앞으로 나가 먹을 집어 들었다.

호는 먹 가는 소리를 좋아한다. 손을 움직이다 보니 심장도 차분해졌다. 콧방울에 멈춰 있던 눈물은 스며들어가 사라진 모양이다.

"나는 어제부터 생각을 좀 하고 있었다." 가가 님이 말씀하셨다.

호는 손을 멈추려고 했다.

"그대로 계속해라."

"예."

"무슨 생각을 하고 있었느냐 하면, 새나 짐승의 이름을 잘 안다는 이시노라는 자에 대해서다."

"이시노 님 말씀이십니까?"

"너는 그자와 친하게 지내고 있었지."

"친하게—." 손이 멈추었다. "이시노 님은 제가 모르는 것을 무엇이든 가르쳐 주셨습니다."

스륵스륵 먹을 간다. 진해져 간다. 향도 강해진다.

"너와 자주 이야기를 했던 게로구나."

"예."

"산새나 짐승, 꽃이나 나무, 여러 가지 이야기를 했겠지."

"예, 많이 했어요." 생각이 나서 말했다.

"이시노 님에게는, 저와 비슷한 나이의 누이가 계신다고 합니다."

"그래?"

"언제나 호에게 몹시 친절하게 대해 주셨습니다. 몰래 과자를 주실 때도 있었습니다."

큰일났다, 너무 많이 말했다. 나중에 이시노 님이 후타미 님께 야단을 맞겠다.

"호."

"예."

"너는 모를 테고 배운 적도 없겠지. 하지만 세상에는 여러 가지 규칙이 있다. 그것은 이 마루미 번에도 있지."

"예."

"무슨 특별한 일이 일어나면 그 일이 일어난 탓에 규칙이 깨지고 누군가가 그 깨진 부분을 고쳐야 할 때가 있다. 알겠느냐."

"예."

호는 바느질에 대해서 말씀하시는 거라고 생각했다.

"네게 친절했던 그 이시노라는 자는 아마, 이 저택의 깨진 데를 고치기 위해 다른 곳으로 갔을 테지. 그래서 이 저택에서 볼 수 없게 된 것이다."

먹은 이미 충분히 진해졌다. 하지만 호는 손을 쉬지 않고 계속 갈았다. 그렇게 하고 있지 않으면 가가 님이 이야기를 그만둬 버릴 것 같은 기분이 들었다.

"이시노는 이제 돌아오지 않을 것이다."

그럴까? 가가 님은 어떻게 아시는 걸까. 이렇게 단호하게 말씀하시다니.

"—예."

"네게 알려지지 않았을 뿐 이미 대신할 자가 와 있을지도 모른다. 이시노뿐만 아니라 이 저택에서 일하는 사람들은 가끔 바뀌지 않더냐."

가가 님의 말씀이 옳았다. 특히 지난 보름 동안은 사람들이 자주 출입하게 되었다. 모두들 호를 피하기 때문에 직접 이야기를 듣지는 못하고 그저 얼핏 들었을 뿐이지만, 누가 몸이 안 좋아졌다거나 더 이상 마른 폭포에는 올 수 없다거나 하는 이야기가 귀에 들어온다.

"고데라 님이."

"고데라."

"예. 이시노 님과 함께, 제게 여러 가지를 가르쳐 주시는 옥지기이십니다."

"음."

"이시노 님에 대해서는 더 이상 묻지 말라고 하십니다."

"음."

"제가 뭔가 물으려고 하면 곧장 어디론가 가 버리십니다."

이제 더 이상은 갈아도 소용이 없다. 호는 먹을 놓고 품에 넣어 가지고 다니는 종이로 손가락을 닦은 후 얼굴을 들었다.

가가 님은 호가 처음 이 방에 왔을 무렵처럼 장지문 쪽을 향하고 계셨다.

"저는 바보의 호라서 고데라 님께는 자주 꾸중을 들었습니다. 하지만 요즘은 꾸짖지도 않으시고 가 버리십니다."

"다른 자들은 어떠냐."

"다른 분들이요?"

"역시 네게서 멀어지더냐."

정직하게 대답했다. "예."

"쓸쓸하더냐."

"이시노 님이 계시지 않는 것은 쓸쓸합니다."

"모두들 귀신이 무서운 게지."

호는 고개를 갸웃거렸다. 귀신이 무서운 것은 알겠다. 가가 님은 귀신이라고 말씀하신다. 하지만 호는 귀신이 아닌데―.

"귀신을 앓고 있는 내게 습자를 배우는 너에게도 귀신이 옮는 것은 아닐지 두려워하는 것이다."

가가 님은 말씀하시더니 그제야 호 쪽을 돌아보았다.

"너는 무서우냐?"

"가가 님이요?"

눈을 감고 고개를 끄덕이셨다.

"전에는 무서웠사옵니다."

"그래?"

"지금은―저어."

이 마음을 제대로 말할 수가 없다.

"습자가 즐겁사옵니다."

"그래?"

가가 님의 얼굴빛은 여전히 가라앉아 있다. 이 대화를 시작하기 전보다 더욱 어두워진 것 같다. 호는 가슴이 따끔하니 아팠다.

"송구합니다."

책상에서 떨어져 바닥에 납작 엎드렸다.

"달력의 글자는 쓸 수 있게 되었구나."

"예."

"오늘부터는 새로운 글자를 배우자."

"예. 어떤 글자이옵니까?"

"너는 어떤 글자를 배우고 싶으냐?"

생각해 본 적도 없었다. 하지만 호의 마음은 금방 정해졌다.

"바다, 이옵니다."

고토에 님과 나란히 서서 이노우에 가의 야트막한 정원에서 바라보던 바다. 성님과 함께 히다카야마 신사 경내에서 내려다보던 바다. 마루미의 바다다.

"그러면 바다와 산으로 하자. 우선 히라가나로 써라."

"예."

호는 붓을 들었다. 히라가나로 쓴다. 가가 님이 보아 주시고 두 번을 새로 썼다. 그리고 나서 가가 님이 붓을 들고 습자본을 써 주셨다.

"이것이 바다라는 글자다. 이것이 산이라는 글자다."

조용하게 연습 시간이 흘렀다.

호가 물러날 시간이 되었다. 후타미 님이 얼굴을 내민다. 호는 오늘 쓴 것을 곱게 접어 띠 사이에 넣는다.

"호."

"예."

가가 님은 후타미 님에게는 눈길을 주지 않고 그저 호만 보며 말씀하셨다.

"'귀신'은 내 몸속에 있는 병이다. 네게는 옮지 않아. 귀신은 어디로도 가지 않는다. 그러니 너는 무서워하지 않아도 된다."

"예."

"너는 귀신도 먹는다고 말했지. 옛날이야기 속의 귀신은 무엇을 먹는지 알고 있느냐."

호가 대답을 하기 전에 가가 님은 말씀하셨다.

"사람이다. 사람을 잡아먹지."

호가 물러나기를 기다리고 계시는 후타미 님의 옆얼굴이 딱딱한
선을 그렸다.

가가 님의 표정은 움직이지 않는다. 하지만 지금 저 얼굴은 무표
정한 것이 아니다. 멈추어 있는 것도 아니다. 호는 열심히 가가 님
을 바라보며 '잔잔하다'라는 말에 생각이 미쳤다. 파도도 없고 물
결도 조용하고 온통 파랗게 펼쳐져 있는 조용한 아침 바다를 가리
키며 언젠가 성님이 하던 말이다.

가가 님은 습자를 할 때와 똑같이 조용한 어투로 이렇게 말을 이
었다.

"허나 호, 귀신은 너를 잡아먹지 않는다. 너는 바보의 호이고,
사람이 되기에는 아직 모자란 자이니까."

예—하며 호는 바닥에 손을 짚었다.

"내일 또 계속 가르쳐 주마. 물러가거라."

호는 방에서 물러났고 장지문이 닫혔다. 호는 후타미 님을 따라
복도를 되돌아가면서 가가 님이 하신 말씀을 열심히 생각하고 있
었다.

후타미 님은 아무 말씀도 하지 않으셨다.

강한 소나기는 매일 내리고 그 비에 섞여 천둥번개도 멀리서 때
로는 가까이서 으르렁거리는 것이 마루미의 여름이다. 산에 벼락

이 떨어지는 일도 드물지는 않다.

하지만 이날의 벼락은 각별했다.

아직 네 시도 되지 않았는데 갑자기 여름 햇빛이 구름에 덮이고 밝았던 하늘이 뚜껑이 덮인 것처럼 어두워지더니, 비의 기척은 있어도 빗방울은 없이 머리 바로 위에서 우르릉우르릉 울리기 시작했다. 올려다보니 구름의 윤곽이 또렷하게 도드라지고 백금색 번개가 달려 지나간다.

성님이 가르쳐 주었다. 이런 번개는 가까운 데 떨어지기 때문에 무섭다. 마른번개라고 한다. 호는 서둘러 빨래를 걷기 시작했다.

옥지기 분들이 발소리를 내고 돌아다니며 저택 덧문을 닫는다. 하늘을 올려다보며 불안한 눈빛을 던지는 얼굴과 눈을 번쩍 지나가는 번개가 날카롭게 쏜다.

하늘이 찢어진 것 같은 천둥소리. 호는 저도 모르게 두 손으로 귀를 덮었다.

"비가 올 거다. 그 전에 빨리 정리하지 못해!"

안쪽에서 고데라 님이 뛰어나와 뒤뜰에 내려서는 툇마루 쪽에서 호에게 크게 소리를 질렀다.

"예, 지금 갑니다!"

달려가려고 했을 때 또 굉음이 울렸다. 하늘이 꾸짖는 것 같다. 이어서 따뜻한 감촉의 빗방울이 호의 뺨을 툭 때렸다.

고생하면서도 빨래를 다 걷었을 때 투창 같은 비가 쏴아 쏟아지기 시작했다. 호는 저택 안까지 뛰어가지 못하고 머리부터 오두막으로 뛰어들었다.

쿵, 하고 땅이 흔들렸다. 그 흔들림은 잔물결처럼 한동안 남아 있었다. 호는 허술한 오두막의 빈약한 기둥을 붙잡았다.

귓속까지 흔들리는 것 같은, 배 밑바닥까지 떨릴 것 같은 천둥소리.

판자문 틈으로 머뭇머뭇 하늘을 올려다본다. 격렬한 비가 쏟아져 내려 순식간에 호의 작은 얼굴을 적신다. 미지근한 비는 몸에 닿자 싸늘하게 식어 간다.

눈부실 정도의 번개가 지나갔다.

호는 숨을 삼켰다. 커다란 하늘 한가운데에 백금색 빛줄기가 떠오른다. 구름을 찢고 삼각형의, 정말 이상한 모양이다. 저것은, 저것은 마치―.

짐승의 입 같다. 짐승이 이빨을 드러내고 울부짖고 있다. 마루미의 바다를, 산을, 성을, 마을을 향해.

"이것 참, 무슨 일이람."

정신을 차려 보니 고데라 님이 또 툇마루에 나와 하늘을 올려다보며 입을 벌리고 있었다. 얼굴뿐만 아니라 가슴 언저리까지 비에 젖어 있다.

다시 번개. 호는 순간적으로 눈을 감았다. 눈 안쪽이 하얘지더니 거기에 고데라 님이 검은 그림자 형태가 되어 남았다.

귀를 찢을 듯한 천둥소리에 저도 모르게 몸을 움츠리며 쪼그려 앉는다. 비는 땅을 때리고, 튀어 오르는 빗발 때문에 땅이 끓어오르는 것처럼 보인다. 벌써 몇 줄기의 여울이 뒤뜰을 흘러간다.

고데라 님은 엉거주춤하게 서서 덧문에 매달리는 자세를 하고 있다. 머뭇거리며 이리저리 움직이던 시선이 문득 호의 눈을 바라보았다.

"너⋯⋯."

이어서 뭐라고 말씀하셨다. 그 입의 움직임은 보였지만 말은 들리지 않았다. 빗소리마저 지워 버리는 천둥소리.

복도를 따라 누군가가 서두르는 걸음으로 이쪽을 향해 다가온다. 파수 담당 옥지기다. 고데라 님에게 뭐라고 속삭이고 고데라 님도 뭐라고 대꾸를 한다. 호 쪽을 가리켰다.

"어이, 너! 빨리 저택 안으로 들어오너라."

호는 오두막 문 앞에 웅크리고 앉아 있었다. 파수 담당 옥지기가 입가에 손을 대고 부른다.

"그런 오두막은 만일 벼락이 떨어지면 산산조각이 나고 말 거야. 빨리 이쪽으로 오지 못하겠느냐!"

계속되는 천둥 때문에 부르는 목소리는 띄엄띄엄 들릴 뿐이다. 빗발이 강해서 호는 걸음을 내디딜 수가 없다.

고데라 님이 손을 흔들고 발을 구르며 파수 담당 옥지기에게 또 뭐라고 말하고 있다. 파수 담당 옥지기가 몇 번이나 고개를 젓는다. 고데라 님이 우겨 댄다.

"싫어, 사양하겠네!"

그 부분만 알아들을 수 있었다. 그때, 시야가 새하얀 빛으로 가득 찬다. 또 땅이 흔들리고 술렁거리는 감각이 무릎까지 달려 올라온다.

에잇, 하는 듯이 파수 담당 옥지기가 정원에 뛰어내렸다. 붙들어

맨 하카마 자락에 흙탕물이 튄다.

"빨리 이쪽으로 오너라!"

한 손을 이마에 대어 비를 막으며 정원을 가로질러 달려온다. 호는 그쪽으로 가려고 한다. 비의 창이 호를 도로 쫓아낸다.

하얀 번개가 하늘에서 내려온다.

하얀 빛 속에서 호는 보았다. 호에게 손짓하며 내밀어진 팔을, 반짝이는 비의 화살을 뚫고 손톱의 모양까지 또렷이 눈에 새겨졌다.

다음 순간, 그 풍경이 사방으로 튀어 올랐다. 한 덩어리의 딱딱하고 커다란 굉음에 하늘이 막히고 땅이 메워져 귀가 아득해졌다. 끼잉 하고 금속성 울림이 났다.

다리가 지잉 마비되었다. 땅이 흔들린다.

호는 누군가가 호되게 밀친 것처럼 뒤로 날아갔다. 오두막 안까지 날려가 개어서 쌓아 둔 이불에 등을 부딪혔다.

무언가가 타고 있다. 이상한 냄새가 난다. 비가 타다니 어디에 어떤 불이 어떻게 있다는 것일까?

그 옥지기가 방금 전에 호를 향해 내밀고 있던 팔을 그대로 허공에 쳐들고 쓰러져 있었다. 엎드린 자세로 쓰러진 등에 비가 쏟아진다. 사카야키 위로 비가 달린다.

옥지기의 기모노도, 하카마도, 소매를 묶어 올린 다스키까지도 새카맣게 타 있었다. 연기가 풀풀 난다.

혼비백산하는 비명 소리가 일었다. 호는 자신의 목소리라고 생각했다. 하지만 아니었다. 호의 목소리는 움츠러들어 딱딱하게 움켜쥐고 입가를 누른 주먹 속에 들어가 있다.

소리를 지르는 사람은 고데라 님이었다. 계속해서 뜻을 알아들을 수 없는 고함을 지른다. 고함 소리도 번개와 비의 포효에 삼켜진다.

삐걱, 삐걱, 하는 소리가 난다. 호는 그때가 되어서야 오두막이 기울어 버린 것을 깨달았다. 지붕의 얇은 널빤지가 한 장 떨어져 엎드려 있는 옥지기와 호 사이로 빗방울을 흩뿌리며 떨어졌다.

깊은 흐름

1

이노우에 게이치로는 입가까지 올라온 하품을 참으면서 방금 이노우에 가에 도착한 나무상자를 찬찬히 바라보았다.

사방 일 척 정도 되는 작은 나무상자가 엄중하게 포장되어 있다. 끈의 매듭과 상자 옆에 바닷물이 튄 듯한 흔적이 있지만 이 정도라면 안에 든 종이에는 큰 이상이 없을 것이다.

상자를 열려면 작은 칼과 못뽑이도 필요할 것 같다. 일어서려다가 그만 비틀거렸다. 하품도 또 치밀어 오른다.

게이치로는 지쳐 있었다. 어젯밤에는 한숨도 못 잤다. 그 전부터도 울타리저택에 왕진을 다니고 이곳을 찾아오는 마을 사람들을 진찰하느라 벌써 열흘 정도 제대로 옷을 갈아입고 잠자리에 들지도 못하는 상황이 이어지고 있었다.

나무상자 안에는 나가사키에서 구한 서양학과 의술 관련 서적이 들어 있다. 아는 사람에게 부탁해 큰돈을 지불하고 간신히 손에 넣었다. 게이치로는 아득히 먼 바다를 건너온 이 책들을 애타게 기다리고 있었다.

그렇기 때문에 방금 전에 가나이가 조금이라도 누워서 쉬라며 엄하게 타일렀지만 그 전에 대충이라도 좋으니 내용물을 살펴보고 싶다고 생각했다. 하지만 막상 나무상자를 앞에 놓고 조용한 진찰실에 앉으니 갑자기 몸이 축 늘어지며 힘이 빠졌다.

넓은 툇마루에서 비쳐드는 여름 햇빛을 발이 가로막고 있어서 진찰실 안은 어둑어둑하다. 희미한 바람이 뺨을 어루만진다. 낮잠을 자면 틀림없이 기분이 좋을 것이다.

바로 이틀 전의 오후까지 이곳은 환자들로 북적거리고 있었다. 전부터 계속 게이치로가 보아 오던 환자들은 극히 소수고, 나머지는 지난 보름 사이에 갑자기 병에 걸린 번사들이나 그 가족, 그리고 시정 사람들뿐이었다.

마루미의 사지 칠가 의원들은 필두인 스기타 가를 제외하고는 번사뿐만 아니라 성 아래에 사는 사람도 진찰한다. 특히 장래에는 각 집의 당주가 되겠지만 지금은 아직 집안을 물려받지 못한 게이치로와 같은 젊은 의원들에게는 그쪽이 중요한 임무다. 이렇게 의료가 충실한 것은 하타케야마 공의 번정藩政에서 가장 중요한 부분이기도 하니 소홀히 할 수 없는 일이다.

그러나 요즘 갑자기 병이 도는 바람에 의원들은 모두 바빠 죽을 지경이 되었다. 날마다 늘어 가는 병자들을 각 사지 가의 작은 진료실만으로는 전부 받아들일 수 없게 되었다. 그래서 결국 마을관청의 지시로 해자 바깥의 호코지寶幸寺 내에 보양소가 설치되고 사지 가의 의원들은 그곳에서 대기하게 되었다. 겨우 그저께부터의 일이다.

그 덕에 사지 가의 진료실에는 고요함이 돌아왔다. 하지만 그것은 소동과 혼란과 공포가 사지 가에서 급조한 보양소 쪽으로 옮겨진 것에 불과하다. 거기에 한 발짝 들어서면 병의 증상을 호소하는 겁먹은 눈빛이 수도 없이 기다리고 있다. 판자를 깐 병실은 순식간에 가득 차고 복도에까지 사람이 누워 있는 상황이다. 병자들과 가족들은 한 군데에 모이게 되어 안도하기는커녕 오히려 서로의 병을 비교하며 더욱 불안해하는 것 같았다.

게이치로를 비롯한 의원들은 처음에는 교대로 진찰하기로 의견을 모았으나 막상 보양소가 생기고 보니 도저히 그런 느긋한 소리는 할 수 없다는 것을 알았다. 새로운 병자는 끊이지 않고 치료를 받고 나아가는 사람은 몇 되지도 않는다. 먹고 자는 것은 고사하고 뒷간에 가는 것마저 잊고 치료를 해도 일손이 모자란다.

병자들 중 대부분은 게이치로가 보기에 흔한 여름 고뿔이나 식중독, 더위를 먹은 것처럼 보인다. 바다와 산에 둘러싸여 있는 마루미의 여름은 아름답지만 가혹한 계절이다. 밤낮의 기온 차이는 크고 햇빛은 뜨겁고 게다가 습기가 많다. 저녁에는 좁은 해협이 완전히 잔잔해지고 바람이 딱 멈추기 때문에 소나기가 오지 않는 날에는 가만히 있기만 해도 땀이 날 정도로 무덥다.

그래서 필연적으로 매년 여름에는 많은 병자가 나온다. 단순히 더위가 몸에 버겁기 때문이다. 생선이나 조개를 많이 먹기 때문에 식중독도 늘어난다. 그래서 마루미 사람들은 모두 이 힘든 여름을 지내는 방법을 알고 있었다. 당연히 의원에게 기대지 않고 극복하는 지혜도 가지고 있었다.

그러나 올해 여름은 사정이 다르다.

매년 그렇듯이 여름 고뿔이다, 더위를 먹었다고 진단해도 병자들은 아무도 납득하지 않는다. 무서운 돌림병이 틀림없다고 굳게 믿고 있다. 게이치로가 조리 있게 자세히 설명해도 '아닙니다, 아닙니다' 하며 고집을 부린다. 잘 알지도 못하는 미지의 병에 대해서 모두들 수군거린다. 몸에 익혔을 마루미의 여름을 극복하는 지혜는 돌아보지도 않은 채 어딘가에 내던져 버리고.

호열자라는 소문도 퍼져 있다. 출처는 한 군데가 아니지만 발단이 된 것은 서쪽 파수막의 가스케라는 남자의 죽음이다. 게이치로는 이 남자를 진찰하지 않았고 고사카 가의 이즈미가 간호했다는 소문만 들었다. 이즈미에게 물어보니 가스케가 죽은 것은 벌써 두 달이나 지난 일이라고 한다. 그 후에는, 적어도 사지 가에서 호열자라고 진단한 환자는 나오지 않았는데도 소문만은 산발적으로 계속 퍼지고 있었다.

—이 모든 것이.

이번에야말로 참지 못하고 크게 하품을 하면서 게이치로는 멍하니 생각했다.

—마른 폭포의 그분 탓이라는 것이지.

번사든 염색집의 밥 짓는 자든 신분이나 생업에 상관없이, 지금 마루미에 사는 자들은 하나같이 두려워하고 있다. 가가 님을.

게이치로는 나무상자에 손을 올려놓는다. 이 안에 들어 있는 서

양에서 건너온 책에는 의술이나 약재에 대한 새로운 지식이 씌어 있을 것이다. 그 책을 읽으면 게이치로에게도 새로운 식견이 생겨나고 병자를 더 잘 고칠 수 있게 될 것이다.

그러나 아무리 새롭고 뛰어난 의술로도 한결같은 맹신을 풀 수는 없다.

외국에서 들어온 서적은 번역을 하고 사본을 만드는 데에 시간이 걸린다. 게이치로가 이 책들을 부탁한 것은 벌써 이 년 전의 일이다. 게이치로는 그 무렵의 자신을 돌아보며 쓴웃음이라기보다 냉소가 치밀어 오르는 것을 느꼈다. 물론 스스로에 대한 싸늘한 야유의 웃음이다. 이노우에 게이치로. 이 년 전에는 설마 네가 이런 처지에 놓일 것이라고는 생각도 못 하지 않았더냐.

무릇 사물에는 이치가 있다. 본래 의술도 그 이치에 뿌리를 두는 것이다. 사람의 몸의 구성. 병이 일어나는 구조. 그것들을 알면 병도 고칠 수 있다. 병자는 낫는다. 강한 확신이 향학심을 낳고 게이치로를 부추겨 왔다.

그러나 지금 이 몸을 둘러싸고 있는 마루미의 꼴은 어떠한가. 지식도 이치도, 의원의 신념도 확신도, 찢어진 그물처럼 영락했다.

게다가 그것은 다름 아닌 게이치로 자신의 손으로 부른 결과다. 가가 님을 맡기로 결정되었을 때부터 게이치로—사지 가를 포함한 마루미의 위정자들은 성 아래 사는 사람들이 지금의 이 한심한 꼴처럼 가가 님을 두려워하고 꺼리기를 바랐다.

그렇기 때문에 표면적으로는 가가 님에 대해서 수군거리는 것을 엄격하게 금지하고 벌해 왔다. 그렇게 막으면 막을수록 성 아래 사는 사람들이 호기심과 불안을 품게 되리라는 사실을 알고 있었기 때문에.

교묘한 선동이다.

그것밖에 길이 없었다는 변명이 얼마나 허무하게 울리는지.

나무상자를 열고 대망의 책을 훑어볼 만한 기력이 솟아나지 않는 것은 피로 탓이 아니다. 나는 부끄러운 것이다. 게이치로는 뼈저리게 깨달았다. 내게는 이제 이 청신한 의학 지식을 접하고 그것을 내 것으로 삼을 자격이 없다.

문득 우사의 얼굴이 떠올랐다.

히키테 견습 처녀이다. 호를 마른 폭포의 하녀로 내보내고 난 뒤로는 얼굴도 보지 못했다. 이 집에 자주 출입하며 게이치로와 고토에와도 친하게 지내던 그 밝고 부지런한 젊은 처녀는 지금 어떻게 지내고 있을까.

게이치로는 마음속에 끓어오르는 긍지와 자신감 때문에 몇 번이나 우사에게 사물의 이치가 무엇인지를, 앞으로의 의술을, 옛 관습을 버리고 나아가야 할 새로운 사람의 길을 이야기하곤 했다. 게이치로가 하는 말을 우사가 하나하나 흡수해 가는 모습을 보면서 게이치로도 자신의 식견을 확인할 수 있었다. 마음이 들뜨는 한때였다.

말하자면 게이치로는 우사의 눈을 열어 준 것이다.

자신을 위해. 그 눈으로 이 이노우에 게이치로를 올려다보아 주었으면 좋겠다는 욕심 때문에.

그렇게 해 놓고 스스로 우사를 배신했다.

모든 이치를 잊고 모든 것을 삼켜 달라고. 한번 떴던 눈을 감아 달라고.

그러지 않으면 너무나도 갑작스럽게 간 고토에의 죽음을 덮을 수가 없었기 때문이다.

고토에가 죽기 전의 게이치로는 자주 우사에게 말하곤 했다. 하타케야마 공이든 누구든, 그렇지, 쇼군이라 해도 사물의 이치를 바꿀 수는 없다고. 진리는 하나다. 우사, 알겠느냐. 이제 모든 민초들도 그것을 알게 될 시대가 올 것이다. 그때 틀림없이 세상은 변할 것이다, 하고.

그 말을 한 혀로, 대체 어떤 얼굴을 하고 나는 우사에게 부탁했던가.

고토에의 죽음의 진상을 밝히면 마루미 번이 위태로워진다. 그러니 너는 아무것도 몰랐다, 아무것도 생각하지 않아도 된다,라고.

한줌밖에 되지 않는 위정자가 자기 형편에 맞추어 세상을 해석하고 움직이는 시대는 곧 끝난다. 언젠가 모든 사람들이 세상의 진리를 알 때가 올 것이다. 그것을 바라고, 눈을 빛내며 미래를 이야기할 때의 게이치로는 한 사람의 젊은 의원이었다.

그러나 우사에게 머리를 숙이며 부탁했을 때의 게이치로는 마루미 번의 사지 이노우에 가의 후계자, 진리보다도 이치보다도 번과 가문의 안녕만을 생각하는 그저 흔해빠진 남자였다.

그래도 우사는 고개를 끄덕여 주었다. 호를 하녀로 보냈을 때도, 그렇게나 괴로운 얼굴을 하고 당장이라도 울음을 터뜨릴 것 같으면서도 결코 이노우에 가를 거스르는 짓은 하지 않았다.

그 순정과 충신을, 게이치로는 마음대로 이용했다.

아버지 겐슈는 부모로서도 스승으로서도 게이치로에게 엄한 사람은 아니었다. 그러나 딱 한 번, 그렇다, 우사가 자주 출입하게 되었을 때, 전에 없이 엄한 얼굴로 훈계한 적이 있다.

—땅에 뿌리를 내리지 않는 지식의 말은 조만간 너를 해하게 될 것이다. 다치는 것이 너 자신이라면 그것도 교훈으로 살릴 수 있겠지만 다른 사람을 끌어들이지는 마라.

게이치로는 아버지가 무엇 때문에 화를 내는지 전혀 알 수가 없었다. 지금은 알 수 있다. 진저리 쳐질 정도로.

게이치로의 지식은 땅에 뿌리를 내리고 있지 않았다. 그것은 현세의 바람이 한번 불면 흔적도 없이 날아가 버릴 만큼 약했다.

게이치로는 머리를 숙이고 깊이 고개를 떨어뜨렸다. 나무상자에 이마를 대고 눈을 감았다. 생각하면 생각할수록 견딜 수가 없어 몸이 타들어 가는 기분이었다.

그대로 저도 모르게 어둠에 삼켜지듯이 잠든 모양이다. 아주 잠깐 동안이었다. 복도 맞은편에서 아버지와 가나이의 목소리가 들려와 퍼뜩 제정신으로 돌아왔다.

아버지는 오늘 아침 일찌감치 등성했다. 번주를 진맥하는 것은 필두 스기타 가의 역할이다. 하지만 이노우에 가는 사지 중에서도 고참이며, 선대 번주 측은공의 치정 때는 필두를 제치고 전의를 맡은 실적이 있고, 대대로 소바요닌側用人 쇼군 가까이에서 명령을 전달하거나 말씀을 올리는 일을 맡은 중직을 맡고 있는 기쿠치 가와 인척 관계라는 사실 등에 더해 시정 사람들에게도 '야단맞는 겐슈'라는 별명으로 친근한 겐슈의 명랑한 성격이 높이 평가되었는지, 본래의 입장과 달리 아버지는 등성할 기회가 많다. 그리고 가가 님을 맡기로 결정되고 나서는 더욱 잦아졌다. 게이치로가 모르는 곳에서 은밀하게 부름을 받을 때도 있는 모양이다.

지금은 게이치로도 깨달았다. 아버지 겐슈는 실은 가가 님을 맡는 큰일에 깊이 관여하고 있고, 영주의 목숨을 맡아 수면 밑에서 몰래 일하고 있다. 아버지가 짊어지고 있는 역할은 사지 칠가 중 하나라는 입장을 뛰어넘은 무겁고 중요한 것이다.

돌아오신 것일까. 게이치로는 졸음에 취한 머리로 잠시 멍하니 앉아 있다가 보양소의 상황을 보고해야 한다는 생각이 들어 몸을 일으켰다. 저녁때는 또 그리로 돌아가 보아야 하니 아버지와 이야기하려면 시간은 지금밖에 없다.

겐슈의 방에서는 가나이의 목소리가 들려오고 있었다. 게이치로는 방을 향해 말을 걸고 허락을 얻은 후 얼굴을 내밀었다. 아버지는 가나이의 도움을 받아 옷을 갈아입고 있었다.

게이치로의 얼굴을 보고 가나이가 당황한 듯이 말했다. "오오, 작은선생님, 좀 쉬셨습니까?"

"음. 꽤 나아졌네."

"그래도 얼굴빛이 좋지 못하십니다. 뭘 좀 드시지요. 무엇이 좋으십니까?"

아아, 그렇다면, 하고 산뜻하게 기나가시 차림으로 갈아입은 겐슈가 말했다. "나도 같이 식사를 해야겠다. 뜨거운 물에 만 밥이라도 상관없네."

가나이는 화를 내며 더 영양가 있는 음식을 드셔야 한다고 주장하더니 서둘러 안채 쪽으로 돌아갔다.

부자 둘만 남았다. 아버지의 방에는 서적이 넘쳐난다. 고토에가 종종, '아버님은 어머님이 돌아가신 후로 서적하고만 같이 주무시네요' 하며 웃곤 했다. 남매의 어머니인 아내를 잃은 후로 몇 번인가 재혼 이야기가 있었지만 겐슈는 전부 거절해 왔다.

"아버님, 피곤해 보이십니다."

"나보다 네가 더 야윈 것 같다만." 겐슈는 격려하듯이 미소를 지었다. "보양소는 상당히 힘든 상황이라고 들었다. 성내에서도 그 이야기뿐이더구나."

게이치로는 고개를 끄덕였다. "우리가 상상하던 것 이상의 참상입니다."

게이치로는 더듬더듬 상황을 이야기했다. 그사이에 가나이와 시즈가 와서 재빨리 밥상을 차렸다. 뜨거운 물에 만 밥 외에 계란구이나 말린 생선 구운 것, 식초를 친 채소 등, 지친 사람의 위장이 소화시키기 좋을 만한 음식들이 놓여 있다.

부자는 시즈의 시중을 받으며 식사를 했다. 게이치로는 먹기 시작하고 나서야 자신이 얼마나 배가 고팠는지 깨달았다. 동시에, 그들의 취향을 속속들이 알고 있는 시즈가 만들어 준 음식이 조금도 맛있지 않다는 사실도 깨달았다. 배는 부르지만 그만큼 가슴속의 허한 생각은 오히려 더욱 부풀어 간다.

두 사람이 젓가락을 놓고 시즈가 뜨거운 차를 끓이자 겐슈가 말했다.

"게이치로와 할 이야기가 좀 있네. 손님이 오더라도 한동안 들여보내지 말게."

시즈는 알겠습니다, 하며 손을 짚어 절을 하고 물러갔다.

겐슈가 물었다. "보양소에서 식사는 어떻게 하고 있느냐?"

"대개 식중독이나 호열자일 때와 똑같이 하고 있습니다. 증세가 심한 자에게는 미음을, 병이 가벼운 자에게는 죽을. 옆에서 같이 자며 간병하는 자들은 서로 도와 밥을 해 먹고 있습니다."

겐슈는 고개를 끄덕인다. "인분 처리도 어떻게 해야 하는지 알고 있겠지."

"예. 땅 속에 묻고, 땅을 민간에 팔지 않도록 단단히 말해 두었습니다. 병자에게 주는 옷도 증세가 심한 자의 땀이 배었으면 빨지 않고 태워서 버리고 있습니다."

대답하면서 자신의 얼굴에 감출 수 없는 비아냥거림의 빛이 떠오르는 것을 느꼈다. 겐슈도 그것을 놓치지 않았다.

"엄중한 처치를 하는 것은 결코 헛수고가 아니다. 병자들이 돌림병이라고 믿고 있는 이상, 돌림병을 누르는 처치를 하는 모습을 보여 주는 것도 치료 중 하나다."

게이치로는 말없이 눈을 내리깔았다.

"병자 중에는 염색집 사람도 많다고 들었다만."

"예. 염색집은 함께 먹고 자는 커다란 한 가정 같은 곳이라 쉽게 옮는 것이겠지요. 그것은 울타리저택도 마찬가지입니다."

"이대로 병이 퍼진다면 울타리저택 안에도 환자를 위한 집을 설치해야 할 테지. 지금 가지와라 님이 열심히 뛰어다니고 계신다."

가지와라라는 성을 들은 게이치로는 가슴이 따끔 아파왔다. 그 것을 억누르고 말했다.

"본래 이 병이 나온 곳은 울타리저택입니다. 좀더 빨리 그쪽에 손을 써야 했습니다."

"글쎄다." 겐슈는 가볍게 고개를 저었다. "해자 안과 해자 바깥 중 어느 쪽이 먼저라고는 말하기 어렵다. 사람의 입에 자물쇠를 달 수 없는 것은 번사나 영민이나 마찬가지거든."

"근원은 같으니까요. 마른 폭포입니다."

저도 모르게 난폭하게 내뱉었다.

"화가 난 모양이구나."

"그렇지 않습니다."

"아니, 화가 났어. 누구에게 화가 난 것이냐? 너 자신이냐?"

게이치로는 또 침묵했다.

"전부 미리 각오하고 한 일이 아니었더냐, 게이치로."

아버지의 말에도 대답할 수 없었다.

겐슈는 거의 으르렁거리는 듯한 무거운 한숨을 내쉬었다. 고개 를 숙이고 있는 아들의 얼굴을 바라보며 말을 이었다.

"지금이 제일 힘들 때다. 이 고비만 넘기면 성 아래 마을도 안정 이 될 테지. 어떤 병에나 끝은 있는 법이다."

게이치로는 얼굴을 번쩍 들었다. "허나 그렇다고 해서 끝나기까 지의 고통이 가벼워지는 것은 아닙니다."

아버지와 눈이 마주쳤다. 겐슈는 또 게이치로를 위로하는 듯한 표정을 띠고 있다. 그러나 게이치로는 아버지의 눈빛을 받아들이며 그 얼굴을 똑바로 보고, 아아, 늙으셨구나, 하고 생각했다. 아버님도 지치셨다. 그런 생각이 가슴을 찔렀다.

"정말로 이것밖에 길이 없을까요?"

매달리는 것 같은 물음이 입에서 나왔다.

"가가 님을 맡는 일이 피할 수 없는 부역이 되었을 때 아버님은 제게 말씀하셨습니다. 마루미가 아무리 에도에서 멀리 떨어진 벽지라 해도 그렇게 큰 죄를 짓고 유배되어 오는 가가 님이 몸과 함께 가져오시는 나쁜 풍문을 막을 수는 없다고요."

겐슈는 깊이 고개를 끄덕였다.

"이런 말씀도 하셨지요. 에도에서 귀신이라며 두려움의 대상이 되던 가가 님은 이 마루미에서도 똑같이 두려움의 대상이 될 것이다. 마루미의 땅은 좁고 영민들은 순박하기 때문에 그 두려움은 어쩌면 에도 시민들보다 훨씬 더할지도 모른다고요."

"그것은 나 혼자만의 생각이 아니라 영주님의 생각이기도 했다."

아버지가 새삼 말해 주지 않더라도 잘 알고 있다.

"에도 시내에서는 가가 님을 두려워하긴 했어도 한편으로는 라쿠쇼를 하거나 노래를 만들거나 소시草紙히라가나로 쓴 이야기, 일기, 노래 등의 총칭를 쓰면서 그 두려움을 민초 스스로 엷게 하며 극복하는 방편을 가지고 있었습니다. 허나 마루미에서는 사정이 다르지요. 실제로 가가 님의 저주 때문에 병이 일어난다는 소문은 에도에서는 전혀 유포되지 않았다고 하지 않습니까. 이것은 마루미에서만 일어난 소동입니다."

"그것은 왜 그렇다고 생각하느냐? 마루미 사람들이 에도 사람들보다 무지하기 때문일까?"

"아마도요."

"아니, 아니다." 겐슈는 재빨리 대답했다. "풍토와 계절에서 연유하는 것이다. 마루미의 여름은 본래 돌림병이 많은 계절이니까."

"그러면 에도에서는―."

"가가 님이 에도에 머물며 판결을 기다리는 동안, 에도에서는 가가 님의 저주에 의해 화재가 일어났다는 소문이 퍼졌다. 가가 님이 에도를 저주하여 전부 태워 없애려는 생각을 하시는 거라며 시민들은 크게 두려워했다더구나."

게이치로는 놀랐다. "그것은―그런 소문이? 아버님은 어떻게 아십니까?"

"모리모토 님께 들었다."

에도 루스이다이묘 저택에 있으면서 공무상 연락을 담당했다인 모리모토 소에몬과 겐슈는 청년 시절부터 절친한 사이다. 또 게이치로의 돌아가신 어머니, 겐슈의 아내는 이 모리모토 가의 분가分家 출신이었다.

마루미는 작은 번이기 때문에 번사들의 집안 뿌리를 더듬어 올라가면 대부분의 경우 어디에선가 서로 이어진다. 친척, 인척, 양자, 분가가 뒤섞이고 거기에 가문의 격이나 관직에 따른 상하 관계가 얽혀 있어 번의 세력 지도를 몹시 복잡하게 만든다. 하급 번사가 의외로 중신의 가계로 이어져 있거나, 중신의 집안에 상가商家나 시오미의 피가 짙게 섞여 있어서 골칫거리가 될 때도 있다.

그러나 이노우에와 모리모토 가문의 교류는 원활하고 친밀해서 가가 님을 맡게 되기 이전부터 겐슈와 모리모토 소에몬은 자주 편지를 주고받으며 모리모토는 에도의, 겐슈는 마루미의 소식을 서로 알리곤 했다. 게이치로도 잘 알고 있다.

"에도에는 본래 화재가 많다고 하더구나. 큰불이 난 적도 많았다. 그런 만큼 이 소문에는 막부의 분들도 신경이 날카로워져서 풍문을 퍼뜨린 자를 엄벌에 처하는 등 처음부터 엄하게 단속했어. 그래서 마루미에까지 들려올 정도로 퍼지기 전에 소멸되었을 테지."

다시 말해서 같은 일의 반복이라고, 겐슈는 말했다.

"에도의 가장 큰 재앙은 화재다. 그래서 가가 님의 저주가 화재를 일으킨다는 소문이 난 게지. 마루미는 여름이면 돌림병이 많다. 그래서 가가 님의 저주는 병을 부른다는 소문이 난 것이다. 본래 그 지방의 재앙이었던 것이 가가 님이 계심으로 해서 가가 님 탓이 되는 것이다. 사람의 마음은 어디에서나 다르지 않다는 뜻이지."

아아, 그리고, 하고 생각난 듯이 덧붙였다. "마루미의 경우에는 가가 님이 유폐된 곳이 마른 폭포 저택이었다는 이유도 크겠지. 그 저택에는 전부터 병이 들러붙어 있었으니 말이다."

게이치로는 무겁게 생각에 잠겼다. 아버지의 말이 옳다. 예년과 다름없는 식중독이나 여름을 타는 병이 올해에는 미지의 돌림병이라며 두려움의 대상이 된다. 에도에서도 예년과 같은 빈도로 화재가 일어났는데도, 조사해 보니 전혀 이상할 것 없는 단순한 화재였지만 가가 님이 계심으로 해서 가가 님의 저주가 부른 것이라는 소문이 났음이 틀림없다.

"이번 일에서 에도와 이 마루미의 다른 점은, 아까 너도 말했다

시피 소박한 마루미 사람들에게는 라쿠쇼나 노래로 가가 님의 무
서움을 두고 익살을 떨 만한 여유가 없다는 것일 테지. 그래서 정
면에서 바람을 받고, 우리 모두 힘들어하고 있는 것이다."

그러나 그것은 이미 알고 있었던 사실이라고 타이르듯이 말한
다. 게이치로는 격렬하게 고개를 끄덕인다.

"알고 있었습니다. 아버님과 이야기를 나누고 저도 이해했다고
생각했습니다. 허나 막상 이 참상을 보니, 저는―."

"네 마음이 흐트러지는 것은 이해가 간다." 겐슈는 온화하게 달
랜다. "허나 다른 방법은 없다."

"정말로 그랬을까요? 다른 방법이 없었을까요? 가가 님을 맞이
하기 전에 우리 사지 가의 의원들이 앞장서서 가가 님의 악의나 저
주는 단순한 풍문이고, 살아 있는 인간의 몸에 그런 힘은 없다, 병
은 우리 사지가 고칠 것이고 마루미의 치안은 하타케야마 가에서
지킬 테니 무엇 하나 두려워할 것 없다고 가르칠 수도 있지 않았을
까요?"

갑자기 겐슈의 눈에 강한 비난의 빛이 깃들었다.

"그러면 묻겠다. 게이치로, 너는 아직도 그런 일이 가능하다고
진심으로 생각하느냐? 우사라는 처녀 하나에게도 그 훌륭한 뜻을
관철할 수 없었던 네가."

게이치로는 찬물을 뒤집어쓴 것처럼 머리가 싸늘하게 식어 할
말을 잃었다.

"이제 와서 묻지 않아도 너는 알 것이다. 뼈에 사무치게 깨달았
겠지. 그것은 내게도 잘 보인다." 겐슈는 말을 이었다. "다만 겁에

질린 많은 병자들을 목격하다 보니, 머리로는 알고 있었던 사실이 보이지 않게 되어 괴로운 것이다. 너는 같은 곳에서 빙글빙글 제자리걸음을 하고 있어. 그렇지 않으냐?"

게이치로는 낮게 말했다. "우사는ㅡ고토에의 죽음이ㅡ없었다면."

젠슈는 비정할 정도로 단호하게 그 괴로운 중얼거림을 물리쳤다. "고토에의 죽음은 불행한 일이다. 하지만 게이치로, 고토에에게 일어난 것과 같은 일은 반드시 일어났을 테지. 그것이 고토에이고 가지와라 미네 님이었던 것은 우연이다. 가지와라 미네가 그런 생각을 하지 않았더라도 다른 누군가가 생각해 내어 나쁜 짓을 저질렀을 거야. 가가 님이라는 절호의 핑계 뒤에 숨을 수 있는 천재일우의 기회를 잡아서."

그것도 고토에의 죽음과 마찬가지로 덮어야만 했을 것이다.

"너의 불행은 그것이 고토에에게 일어났고, 우사라는 그 히키테 처녀를 끌어들이고 말았던 것이다. 그저 그뿐이야."

한차례 침묵이 흘렀다. 이 고요함은 숨막힐 정도로 비통했지만, 그 속에서는 이미 방금 전까지 들리던 게이치로의 고통스러운 제자리걸음 소리는 들리지 않는다. 그는 걸음을 멈추었다.

"그때 아버님은 가가 님에 대한 마루미 사람들의 그런 맹목적인 공포와 혐오를, 혼란에 의해 일어나게 될 소동을, 피할 수 없는 이상 반대로 잘 이용할 수밖에 없다고 말씀하셨습니다. 그것을 이용하면 가가 님을 맡는다는 큰 임무를 다하기 쉬워질 거라고 하셨지요. 그 생각은 지금도 변함이 없으십니까?"

겐슈는 전혀 없다고 대답했다.

게이치로는 다시 아버지의 눈을 보았다. 거기에는 자신감이 아니라 결의의 빛이 떠올라 있었다.

"실제로 움직임이 시작되었다. 몇몇 절에서 설법이나 염불이 시작된 것을 모르느냐? 가가 님의 저주를 물리치고 재앙이 가까이 오지 못하도록 하기 위해 부처님께 의지하고 부적을 몸에 지니는 것이지. 시정 사람들도 울타리저택 사람들도 우루루 몰려간 모양이더구나. 히다카야마 신사에 매일 참배를 다니는 자들도 늘었다."

마루미의 마을을 벼락 피해에서 지켜 주는 신이다.

"가가 님이 오시면서 마루미에는 진실로 재앙이 찾아왔다. 모두들 그것을 몸으로 깨달았지. 가가 님은 그냥 일개 죄인이 아니다. 에도에서의 소문은 거짓이 아니었다. 쇼군이 두려워하여 죽음을 내리기를 꺼리신 것도 무리는 아니라고 납득을 하게 된다."

겐슈는 힘차게 타이르듯이 말한다.

"가가 님은 정말로 사람이 아닌 존재다. 그러나 귀신과 통하고 저주를 자유자재로 다룰 수 있다는 말은, 뒤집어 보자면 가가 님이 그 귀신의 힘으로 재앙을 억누를 수도 있다는 뜻이 아닐까. 우리가 가가 님을 정중하게 모셔 조금의 실수도 없게 한다면, 가가 님은 우리 수호신이 되어 주실 것이다—."

그렇게 해서 가가 님은 머지않아 섣불리 건드려서는 안 되는 강대한 신으로서 마루미 사람들의 두려움과 숭배의 대상이 될 것이다. 그렇게 되면 마루미 번에 있어 가가 님을 맡는 일은 이제 조금도 어려운 일이 아니게 된다. 우리가 막부에서 관리를 명령받은 것은 죄인의 모습을 한 악귀이지만, 이제 황신荒神처음에는 악귀였다가 사람들의 공양을 받아 신이 되는 경우. 이러한 신을 황신이라고 부른다으로 변했다. 신이라면 얼마든지 공손하게 모실 수 있다.

게이치로는 불쑥 말했다.

"지금은 가가 님의 저주를 봉하는 부적을 팔고 있는 절과 신사들이, 조만간에는 가가 님의 신통력에 의한 가호를 부르는 부적을 팔게 된다—."

"그렇지. 우리가 마루미 사람들을 그 길로 이끌어 가는 것이다."

그렇다—마루미의 위정자들은 그런 계획을 꾸며 왔다. 사지 가문도 거기에 협조해 왔다. 일은 계획한 대로 진행되고 있다.

그렇기 때문에 지금이 가장 힘들 때이다. 도중에 치르는 희생, 바치는 대가가 있어도 눈을 감아야 한다. 마루미의 백성 모두가 깨닫게 하기 위해서는 그럴 필요가 있으니까.

"게이치로."

부르는 소리에, 게이치로는 흠칫하며 눈을 깜박거렸다. 아버지 겐슈가 가만히 손짓을 하고 있다. 게이치로는 무릎을 움직여 앞으로 나갔다.

"지금부터 내가 하는 이야기는"하고, 겐슈는 목소리를 낮추어 말했다. "본래 네 귀에는 들어가선 안 될 이야기다. 허나 나는, 네가 불만스럽게 생각할지 몰라도 네 부모이고 조만간 이 이노우에 가를 짊어질 몸인 네게는 부모로서, 당주로서 말해 두어야 할 일도 있다."

"아버님."

게이치로의 목소리를 가로막고 더욱 목소리를 낮춘다.

"그러니 이야기하마. 한 번뿐이다. 가슴속에 굳게 감추고 결코 아무에게도 이야기해서는 안 된다. 약속할 수 있겠느냐?"

게이치로는 말없이 깊이 고개를 끄덕였다.

"마루미의 무고한 영민들은 우리가 꾸민 대로 가가 님을 두려워하고 있다. 내게는 그 맑은 심성이 눈부시게 보일 정도야. 허나 영민들만큼 마음이 맑지 못한 번의 상층부에는 우리 생각과는 전혀 다른 형태로 가가 님에 대한 두려움을 이용하려는 움직임이 있다."

게이치로는 약간 눈을 가늘게 뜨고 되물었다. "가지와라 미네 님처럼 말입니까?"

"그래. 허나 일은 더 크다."

겐슈는 하타케야마 가의 전복이라고 말했다.

"우리의 빈틈을 노려 가가 님을 맡는 중대한 일을 실패하게 함으로써 영주님의 가문을 가로채려는 계획을 꾸미는 자들이 있다."

게이치로는 일의 중대함에 목이 짓눌리는 기분이 들었다.

"가로챈다는 것은—이 마루미에, 영주님 밑에 있으면서도 반역의 의도를 갖고 있는 자들이 꿈틀거리고 있다는 뜻입니까?"

"두말할 필요도 없지."

"그냥 농담 같은 소문으로 막부 내부에 가가 님이 살아 계시면 곤란한 사람들이 있다는 이야기라면 저도 들은 적이 있습니다. 또 가가 님을 맡으라고 하타케야마 가에 강요하고 그 일을 방해함으로써 마루미 번을 없애려는 세력이 있다는 이야기도 들었습니다. 물론 시정 소문이긴 합니다만."

겐슈는 엷게 미소를 지었다.

"그래, 나도 안다."

"그래서 무겁게 생각하지는 않았습니다. 하지만 아버님, 지금 말씀하신 것처럼 사자 몸에 붙은 벌레 같은 자들이 하타케야마 가의 전복을 노린다면, 그들이 혹시 에도에 있는 세력과 결탁하고 있는 것은……."

겐슈는 잠시 생각하다가 고개를 끄덕였다. "다만, 재정 부교직에 있었던 가가 님이 이런저런 이야기를 떠들면 곤란한 입장에 있는 사람들은 아니다. 그런 사람들은 지금은 가가 님 따윈 조금도 두려워하지 않거든. 악한 것에 씌어 제정신을 잃은 끝에 처자식과 부하를 죽이고 유배된 남자가 하는 말을 누가 진심으로 받아들이겠느냐며 얕보고 있으니."

게이치로는 주먹을 쥐었다. "그럼 후자입니까?"

"귀찮고 번거로운 파리들이지."

겐슈는 웃는 얼굴로 말했다. 그것이 오히려 게이치로에게는 오싹할 정도로 무서웠다.

"그 파리들이 지금까지 가가 님에게 자객을 두 번 보냈다. 한 번은 오사카의 숙소에서, 두 번째는 마른 폭포 저택에."

두 번 다 실패로 끝났다고 한다.

"그쪽의 수괴는 누구입니까?" 게이치로는 멍하니 물었다.

"조다이." 겐슈는 짧게 대답했다.

"아—아사기 님이라고요?"

"아사기 가는 하타케야마 가보다 훨씬 더 마루미와 지연이 깊다. 긍지도 높지. 히다카야마 신사를 모시는 신관의 가계라는 이유로 중신으로서 후한 대접을 받았지만, 그래 봐야 일개 향사鄕土다. 그렇지만 하타케야마 가의 영향하에 있는 것을 좋지 않게 여기는 기풍이 그 집안에 분명하게 흐르고 있었다."

정신을 차려 보니 입이 반쯤 벌어져 있다. 게이치로는 당황하며 입을 다물었다.

"그러면 아사기 님이 에도의 세력과 손을 잡고……."

"몇 번인가 손을 썼지."

게이치로는 아버지가 어떻게 이렇게 침착한 얼굴을 하고 있을 수 있는지 당혹스러웠다. 이것은 터무니없이 복잡한 일이 아닌가.

"위험합니다. 신하들 중에는 아사기 님에게 마음을 기울이며 따르는 자들도 있지 않습니까."

"그렇지. 실제로, 처음부터 옥지기 배명에 관한 일로 구라모치와 후나바시가 대립했다. 구라모치는 아사기 가와 한패지. 그 두 가문은 이중삼중으로 인척 관계를 맺고 있거든. 옥지기를 배명한 후나바시의 다리를 잡아당기려고 구라모치는 이런저런 수를 쓰고 있는 모양이다."

"영주님은 그것을 알고 계십니까?"

"물론이다."

겐슈는 아무렇지도 않게 잘라 말했다.

"무엇보다 아사기 가의 그런 꿍꿍이가 시작된 것은 어제오늘 일이 아니니까."

에도 루스이인 모리모토 소에몬도 아사기 가가 에도에서 이상한

움직임을 보이고 있다는 사실을 아주 예전부터 파악하고 있었다고
한다.

"아사기 가는, 아아, 그렇군요. 붉은 조개 염색 진홍책의 기수였
지요. 그래서 에도와 오사카에도 연줄이 있는 거군요."

그 연줄을 그런 목적을 위해 끌어들였던 것인가.

"에도에 있는 흑막이, 조만간 하타케야마 가가 실추되면 아사기
가를 마루미의 당주에 앉혀 주겠다는 감언이설로 꼬드겼을 테지.
가련한 자다."

막부에서 마루미 번을 없애고 싶어 하는 까닭은 이 땅을 쇼군 직
할령으로 삼고 싶기 때문이라고 했다.

"게다가 아사기 가에는 아사기 가의 내분도 있다. 그것도 사자
몸에 붙은 벌레지."

"무슨 말씀이십니까?"

"본디 마른 폭포 저택이 생긴 것은 십오 년 전 아사기 가에 생겨
난 병 때문이다. 하지만 그것은 병이 아니야. 독이다. 누군가가 집
안에서 독을 써서 병자나 죽은 사람이 나온 거지. 너는 아직 어렸
으니 모르겠지만 사지 가에서는 모두 알고 있었다."

게이치로는 말을 이을 수가 없었다. 잠시 후 가까스로 말했다.
"이번…… 돌림병이 나온 곳 중 하나는 아사기 가입니다……."

게이치로는 그것을 환자들이 가르쳐 주어서 알았다.

"그래, 십오 년 전에 성공하지 못한 누군가가 이번에야말로 일
을 성사시키기 위해 꾸민 일이다. 게다가 이번에는 마른 폭포의 가
가 님이라는 절호의 방패막이가 있지."

"그 '누군가'는."

겐슈는 긴장하며 묻는 게이치로를 가볍게 제지했다. "너는 거기까지 알 필요 없다. 어쨌거나 체포될 일도 옥에 갇힐 일도 없는 사람이니까. 이것은 어디까지나 아사기 가의 내분이고, 그뿐이라면 마루미 번을 뒤흔들 사건은 아니다."

"하지만 아버님, 못 하게 막아야 하지 않습니까."

"게이치로, 내분이라는 것은 대항하는 세력도 있다는 뜻이다. 우리가 못 하게 하지 않아도, 지금 이 순간에도 아사기 가 안에서 집안의 중요한 분이 독살되는 것을 막으려고 필사적으로 움직이는 자가 있을 테지. 내버려두어도 괜찮다."

꽤 느긋한 말이지만—냉정하게 생각하면 그럴지도 모른다. 무엇보다 누가 조다이의 가족을 처벌할 수 있단 말인가.

"아사기 가는 오래된 가문인 만큼 혈연과 인척이 복잡하게 뒤섞여 있고, 게다가 선대 당주도 현재 당주인 아키후미 님도 자식 복이 많은 분이라서 말이다. 정실, 측실을 합해 자녀가 열두 분 계신다. 아직 삼십대인 젊은 나이에 대단하지."

겐슈는 비아냥거리는 말투로 말했다. 자식이 열두 명. 이것은 다시 말해 후계자 다툼이 있다는 뜻이다.

게이치로는 생각했다. 후계자 다툼이란 어떤 상황에서 일어나는 것일까. 그저 후계자 후보가 많이 있다는 사실만으로는 부족하다. 서로 반목할 요소가 있어야 한다. 거기에 그들의 나이라는 조건도 있다.

십오 년 전과 오늘날. 게이치로는 세월을 헤아려 보고 속으로 신음했다. 십오 년이란 갓난아기가 성인이 되기까지의 세월이 아닌가. 다시 말해 십오 년 전에는 후계자 자리를 놓고 다툴 입장이 된 여러 아기가 태어났고, 십오 년 후인 지금 그들이 성인이 되어 또 같은 싸움이 시작된 것이라고 생각할 수는 없을까.

그렇게 말해 보니 겐슈는 깊이 고개를 끄덕였다. "아주 딱 떨어지는 상황이긴 하지. 솔직하다면 솔직하다고 할 수 있어."

"게다가 이것은 지나친 생각일지도 모르겠지만······." 게이치로는 말을 이었다. "조다이께서 마루미 번을 가로채려는 계획이 아사기 가에서 내분의 불씨를 키운 탓도 있다고 생각할 수는 없을까요? 조다이께서 심복을 움직여 어두운 책모를 꾸미고 계신다면 그 움직임이 집안에 새어나갈 수도 있겠지요. 엿들은 사람은 어떻게 생각했을까요. 조다이 자리 또한 다투는 보람이 있는 지위이지만, 잘되어 번주가 될 수 있다면야 그 이상이니까요."

겐슈는 가볍게 손뼉을 쳤다. "그렇구나, 있을 수 있는 일이다."

"아버님, 느긋하게 감탄이나 하실 때가 아닙니다."

게이치로는 타일렀지만 아버지는 전혀 신경 쓰지 않는 것 같다.

"자기 집안에서 후계자 다툼으로 서로를 죽이고 있는데 당주인 조다이께서는 번을 가로채는 일에 눈을 빛내고 계시는 게지. 참으로 터무니없는 책사다. 이렇게 바보 같은 일이 또 있겠느냐."

겐슈는 지금까지 중에서 제일 밝게 웃었다.

"아니면, 만일 이 내분으로 아사기 가가 무너진다면 영주님께는 더없이 다행스러운 일이 아니겠느냐."

말투까지 흥에 겹다. 게이치로도 따라서 살짝 미소를 지었다. 그

웃음을 보고 안심했는지 겐슈는 두 어깨에서 힘을 뺐다.

"그런데 게이치로."

원래의 말투로 돌아와 말을 꺼냈을 때에는 진지한 얼굴이 되어 있었다. 갑자기 벌떡 일어나 방의 장지문을 열고 가까운 곳에 가나이나 시즈, 하인 모리스케가 없는 것을 확인하더니 원래대로 꼭 닫고 나서 돌아왔다.

게이치로는 마른침을 삼켰다.

"조다이께서 구체적으로 어떤 연줄을 이용했고 다음에는 무슨 짓을 저지를 생각인지 우리가 자세히 알 수 있었던 것은 바로 열흘쯤 전의 일이다. 조다이께는 불행하고 우리에게는 다행스러운 일인데, 에도의 세력과 아사기 가를 연결하는 밀사가 밀서를 들고 야음을 틈타 오사카로 건너가려다가 난파하여 배 부교의 운송선에 구조되었거든."

그런 일이 있었던가. 게이치로 자신은 물론이거니와 성 아래 사는 사람들은 전혀 모르는 일이다.

"마루미 바다의 흐름을 모르는 다른 지방 사람이다 보니 그런 실수를 했지."

"그 밀서에는……."

"가가 님의 다음 암살 계획이 상세하게 적혀 있었다." 겐슈는 말했다. 잔뜩 낮춘 목소리지만 내용이 워낙 무거워, 아버지의 이야기는 게이치로의 귀를 짓눌렀다.

"밀서가 다 그렇지만 상관없는 사람이 훑어보기만 해서는 뜻을 알 수 없도록 씌어 있었다. 해독하느라 애를 먹었다더구나."

"하지만 풀어냈으니 막을 수 있겠지요?"

"이번에는 그렇지." 겐슈는 다짐하듯이 천천히 말했다. "허나 실패한다 해도 또 시도해 올 것이다. 아사기 가에서도 필사적이야. 어쨌거나 가가 님이라는 큰 표적이 있지 않느냐. 이런 기회는 두 번 다시 없을 테지. 이 기회를 놓치지 않으려고 온힘을 기울일 것이 틀림없다."

만에 하나 우리가 실수를 해서 조다이 일파가 가가 님을 암살하는 일이라도 생긴다면―.

모든 일은 허사가 된다.

"그래서 우리는―아니, 영주님은 결단을 내리셨다."

목소리가 다시 낮아진다. 게이치로는 아버지에게 더욱 얼굴을 가까이 한다.

"가가 님을 산 채로 황신으로 만든다는 느긋한 계획을 버리기로 했다. 가가 님은 죽어서 마루미의 수호령이 되시는 것이다."

게이치로는 몸이 굳어지는 것을 느꼈다. "죽어서, 수호령이."

"그렇다. 그러려면 어울리는 죽음의 형태를 만들어 드려야지."

"하, 하지만, 가가 님이 돌아가시면, 가가 님의 악한 신통력을 두려워하여 유배를 보내신 쇼군 가에서."

"그러니 쇼군의 마음도 편안해질 수 있도록 마루미 번이 가가 님을 맡는 일을 올바르게 수행했다는 인정을 받을 수 있는 형태로 가가 님을 죽게 하는 것이다."

이 얼마나 아슬아슬한 곡예란 말인가.

"그런 일이 가능할까요?"

"해야만 한다. 방책이 없는 것은 아니야. 애초에 쇼군께서는 가가 님을 두려워하시는 것이지, 가가 님이 살아 있는 것을 두려워하시는 게 아니다. 너라면 이 둘의 차이를 알 테지?"

"허나 쇼군께서는 죽음을 내리지 않으시고 유배에 처하시지 않았습니까."

"막부에는 그럴 지혜와 방편이 없었던 것일 테지. 있었다 해도 계획하기가 어려웠을 것이다." 겐슈는 미소를 지었다. "에도는 넓고 백성의 수가 많은데다 백성들의 눈이 날카롭다는 것이 장애가 되었을지도 모르지."

혼란 때문에 방금 식사를 마친 위장이 춤추며 목구멍까지 치밀어 오른다. 게이치로는 필사적으로 마음을 가다듬고 가장 중요한 질문을 했다.

"그 계획에 아버님도 가담하시는 겁니까? 적극적으로 가가 님 암살을 꾀하시는 겁니까?"

"암살." 겐슈는 곱씹듯이 복창하고는 고개를 저었다. "이것은 암살이 아니다. 그저 가가 님께 현세의 모습을 버려 주십사 하는 것일 뿐이다."

식은땀이 났다.

"게다가 게이치로, 변명처럼 들릴 테지만 다름 아닌 가가 님 본인이 죽음에 의한 안식을 원하고 계신다."

"가, 가가 님이."

겐슈는 고개를 끄덕이고 손을 들어 이마를 닦았다. 눈에 띄게 백발이 많아진 소하쓰를 그대로 쓰다듬는다.

"가가 님은 마루미에 오시는 동안 식사를 하지 않으셨다고 한다. 에도에서 가가 님의 마루미 행을 지켜보기 위해 따라온 의원이 가는 길에 가가 님이 죽으면 호송하는 자들과 가가 님을 맡게 될 마루미 사람들이 죄를 받게 될 것이라고 간곡하게 설득해서 겨우 음식을 드시게 되었지만, 그것도 아슬아슬하게 목숨을 부지할 정도의 양이었다고 하더구나. 마른 폭포에 들어가신 후에도 그것은 마찬가지여서 아무리 권유하고 애원해도 사흘 동안이나 아무것도 드시지 않고 물도 마시지 않으신데다 누워 쉬지도 않으셔서, 마치 즉신불即身佛이 되려고 작정하신 듯한 상태가 이어졌다고 한다."

"도베 선생님께서 고생이 많으셨겠군요."

겐슈는 몇 번 고개를 끄덕였다.

"사지 필두라며 거들먹거리고 있지만 막상 필요할 때는 불결하니 뭐니 하는 핑계를 늘어놓으며 가가 님을 진맥하려고 하지 않는 스기타에 비해, 도베 님은 훌륭하신 분이다. 고생고생 하시면서도 지금까지 가가 님의 목숨을 부지하고 닫힌 마음도 조금씩이기는 하지만 녹여 오셨지."

말하고 나서 겐슈는 갑자기 밝은 표정을 지었다.

"그렇지, 게이치로, 그런 도베 선생님의 노력을 호가 거들고 있다."

의외의 이름이 튀어나와 게이치로는 놀라 나자빠질 뻔했다.

"호? 그 어린아이가 말입니까?"

"그래. 호는 지금 가가 님이 유폐되어 있는 방에 매일 찾아가 습자를 하고 있다."

더욱더 당황한다.

"설마, 가가 님께서 가르쳐 주시는 것입니까?"

"그렇지. 또 누가 있겠느냐?"

글자를 배우고, 글을 익히고, 매일 가가 님과 친하게 이야기를 나눈다고 한다. 그 호가.

"호를 마른 폭포에 보낸 것은 나와 도베 선생님이고, 거기에는 꿍꿍이도 있었지만 지금의 호는 우리 생각을 뛰어넘을 정도로 잘 해 주고 있다. 나도 놀랐어."

정말 놀랐다. 게이치로는 깊은 안도에 휩싸였다. 호는 무사하다. 열심히 일하며, 기대한 것 이상의 성과를 보여 주고 있다.

"그렇다면 어떤 형태로든 가가 님이 죽으면 호는 슬퍼하겠군요."

머리에 떠오른 생각을 그대로 중얼거렸다. 겐슈는 눈부신 듯이 아들을 보았다.

"너의 그런 상냥한 마음씨는 어머니를 닮았구나."

"예? 아버님, 무슨 말씀을 하시는 겁니까."

겐슈는 씩 웃었다.

"아니, 됐다. 하지만 죽음을 바라는 가가 님의 마음에는 변함이 없는 것 같더구나. 호와 이야기를 나누는 것은 그 전에 이 세상에 두고 가는 작은 선물―동시에 호의 목숨을 구하기 위한 방편에 지나지 않는다."

겐슈는 자객을 보고 겁을 먹은 호가 길을 헤매다 가가 님이 유폐되어 있는 방에 들어가게 된 경위를 짧게 이야기했다. 게이치로는 눈을 깜박이는 것도 잊고 열심히 들었다.

"가가 님은 귀신이 아니에요. 악령도 아니고."

저도 모르게 그런 말이 입을 뚫고 나왔다.

"호를 구해주셨잖아요."

"나도 그렇게 생각한다. 생각하면 생각할수록 그분이 하신 일이 슬프게 여겨지는구나."

그렇다. 잊어서는 안 된다. 가가 님은 자신의 아내와 두 아이를 해쳤다.

"처자식을 죽이고 부하를 베었다면 설령 어떤 사정이 있었다 해도 무사로서 그 자리에서 할복해 목숨을 끊어야 했습니다. 아무리 높은 지위에 있더라도 무가의 마음가짐은 다르지 않지요. 안 그렇습니까?"

"네 말이 옳다."

"하지만 가가 님은 할복하지 않고 참사를 일으킨 이유를 물어도 대답하지 않으셨지요. 변명의 말씀도 없었고요. 그래서 미친 것으로 여겨져 왔어요. 사람이 아닌 악한 존재에 마음을 빼앗겨 광란을 일으킨 것이라고요."

자신의 머리에 떠오르는 생각을 정리하면서 게이치로는 곤혹스러움을 견디며 천천히 말했다.

"하지만 지금, 가가 님은 죽음을 바라고 계십니다. 그러는 한편으로는 가가 님의 입장에서 보자면 보잘 것 없는 존재인 호의 목숨을 구해주셨고요. 그렇다면 가가 님은 미치신 것이 아닙니다. 이성도 있고 온정도 있으십니다."

"가가 님은 틀림없이 제정신이다." 겐슈는 단언한다.

"그렇다면 가가 님은 왜, 그렇게 무시무시한 짓을 하셨을까요. 왜 할복을 하지 않고 뻔뻔스럽게 살아남으셨을까요. 저는 전혀 모르겠습니다."

겐슈는 문득 시선을 무릎 언저리로 내리며 잠시 뜸을 들였다. 게이치로에게는 이곳에 없는 가가 님을 염려하는 것 같은 망설임이 느껴졌다.

겐슈는 얼굴을 들고 게이치로의 물음에 대답하는 대신 이렇게 물었다.

"가가 님의 혈족을 아느냐?"

"예?"

"그분의 조부께서는 상인이었다고 한다. 크게 돈을 벌어 무사의 신분을 사서 무가가 되셨지."

처음 듣는 이야기였다.

"그런 아무 관직도 없는 집안에서 가가 님은 재정 부교직까지 출세하셨군요."

겐슈는 고개를 젓는다. "재정 부교직, 특히 갓테카타의 관리는 가문이나 혈족보다 당사자의 능력이 중시된다고 하지만, 아무래도 그렇지는 않다. 가가 님은 에도의 창평횡昌平黌에도 막부의 학문소에서 공부를 하실 때부터 총명함으로 이름이 높았고 그 재주를 높이 사서 후나이 가에서 양자로 맞아들인 것이지."

후나이 가는 재정 구미가시라組頭조직의 우두머리와 오사카 부교를 지낸 집안이라고 한다.

"후계자가 일찍 세상을 떠나고 딸밖에 남지 않았던 후나이 가에서는 가문에 어울리는 사위를 찾고 있었다. 가가 님은 딱 알맞은 인재였을 테지."

게이치로는 깊이 납득했다. 겐슈는 말을 잇는다.

"그 후의 눈부신 출세는 본인의 노력과 재능 덕분이었다. 또 시기도 좋았지. 막부의 재정은 형편없었거든. 이에나리 공은 사치를 좋아하시는 분이다. 예리한 지혜로 계책을 짜내고 교묘하게 돈을 마련해 쇼군 가의 살림을 멋지게 지탱해 보인다면 쇼군께서 좋게 보시는 것은 당연한 일이지."

그것이 엄청난 출세를 불렀다.

"그때 가가 님은 '치요다의 대*갈퀴'라는 욕을 들은 적이 있었다고 하더구나."

"대갈퀴?"

"쇼군이 바라시는 대로 돈을 긁어모으는 크고 촘촘한 갈퀴라는 말이지."

게이치로는 씁쓸한 재미에 웃음을 띠었다.

"과연, 훌륭한 비유로군요."

겐슈도 미소를 짓고 약하게 한숨을 쉬었다. "가가 님이 할복을 하지 않고 미쳤다고 여겨질 만한 행동을 하시게 된 것은 오로지 양자로 들어간 후나이 가를 생각했기 때문이 아닐까 하는 생각이 드는구나."

아무리 재능이 있어도 생가生家의 가문 그대로였다면 출셋길은 일찌감치 막혔을 것이다. 그런 자신을 맞아들여 주고 더 높은 곳으로 이어지는 길로 이끌어 준 후나이 가이다. 처자식을 죽이고 부하를 죽인 후 자신의 잘못을 인정하는 형태로 할복한다면 그 죄는 후나이 가에도 미치고 만다.

그러나 미쳐서 한 짓이라면 막부의 판결도 달라질 것이다. 가가 님은 거기에 희망을 걸었을 것이다.

"실제로 후나이 가는 무사히 존속하고 있지."

게이치로는 더욱 당혹스러워졌다.

"가가 님이 해친 부인은 그 후나이 가의 여식이 아닙니까."

"아니, 그렇지 않다."

후나이 가의 여식은 가가 님의 아내가 된 지 얼마 되지 않아 죽었다. 두 사람 사이에는 자식도 없었다. 그 후, 사위이자 양자로서 후나이 가에 남아 일에 온힘을 쏟던 가가 님은 재정 구미가시라 자리에 앉을 때까지 홀몸으로 지냈다고 겐슈는 말했다.

오로지 후나이 가의 격식을 지키기 위해서.

"가가 님이 해친 부인은 알기 쉽게 말하자면 후처다. 나이에 비해 자식들이 어렸던 것도 그 때문이지."

겐슈는 중얼거리고는 몇 번 눈을 깜박였다.

"부인은 가가 님께 시집오기 전에 쇼군의 궁에 계셨다."

현재의 쇼군 이에나리 공은 여색을 밝히는 것으로도 일찍부터 유명했다. 본래 사치의 원인도 거기에 있다. 쇼군의 손을 타서 궁녀로 들어가는 여자들의 수가 너무나도 많아서 궁이 좁아졌다는 농담을 게이치로도 들은 적이 있었다. 이노우에 가에 출입하는 오사카의 약재상이 '참으로 부러운 일이지요' 하고 웃으며 말했다.

"그러면 쇼군의 손을 탄 여성을 물려받으셔서."

"받은 것인지 달라고 청한 것인지, 어느 쪽이라 해도 이상할 것은 없지. 전자라면 그것은 쇼군이 가가 님을 중용하고 있었다는 증거다. 후자라면 출세의 방편으로 그리 드물지도 않은 수단이지."

게이치로는 위장 언저리가 꽉 막힌 듯 답답해졌다. 아버지의 이야기를 들으면 들을수록 오히려 곤혹스러움이 더해 간다.

"왜 가가 님은 그렇게 소중한 부인을 해쳤을까요. 제정신으로 할 수 있는 일이 아니질 않습니까."

전혀 앞뒤가 맞지 않는다.

"가가 님은 부인을 더없이 정중하게 대하셨던 모양이다."

당연하다. 아내라기보다 쇼군이 내린 소중한 물건이니까.

"너는 아직 부부의 미묘한 사정은 모르겠구나." 겐슈는 부드러운 눈빛으로 아들을 바라보며 온화한 말투로 말했다. "생각해 보아라. 그런 부부가, 과연 행복했을까?"

게이치로는 말문이 막혔지만 다부지게 대답했다. "그것은 남편과 아내 쌍방이 어떤 마음가짐을 갖고 있느냐에 달려 있겠지요."

"그럼 묻겠다. 아무리 신분이 보장된다 해도, 마음이 없는 물건처럼 다뤄지면서 자신을 비우고 남편을 모셔야 하는 아내는 행복할까?"

이번에야말로 게이치로는 당장 대답할 수가 없었다. 순간적으로 고토에의 얼굴이 머리에 떠올랐다. 고토에의 혼담도 격은 다르지만 비슷한 것이 아니었을까.

아니, 아니다. 아버지도 나도, 고토에를 사지 가문의 안태를 위한 도구로 생각하지는 않았다. 소중한 딸, 사랑하는 누이, 그렇기 때문에 어울리는 좋은 혼처를 바랐다.

그러나 고토에의 마음은 어디에 있었을까.

저도 모르게 쉰 목소리로 중얼거렸다. "부인은, 가가 님과의 사이에서 자녀를 둘 낳으셨습니다……."

"무가의 아내는 자식을 낳는 것이 중요한 역할이다. 마음이 없어도 역할은 다할 수 있지."

아버님이 일부러 차갑게 말씀하신다고 생각했다.

"다할 수 있지만 그것은 불행이다. 불행 너머에서 사람이 찾을 수 있는 것은 절망뿐."

게이치로는 몸이 굳은 채로 아버지의 말을 곱씹었다. 그러다가 문득 통찰의 빛이 비쳐들었다. 눈이 아플 정도로 눈부시게, 똑똑히 빛이 비추어진다.

"아버님" 하고 한껏 목소리를 낮추며 묻는다. "가가 님은 아내와 자식들을 해치지 않으신 것이 아닙니까?"

겐슈는 대답하지 않는다. 게이치로는 무언의 긍정을 읽어 냈다.

곤혹의 안개가 걷히기 시작했다. 그렇구나—.

"가가 님의 아내는 어린 자식들을 길동무 삼아 독을 드시고 자결하신 것이로군요."

겐슈는 천천히 고개를 끄덕였다.

"그것이 진상인 모양이다. 어쩌면 자식들과 함께 자결하려는 독한 마음을 먹은 부인이야말로 미친 상태였는지 모르지."

"그러면 가가 님이 베어 죽인 부하들은 어떻게 됩니까? 그들과는 상관이 없었을 텐데요."

"입을 막으려는 것이었겠지."

"부인의 자결을 감추기 위해서?"

"그렇다. 일은 가가 님의 집안에서 일어났다. 그들이 현장을 보 았다면 방치해 둘 수 없지. 안 그래도 일이 그 지경이 되기 전부터 모든 것을 알아차리고 있던 가신은 있었을 테니까."

이제 식은땀도 나지 않는다. 그저 오싹하고 쓸쓸하고 무서울 뿐이다.

"허나…… 가가 님은 '지요다의 대갈퀴'였지 않습니까? 귀한 선물인 부인을 죽게 한 것은 확실히 실책입니다. 실책이지만 그렇다고 해서 반드시 지위를 잃게 되지는 않지요. 지금까지 해 온 일이 있는데 쇼군의 꾸중을 받지 않도록 진상을 교묘하게 숨길 수만 있다면 큰 화는 없었을지도 모르지 않습니까."

글쎄다, 하며 겐슈는 고개를 갸웃거렸다.

"선물은 부인만이 아니었던 모양이던데."

그 외에 무엇이 있었다는 것일까.

"가가 님과 부인에게는 일남 일녀가 있었다. 여자아이 쪽이 장녀였지. 부인이 가가 님께 시집온 지 열 달 열흘을 채우지 못하고 태어났다."

아직 아내를 맞지 않았지만 게이치로는 의원이다. 거기까지 들으면 모를 리 없다.

"쇼군 가의―아이입니까."

겐슈는 쓴웃음을 지었다. "어쨌거나 많은 여성을 사랑했고 자식 복도 많으셨던 분이니."

가가 님의 부인은 차대 쇼군이 될지도 모르는 아이를 뱃속에 품은 채 궁에서 나와 가가 님께 시집을 왔다.

아버지의 말대로 이에나리 공에게는 자식이 많다. 그중 누가 차기 쇼군이 될지 아이가 많으면 확률은 점점 낮아진다. 그래도 희망은 있다. 궁에 사는 궁녀라면, 아이를 갖게 되면 그 아이가 태어나기 직전까지 사내아이이기를 기원할 것이다. 그 사내아이가 자신을 쇼군의 생모로 만들어 주기를 바랄 것이다.

하지만 가가 님의 부인은 갓난아기의 얼굴을 보기도 전부터 그 희망을 잃었다.

물건처럼 가신에게 내려졌다.

거기에서 원한과 슬픔이 쌓여, 그 여자를 아내로 맞아들인 가가 님의 마음과는 엇나가게 된다. 가가 님이 아껴 주면 아껴 줄수록 일개 선물인 자신의 쓸쓸한 처지가 뼈에 사무친다.

거기에는 부로도 신분으로도 메울 수 없는 마음의 구멍이 있다.

그제야 게이치로는 이해했다. 부인의 마음에도 가가 님의 마음에도 비집고 들어갈 수 있을 것 같은 기분이 들었다.

자신의 아내이면서 자신의 아내가 아니다. 자신의 자식이면서 자신의 자식이 아니다. 그저 공손하게 받들고 소중하게 지킬 수밖에 없는 존재.

그 존재가 가가 님을 부정하고, 죽음의 나라로 도망쳐 들어가고 말았다.

쇼군의 분노가 두려웠을 것이다. 그와 동시에 자신의 처지가 얼마나 덧없는지도 느끼지 않았을까. 이 실수로 열심히 쌓아 온 출세는 무너졌다. 오랜 세월 동안의 노력과 수고는 그렇게나 어이없이 무無로 돌아갔다. 뿌리는 어디에 있는가? 다름 아닌 자신과 자신의 마음이다.

모든 것이 끝났다.

아니, 그래도 이에나리 공은 용서할지 모른다. 자기 자식을 밴 여성을 가신에게 보내는 남자다. 능숙하게 처신했다면 마음을 달랠 수 있었을지도 모른다.

하지만 막부를 움직이는 것은 쇼군만이 아니다. 정점에 군림하고 있는 것은 한 명이지만 밑에는 수많은 생각을 품은 막료들이 있다. 세상사람들을 놀라게 한 출세를 이루고 쇼군에게 중용된 가가 님에게는 적도 많았을 것이다. 그들의 움직임까지 변명과 발뺌으로 봉하는 것은 도저히 불가능하다.

이제 끝장이다.

게이치로는 생각한다. 소망에 가까울 정도로 강하게 생각하지 않을 수 없다. 가가 님의 절망은 결코, 결코 자신의 파탄을 각오했기 때문만은 아니었을 거라고.

가가 님의 내부에는 호를 구해준 따뜻한 마음이 숨 쉬고 있다. 아내와 자식을 이런 식으로 잃은 마음은 치유할 수 없는 깊은 상처를 받았을 것이다. 지금까지의 인생이 무로 돌아가고 그 뒤에는 무엇 하나 남길 것이 없어졌다. 나는 지금까지 무엇을 해 온 것일까. 허공에 내팽개쳐진 것 같은 쓸쓸함과 슬픔 때문에 그저 우두커니 서 있었을 것이다.

그래도 여기에서 죽을 수는 없다.

쇼군이 나를 어떻게 처벌할지 이 눈으로 지켜보아야 한다. 나를 양자로 들이고 후원해 준 후나이 가에 누를 끼치는 일이 없도록 마지막으로 최대한 은혜를 갚기 위해 노력해야 한다.

스스로 얻은 것을 잃었을 뿐만 아니라 원래 있던 것까지 부수게 된다면 내 삶은 처음부터 존재하지 않는 편이 나았던 것이 아닌가.

그것만은 인정하고 싶지 않다.

그래서 가가 님은 침묵했고, 미쳤다, 착란이다, 귀신이다, 악령이다 하며 사람들의 두려움을 사는 길을 선택했다.

"—아버님."

게이치로는 자기 내부에 펼쳐지는 가가 님의 마음의 풍경에 시선을 빼앗기면서 물었다.

"이 모든 이야기를 도베 선생님이 가가 님께 들은 것입니까?"

설마, 하고 겐슈는 재빨리 부정했다.

"그것은 무리다. 무엇보다 옥지기의 감시의 눈이 엄하거든. 도베 선생님이 하신 일은, 가가 님의 몸은 우리 마루미 사람들이 확실하게 지켜 드리겠다고 말씀드린 것뿐이다. 그 후의 일은 우리에게 맡겨 달라고 말이야."

그것도 말이 아니라 매일의 진료라는 행위를 통해서. 답답하고, 끈기 있게.

"그러면 아버님은 어떻게 사정을 아셨습니까?"

겐슈는 오랜만에 부드럽게 얼굴을 누그러뜨리며 아들의 얼굴을 보았다.

"게이치로. 나는 이 나이까지 살고서야 겨우 알게 된 것이 있다.

이 세상에는 정말로 진실을 알 수 없는 일이라곤 하나도 없다는 것이지."

게이치로에게는 붙잡을 수 없는 진실만이 굴러다니는 것처럼 보이는데.

"아무리 엄중하게 감추어져 있는 일들도 누군가 본 자가 있는 법이다. 어딘가에는 아는 사람이 있어. 올바르게 길을 더듬어 찾아낸다면 붙잡을 수 있는 법이다."

"그러면 이 일들도 에도의 모리모토 님께서."

"가가 님을 맞이하기 위해서는 무엇보다도 먼저 알아 두어야 할 일이었거든."

마루미를 위해서라고, 딱 잘라 말했다.

가가 님은 죽음을 바라고 계신다. 처음에 들은 그 말이 게이치로의 내부에서 거의 체감에 가까울 정도의 설득력을 갖고 되살아났다. 그것은 틀림없다. 가가 님에게는 이미 이 세상에서 해야 할 일은 없으니까. 귀신이라며 두려움의 대상이 되어야 하는 시기도 이미 지났다.

그리고 마루미 번은 그 생각에 답하는 형태를 만들려 하고 있다. 수호령이 되시게 한다.

"어떤 수단을 취하는 것입니까?"

게이치로는 일부러 아버지의 얼굴을 보지 않고 물었다.

"마른 폭포의 옥지기 중에는 아버님의—아니, 영주님의 뜻으로 인한 이 계획을 이루기 위한 장기말이 얼마나 들어가 있습니까? 그것으로 충분할까요? 저도 할 수 있는 일이 있다면 돕겠습니다."

겐슈는 망설임을 보이지 않고 즉시 대답했다.

"말은 충분하다. 너는 끼어들 것 없어."

"하지만!"

"나는 네 부모다. 네 손을 더럽히고 싶지는 않구나. 내 뜻을 알아 주기만 하면 그것으로 족하다."

너무나도 상냥한 목소리였다. 순간 게이치로는 어린아이로 돌아가 아버지에게 매달리고 싶어졌다.

"모든 일이 무사히 끝났을 때 내가 나 자신이 한 일을 기억하고 있다면 그때 이야기해 주마. 지금은 그걸로 참아 다오."

내가 나 자신이 한 일을 기억하고 있다면. 뒤집어 보자면 기억하고 싶지 않다는 뜻이다.

그 정도의 일이라면 더더욱 저를 멀리하지 말아 주십시오. 아버님 혼자서 짊어지시지 말고 제게도 짐을 나눠 주십시오. 게이치로는 그렇게 호소하려고 아버지를 올려다보았다.

그때였다. 갑자기 비가 내리기 시작했다. 그때까지도 바람이나 구름의 흐름 같은 기적이 있었겠지만 방 안에 있던 두 사람은 이야기에 열중해서 전혀 알아차리지 못했던 것이다.

벌써 억수같이 쏟아진다. 게이치로는 재빨리 일어서서 정원에 면해 있는 덧문을 닫기 시작했다. 하늘을 올려다보니 검은 구름 사이로 푸른 하늘이 보인다. 하지만 순식간에 구름에 가려지고 말았다.

가나이가 달려왔다. 게이치로는 "여기는 됐네" 하며 물러가게 했다. 그러자 가나이는 복도를 달리며 시즈, 모리스케, 하고 큰 소

리로 부른다. 예, 예에, 하는 대답, 발소리, 여기저기에서 덜컹거
리며 덧문을 닫는 소리가 요란하다.

빛을 들이기 위해 일 척 정도만 열어둔 덧문 틈으로 번개 불빛이
비쳐들었다. 그런 생각을 하는 사이에 천지를 부술 듯 어마어마한
천둥소리가 울렸다.

"이거…… 엄청나구나."

겐슈는 험악한 얼굴로 눈을 가늘게 뜬다.

"올해의 벼락은 특히 심하네요. 일전에 친 벼락 때문에 히다카
야마 신사의 신목神木이 쓰러졌다고 합니다. 이것도 가가 님의 저주
때문에 신위神威가 약해진 증거라며 시정 사람들이 두려워하고 있
습니다."

"정말 그럴지도 모르지."

뭐라고 말을 하려다가 겐슈는 갑자기 입을 다물었다. 게이치로
는 아버지를 돌아보다가 얼어붙은 듯 굳어 있는 얼굴을 보고 한순
간이지만 섬뜩함을 느꼈다.

"아버님?"

몇 번 불러 보아도 대답이 없다. 가까이 가서 얼굴을 들여다보자
겨우 아버지의 눈이 맑아졌다.

"아아, 미안하다. 좀 피곤한 모양이야."

"그렇군요. 생각 외로 이야기가 길어졌습니다."

부자는 어깨를 나란히하고 빗발을 바라보았다. 마루미를 뒤덮고
있는 비구름을 바라보았다. 번개가 치고, 천둥이 격렬한 빗소리보
다 더욱 크게 울린다.

*

벼락과 비는 약 한 시간 동안 계속되었다. 격렬한 벼락과 번개에
하늘이 찢어져 그 사이로 비가 쏟아져 내리는 것 같았다. 몇 번이
나 벼락이 떨어지는 소리가 들렸다.

겨우 빗발이 약해지고 검은 구름 사이로 빈틈이 보이는가 싶었
을 때, 마지막이라는 듯이 일격이 덮쳐들었다.

진찰실로 돌아와 있던 게이치로는 그제야 나무상자를 열고 안에
든 것을 살펴보고 있었는데, 놀랄 만큼 심한 벼락 때문에 다친 사
람이 많이 나올 것이 눈에 보이는 듯하여 서둘러 보양소로 갈 준비
를 했다. 한낮의 벼락이 얼마나 무서운지는 알고 있다.

그때 앉아 있는 무릎 언저리에서 지진 비슷한 진동이 올라오는
것을 느끼고 얼굴을 들어 보니, 그때까지 본 수많은 번개를 묶어서
하나로 만든 듯한 빛의 창이 서쪽으로 하늘을 가로질러 가는 것이
보였다.

이어지는 꽝음과 진동에 일어서려다가 무릎을 짚었다.

게이치로는 덧문으로 달려가 비에 젖는 것도 아랑곳하지 않고
문을 밀어 열었다.

해자 바깥의 야트막한 언덕 위에 있는 이노우에 가에서는 마루
미의 성 아래를 내려다볼 수 있다. 그 마을 풍경 너머로 멀리 히다
카야마 신사가 있는 산이 보인다.

그 산의 정상에서 연기가 피어오르고 있었다.

게이치로는 학질에 걸린 것처럼 몸을 부르르 떨었다. 우두커니 서 있는 사이에 비안개 너머에서 진흙탕을 걷어차면서 이쪽으로 달려오는 붉은 한텐의 빛깔이 눈에 들어왔다.

"선생님, 이노우에 작은선생님!"

히키테다. 울부짖듯이 큰 소리로 부르고 있다.

"큰일이에요, 큰일입니다! 주위가 온통 벼락으로 엉망진창이에 요! 이번에는 결국 히다카 님께도 떨어졌어요! 본전本殿이 불타고 있습니다!"

다친 사람들을 부탁드립니다ー.

2

마침 팔삭음력 팔월 초하루이었기 때문에 후에 '팔삭의 대벼락'이라고 불리게 되는 이 비로 마루미 성 아래에서는 열다섯 명이 죽었다.

다음 날 오후, 우사는 주엔지에서 일하고 있었다. 절 안에는 다친 사람들과 병자가 넘쳐났다.

보양소가 생긴 것은 고마운 일이지만 이미 병자는 거기에 다 들어갈 수 없을 정도로 늘었고 지금도 계속 늘고 있다. 본래 이재민들을 받아들여 주는 절이었던 주엔지에는 처음부터 보양소를 포기하고 이쪽으로 매달려 오는 사람들도 많았다. 그래서 주지도 우사를 포함한 일손들도 잠잘 시간이 없을 만큼 바빴다.

거기에 벼락 피해를 입어 다친 사람들까지 더해진 것이다. 본당까지 열어 사람들을 받아들였지만 그래도 모자란다. 우사 일행의 능력으로는 감당할 수 없는 큰 상처를 입은 사람도 있어서, 주지는 심부름꾼을 보내 보양소의 사지 의원께 좀 와 주십사고 부탁을 했다. 하지만 그쪽도 일손이 빠듯해서 자상이나 화상에 바르는 약을 조금 받은 것으로 만족해야 했다.

해자 바깥과 해자 안쪽의 피해 상황은 히키테들이 분주하게 뛰어다닌 결과 어젯밤 안에 대충 알 수 있었다. 울타리저택에서 한 집, 시정에서는 여덟 집이 벼락의 직격을 받아 무너졌다. 염색집에서는 굴뚝이 쓰러진 곳도 있다. 그래서 사람들이 죽고 다쳤다. 다행히 벼락의 직격을 받아 죽거나 상처를 입은 사람은 없었다.

한편, 벼락의 직격을 받은 히다카야마 신사는 그 직후에 일어난 화재로 전소되었다. 산 부교에 속해 있는 소방원들과 히키테들, 시오미가 이끄는 어부 마을 남자들이 필사적으로 소화 작업을 했는데도 불의 기세는 전혀 누그러들지 않아, 본전이 타고 악전이 타고 신관의 방이 타고 도리이가 탔다. 경내의 늙은 소나무, 오랜 세월 벼락을 면해 온 신목도 쓰러졌다.

우연히 참배를 드리려고 돌계단을 오르다가 벼락이 떨어지는 순간을 직접 목격한 어부 사내는 떨면서 사람들에게 말했다. 하늘에서 벼락이 떨어져 본전 기와지붕에 맞아 둘로 갈라졌다. 기와가 깨지고 기둥이 흔들리고, 건물의 갈라진 틈으로 용의 혀 같은 불꽃이 날름 나오는가 싶더니 순식간에 불타올랐다고.

"참 이상하지. 나는 내 눈을 의심했어. 벼락이 떨어지고 지붕이 갈라졌을 때, 그 갈라진 틈으로 신관님이 쓰시는 공물이나 부적 같은 것이 확 치솟아 오르듯이 뿜어져 나오더라고. 그리고 뿜어져 나오자마자 불에 타서 재가 되어 없어지는 거야."

불 끄는 일을 담당하던 남자들도 저마다 이야기했다. 그들이 신사를 지키려고 목숨을 걸고 불길의 진행 방향으로 앞질러 가서 탈 만한 것을 없애고 치우는데도, 마치 생물처럼 불이 저쪽으로 날고 이쪽으로 되돌아와 그들을 비웃듯이 타오르더라고.

"마지막 큰 벼락이 떨어지기 전까지는 비가 내렸는데, 그 벼락을 마지막으로 비가 딱 그쳐 버린 것도 으스스한 일이었지."

확실히 울타리저택이나 시정에서 낙뢰로 인한 화재가 일어나지 않은 이유는, 그때는 호우가 쏟아지고 있었기 때문이다.

히다카야마 신사는 잿더미가 되었다. 신체神體인 들개 가죽은 손바닥만큼 남아 있었지만 재투성이가 되고 그을음으로 더러워져서 처참할 지경이다.

히다카야마 신사는 마루미의 신을 모신 곳이고 이곳 사람들은 모두 이 신을 모시고 있지만 특히 신심이 두터운 것은 산에서 일하는 나무꾼이나 사냥꾼과 어부들이다. 산에서 만나는 벼락, 바다에서 만나는 벼락은 시정보다 몇 배는 더 무섭기 때문에 벼락을 피하고자 하는 그들의 신심에는 목숨이 달려 있다. 각각 산 부교, 배 부교가 다스리는 자들이라 시오미와 산 부교의 우두머리들은 서둘러 회합을 열고 각 부교에 신체를 안치할 임시 본전 건설을 서두를 것을 요청했다. 허가는 금방 내려졌지만 우선은 보기에도 처참하게 불에 탄 신사를 정리하는 작업을 해야 했다.

그리고 거기에서 또 부상자가 나왔다. 화재 현장에는 집요하게 열이 남아 있어 뒷정리를 하려는 사람들이 발을 들여놓기를 거부했다. 불에 타고 남은 신체를 운반해 나온 사람은 시오미 중 한 명이었는데, 두 다리가 타고 짓물러 걷기는 고사하고 기어다닐 수도 없게 되고 말았다.

어떨 때는 큰 소리로 어떨 때는 흐느껴 우는 소리가 섞이고, 어떨 때는 겁먹은 속삭임으로 오가는 그런 이야기를, 우사는 저쪽에 있는 부상자, 이쪽에 있는 환자 사이로 뛰어다니고 보살피면서 들었다. 그러다가 흘려들을 수 없는 소문을 들었다.

"이번 벼락 피해는 심했지만 울타리저택이나 시정에서는 벼락을 직접 맞고 죽은 사람은 없었잖아? 하지만 딱 한 명이 있다더군."

마른 폭포의 옥지기라고 한다.

우사는 순간 깜짝 놀라 주위에 누워 있거나 앉아 있는 병자들을 타넘다시피 하면서 이야기하고 있는 남자에게 달려갔다.

"저기, 그 얘기 사실이에요? 어떻게 아세요?"

우사의 기세에 남자는 두려움을 느낀 모양이었지만 틀림없다고 장담했다. 그는 여관 마을의 식당에 고용되어 있는 사람으로, 그 식당에서는 마른 폭포에 요리 당번을 보내고 있다고 한다.

"마른 폭포에 들어간 사람들은 가끔 교대로 돌아오곤 하지만 뭔가 떠들어 댔다간 목숨을 부지할 수 없기 때문에 모두들 조개처럼 입을 다물고 있지. 하지만 이번에는 정말 명이 줄어드는 기분이었다더군."

이 이야기를 털어놓고 시정에서 '가가 님의 저주를 막는' 부적을 될 수 있는 한 많이 사다 달라는 부탁을 했다고 한다.

"죽은 옥지기 무사는 히다카 님의 벼락 막는 부적을 몸에 지니고 있었다는 거야. 그런데도 벼락에 맞아 저세상으로 간 거지. 히다카 님의 힘으로는 가가 님을 이길 수 없다고."

"그럼 올해 여름의 엄청난 벼락은, 역시 가가 님이 부르고 계시는 거로구먼?"

남자 옆에 있던 주름투성이 노파가 끼어든다.

"그래요, 뻔하잖아. 결국 이번에는 히다카 님을 노리고 정확하게 해치우셨지. 앞으로 우리를 지켜 주실 신은 안 계신다고요."

아이고, 무서워라, 어떡하나. 울음을 터뜨리는 자도 있다.

우사는 팔다리가 오그라드는 기분이 들었다. 스스로도 어떻게 움직이고 있는지 모르는 채로 남자의 멱살을 잡고 흔들었다.

"저기, 마른 폭포에도 벼락이 떨어졌다면 다친 사람이 더 있는 거 아니에요? 그 요리 당번에게 좀 물어봐 주세요. 어린 여자아이가 다치지 않았느냐고."

"아, 알았어. 알았으니까 흔들지 좀 마."

우사의 머릿속에는 겁먹고 우는 호, 화상을 입고 괴로워하는 호, 좁고 어두운 곳에 혼자 누워 치료도 받지 못하고 내팽개쳐져 있는 호의 모습이 순서대로 떠올랐다가 사라졌다. 손을 움직이고 입으로는 대답을 하며 일은 하고 있지만 마음은 깨지고 부서져 우사의 몸속에서 서로 달그락달그락 부딪치고 있다.

"우사, 아침부터 아무것도 못 먹었지? 좀 쉬면서 밥을 먹게나."

저녁때가 가까워지자 스님이 말을 걸었다. 몇 번이나 불렀던 모양이다. 뒤에서 목덜미 깃을 붙잡으실 때까지 알아차리지 못했다.

"아닙니다, 저는 괜찮아요."

"전혀 괜찮지 못해. 다리가 비틀거리지 않나."

"하지만 쉴 수 없습니다."

"사지 선생님 한 분이 겨우 와 주셨네. 그러니 자네는 지금 좀 쉬어 둬."

그 말에 흠칫 놀라 주위를 둘러보았다. 아주 잠깐 동안 어쩌면 이노우에 작은선생님이 아닐까 생각했던 것이다. 하지만 아니었다. 부상자들 사이에 고사카 이즈미 선생님의 모습이 있다. 우사가 물끄러미 바라보고 있자니 시선을 알아차렸는지 이쪽을 보았다. 눈이 마주치자 가볍게 고개를 끄덕여 주셨다.

우사는 비틀거리며 부엌으로 들어가 봉당에 앉아서 물을 마시고 갓 지은 밥으로 만든 주먹밥을 입 안 가득 넣었다. 가만히 앉아 있다 보니 이렇게 있을 수는 없다는 기분이 뭉게뭉게 피어올라 엉덩이를 털고 일어섰다.

부엌에서 나가 우물 옆에 접어들었을 때 "우사" 하고 부르는 소리가 났다. 이즈미 선생님이었다.

"오랜만이네요. 잘 지냈어요? 공무를 보느라 수고가 많군요."

정말로 오랫동안 얼굴을 뵙지 못했다. 하지만 이즈미 선생님은 여전하시다. 상냥한 웃음도 그대로였다.

"보양소 쪽에서는 하나키치를 만났답니다. 히키테 분들은 모두 잠잘 시간도 아까워하며 일하고 계시는 모양이군요."

아아, 하고 우사는 깨달았다. 이즈미 선생님은 모르고 있다.

"선생님, 저는 이제 히키테 견습이 아닙니다."

"어머나." 이즈미 선생님의 눈이 커진다.

"저는 여기서 일을 돕고 있습니다. 여기서 산 지 벌써 한 달 반 정도 되었어요."

"그랬군요."

이즈미 선생님은 갑자기 소녀처럼 발을 꼼지락꼼지락 움직였다.

"그것은…… 가스케 대장님이 그렇게 되셨기 때문인가요? 그래서 당신도 그만둔 거군요."

우사는 이즈미 선생님을 물끄러미 바라보았다. 선생님은 우사의 얼굴에서 시선을 피하고 있다.

"대장님 일은 참 안됐습니다." 우사는 담담한 어투로 말했다. "하지만 이제 어쩔 수 없는 일입니다. 아이들도, 부인도."

이즈미 선생님의 눈썹이 희미하게 움직였다.

"선생님은 부인을 맡아 주셨지요."

"예……."

"하지만 모처럼 치료를 해 주셨는데 부인은 돌아가셨지요. 저는 그렇게 들었습니다. 대장님과 마찬가지로 호열자로."

이즈미 선생님은 얼굴을 들어 거의 알아볼 수 없을 정도로 희미하게 턱을 끄덕였다.

"선생님, 부엌에 무슨 볼일이라도 있으십니까?"

"아, 예, 물을 한잔 마실까 하고."

우사는 밥그릇에 물을 따라 이즈미 선생님께 건넸다. 선생님은 받아들었지만 마시려고 하지는 않는다.

"저는 나가 봐야 합니다. 이만 실례하겠습니다."

달려가려고 하는 우사를 이즈미 선생님이 불러 세웠다. "우사."

우사는 멈춰 서서 돌아보았다.

"용서해 주세요."

이즈미 선생님은 천천히 허리를 굽혀 우사에게 머리를 숙였다.

우사는 아무 말도 할 수 없었다. 잠자코 입술을 깨물고 달려 나갔다.

가스케 대장님은 호열자가 아니었다. 부인도 호열자가 아니다. 하지만 그런 것으로 처리되고 죽임을 당했다.

이즈미 선생님이 거기에 가담했다. 부인을 맡았고, 부인이 입막음을 위해 살해될 것을 알면서도 아무것도 하지 않았다.

탓할 수는 없다. 나도 똑같은 짓을 했으니까. 고토에 님이 살해된 것에 대해, 입 싹 닦고 잠자코 있었으니까. 그러니 선생님이 내게 사과할 이유는 없다.

사지 고사카 가의 후계자, 이즈미 선생님의 동생은 몸이 약하시다. 이즈미 선생님은 시집도 가지 않고 동생 대신 고사카 가를 떠받치고 계신다. 그러니 더더욱 집안을 위태롭게 하는 일을 할 수 있을 리가 없다. 높으신 분이 이렇게 하라고 말하면 잠자코 받아들일 수밖에 없다.

공회전하듯이 그렇게 생각하면서 절에서 뛰어 나가려고 했을 때, 누군가가 팔을 덥석 잡았다. 뭐야, 내 이름은 분명히 우사지만 진짜 들토끼도 아닌데 어째서 이렇게 붙들리는 것일까?

"어디 가나?"

와타베 가즈마였다. 붉은 한텐을 입고 있다.

"순찰중이십니까? 수고가 많으십니다."

뿌리치고 가려고 하는데 놓아 주지 않는다.

"분명히 나는 순찰중일세. 그러니 묻지 않나. 어디로 가려는 겐가? 그렇게 열에 들뜬 눈을 하고."

우사에게는 그럴 생각은 없었다. 그저 서두르고 있을 뿐이다.

"마른 폭포로 갑니다."

"뭐라고?"

"호를 도로 데려오러 가요."

와타베의 짙은 눈썹이 크게 추켜올라 간다.

"자네, 제정신인가?"

"제정신입니다. 서둘러야 해요."

"그게 가능할 리 없지 않은가."

"가능하지 않더라도 데려와야 해요."

와타베는 무턱대고 가려고 하는 우사에게서 손을 떼었다. 그리고 우사가 다시 달려 나가기 전에 재빨리 앞으로 돌아가 그 뺨을 찰싹 때렸다.

세게 맞은 것은 아니다. 우사는 눈을 깜박거렸다.

"무슨 짓입니까?"

"정신이 들었는가?"

"저는—."

말하려다가 우사는 갑자기 현기증을 느꼈다. 비틀거리며 쓰러질 뻔한 것을 와타베가 부축해 주었다.

"자, 앉게."

그가 우사를 끌고 가 앉힌 곳은 황송하게도 원래는 이 절의 산문이었던 기둥을 베어낸 자리이다. 지금은 절을 찾아오는 사람들이 그루터기라고만 생각하는 곳이다.

"호에게 무슨 일이라도 있었나?"

그 물음에 우사는 벼락으로 죽은 옥지기 이야기를 했다. 헛소리 같은 중얼거림이었지만 그래도 와타베는 진지하게 들어주었다.

"자네가 찾아간다 해도 호를 도로 데려올 수 있을 리가 없네. 문지기에게 베여 죽는 것이 고작이겠지."

"하지만."

"여하튼 들어보게. 분명히 운 나쁜 옥지기가 죽었네. 하지만 마른 폭포 저택은 무사해. 성 아래가 이렇게 심한 꼴이 되고 히다카야마 신사까지 불에 탔는데도 그 저택은 끄떡도 하지 않았네. 그렇다면 차라리 거기에 있는 편이 호에게는 안전하겠지."

이 절도 좋겠군, 산문도 종루도 없으니까. 웃듯이 그렇게 덧붙였다.

타이르는 말을 듣고 있는 동안 우사의 내부에 무언가 차분함이 가득 차기 시작했다. 그때까지는 텅 빈 채 이리저리 흔들리며 다리로 허공을 밟고 있었다.

"그 아이는 무사해. 괜찮네."

와타베는 말한다. 그런 근거가 어디에 있단 말인가. 우사는 대꾸하고 싶지만, 고개를 끄덕여 긍정해 버리고도 싶다. 마음은 그쪽으로 기울어 간다.

"와타베 님, 무슨 일 때문에 오셨습니까?"

와타베는 실소했다. 이번에는 우사의 등을 철썩 때렸다.

"제정신으로 돌아왔나 싶었더니 무슨 인사가 그런가?"

"죄송합니다."

"나는 이래봬도 자네가 어제 그 벼락 때문에 다치기라도 한 것은 아닌지 걱정이 되어서 온 걸세. 고맙게 생각해야지."

고맙습니다, 하며 우사는 꾸벅 머리를 숙였다. 머리를 크게 움직이자 또 약간 어지러웠다. 아마, 주먹밥 한 개 정도로는 공복이 채워지지 않았기 때문일 것이다.

"좀더 쉬게. 뭘 좀 먹어. 자네, 더 말랐군. 모처럼 표정이 좋아졌는데 일을 너무 많이 해서 죽으면 아깝잖나."

오오, 그렇지, 하며 갑자기 얼굴이 밝아진다.

"이 절에서도 가가 님의 저주를 막는 부적을 내놓았나? 어딜 가나 다 팔리고 없던데."

우사는 당황해서 와타베의 소매를 잡아당겼다.

"내놓기는 했지만 너무 큰 소리로 말하지 마십시오."

마을관청에서도 파수막에서도 지금은 보고도 못 본 척해 주고 있지만 본래 성 아래 사람들이 가가 님이 내뿜는 저주가 어쩌고저쩌고 하며 떠들어 대는 것은 용서받을 수 있는 일이 아니다. 너무 눈에 띄게 되면 처벌을 받는다.

"스님한테 한 장 슬쩍할까."

와타베는 시원시원하게 걷기 시작했다. 돌아보지도 않고 자네도 벼락 조심하라고 덧붙였다.

"나나 자네나 어쨌거나 살아남아야 하니까."

우사는 작게, 와타베에게는 들리지 않게 "예" 하고 대답했다.

와타베는 해자 바깥으로 가는 언덕길을 내려간다. 붉은 한텐 자락이 바람에 펄럭인다. 그 모습이 나무들 사이로 사라졌을 때쯤 우사는 문득 생각했다.

스님에게 들은 아사기 가의 '병' 이야기, 와타베 님께도 전할 걸 그랬나.

틀림없이 놀랄 것이다. 또 당황하겠지. 내가 진상을 들은 이상 내버려둘 수 없다고 화를 냈다가 스님께 바보냐며 야단을 들었다고 이야기하면, 맞다, 맞다, 옳은 말씀이다 하며 고개를 끄덕일 것이다. 우리는 참견할 수 없는 일일세. 멀리 떨어져 있게. 안색을 바꾸고 날카로운 말투로 그렇게 말할 것이다. 눈에 선하다.

그렇다면 역시 이야기하지 않아도 될 것이다.

—그 스님이 어째서 그렇게 깊은 사정을 알고 있지? 땡중은 방심할 수 없는 존재로군. 아니면 미노야와 관련이 있어서인가?

그렇게 놀라는 모습을 보고 싶은 기분도 들지만.

그날 밤 스님과 이야기를 나눈 후 우사도 우사 나름으로 여러 가지 생각을 했다. 세상에는 감추어져 있는 일들이 많이 있다. 마루미 같은 작은 번에도 다른 사람이나 다른 집안에 알리고 싶지 않은 사정을 갖고 있는 사람이나 집안이 있다. 그 대부분은 교묘하게 숨겨진 채 시간을 보낸다.

하지만 무언가를 끝까지 은폐하기란 결코 가능한 일이 아니다. 단 한 사람의 비밀도 들키고 탄로나게 되어 있다. 가령 이노우에 작은선생님에 대한 우사의 마음처럼.

두 사람, 세 사람, 네 사람, 관련되는 눈과 귀가 늘어나면 늘어날수록 더욱더 비밀은 새어나가기 쉬워진다. 본인에게 그럴 마음이 없어도 비밀이 생겨나는 자리에 우연히 있게 되는 사람도 있다. 스님처럼. 우사처럼.

그렇게 새어나간 비밀의 대부분은, 이번에는 알고도 모른 척하는 사람들 속에서 감추어져 간다.

아사기 가의 어두운 비밀을 듣고 우사의 마음은 크게 흐트러졌다. 그러나 지금은 다른 생각을 하고 있다. 고토에 님에 대한 생각이다.

단단히 감추어진 고토에 님의 죽음의 진상도 아는 사람은 알고 있다. 알고도 모르는 척하기를 강요당하고 있다. 하지만 언젠가 때가 오면—가가 님을 맡는 일이 어떤 형태로든 무사히 끝나고 사정을 밝힐 수 있게 된다면, 알고 있는 사람이 알고 있는 사실을 아는 대로 이야기할 수 있게 될지도 모른다.

아니, 그럴지도 모르는 것이 아니라 그렇게 해야만 한다.

그것이야말로 전에 작은선생님이 말씀하신 시대가 변한다는 것이 아닐까.

그것을 위해 우사는 기억하고 있어야만 한다. 모든 것을. 지금 느끼는 마음 그대로 기억하고, 품고, 야무지게 살아가야 한다.

우사는 생각한다. 아사기 가에도 틀림없이 나와 똑같이 느끼고 있는 사람이 있을 것이다. 그러자 구름 위의 존재인 아사기 가 사람들이 갑자기 친근하게도 여겨진다.

언젠가는 반드시, 전부 밝히도록 하자. 더 이상 아무도 비밀 때문에 괴롭히고 괴로워하지 않는 세상으로 만들자. 비밀 속에서 사람의 목숨이 사라지는 일이 없는 세상으로.

그렇게 맹세하고 있는 '누군가'가 여기에도, 저기에도, 곳곳에 있을 것이다.

3

마을관청으로 돌아가니 이자키 님이 찾으셨다는 말을 들었다.

"서고에서 조사를 하고 있을 테니 돌아오거든 좀 와 달라고 하셨다네."

와타베는 붉은 한텐을 벗고 칼을 빼놓고 서고로 향했다. 서고의 자물쇠는 열려 있었지만 양쪽으로 당겨 열도록 되어 있는 문은 닫혀 있었다. 와타베는 기척을 한번 하고 나서 문을 당겨 열고 안에 발을 들여놓았다.

서고 안은 어두컴컴하다. 천장에 가까운 창문으로 비쳐드는 한 줄기 햇빛이 있을 뿐이다. 서가와 칡 바구니와 선반 들이 미로처럼 복잡하게 얽혀 있다. 오래된 먹물과 곰팡이 냄새가 난다.

"이자키 씨, 계십니까?"

희미하게 판자 마루를 밟는 소리가 나고 안쪽 선반 그늘에서 이자키가 얼굴을 내밀었다. 와타베는 그쪽을 향해 나아갔다.

"어제의 벼락 피해 때문에 성 아래는 아직도 처참한 상황입니다. 뒷정리를 마치는 데에만 해도 앞으로 며칠은—."

걸리겠지요, 라고 말하려다가 입을 다물었다. 이자키는 바닥에 앉아 있다. 무릎 옆에 몇 권의 서류가 흩어져 있다. 그것들을 읽고 있었던 것 같지는 않다.

아무래도 생기가 없어 보인다.

"왜 그러십니까?"

와타베는 옆에 무릎을 꿇었다. 이자키는 와타베의 얼굴을 보더니 잠시 뜸을 들이고 나서 갑자기 물었다.

"밥 짓는 공동주택의 시계사부로에 대해서는 자네, 이제 조사하지 않고 있겠지. 그 사건은 끝난 거지?"

다짐하는 말투다.

"예. 이자키 씨의 생각을 들었으니까요. 여름철에는 우물물에 각별히 주의하라는 서장을 돌렸고 대충 손은 썼습니다. 물에 관한 일이라면 울타리저택뿐만 아니라 시정의 문제이기도 하니 꼼꼼하게 하려고 애썼습니다."

대답하면서 와타베는 자신의 말이 묘하게 엉뚱한 대답 같다고 느꼈다.

"그래, 그럼 됐네."

이자키는 맥이 빠진 듯이 중얼거린다.

"처리했다면 됐어."

"그것을 확인하시려고 절 찾으셨습니까?"

"아아, 그렇다네."

이자키는 검은색으로 윤기 있게 빛나는 바닥 판자를 노려보며 그렇게 대답했다. 와타베의 가슴이 술렁거렸다. 우물물에 주의를 당부하는 수배라면 이미 예전에 했고 보고도 마쳤을 것이다.

이자키는 다른 무언가, 더 중요한 무언가를 안고 있다. 그것을 말하고 싶은데 말하지 못하고, 아니, 말해도 되는지 아닌지 망설이고 있다. 그런 분위기이다.

와타베의 내부에 부는 겁쟁이 바람이 속삭이고 있었다. 아아, 그렇습니까, 그럼 됐군요, 라고 말하고 이 자리를 떠. 신경 쓰지 마.

한편으로 머릿속에서 빙글빙글 생각이 돈다. 요즘 이자키와 얼굴을 맞댈 기회가 없었다. 와타베가 모르는 사이에 이자키는 무엇을 하고 있었을까. 그러고 보니 큰 벼락이 떨어져 난리가 났을 때도 이자키가 어디 있는지 좀처럼 알 수 없어서, 그가 불쑥 마을관청으로 돌아올 때까지 모두들 걱정했다―.

"이자키 씨, 왜 그러십니까?"

왜 나는 이런 것을 묻고 있는가. 물어본들 끌어낸 답을 짊어질 기백도 없는 주제에. 왜 모르는 척하지 않는 것인가.

"아무것도 아닐세. 용무는 그것뿐이야."

담력이 없어도 머리는 돌아간다. 용기가 없어도 지혜는 달린다. 나는 그런 사내다.

별것 아니지만 불길한 것을 떠올리고 말았다.

이자키 님은 시계사부로의 얼굴을 본 적이 있는 것 같다고 말했다. 옛날에 본 것 같은 기분이 든다. 하지만 생각이 나지 않는다고 단서를 찾아 둘이서 여기 틀어박혀 옛날 기록을 뒤져 보기도 했다.

기억이 되살아나는 일은 없었다.

와타베는 마른침을 꿀꺽 삼켰다.

"이자키 씨, 혹시 생각나신 겁니까?"

필요할 때는 돌아오지 않고 잊었을 때쯤 찾아오는 귀찮은 기억.

"시게사부로와 어디에서 만난 적이 있는지 생각나신 게 아닙니까?"

이자키는 천천히 얼굴을 들었다. 마치 몸을 움직임으로 해서 소리가 나는 것을 두려워하듯이.

누구의 귀를 꺼리는 것일까. 와타베의 심장이 두근거렸다.

"아사기 가에서도 돌림병이 나왔네."

숨소리에 가까울 정도로 낮은 목소리.

"울타리저택에서 돌고 있는 것과 비슷한 병이지. 그리고 십오년 전에 그 집에서 일어난 병과도 같은 종류의 병일세."

말해 주지 않아도 알고 있다. 해자 바깥에서도 해자 안쪽에서도 소문이 자자하다. 와타베는 듣고도 대수롭지 않게 넘겼다. 그것이 어째서 시게사부로와 연결되는 것일까?

"조다이께서 지시를 내리셨고 구지카타에서도 청해 와서, 나는 아사기 가를 찾아뵈었지. 어제 오전의 일이었네."

십오 년 전에도 똑같이 했다고 소곤거리는 목소리로 덧붙인다.

"해자 바깥에서는 마른 폭포에 들어간 가가 님이 십오 년 전에 봉인된 병을 깨워 성 아래에 뿌렸다는 소문이 돌고 있습니다."

와타베는 일부러 야단스럽게 손짓을 하며 말했다.

"아사기 가의 병도 그것과 마찬가지로 전부 가가 님 탓입니다.

사람이 아닌 괴물의 저주가 일으키는 병이지요. 정말이지 감당할
수 없는 노릇입니다."

듣고 있는 것인지 아닌지 이자키는 여전히 바닥 판자에 시선을
떨어뜨리고 있다.

"아사기 가에서는 이제 막 성인이 된 적자가 앓고 계시네. 야모
리가 죽었어. 나는 그 시체를 검시하기 위해 불려갔네."

힘드셨겠군요. 분위기를 바꿔 보려고 입에 담은 말이 와타베의
목구멍에 딱 걸렸다.

"십오 년 전과 같은 일의 반복일세. 그때는 차남이 앓았는데, 한
때는 목숨도 위태로웠어. 하녀가 병에 걸려 죽었지."

"아사기 가를 맡고 있는 의원은 사지인 스기타 아닙니까. 무엇
을 하고 있답니까?"

와타베는 더욱 느긋함을 가장하며 으스댄다.

"얼른 고쳐 버리면 될 것을."

이자키는 그제야 얼굴을 들었다. 빛을 들이기 위한 창을 등지고
있어서 오히려 얼굴에 그늘이 진다.

"같은 장소, 같은 용건, 같은 풍경일세."

주문처럼 낮게 웅얼거린다.

"그래서겠지, 그렇게 생각나지 않던 것이 불쑥 튀어나오더군.
나는 떠올리고 말았네. 시계사부로와 어디에서 만났는지."

다음 말은 들을 필요도 없다. 아사기 가다.

"착각일 수도 있습니다."

"아니, 틀림없네. 시계사부로는 십오 년 전에 아사기 가의 하인

으로 일하고 있었어."

이제 막을 수는 없다. 들은 것을 자르고 여기에서 나갈 수는 없다.

"이번 병으로 목숨을 잃은 야모리의 입가에서도 시계사부로와 똑같이 쓴 것 같기도 하고 신 것 같기도 한 냄새가 났네……."

그것은 독일세. 와타베가 가장 듣고 싶지 않은 말이 이자키의 입에서 미끄러져 나온다.

"병이 아니야. 독일세. 아사기 가 내부에 독을 쓰는 자가 있어."

하하, 그것 참 대담한 설이군요. 와타베는 웃음으로 얼버무리려고 해 보았다. 서툰 연극이다. 목소리가 갈라진다. 꾸며낸 웃음을 배반하고 이마에 배어나온 식은땀이 진심을 말해 준다.

"돌림병입니다, 이자키 씨. 가가 님 때문입니다."

"이번에는 그게 절호의 방패막이가 되고 있나 보더군. 십오 년 전과는 그 점만이 달라."

이자키는 토해내기 시작하자 차라리 포기가 되어 안심했는지 어깨 힘을 뺐다.

"아사기 가에서 독을 쓰는 자는 무슨 짓을 하려는 겁니까? 저는 모르겠는데요."

와타베는 여전히 사태를 가볍게 넘기려고 한다. 이자키는 와타베를 애처롭다는 듯이 올려다보았다.

"아마 후계자 싸움일 테지. 아사기 가에는 부인에게도 측실에게도 사내아이가 있거든."

"그렇다면 노리는 것은 그 아이들뿐일 텐데요. 야모리나 하녀가 독에 당할 이유는 없습니다."

"병으로 보이게 하기 위해서일세. 알고 있지 않은가, 자네도."

"모릅니다." 와타베는 버틴다. "이자키 씨, 지어낸 이야기로 저를 속이지 말아 주십시오."

웃는 목소리가 갈라진다. 마침내 스스로도 견딜 수 없게 되어, 와타베는 힘없이 탄식했다.

두 사람 다 입을 다물었다. 서고 밖에서 작은 새가 지저귀고 있다. 작은 창을 통해 즐거운 새소리가 들려온다.

와타베의 몸에 체념이 배어들었다. 기왕 독을 마시려면 접시까지 핥아라. 이 얼마나 이 자리에 어울리는 속담이란 말인가.

"알겠습니다. 알겠어요."

중얼거리고는 두세 번 고개를 끄덕였다. 이자키의 얼굴에 안도와 불안이 뒤섞여 떠오른다.

"미안하네" 하고 말했다.

"이제 와서 무슨 사과를 하십니까. 그래서, 시게사부로는 어떤 관련이 있었던 겁니까?"

"말하자면 수하겠지." 이자키는 대답했다. "독을 쓰는 자에게 조종당하고 있었던 걸세. 스스로 손을 대지 않고 하녀나 하인에게 독을 먹이는. 그편이 일을 성사시키기 쉬웠겠지. 무가에서는 가족들이 손수 차를 끓이거나 밥을 짓지 않으니까."

"그렇다면 십오 년 전의 계획이 실패로 끝났을 때 어떻게 그 영감은 아사기 가에서 나올 수 있었던 겁니까? 독을 쓰는 자의 입장에서 보자면 시게사부로는 엄청난 비밀을 쥐고 있는 존재예요. 살려 두는 것은 너무 위험합니다."

"또 기회가 있을 테니까. 수하로 남겨 두려고 했던 게 아닐까. 한번 수하로 확실하게 가르친 자일세. 든든하지."

마루미에 있는 무가의 하인과 하녀들은 이집 저집 옮겨 다니며 여러 군데에서 한꺼번에 일을 하는 것이 당연하다. 천한 허드렛일을 하는 그들의 출입에 아무도 일일이 신경을 곤두세우지 않는다.

"일단 밖으로 내보내서 열기를 좀 식히고 필요한 시기가 오면 다시 부르는 걸세. 만일 사태가 탄로나면 네 목이 제일 먼저 떨어질 거라고 위협해 두면, 지혜라곤 없는 일개 하인이니 간단히 조종할 수 있었겠지."

와타베는 생각하고 있었다. 시계사부로의 보증인이 된 이소야의 배후에는 아사기 가가 있었던 것이다. 화재로 망하고 말았지만 이소야는 대상인大商人이었다. 조다이 집안과 연줄이 있었다 해도 이상하지는 않다.

문득 한기와 함께 어떤 생각이 떠올랐다. 이소야의 불도 정말로 화재였을까. 시계사부로를 통해 뭔가 위험한 사실을 알아차렸기 때문에 제거된 것은 아닐까.

자신의 의혹에 스스로 고개를 저으며 서둘러 그 생각을 지웠다. 그렇게까지 억측할 필요는 없다. 쓸데없는 생각 하지 마.

"이 일을 꾸미고 있는 자는 누구입니까? 부인 쪽입니까, 측실 쪽입니까?"

이자키는 심약한 웃음을 지으며 고개를 저었다. "글쎄. 측실의 자제는 문무에 뛰어나고 영명하다는 평판이 있네. 하지만 후계자는 정실의 자제가 되는 것이 도리지. 양쪽 모두, 서로를 제거해 버리고 싶어 할 만한 이유가 있어."

다만—하며 한층 더 목소리를 낮춘다.

"아사기 가의 부인은 사지 필두 스기타 가문 출신일세."

와타베는 저도 모르게 몸을 굳히고 이자키의 얼굴을 보았다. 이자키는 희미하게 미간을 찌푸리고 있다.

"사지 가문이란 단순한 의원 가문이 아닐세. 마루미의 중신 가계들과 몇 겹이나 되는 인척 관계로 맺어져 있고, 이해관계를 함께하고 있지. 사람을 고치는 약에 대해 잘 아는 자는 사람을 죽이는 독에 대해서도 잘 알고 있네."

게이치로도 약과 독은 한 가지 사물의 앞뒤라고 말했다.

"사지 칠가에는 각각 비전의 약이 있네. 그중에는 병을 고치기 위해 사용되지만은 않는 종류도 섞여 있어. 어제오늘 시작된 일도 아닐세. 마루미의 사지 가문은 번의 중추 깊숙이 파고들어 대대로 그런 역할을 맡아 왔네. 필요할 때 불필요한 자를 없애는 역할을. 그것을 위한 지혜를 대대로 지켜온 걸세."

"그만두십시오." 와타베는 목소리를 높였다가 당황하며 목을 움츠렸다. "저 같은 놈에게는 필요 없는 지식입니다. 알고 싶지 않아요."

몸까지 함께 밀쳐내다시피 저항하다가 얼핏 머리 한구석을 가로지르는 사실을 깨달았다. 가지와라 가의 미네 일이다. 우사가 고토에를 죽인 독을 어떻게 손에 넣었느냐고 다그쳐 물었을 때 그 여자가 대답했다고 한다. 가지와라 같은 집안의 사람이라면 어떻게든 할 수 있다고.

그 여자도 사지 중 한 가문에 연줄을 댄 것일까. 가지와라 가도 사지 가와 통하고 있는 것일까. 아니면 어떤 대가를 약속함으로써 사지 중 누군가를 끌어들였을까.

작은 번의 복잡한 가계와 혈통. 복잡하게 서로 얽혀 있는 생각과 이해利害.

와타베는 눈을 감고 고집스럽게 생각을 잘라냈다.

"알아서 좋을 일도 아닙니다."

소리 내어 스스로를 향해 들려주었다.

그렇군……. 이자키는 낙심한 듯이 중얼거렸다. 다시 한번 "미안하네" 하고 말했다.

"이자키 씨, 어떻게 하실 생각이십니까?"

"어떻게 하다니? 무엇을 어떻게 한단 말인가?"

서로의 눈이 탐색하듯이 뒤를 캔다.

"아무것도 할 수 없네. 우리가 감당할 수 없는 일도 있어. 적어도 지금은."

"그 말씀을 들으니 안심이 됩니다."

"독을 쓴다는 것은 의외로 어려운 일일세. 독을 당하는 쪽도 한두 번 수상한 일이 있으면 주의하게 되거든. 아사기 가 내부의 공방일세. 또 십오 년 전같이 집안에서 정리가 될 테지."

다만 시게사부로는 가엾게 되었다고 덧붙였다.

"내 생각에 그건 자살이 아니었을까. 더 이상 그런 일에 부려지는 게 싫었을 테지."

와타베는 머릿속으로 그 설을 음미해 보았다. 쓸쓸한 홀몸의, 가족이라곤 없는 노인. 고령에 몸이 약해지고 의지할 곳도 없다. 밥 짓는 공동주택에서 조용히 숨다시피 살아가고 있었다.

안 그랬으면 좋았을 것을, 생각이 번득였다.

"야마우치 가의 식중독에는 역시 시게사부로가 얽혀 있었던 게 아닐까요."

십오 년 전의 아사기 가의 '병'과 비슷한 증상. 가장 먼저, 가가 님이 마루미에 들어오기 이전에 일어난 '병'이었다.

"가령, 시게사부로가 아사기 가의 독 쓰는 자에게 강요를 받고 독의 효험을 시험해 보았다거나."

그래서 그 '병'이 있고 나서 곧바로 시게사부로는 야마우치 가를 떠나고 말았다. 밥 짓는 공동주택으로 도망쳐 들어갔지만 아무래도 끝까지 도망칠 수 없다는 것을 깨닫고 스스로 죽음을 선택했다—.

"그만하게." 이자키가 조용히 타일렀다. "생각해 봐야 소용없는 일일세. 억측에 억측을 거듭한다 해도 확실해지는 것은 없어."

확실해진다 해도 어쩔 도리가 없다.

"그 말씀이 옳습니다. 저는 잊겠습니다. 아무것도 듣지 못했습니다. 이자키 씨도 아무것도 몰라요. 아무것도 생각나지 않았고 아무 말도 하지 않았습니다. 그렇지요?"

"아아, 그렇지."

시원하게 마음에 바람을 통하게 하자. 와타베는 몸짓만이라도 기운차게 일어섰다.

"자, 나갑시다. 이렇게 곰팡내 나는 곳에 오래 있으면 안 좋아요."

이자키는 따르지 않았다. 주변을 좀 정리하고 나서 가겠다며 뒤에 남았다.

와타베는 표현하기 힘든 기척 같은 것이 뒷머리를 잡아당기는 기분에 돌아보았다. 이자키는 아직도 주저앉아 있다. 조심스럽게 기록 묶음을 주워 들어 쌓는다. 느릿느릿한 동작. 목덜미 언저리가 묘하게 늙어 보이는 것은 기분 탓일까.

"이자키 씨."

그렇게 부르자 이자키의 손이 멈춘다.

"괜찮겠지요?"

얼굴을 숙인 채 뭐가 괜찮으냐고 되물어 왔다.

"이자키 씨가 떠올린 것을, 그렇게 되면 곤란한 인물이 알아차리지는 못했겠지요? 시게사부로에 대해 아사기 가의 귀에 들어가도록 화제로 삼지는 않으셨겠지요?"

이자키는 목을 틀어 와타베를 보고는 눈가에 웃음을 지었다.

"걱정하지 말게. 나도 그렇게 부주의하지는 않아."

와타베는 씩 마주 웃었다. 그대로 서고를 나왔다. 그 말이 맞다. 이자키 씨는 경험이 많다. 너구리다. 나보다 훨씬 더 신중하다.

마음속으로 그렇게 되풀이했다. 집요할 정도로, 몇 번이나.

소란

1

큰 낙뢰로 오두막이 무너져 버린 후, 호의 거처는 마른 폭포 저택 안으로 옮겨졌다. 서쪽 초소 옆에 있는 창문도 없는 작은 방으로 본래는 이불을 넣어두는 곳이다. 그러나 매일 하는 일들과, 가가 님께 안부를 여쭙는 일과는 바뀌지 않았다.

벼락이 떨어진 다음 날 가가 님의 방을 찾아뵈었을 때에는 제일 먼저 이런 물음을 받았다.

"어제의 벼락으로 이곳에서 일하는 번사가 한 명 죽었다고 들었다. 벼락은 뒤뜰에 떨어졌다는 이야기도 들었지. 너는 그때 어디에 있었느냐?"

호는 대답을 할 수가 없었다. 바로 손이 닿을 것 같은 곳에서 통째로 타서 죽은 옥지기의 모습이 머릿속 가득히 펼쳐진다. 아무리 해도 그 광경에서 마음의 눈을 돌릴 수가 없다.

울음을 터뜨리고 말았다. 그때까지는 울면 꾸지람을 들을 테니 필사적으로 참고 있었던 것이다. 그 둑이 무너졌다.

가가 님은 호의 모습을 보고 알아채신 것 같았다.

"무서웠겠구나."

호는 그냥 울고만 있었다.

"오늘은 습자를 하지 않아도 된다. 울도록 해라."

말씀하신 대로 호는 눈물이 마를 때까지 실컷 울었다. 겨우 울음을 그쳤을 무렵에는 이미 물러갈 시간이었다.

"이 땅에는 벼락을 막아 주는 영험한 신이 계신다고 들은 적이 있다. 너는 알고 있느냐?"

물러가기 전에 가가 님이 호를 불러 세우고 물으셨다.

"예, 히다카야마 신사입니다. 저도 부적을 갖고 있습니다."

하지만 그 신사의 본전도 어제의 벼락으로 타 버렸다고, 호는 부엌에서 주워들었다.

그 말씀을 올리자 "탔느냐" 하고 되풀이하더니 가가 님은 몹시 험악한 얼굴을 했다. 호의 눈에는 히다카야마 신사에 화를 내시는 것처럼 보였다.

"그러니 마루미에는 이제 벼락에서 우리를 지켜 주시는 신은 안 계신다고 요리 당번인 사람들이 이야기하고 있었습니다."

가가 님은 얼굴을 들었다.

"너도 무서우냐."

"예, 무섭습니다. 가가 님, 신사가 불에 타 버리면 이제 부적에도 효험이 없어지는 걸까요?"

요리 당번들은 그 일로도 크게 말다툼을 하고 있었다. 뭔가 영문을 알 수 없는 이야기도 했다. 가가 님의 부적이 어떻다느니 저떻다느니.

"네게 그 부적을 사 준 것은 누구냐. 전에 이야기한 고토라는 처녀냐?"

"아니요, 성님입니다."

"히키테 처녀로군."

"예. 저를 신사에 데리고 가서 사 주었습니다."

"그렇다면 그 부적에는 훌륭한 효험이 있다. 너를 지키는 것은 신이 아니라, 너를 염려해 준 처녀다. 그러니 무서워할 것 없다. 잘 기억해 두어라."

예, 하고 절을 한 후 방에서 나올 때, 호는 이상하게 마음이 편안해진 것을 깨달았다.

자신의 작은 방에서 목깃에 꿰매 넣은 그 벼락을 막아 주는 부적을 꺼내 보았다. 붉고 작은 비단주머니다.

―이 부적이 널 지켜줄 거야. 소중히 간직해야 한다.

성님, 고마워요. 다시 조심스럽게 옷깃 속에 꿰매 넣었다.

다음 날부터는 습자가 다시 시작되었다. 호는 '바다'와 '산'이라는 글씨를 훌륭하게 쓸 수 있게 되었다. 다음으로 가가 님은 '하늘'과 '땅'을 배우라고 말씀하셨다. 그리고 호가 주산을 배울 수 있도록 후타미 님께 부탁해 두었다고 말씀하셨다.

벼락이 떨어진 후로 마른 폭포 저택의 분위기는 더욱더 무거워지고, 옥지기 사람들은 발소리도 목소리도 낮추고 있다. 그런데도 어딘지 모르게 소란스럽다.

어른들의 어수선한 분위기는 호의 마음도 흐트러뜨렸다. 마음이 안정되지 않아, 고데라 님을 만나지 못했다는 사실을 깨닫기까지 시간이 걸렸다. 다른 분이 호에게 이것저것 지시를 하신다. 이시노 님에 이어 고데라 님도 다른 곳으로 가 버리신 걸까.

신경이 쓰여 새로 오신 옥지기 분께 여쭈어 보았다. 그러자 그분은—몹시 키가 커서 한껏 올려다보지 않으면 눈이 마주치지 않는다—갑자기 안색이 나빠지더니 "병에 걸렸다. 병으로 쉬고 있지" 하고 대답했다. 도망치는 것처럼 빠른 말투였다.

그 후 남쪽 초소를 청소하고 있을 때 어떤 이야기를 들었다.

"고데라 님도 이시노와 똑같이 강제 할복을 하게 되는 걸까?"

"아니, 거기까지는 가지 않겠지. 맡은 일이 다르니까."

"그렇다면 잘 피했군."

강제 할복을 하다니, 무슨 뜻일까. 하지만 할복이라는 것은—.

그날 가가 님이 "특별한 일은 없었느냐?"라고 물으셨을 때 호는 그 의문을 말해 보았다. 가가 님은 눈썹을 찌푸리고 잠시 동안 호의 얼굴을 뚫어지게 바라보았다.

"나는, 널 보살피던 이시노라는 자가 이제 이곳에 돌아오지 않을 거라고 말했다."

"예, 들었사옵니다."

"너는 그것만 마음에 새겨 두면 된다."

공손하게 들어야 하는 말씀이다. 하지만 아무래도 이번만은 참을 수 없었다. 가슴에 떠오른 한 가지 생각이 너무나도 무섭고 쓸쓸해서 집어넣어 둘 수가 없었다. 큰맘 먹고 말을 이었다.

"가가 님, 이시노 님은 돌아가신 것입니까?"

안 그래도 움직임이 보이지 않는 가가 님의 눈동자가 한층 더 가늘어졌다.

"왜 그렇게 생각하느냐."

"무가이신 분이 할복을 한다는 말은 그런 거라고 생각합니다. 호가 잘못 생각하고 있는 것입니까?"

호는 이렇게 묻는 것이 무례하고 분수 모르는 짓이라는 생각에 겁을 먹고 앉은 채 부들부들 떨었다. 가가 님에게는 그것이 보였을 것이다.

"잘못 생각한 것이 아니다" 하고 말씀하셨다. "이시노라는 자의 모습이 보이지 않게 된 것은 네가 이 방으로 도망쳐 들어온, 그 자객 사건이 있은 후의 일이었지."

"아, 예."

"그렇다면 자객의 침입을 허락했다는 이유로 어떤 처벌을 받고 할복을 했을 테지. 이시노에게 죄가 있었던 것은 아니지만 누군가가 죄를 받아야 했기 때문에 이시노가 내몰렸을 뿐이다. 너를 보살필 정도로 신분이 낮은 자였을 테니까."

뒤쪽은 어려워서 뜻을 알 수 없었다. 호의 머리는 이시노 님이 죽고 말았다는 사실만으로 채워졌다.

호가 물음을 던진 사람이 가가 님이 아니라 만일 그 기분 나빠 보이는 고데라 님이었다면 좀더 솔직한 답을 해 주었을 것이다. 거기에는 강한 비난도 섞여 있었을 것이다.

—이시노는 너를 보살피는 역할이었다. 가장 열심히 널 돌봐 주

었지. 그렇기 때문에, 그런 네가 하필이면 가가 님의 방에 들어가는 잘못을 저지르는 바람에 엄한 처벌을 받고 할복을 하는 처지가 되었다. 이시노가 죽은 것은 너 때문이야. 그 여파로 같이 그 일을 하던 내 목도 위험하게 되었다. 그것을 모르겠느냐, 이 바보 같으니.

그렇다. 호는 모른다. 다만 이시노 님의 발그레한 뺨이 그립다. 이제 뵐 수 없는 것이 슬프다.

또 눈물이 나왔다.

"울지 마라."

가가 님은 채찍으로 후려치듯이 말씀하셨다. "이번에는 울지 마라. 울어도 소용없는 일이다. 네게 좋을 것도 없다. 울 바에는 아침저녁으로 친절하게 대해 준 이시노를 생각하며 감사하도록 해라. 이시노도 그편을 기뻐할 것이다. 그러니 울어선 안 돼."

눈물을 멈추기는 어렵다. 딸꾹질을 하거나 기침을 하거나 머리를 흔들거나 눈을 꼭 감는 등, 호는 할 수 있는 모든 일을 했다. 숨이 거칠어진다.

"오늘은 네 이름을 가르쳐 주마."

가가 님은 호의 노력을 차갑게 무시하고 말을 이었다. 붓을 들어 술술 적는다. 그리고 그것을 들어 보여 주었다.

"이것이 오늘부터 네 이름을 나타내는 글자다."

거기에는 '方'라고 씌어 있다.

"쉬운 글자이니 금방 외울 수 있겠지. 써 보아라."

콧물을 훌쩍이면서, 아직도 떨리는 손으로 호는 가까스로 그 글자를 따라 썼다.

"이 글자는 '호'라고 읽는다. 방향, 방위를 뜻하는 글자지. 너는 바보의 호가 아니라 오늘부터는 방향의 호다."

"어째서, 이옵니까?"

"지금까지의 너는 자신이 어디에 있는지, 어디로 가려고 하는지, 어디로 가야 하는지 전혀 모르는 사람이었다. 그것은 바보의 호다. 하지만 지금의 너는 자신이 어디에 있는지 어디로 갈 것인지를 알고 있다. 그러니 이 '方'라는 글자를 쓰는 것이다."

호는 뺨에 남은 눈물 자국을 손등으로 닦고 얼굴을 들었다.

"가가 님, 저는 제가 어디로 가려고 하는지 모릅니다."

"아니, 안다."

단호하고 엄격한 목소리다.

"너는 매일 열심히 일하고, 습자를 하고 있다. 그것은 무엇 때문이냐? 이 가가의 기분을 맞추기 위해서냐? 그것은 아니다. 너는 너를 위해 그리 하고 있다."

"그렇다면 저는 언제, 어디로 가게 됩니까? 어디에 이르게 될까요?"

"'사람'이 있어야 하는 곳에 이르게 될 것이다."

수수께끼 같다. 사람? 제대로 된 어른을 말하는 것일까.

"고토에 님이나, 성님처럼 될 수 있을까요?"

"그렇다. 그것을 마음에 새기고 이 글자를 잘 익히도록 해라."

호가 '方'라고 쓸 수 있게 되자 후타미 님이 허가를 내리셨다며 거기에 주산 연습도 더해졌다.

마른 폭포 안에 있는 옥지기들의 동요는 성 아래의 불온한 분위기를 그대로 가져온 것이었다. 그곳에서 빚어진 그들의 불안이 또 성 아래로 파급되어 혼란을 증폭시켜 간다. 누가 만든 것도 아닌데 그런 얄궂은 흐름이 만들어지고 말았다.

마루미를 둘러싸고 있는 바다의 흐름보다도 강하고 거스를 수 없는 흐름을, 호는 아직 느끼지 못했다. 날마다 배우고 익히는 것을 따라가기 위해 종종걸음을 치고 있는 호의 머리와 몸은 마른 폭포 저택 바깥쪽에서 일어나고 있는 일을 알아차리기에는 너무나도 작고, 너무나도 어렸다.

2

돌림병 환자 치료에 낙뢰로 인해 다친 사람이나 집을 잃은 사람들을 보살피는 일까지 더해져, 우사는 매일 쫓기듯이 일하고 있었다. 그래도 심부름을 가는 길에 발길을 옮겨 어부 마을의 이소반 파수막의 시오미인 우노키치를 찾아갔다. 무사한지 확인하고 싶었기 때문이다.

우노키치는 외출하고 없었다. 마침 자리에 있던 이소반이 회합에 나갔다고 가르쳐 주었다.

"어제 저녁에 또 벼락이 떨어졌거든."

전혀 몰랐기 때문에 우사는 깜짝 놀랐다. "어디예요? 아무 얘기도 듣지 못했는데."

어제는 소나기도 내리지 않았을 것이다.

"바다니까. 배가 당했지."

그 벼락 피해로 히다카야마 신사가 불에 탄 후 어부 마을에서는 꽤 큰 소동이 일어났다. 어부들이 공황 상태에 빠져, 이대로는 낚시를 하러 나갈 수 없다고 배 부교소에 호소했던 것이다.

바다에서 만나는 벼락의 무서움은 육지와는 비교할 수 없다. 그렇기 때문에 히다카야마 신사에 대한 어부들의 신앙은 두텁다. 히다카 님이 약해지셨을 때 바다에 나가다니 무모하기 짝이 없는 일이다. 어떤 형태로든 좌우간 신사가 다시 지어질 때까지는 아무도 바다에 나가지 않겠다며, 어부들은 두려워하고 소동을 피웠다. 어지간한 시오미들도 그것을 억누르느라 애를 먹었다.

쉬면 수확이 전혀 없어지는 셈이니, 당연히 배 부교 관리로서는 허가할 수 없다. 무엇보다 신사를 다시 지으려면 상당한 시간이 걸린다. 그동안 계속 낚시를 쉬면 모두 함께 쫄쫄 굶게 될 뿐이다.

어부들도 잘 알고 있다. 하지만 소란을 피우지 않을 수 없을 만큼 설 기반을 잃고 말았다. 노련한 시오미들도 그 사실은 잘 알고 있다. 최소한 사흘은 낚시를 쉬기로 하고 배 부교의 허가를 얻었다. 어쨌거나 벼락 피해가 있은 후에는 물고기들이 도망쳐 여기저기로 흩어지니 배를 띄워도 안 잡히기는 마찬가지이다. 시오미로서는 그 사흘 안에 어부들의 불안도 가라앉을 것으로 내다보았다. 벌지 않으면 생활이 막막하다는 실감도, 사흘만 있으면 들끓을 것이라고 생각했다.

어제로 사흘이 지났다. 어부들도 겨우 침착함을 되찾았다.

그리고 배를 띄운 순간 당했다.

"아무런 전조도 없이 말이야. 저녁 하늘에서 바람이 좀 부는군, 이거 묘한데, 라고 생각했는데 갑자기 배가 뒤집히고 타고 있던 사람들이 모두 바다에 내팽개쳐졌지."

다행히 죽은 사람은 없었다고 한다.

"그럼 오늘은—."

그 말에 둘러보니 너무 많은 고깃배가 매어져 있다. 선창에는 인기척도 없다. 그물은 둥글게 뭉쳐 정리되어 있고 후림칼을 들고 일하는 여자들의 모습도 보이지 않는다.

"시오미 아저씨들은 무슨 얘기를 하고 있는 걸까요."

이소반 사내는 햇볕에 짙게 그을린 이마를 찌푸려 찡그린 얼굴을 했다.

"히다카 님의 본전을 짓는 문제에 대한 의논이야. 배 부교에만 맡겨 두었다간 언제가 될지 알 수 없으니까."

"하지만 히다카 님이 평안하시지 않으면 낚시는 할 수 없다는 건 배 부교에서도 잘 알고 계실 텐데요."

"그야 알고 있지. 하지만 신사에 관한 일은 사원 부교의 영역이야. 아무리 이쪽에서 재촉해도 돈이 없다고 하면 끝이지. 히다카 님이 없어서 불안한 것은 해자 바깥의 염색집이나 시정 사람들도 마찬가지이니 마을관청에서도 곤란해하고 있겠지만, 본래 우리하고는 사이가 안 좋으니까—."

그렇다, 배 부교와 마을관청은 견원지간이다. 성의 재정 부교와 사원 부교를 상대로 함께 싸우는 것은 불가능하다.

"그러고 보니 그저께였나? 무슨 볼일이 있었는지 해자 바깥의 히키테가 왔었어. 배가 육지에 올라와 있는 것을 보고 겁에 질린 거냐며 비웃기에 다함께 덤벼들어 바다에 처넣어 주었지."

경솔한 바보다. 어느 파수막의 히키테일까.

"그러면 본전을 새로 짓는 일을 어부 마을의 힘만으로 어떻게든 해 보자는 거예요?"

"그럴 수 있다면 그렇게 하고 싶지."

이소반 사내는 쓴웃음을 지었다.

"하지만 그래도 신사를 짓는 일 아니겠어? 무리야, 무리. 그래서 여관 마을과 염색집의 나누시^{名主}각 마을의 대표로 마을 정치의 중심이었던 지방 관리들과 의견을 맞추려고 하고 있지."

관리들끼리 으르렁거리다가 상황이 수습될 때까지 느긋하게 기다리고 있을 수는 없다. 어쨌거나 모을 수 있는 만큼 돈을 모을 생각이라고 한다.

"별로 대단한 일도 아니야. 어쨌거나 본전을 짓기 위한 돈은 우리 영민들이 낸 운상금^{運上金}상인, 공인, 어부, 운송업자 등에게 부과되었던 세금으로 조달하는 것 말고는 방법이 없을 테니까. 성의 금고는 못 믿지. 그냥 지시를 내릴 뿐이야."

"성에 그렇게 돈이 없ㅡ."

우사는 말하고 나서 두말할 필요도 없는 일이라는 사실을 깨달았다. 이소반 사내가 그것을 보고 고개를 끄덕인다.

"가가 님을 맡는 일인지 뭔지 때문에 한재산 쓴 모양이니까. 게다가 내년에는 영주님이 에도로 들어가시게 되잖아?"

참근교대의 해이다. 엄청나게 비용이 많이 든다.

"그것을 위해 모아둔 돈을 써 버릴 수는 없다는 거야."

남자는 이소반 파수막의 덧문창으로 바다 쪽을 지루한 듯 바라보며 큰 소리로 신음했다.

"아―아, 어째서 우리가 이런 일을 당해야 되나. 따지고 보면 그 가가노 가미인가 하는 놈이 나쁜 거잖아? 그놈이 오고 나서 이상한 일뿐이야. 우리는 아직 그렇지도 않지만 해자 바깥에서는 돌림병까지 나돌고 있다던데 사실인가?"

"그냥 여름철이라 그런 것 같은데요." 우사는 신중하게 대답했다. "더위가 지나가면 저절로 가라앉을 거예요."

"어쨌든 큰일이야. 바다에 나가지 않으면 입에 풀칠할 수가 없지. 나가면 벼락이 떨어지지. 배를 버리고 해자 바깥으로 가면 병에 걸리지."

이봐, 하며 남자는 우사 쪽으로 몸을 내밀었다. "네 얘기, 우노키치 아저씨한테 들은 적이 있어. 히키테 일을 하고 있다며? 그렇다면―."

"지금은 아니에요." 우사는 재빨리 가로막았다.

"뭐야, 그랬어? 하긴, 여자니까."

우사는 우습게 보는 것 같은 말투보다도 한순간 보인 남자의 꿍꿍이가 있어 보이는 얼굴이 더 신경 쓰였다.

"그렇다면, 뭔데요? 말해 보세요."

"마른 폭포 저택에 대해서도 잘 알지 않을까 싶었지."

"알면 어쩌려고요?"

남자는 비스듬히 우사를 보며 입가에 천천히 웃음을 지었다. 그러더니 목소리를 낮춘다.

"마른 폭포에 있는 분이 원흉이라면 깨끗이 퇴치해 버리는 게 제일 좋은 방법이잖아? 그렇게 생각하지 않아?"

너무나도 가볍게, 즐거운 듯이 속삭여 와서 우사는 순간적으로 의미하는 바의 중대함을 파악하지 못했다. 퇴치라니—.

"어부 마을에서는 모두들 그런 얘기를 하고 있나요?"

"큰 소리 내지 마."

"그런 짓을 했다간 마루미 번은 큰일나요! 알아요?"

남자는 깜짝 놀라 눈을 부릅떴다. "뭐 어때, 번이 어찌 되든 우리가 먹고사는 게 더 먼저지. 무사들이야 자기들 좋을 대로 어떻게든 하라지."

"나는 이제 히키테도 아니지만." 우사는 이를 악물고 말했다. "영주님께 반항하는 말을 그냥 흘려들을 수는 없어요."

"오오, 무서워라, 무서워."

남자는 웃는다. 우사를 놀리고 있다. 시비를 걸고 있을 뿐이다.

이소반 사내의 주장은 어쩌면 현재의 궁핍한 상황에 분노한 마루미 영민들 대부분이 공감하는 바일지도 모른다. 하타케야마 영주님은 안 된다. 이렇게 위험한, 백 년에 한 번 있을까 말까 한 어려운 일을 순순히 떠맡고, 잘 해내지도 못하고 뒤처리를 우리에게 떠넘긴다. 이참에 다른 영주로 바꾸는 게 낫다. 영지 몰수나 당해 버려라.

그러나 우사는 다르다. 무엇보다 먼저 머리를 스친 것은 이노우에 게이치로의 얼굴이었다. 하타케야마 가가 망하면 하타케야마 가를 대대로 모셔 온 사지 이노우에 가도 지위를 잃고 만다. 작은 선생님이 길바닥에 나앉게 된다.

그런데 다음 순간 '정말로 그럴까?'라는 속삭임이, 머리가 아니라 가슴 깊은 곳에서 들려왔다. '우사, 너는 정말로 그게 무서운 일이라고 생각해?'

이노우에 가가 사지의 격식과 관록을 잃어도 겐슈 선생님이나 게이치로 선생님이 의원이라는 사실에는 변함이 없다. 두 분 모두 해자 바깥 사람들의 사랑을 받고 있다. 하타케야마 가를 모시는 사지 가문이라는 틀에서 벗어나 오히려 지금보다 자유롭게 마루미 사람들과 어울려 새로운 영주의 새로운 치정하에 일개 마을 의원으로 생활하는 것도 충분히 가능하지 않을까.

학문을 좋아하는 작은선생님에게는 그게 더 어울리는 인생일지도 모른다. 게다가, 게다가—.

'그렇게 되면 너도 신분 차이 때문에 괴로워하지 않아도 된다고.'

그 속삭임에 머리가 깨질 것 같다. 수많은 바닷새가 그렇게 속삭이면서 우사의 머릿속에서 날아다닌다.

"오오, 우사 왔구나."

굵은 목소리가 우사를 불렀다. 이소반 파수막 입구에 우노키치의 아들 가쓰가 서 있다. 소매 없는 누비 한텐에서 비죽 튀어나온 팔이 통나무처럼 굵다.

"아아, 그렇지." 이소반 파수막의 사내가 손뼉을 치더니 야비한 목소리로 말했다. "이 우사라는 처녀는 가쓰 씨의 여자였던가?"

가쓰는 온 얼굴로 활짝 웃었다. "무슨 소릴 하는 거야, 그런 거 아니야."

우사는 두 사람의 모습을 보며 목소리를 듣고 있다. 자신만 그곳에 없는 것 같은 기분이 들었다. 비틀비틀 파수막에서 나갔다.

"벌써 가게? 아버지한테 볼일이 있었던 거 아닌가?"

가쓰의 물음을 등진 채 우사는 걸음을 옮겼다. 한 발짝 내디딜 때마다 몸이 타들어가는 것 같다.

나는 정말 부끄러운 줄도 모르는 사람이다. 자신의 마음을 이루고 싶다는 이유로 한순간이나마 그런 생각을 하다니.

작은선생님은 마루미 번을 위해서이니 참아 달라고 나한테까지 머리를 숙였다. 그 모습을 보았으면서 어째서 나는 이렇게 용렬하고 한심한 생각을 하는 것일까.

3

계속되는 낙뢰와 돌림병으로 인심이 흉흉한 탓인지 마루미에서는 별것도 아닌 싸움이나 도둑질이 늘고 있었다. 덕분에 와타베 가즈마도 바쁘다.

순찰을 돌 때는 염색집에도 들른다. '별채'도 그의 순찰 범위 내에 있다. 이곳은 팔삭의 대벼락 때도 무사했지만, 이웃 염색집의 굴뚝이 쓰러져 부상자가 나왔다.

오산과는 완전히 친해졌다. 여러 가지 이야기를 하다 보니 와타베는 전에 우사에게 호를 위해 헌옷을 고쳐 달라고 맡겼을 때 이를 고쳐 준 사람이 오산이라는 것을 알았다.

"우사 녀석, 여자가 하는 일은 전혀 못하는군."

"옛날부터 바느질은 잘 못했지요." 오산은 변명하듯이 웃었다. "와타베 님, 완성된 옷을 어떻게 호에게 전해 줄지, 이것저것 생각했습니다. 우리는 마른 폭포에 가까이 갈 수도 없잖아요."

그래서 사지 선생님께 소개를 부탁드렸다고 한다.

"뭐야, 결국은 게이치로에게 부탁했나?"

"아니요, 이노우에 작은선생님이 아닙니다. 고사카 가의 이즈미 선생님이지요."

오산의 아랫볼이 볼록한 얼굴이, 생각에 잠기니 더욱 볼록해졌다.

"그러고 보니 우사가 한때는 틈만 나면 이노우에 작은선생님 얘기를 했는데 요즘은 아무 말도 하지 않는군요."

"지금도 우사가 여기 찾아오는가?"

"가끔요, 심부름 나왔다가 돌아가는 길에."

호가 마른 폭포에서 돌아오면 이번에야말로 염색집 일을 배우게 하고 싶으니 잘 부탁한다고 이야기하곤 한다고 한다.

별채에서도 돌림병으로 앓아누운 사람이 많다. 덕분에 일손이 부족하다고 오산은 지나가는 말로 말했다.

"자네는 건강해 보이는군."

"저는 여태 여름에도 팔팔했으니까요. 올해는 모두들 이상해요. 마음의 병이지요, 와타베 님."

냉정한 말을 한다. 다만 말하자마자 얼굴을 흐리며 덧붙였다.

"하지만 히다카야마 신사가 불에 타 버린 것은 무서운 일이에요. 본전만이라도 좋으니 빨리 새로 지어 주셨으면 좋겠는데. 지금 신체는 어디에 있나요?"

"아사기 가에서 맡고 있네."

본래 그 집안이 신직이기 때문이다.

"우리 염색집에서도 재건을 위해 모두 돈을 모을 거예요. 조금이라도 빨리 짓는 게 좋으니까요."

와타베도 해자 바깥이나 어부 마을에서 돈을 모으고 있다는 이야기는 들어서 알고 있었으나 동시에 본전 재건을 둘러싼 마을관청과 배 부교소의 다툼에 대해서도 연일 귀에 딱지가 앉을 만큼 듣고 있기 때문에 오산만큼 낙관적일 수는 없었다.

"자네들의 기특한 마음씨는 훌륭하지만 그렇게 쉽게 본전이 지어질 거라고는 생각하지 않는 게 좋을 걸세."

"어머나, 그래요?"

"우리 마을관청은 그만한 돈이 모이면 시정을 위해 쓰는 게 낫다고 생각하고 있네. 우선 보양소를 더 늘릴 수 있을 테니까. 게다가 올해 벼락 피해가 심하다는 사실은 오사카에도 널리 알려지고 말았으니, 내버려두었다간 곤비라 참배를 오는 배편이 다른 곳으로 돌아가고 말 테지. 그쪽도 조치를 취해야 해."

요컨대 오사카의 선숙船宿에 돈을 쥐어 주고 설득하는 것이다.

"본래 같으면 그것은 배 부교가 제일 먼저 생각해야 할 일이야. 그런데 어부들이 소란을 피우는 데 휘둘려서 가장 중요한 것을 잊고 있네. 마루미는 낚시로 꾸려가고 있는 게 아니라 곤비라 참배를 오는 손님들 덕분에 먹고살 수 있는데."

오산이 아래를 향해 웃는다.

"왜 웃나?"

"아니요, 와타베 님은 항상 관리 따위 시시하다는 얼굴을 하고 계시지만 역시 마을관청 분이시네요."

놀리는 것 같다.

"하지만 본전이 지어지지 않으면 우리는 앞으로 어디에 참배를 드리면 되나요? 아사기 님의 저택은 해자 안쪽에 있어서 우리는 출입할 수가 없는데요."

"걱정하지 말게. 우선 신체를 모실 사당만은 짓기로 했네. 지장당地藏堂지장보살을 모신 작은 당처럼 작은 거지. 그거라면 훨씬 싸게 먹히거든."

"싸게 끝내는 건가요?"

"엉성하게 만들지는 않을 걸세. 그것을 위해 아사기 님이 오사카에서 불각 전문 목수를 불러들이신다고 하니까."

그 비용도 아사기 가에서 낸다는 얘기다.

"어머나, 고마운 일이군요. 언제 시작된답니까?"

"짓기 전에 무슨 의식을 해야 하는데 그게 사오 일 후일 걸세. 거기에는 영주님도 행차하실 거야."

그것 때문에 와타베와 다른 동료들은 더욱더 바빠질 것이다. 번주를 비롯해 번의 중신들과 각 부교직이 의식에 참석한다면, 경비를 하는 것만 해도 한바탕 소동이다. 특별히 그들을 무엇인가로부터 지켜야 하는 것은 아니지만 형식은 필요하다.

"우리는 볼 수 없나요?"

"그건 무리지. 여기에서 기도나 해 두게. 의식을 하고 있다는 것은 멀리서 봐도 알 수 있을 걸세. 화톳불을 피울 거니까."

신체께서 돌아오시게 하기 위한 중요한 의식이기 때문에 아사기 가에서는 정성을 다해 어울리는 날짜와 시간을 조사했다. 그 결과 아무래도 의식은 심야에 열리게 될 것 같다. 해가 있는 동안에는 별의 움직임이 좋지 않다나 뭐라나 하는 이야기인데, 와타베는 잘 모른다. 별이야 어차피 낮에는 보이지 않으니 아무래도 상관없을 것 같은데.

별채를 나서서 서쪽 파수막에 들른다. 형식적으로 상황을 묻고 있는데 우사에게 자주 시비를 걸곤 하던 하나키치라는 애송이 같은 히키테가 요란하게 재채기를 해 대어서 시끄럽다.

"죄송합니다. 이 녀석이 고뿔에 걸리는 바람에."

두목 견습인 고타가 변명을 했다.

"어부 마을 놈들에게 당한 거지요. 한심하기는."

그렇게 몰아붙이자 하나키치는 갑자기 입을 삐죽거렸다.

"그쪽은 수가 많았고 전 혼자였단 말입니다. 그렇게 많은 사람들이 달려들어 두들겨 패니 잠시도 버틸 수 없었지요."

어째서 다툼이 났느냐고 물으니 하나키치는 잠시 내키지 않아 하다가, 이야기하지 않고서는 그냥 넘어가지 않을 것 같다는 것을 알았는지 입을 삐죽거리며 자백했다. 대벼락 피해가 있은 후로 놈들이 낚시를 나가지 않는 것을 놀렸다가 바다에 처넣어졌다고.

"바보 같은 짓을 했군." 와타베는 꾸짖었다. "어부 마을 사람들은 히다카야마 신사를 우러르는 마음이 우리와는 달라. 같은 신자라도 이것만은 신심의 정도가 달라."

하나키치는 계속 생떼를 쓴다.

"신에게 기원을 하지 않으면 바다에 나갈 수 없는 것은 풋내기잖아요."

"그런 이야기가 아닐세. 자네도 해자 바깥의 히키테라면 조금은 자중해야지. 히키테가 싸움의 원인이 되면 어쩌겠다는 건가?"

하나키치는 걸핏하면 '여자인 주제에'라며 우사를 깔보곤 했던 모양이다. 하지만 꼴을 보아하니 우사가 훨씬 더 상황을 잘 이해하고 있다. 와타베는 화를 억누르면서 파수막을 나섰다.

보양소에 들러 보니 마침 게이치로가 한창 치료를 하는 중이다.

대벼락 피해가 있기 전보다는 이곳에 머물고 있는 환자들의 수가 조금 줄어든 것처럼 보인다. 돌림병 쪽은 한고비를 넘겼거나 아니면 사람들이 벼락 피해에 정신이 쏠려, 오산의 말을 빌리자면 '마음의 병' 쪽은 진정이 되었는지도 모른다.

"아니, 이런 데서 노닥거려도 되는가, 붉은 한텐 나리."

게이치로는 와타베의 얼굴을 보더니 그렇게 농담을 했다. 한때는 잠잘 시간도 없을 정도로 바빴기 때문에 얼굴이 많이 핼쑥해진 것 같다.

"이런 곳이라니 무슨 인사가 그런가? 어려운 형편 속에서도 마을관청의 고마운 지시가 있었기 때문에 보양소가 생긴 걸세. 안 그랬다면 이 병자들은 아직도 사지 가문의 진찰실에 넘쳐나고 있었을 게 틀림없단 말이야."

"마치 자네 재산이 축난 것 같은 말투로군" 하며 게이치로는 웃었다. "무슨 급한 용무인가?"

"아니, 그냥 상황을 보러 들렀을 뿐이야. 큰일이 없다면 되었네."

자리를 뜨려고 하자 게이치로가 불러 세웠다.

"가즈마, 이자키 님은 자네의 상관이었지."

검시 관리이신 이자키 님을 말하는 거라며 확인을 한다. 와타베는 고개를 끄덕였다. "음, 맞네. 이자키 씨가 왜?"

게이치로는 병실에서 나와 툇마루에 선다. 주위를 조금 신경 쓰는 것 같았다. 정원 쪽에 있던 와타베는 그의 발치로 다가갔다. 게이치로는 한층 목소리를 낮추어 물었다.

"그 사람은 지금 뭔가 조사를 하고 있나?"

와타베는 놀란 마음을 얼굴에 드러내지 않으려고 노력했다. 느긋하게 대꾸한다.

"임무가 있으면 조사도 하겠지. 그 사람은 부지런한 사람일세."

"자네는 무슨 얘기 못 들었나? 친하잖아?"

와타베는 게이치로의 단정한 얼굴을 보았다. 무슨 말을 하려는 것일까.

"무슨 얘기라니, 이 병에 대해서 말인가?"

"글쎄, 그건 나도 모르네."

와타베는 웃음을 지으며 말했다. "게이치로, 잠꼬대라도 하는 거 아닌가?"

게이치로는 웃지 않는다. 주위를 꺼리는 말투도 여전하다.

"사지 가를 돌며 여러 가지를 묻고 다니신 모양일세."

이번에는 자제가 되지 않았다. 와타베는 덤벼들듯이 물었다. "그것은 언제 일인가? 자네에게도 뭔가 묻던가?"

"아니, 나는 뵙지 못했네. 아버님을 찾아오셨지만 아버지도 집에 안 계셨어. 그래서 자세한 것은 알 수 없네. 다만 이자키 씨가 뭔가 조사를 하고 있고, 사지 가문을 돌며 묻고 다니는 것 같다고 나중에 가나이에게 들었을 뿐이야."

"그게 언젠가?"

"그저께일세."

─아무것도 할 수 없네.

그렇게 말했으면서, 왜 내게 숨기고 몰래 움직이는 것일까? 무엇을 조사하고 있단 말인가.

─억측에 억측을 거듭한다 해도 확실해지는 것은 없어.

그래서 확실하게 만들기 위해 움직이고 있는 것일까. 아무것도 할 수 없다고 말한 것은 나를 끌어들이지 않기 위한 방편이었던가.

위험하다. 와타베의 가슴이 두근거렸다.

"아마 이 병의 기록을 남기기 위해 질문을 하고 글을 쓰시는 거겠지. 그것도 우리 관리들이 하는 일일세."

얼굴을 들고 게이치로에게 말했다. 그의 얼굴에 와타베 자신이 느끼고 있는 근심의 빛이 비치고 있다. 수상하게 여겨져서는 안 된다. 그렇다, 게이치로가 뭔가 알고 있을 리는 없으니까.

그럴 리는 없다. 무엇을 근거로 그렇게 생각하는가?

이 녀석도 사지 일족이다.

"왜 그러나?"

그 물음에 와타베는 되물었다.

"게이치로, 자네는 정말로 아무것도 모르나?"

한 호흡 두 호흡을 하는 동안 침묵이 흘렀다. 왜 입을 다무는 겐가, 게이치로. 왜 그런 눈을 하고 나를 보지?

"가즈마, 무엇을 묻고 있는 겐가?"

게이치로는 입가를 살짝 누그러뜨리고 곤혹스러운 듯이 물었다. 와타베는 고개를 저었다.

"됐네, 잊어 주게."

발길을 돌려 걷기 시작했다. 등에 게이치로의 시선이 느껴진다. 한 발짝 내딛고, 두 발짝 내디딜 때마다 와타베의 마음속 목소리가 거기에 맞춰 중얼거린다.

이노우에 게이치로는 거짓말을 하고 있다. 방금 한 말은 거짓말이다. 뭔가 알고 있고 눈치를 챘기 때문에 일부러 이자키를 걱정하여 내게 수수께끼를 던진 것이다.

점점 걸음이 빨라졌다.

그날 저녁에는 비도 내리지 않고 벼락도 치지 않아 숨이 막힐 것처럼 묵직하고 잔잔한 더위에 휩싸였다. 그러나 와타베가 잠들지 못하는 것이 그 탓만은 아니었다.

어젯밤, 울타리저택 내에 있는 이자키의 집을 찾아갔지만 이자키는 집에 없었다. 그는 아내를 일찍 잃고 아이도 없이 혼자 산다. 빈집을 지키는 사람은 집안일을 하고 있는 노파였는데 이자키는 계속 출타중이라고 했다. 며칠 동안 돌아오지 않을지도 모르지만 관청에는 말해 두었다, 걱정하지 말라는 말을 남기고 나갔다고 한다.

그 후, 조선船을 알리는 항구의 큰 북소리처럼 와타베의 심장은 불길한 간격으로 계속 울리고 있었다. 무슨 일이 있었다. 무슨 일이 일어나고 있다.

다음 날 아침 일찍, 밤새 흘린 땀이 식어 굳어진 몸을 침상에서 떼어내다시피 하며 일어나서 다시 이자키를 찾아갔다. 역시 돌아오지 않았다.

찾으려면 어디로 가야 할까. 무엇을 단서로 삼아야 할까. 이자키 씨는 예전에 이소야 사람들과도 만났을까. 건성으로 생각하면서 점심때까지 해자 바깥과 관청을 왔다갔다했다. 이자키가 불쑥 돌아오지는 않았을까.

나중에 생각해 보면 반쯤은 각오를 하고 있었던 것 같다. 그렇기 때문에 소식을 들었을 때 와타베는 놀라지 않았다. 다만 시간이 멈추고, 심장이 멈추고, 피의 흐름도 멈추었다.

마른 폭포 저택에서 항구로 통하는 수로에 떠 있는 이자키의 시체가 발견되었다.

그때 와타베는 또 서고에 있었다. 일전에 이자키가 여기서 꺼냈던 기록을 뒤지고 있었다. 뭔가 표시를 해 두거나 글을 적어 넣지는 않았을까. 어떤 것을 가지고 나가지는 않았을까 하고.

"이자키 씨는 왜 죽은 겐가?"

와타베는 우두커니 선 채 손에 든 자료를 움켜쥐고 되물었다. 흉한 소식을 가져온 동료 도신은 물론 처음부터 어두운 얼굴을 하고 있었지만 와타베의 격렬한 말에 멈칫했다.

"아직 잘 모른다고 하네. 아무래도 익사한 게 아닐까 하더군."

그것도 이틀쯤 지난 것 같다고 한다.

"여름철이면 그 수로 밑바닥에는 물풀이 무성하게 우거져서 시체가 좀처럼 떠오르지 않지. 게다가 이자키 씨는 이미 몸이 상하기 시작한 모양이야."

와타베의 손에서 자료가 털썩 떨어졌다. 눈이 부신 것도 아닌데 눈이 따끔거린다.

"누가 검시를 하고 있나?"

"글쎄……." 동료는 고개를 갸웃거린다. "이제 이자키 씨한테 부탁할 수는 없게 되었으니."

상황에 맞지 않게도 슬쩍 쓴웃음을 지었다.

"누가 하려나. 어쨌든 시체는 지금은 서쪽 파수막에 있는데 이제 관청으로 옮겨질 거라고 하네."

사지 선생님께 부탁하는 걸까 하고 중얼거리고 나서, 동료는 "아아" 하며 눈을 크게 떴다. "그러고 보니 이자키 씨는 자네를 눈여겨보고 있었다면서. 그렇다면 자네가 검시를 하게 되나?"

와타베는 막대기처럼 뻣뻣하게 선 채 대답하지 않았다. 동료는 아직도 뭐라고 말하고 있지만 귀에 들어오지 않는다. 이자키와 마지막으로 만났을 때 나눈 말만이 들려온다. 여러 시체를 살펴보고 그 결과 시체를 만들어 낸 원인이 된 사건을 알아냄으로써 길러진, 일종의 체념과도 비슷한 이자키의 달관이 그 말에는 잘 나타나 있었다.

　―우리가 감당할 수 없는 일도 있어. 적어도 지금은.

　그 '감당할 수 없는' 것이 이자키 씨의 입을 막고 말았다.

4

　우사가 있는 주엔지에도 히다카 님을 위한 사당을 짓는다는 소문이 들려왔다. 그 전에 신체를 깨끗하게 하기 위한 의식을 한다고 한다. 영민들은 집을 가진 자나 상인뿐만 아니라 공동주택에 세들어 사는 사람들까지도 모금에 참여해 돈을 모으고 있다. 주엔지에 몸을 의탁하고 있는 사람들도 조금이라도 보탬이 되기 위해 돈을 내려고 해서 우사를 감동시켰다.

　에이신 스님은 우리 절에서는 낼 수 없지만 주조에게 내게 하겠다며 직접 자리를 털고 일어나 미노야로 갔다가 곤드레만드레 취해서 돌아왔다. 급기야 밤중에 본당에서 불경을 외기 시작해 절 사람들을 모두 깨우고 말았다.

　"스님, 스님."

우사도 잠이 덜 깬 눈으로 일어나 스님을 찰싹찰싹 때리고 잡아 당기고 하며 잔소리를 했다.

"지금이 몇 시인 줄 아십니까? 그만하십시오. 부처님도 주무시고 계실 거예요."

"무슨 소린가, 부처님은 주무시지 않네. 언제나 독경을 듣고 계시지."

"정말이지, 왜 이렇게 취하신 거예요."

"나는 안 취했네. 주조는 취해서 쓰러졌지만 나는 안 취했어."

"취한 사람들은 다들 그렇게 말하지요!"

결국 스님은 목탁을 베개 삼아 잠들어 버리고, 우사는 반대로 잠이 깨었다. 정말 지금은 몇 시일까? 아직 캄캄하다. 촛대를 들고 바깥을 내다본다. 비가 얼굴에 닿는 것 같다.

언제부터 비가 내리기 시작했을까. 전혀 몰랐다. 조용하고 차가운 비다. 우사는 본당에서 밖으로 내려가는 나무 계단에 서서 손을 들어 촛불의 불꽃을 지키면서, 이마와 뺨에 비를 맞고 눈을 가늘게 떴다.

가을을 제일 먼저 알리는 비다. 낮에는 무더웠지만 밤이 되니 싸늘해졌다. 계절은 확실히 움직이고 있다.

여름이 끝나면 돌림병도 급속하게 가라앉을 것이다. 벼락도 한 고비 넘기게 된다. 이백십일입춘 때부터 세어서 이백십 일째 되는 날. 9월 1일경 전후로는 태풍 때문에 산과 바다가 거칠어지지만, 피할 수도 없는 벼락보다는 이쪽이 훨씬 버티기 쉽다.

아니면, 어쩌면 올해에는 특히 큰 태풍이 오고, 우리는 그것도 가가 님의 저주 때문이라며 두려워하게 될까. 또 죽는 사람이나 다치는 사람이 나오고 이 절도 다치고 슬퍼하는 사람들로 가득해질 것이다.

그런 일을 되풀이하다 보면 조금은 익숙해지기도 할까. 무작정 두려워하기만 할 때는 보이지 않던 것도 보이지 않을까. 마루미에서는 드문 일이 아니다. 가가 님이 오기 전에도 큰 태풍은 있었다. 모두들 잊고 있을 뿐이다. 돌이켜 보면 여름에 병이 도는 것도 벼락 피해도, 우리가 착각하고 있을 뿐이지 마루미 땅에서는 늘 있었던 일이다. 가가 님이 가져온 것이 아니다―.

누가 이름을 부른 것 같은 기분이 들었다.

우사는 눈을 깜박여 비를 털어내고 주위를 둘러보았다. 밤의 정원에 비가 담담하게 내린다.

다시 한번, 이번에는 아까보다 똑똑히 누군가가 불렀다.

"우사."

우사는 자세히 살펴보았다.

물소리가 났다. 바로 가까운 곳이다. 누군가 물웅덩이를 밟았다.

"누구?"

촛대를 눈높이까지 들어 본다. 비가 촛불에 닿아 슉 하는 소리를 낸다. 미덥지 못한 빛이지만 그래도 우사의 손이 닿는 정도의 범위를 노랗게 비추었다.

빛의 고리 끝에 진흙투성이 발이 보였다. 맨발에 나막신을 신고 있다.

"거기 누구예요?"

우사는 목소리를 돋우어 물었다. 자연스럽게 다리에 힘을 주고 버티며 몸을 긴장시킨다.

물이 튀고 목소리가 들렸다. 빗소리에 지워져 버릴 정도로 낮은 목소리.

"우사, 날세."

우사는 너무 놀라 계단에서 떨어질 뻔했다. 촛불의 불빛이 크게 흔들렸다.

"와타베 님!"

"쉿, 큰 소리 내지 말게."

말을 막은 와타베는 흙탕물을 튀기며 재빨리 다가와 우사가 서 있는 계단 옆에 몸을 숨기고 쪼그려 앉았다. 머리 꼭대기에서 발끝까지 흠뻑 젖어 있다. 물에 흠뻑 젖어서 기모노 무늬도 알아볼 수 없다.

"이런 곳에서 뭘 하시는 겁니까?"

우사는 무릎을 굽히고 그를 들여다보았다. 가까이서 보니 와타베는 부들부들 떨고 있었다.

"자네야말로 이런 시간에 본당에서 뭘 하고 있나?"

설마 깨어 있을 줄은 몰랐는데, 하고 불평이라도 하듯이 말한다.

"스님이 술에 취해 본당에서 잠이 드셨거든요." 우사는 코끝에 주름을 지었다. 술 냄새가 난다. "세상에, 와타베 님도 술을 드셨군요."

"아아, 마셨지. 어떻게 맨정신으로 버틸 수 있겠나."

발음이 약간 불분명한 것은 추위로 턱이 떨리는 탓만이 아니다.

우사가 촛대를 가까이 가져가자 촛불의 불꽃이 와타베의 눈동자에 비추었다. 핏기 없는 얼굴에 눈만 이상하게 번뜩여 보인다.

"와타베 님—."

우사는 무서워졌다. 이런 모습의 와타베는 지금까지 본 적이 없다. 고토에가 살해되고 거기에 뚜껑을 덮어야 한다며 당황하고 괴로워하던 때에도 이렇게 도를 잃지는 않았다.

"왜 그러십니까? 무슨 일이 있었습니까?"

와타베는 빗속에 웅크리고 앉은 채 한 곳만 똑바로 바라보고 있다. 그의 눈앞에 있는 것은 본당의 계단과 땅바닥과 비. 그러나 보고 있는 광경은 그것이 아니다.

"이자키 씨가 죽었네."

웅얼거리고 신음하는 목소리였다.

"예? 이자키 씨라니, 그."

"내 상관일세. 검시 관리 말이야. 죽었어."

왜 또 갑자기 그렇게 되었느냐고 물으려다가 우사는 입을 다물었다. 등골이 오싹해졌다.

"밤에 혼자서 해자 바깥을 걷다가 발이 미끄러져서 수로에 떨어졌다더군. 그래서 익사했네. 수영 솜씨가 뛰어났지만 떨어졌을 때 머리를 부딪히는 바람에 헤엄을 칠 수 없었다는 거야."

자신의 말 자체를 비웃듯이 와타베의 입가가 일그러져 있었다.

"그게 언제입니까?"

"그저께일세. 오늘 장사를 지냈어. 이제 이자키 씨는 없네. 아무 것도 조사할 수 없고, 누구를 추궁할 수도 없어."

빗소리가 피어오른다.

"죽은 게 아니지, 흥."

와타베는 코웃음을 친다. 사람은 이렇게 웃을 수도 있구나, 하고 우사는 떨면서 생각했다. 부서진 얼굴을 이어붙인 틈새가 다 보이는데도 억지로 짓는 웃음.

"살해된 걸세. 입을 막은 거지. 놈들에게 당한 거야."

"놈들? 놈들이 누굽니까?"

우사의 머리카락에서도 빗방울이 뚝뚝 떨어지기 시작했다.

"나는 자청해서 검시를 했네."

와타베는 우사의 물음을 무시하고 빠른 말투로 이야기한다.

"한껏 분발해서 살펴보았지만 수상한 점은 눈에 띄지 않았어. 그렇지, 나처럼 지혜가 모자라는 관리가 알아볼 수 있을 만한 방식으로는 죽이지 않았을 거야."

"무슨 말씀을 하시는 건지 전혀 모르겠습니다. 정신 차리세요, 와타베 님!"

와타베는 전혀 동요하지 않았다. 둔하고 두껍고 무거운 벽을 상대로 고함치는 기분이다. 벽이라면 돌아와야 할 반향조차 없다. 우사의 큰 목소리는 비에 빨려 들어간다.

"이자키 씨는 생각해 낸 걸세."

발음이 불분명해서 잠꼬대처럼 들린다.

"무엇을 생각해 냈단 말입니까?"

"밥 짓는 공동주택의 시계사부로 말일세. 그 영감은 십오 년 전, 아사기 가의 하인이었네."

와타베는 중얼거리면서 다시 부서진 것 같은 웃음을 얼굴에 갖다 붙인 채 우사의 눈을 들여다보았다.

"놀랐나? 아니면 잊고 있었나? 자네는 이제 히키테가 아닐세. 그런 영감이 죽은 것을 언제까지나 기억해야 할 의무는 없어. 하물며 수수께끼를 풀려는 마음은 이미 사라졌다 해도 당연하지."

우사에 대한 비아냥과 자신에 대한 자조로 와타베의 목소리는 이중삼중 불쾌하게 갈라져 있었다.

그것이, 가슴이 먹먹할 정도로 애처롭다.

"와타베 님……."

"그래, 그렇게 연결되어 있었던 걸세."

말을 아무렇게나 뱉으며 와타베는 이야기하기 시작했다. 이자키가 생각해 낸 것과 그의 추측을. 우사는 결국 괴로워져서 헐떡이게 될 때까지 자신이 숨을 멈추고 있었던 것조차 잊어버리고 정신없이 들었다.

"그리고 이자키 씨는 죽었네. 살해된 거야. 내게는 아무것도 할 수 없다고 말해 놓고. 혼자서 탐색을 한 게 잘못이었지. 어째서 그런 짓을 한 것인지 그 마음은 모르겠네. 마을 관리 주제에 아무리 분투한들 손이 닿지 않는 악이라는 것도 있는 법인데."

뼛속까지 젖고 차가워져서 몸이 떨리기 시작했다. 이가 딱딱 맞부딪쳤다. 우사는 어금니를 악물었다. 정신 바짝 차려야 한다.

"와타베 님, 진정하십시오."

스님이 내게 설교하실 때 같은 목소리를 낼 수 있다면 좋을 텐데. 그런 말투로 이야기할 수 있다면 좋을 텐데.

"저도 시계사부로 씨와 아사기 가의 관계는 이자키 님의 설이 옳을 것이라고 생각합니다. 하지만 지금은 아직 추측만 할 수 있을 뿐, 뒷받침이 되는 증거는 아무것도 없습니다. 이자키 님도 그렇게 생각하셨겠지요. 그래서 혼자서 탐색을 계속하신 것입니다. 사지 가문을 돌며 물어보고 다니신 것도 그 때문이겠지요. 네? 그렇지요?"

홀륭한 행동이 아닙니까. 우사는 거의 매달리듯이 와타베의 얼굴을 올려다보았다.

그러나 억양이 없고 꽁무니를 빼듯이 축 처져 있는 대답만 돌아왔다.

"내 생각은 다르네. 무모해. 목숨을 낭비한 걸세."

나는 도망칠 거라고, 와타베는 딱 잘라 말했다.

"도망친다고요? 마루미를 떠나시는 겁니까?"

"그래, 탈번脫藩할 걸세. 이제 질렸어. 도저히 못해 먹겠네. 우물쭈물하다가는 다음에는 내 입이 막힐 차례일세. 그렇게 되면 도망칠 수도 없어."

"아직 그렇게 정해진 것은―."

와타베는 비를 흩뿌리면서 갑자기 일어섰다. 우사는 뒤로 비틀거리며 엉덩방아를 찧었다. 촛대가 떨어진다. 당황하며 주워 들고 시선을 들어 보니 와타베는 우사 위로 그림자를 드리우며 우뚝 서 있었다.

"자네도 같이 가세."

팔을 잡혔다. 뼈에서 소리가 난다. 무슨 힘이 이렇게 세단 말인

가. 우사의 목소리는 몸 안쪽으로 쏙 들어가 나오지 않는다.

"자네 몸도 위험해. 놈들이 이자키 씨에게서 무엇을 알아냈는지 알 수 없단 말일세. 나도 자네도 이제 놈들 손아귀에 있네. 같이 도망치세. 바다는 안 돼. 금방 들킬 테지. 산을 넘어 도사土佐로 나갈 수만 있다면 그 뒤에는 어떻게든 될 걸세."

비에 젖어 핏기 없이 싸늘하게 식은 와타베는 더 이상 우사가 알고 있는 와타베가 아니었다. 빗속에서 나타난, 사람이 아닌 존재의 덩어리 같다. 두려움과 분노, 절망이 뒤섞인 덩어리.

"진심으로 하시는 말씀입니까?"

우사는 와타베의 눈에서 시선을 피하지 않고 물었다. 섣불리 피하려고 하다간 오히려 삼켜지고 만다. 맞서야 한다. 와타베 님을 제정신으로 돌려놓아야 한다.

"도망친다 해도 아무 소용없습니다. 저는 싫습니다."

와타베의 얼굴에 노기가 떠올랐다. 우사는 몸을 움츠렸다. 하지만 분노는 눈 깜짝할 사이에 비에 녹고, 와타베는 우사의 팔을 놓더니 한 손을 이마에 대어 얼굴을 가렸다.

"그렇군. 나는 바보일세. 자네가 나와 함께 갈 리가 없지."

우사는 팔을 문질렀다. 희미하게 붉은 자국이 남아 있다.

"자네는 나로는 부족할 테지. 물론 나도 자네로는 부족하네. 자네는 고토에 님이 아니니까."

계속 웃고 있다. 재채기하듯이 숨을 쉬고 배를 누르면서.

"와타베 님이 마루미에서 도망쳐 나가면 고토에 님은 어찌 되십니까?"

"어떻게 되고 말고 할 게 무에 있나. 이미 죽은 사람일세."

"원통함이 남아 있습니다." 우사는 목소리를 쥐어 짜냈다. "지금은 무리더라도 언젠가는 풀어 드릴 수 있을지도 모릅니다. 그것을 위해서라도 와타베 님은 마루미에 계셔야 해요."

"언젠가라니, 그게 언제란 말인가."

"모르지요. 하지만 세상은 언젠가 변할 것입니다."

"게이치로가 그리 말하던가? 무슨 낯짝으로 그런 말을 했어."

그것은 물음이 아니라 내뱉는 것 같은 매도였다.

우사는 손을 들어 큰맘 먹고 와타베의 뺨을 쳤다. 기분 좋은 소리가 나면서 그의 몸이 뒤로 젖혀지고 빗방울이 튀었다.

와타베의 두 어깨가 갑자기 힘없이 축 늘어졌다.

우사는 뺨을 때린 소리에 섞인 또 하나의 작은 소리를 들은 것 같은 생각이 들었다.

와타베의 기개가 부러지는 소리다.

"이자키 님이 돌아가신 것은 불행한 일입니다. 와타베 님이 얼마나 낙담하셨을지 저도 압니다. 하지만 살해되었다고 단정할 수는 없어요. 정말로 익사하신 것인지도 모르지 않습니까. 그렇게 생각하지는 않으십니까?"

와타베는 그저 고개만 젓고 있다.

"다음에는 와타베 님과 제 몸도 위험하다니, 그건 알 수 없는 일이지요."

자네는 너무 물러—하고 중얼거렸다. 입에서 새어나오자마자 비에 녹아 사라져 버릴 것 같은 가느다란 목소리였다.

우사는 와타베의 이런 목소리를 듣고 싶지 않았다. 분노와 한심함 때문에 가슴이 타들어갔다. 소리를 질렀다.

"등을 똑바로 펴고 눈을 뜨고 머리를 써서 생각하십시오! 보세요, 와타베 님. 들리십니까?"

이번에는 우사가 와타베의 팔을 잡고 격렬하게 흔들었다. 죽은 물고기를 휘두르는 듯한 감촉이었다.

"아사기 님 댁 안에서 독이 사용된 것 같다는 이야기라면 저도 알고 있었습니다."

와타베가 흐리멍덩한 눈을 움직여 우사를 보았다. 우사는 몇 번이나 고개를 끄덕여 보였다.

"예, 맞습니다. 지금 듣기 전부터 알고 있었습니다. 이곳에 온 후 스님께서 가르쳐 주셨지요. 스님도 알고 계셨습니다. 십오 년 전부터요. 하지만 스님은 살해되지 않았습니다. 멀쩡하게 살아 계세요. 저도 무사합니다. 그렇지요? 그렇다면 이자키 님도, 그저 진상을 알았다는 이유만으로 살해되지는 않았을 겁니다."

와타베는 싫다는 듯이 침묵한 채 고개를 젓는다.

"아니라는 겁니까? 뭐가 아닌가요?"

우사는 다그친다. 외치듯이 대꾸할 때마다 비가 입 속으로 들어온다.

"─스님도 자네도 관리가 아닐세. 무사 신분이 아니야."

"예, 맞습니다. 벌레나 다를 바 없는 시정의 가난뱅이입니다. 다 쓰러져 가는 절의 스님과, 그곳에서 돈도 안 받고 일하고 있는 일꾼이지요." 우사는 한껏 무서운 분위기를 냈다.

"그게 어쨌다는 겁니까?"

"자네들이 하는 말을 누가 상대하겠나. 자네들끼리 무엇을 할 수 있겠나. 그러니 무사히 지내 온 걸세."

"아아, 그래요? 관리는 그럴 수 없는 거로군요. 관리는 높으신 분들이니까요."

자기 자신과 와타베에게 힘을 북돋우기 위해 큰 소리를 질러 왔다. 하지만 이 순간은 달랐다. 우사는 진심으로 격노했다. 다시 한 번 와타베의 따귀를 때려 줄까 하고 생각했다.

"그렇게 대단하시다면 어째서 와타베 님은 일어서지 않으시는 겁니까? 이자키 님이 아사기 가의 악당을 퇴치하려고 하다가 살해되셨다면, 어째서 화를 내시지 않습니까? 어째서 이자키 님의 뒤를 이어 조사하려고 하시지 않습니까? 어째서 그렇게 항상 꼬리를 말고 도망칠 생각만 하시는 겁니까!"

와타베는 양손을 늘어뜨리고 머리를 살짝 기울인 채 발치를 바라보고 있다. 그리고 중얼거렸다.

"이게 원래의 나일세. 나는 소심한 겁쟁이야."

"예, 그렇군요."

하지만 그 남자는 똑똑하다고 에이신 스님이 말하지 않았던가. 스님이 인정하실 정도의 지혜를 와타베는 어디에다 떨구고 온 것일까.

"그래도 지금까지 와타베 님은 공무를 처리해 오시지 않았습니까. 이자키 님께도, 그분이 그만두신 후 검시 일을 물려받아 주었으면 좋겠다는 부탁을 받으셨지요? 와타베 님께는 이 마루미에서 아직도 하셔야 할 일이 있을 텐데요!"

우사의 강한 말에 와타베는 천천히 고개를 돌려 이쪽을 향했다.

빗속에서 몇 번 눈을 깜박거린다. 그 외에는 전혀 아무런 표정도 없다. 와타베는 이제 추위에 떨고 있지도 않았다. 우사는 우연히 요사스러운 존재를 만나 이상해진다는 것은 바로 이런 모습을 말하는 것이 아닐까 생각했다.

그때 갑자기 생각난 듯이 와타베는 우사에게서 촛대를 빼앗았다. 처음으로 보는 것처럼 뚫어지게 들여다본다.

그것을 비 내리는 어둠 너머로 내던졌다. 슉 소리가 나고 불이 꺼졌다. 캄캄하다. 우사와 와타베는 서로 기척만 느낄 수 있었다.

숨소리가 들린다. 모습을 보지 않고 귀로만 듣자니 그것은 터뜨리고 싶은 울음을 참고 있는 어린아이와 똑같았다.

우사는 호되게 얻어맞은 것처럼 깨달았다.

이 사람은 약하다. 이 사람의 현명함은 자신의 약함을 알고 있을 뿐인 현명함이다. 그 이상은 어쩌지도 못하는 현명함이다. 스님은 그 말씀을 하신 것이다.

고토에 님을 잃었을 때 이분은 이미 부서져 있었던 것일까. 내가 알고, 때로는 함께 일하고 때로는 우러러볼 때도 있었던 와타베 님은 찌꺼기에 지나지 않을까.

"그렇군."

생각지도 못하게 멀리 떨어진 곳에서 낮은 중얼거림이 들려왔다. 와타베는 멀어져 가고 있다.

"내게도 아직 할 일이 있어."

빗소리에 지워져 잘 들리지 않았다. 우사는 바닥에 주저앉은 채 필사적으로 어둠 속을 자세히 살펴보았다.

뭔가 사람의 목소리 같은 소리가 난다—생각했더니, 본당에서 들려오는 스님의 코 고는 소리였다.

날이 밝자 비는 그쳐 있었다. 잔뜩 찌푸린 더위가 다시 덮쳐 오고 바다 냄새가 코를 찌른다.

우사는 일어나자마자 세수도 하지 않고 스님께 말씀도 드리지 않고 울타리저택으로 향했다. 와타베가 사는 집이 울타리저택 어디에 있는지도 모르고, 상인도 아닐뿐더러 히키테도 아닌 지금은 쉽게 울타리저택에 들어갈 수는 없을 것이다. 그래도 와타베의 얼굴을 보고 싶었다. 의외로 태연자약하게, 내가 어제 술을 너무 많이 마셔서 잔뜩 취해 있었다고 말해 줄지도 모르지 않는가. 뭐라고? 내가 밤중에 주엔지에 찾아갔어? 잠꼬대를 하고 있는 것은 자네 쪽일세, 우사.

하지만 허무한 시도였다. 역시 울타리저택의 문지방은 높다. 우사도 스스로 깨닫고 있는 것보다 더 허둥거리고 있었는지, 성문을 지키는 문지기를 구슬릴 좋은 말이 생각나지 않았다.

"저는 야마우치 부인의 일을 해 드린 적이 있는 사람입니다" 하고 말해 보았지만 역시 소용없었다. 그렇다면 야마우치 가에서 우리 문지기들에게 무슨 말이 있었을 거라고 한다.

"급한 용건이라면 전해 주겠네."

사실은 마을관청의 와타베 님이 탈번하겠다고 한 말이 진심인지 아닌지 알고 싶습니다, 라는 말은 차마 할 수 없다.

"얼마 전부터 병이 돌기 시작한데다 히다카 님이 돌아오시게 하기 위한 의식을 앞두고 있어. 해자 안쪽에서는 경호를 강화하고 있네. 수속도 밟지 않고 해자 바깥 사람을 섣불리 울타리저택에 들일 수는 없어."

우사는 마을관청으로 향했다. 와타베가 관청에 나오기를 기다리자.

하지만 해가 높이 떠올라도 와타베는 모습을 보이지 않았다. 우사의 마음은 불안으로 떨렸다.

—내게도 아직 할 일이 있어.

무엇을 하겠다는 것일까.

맥없이 절로 돌아가 보니 스님이 우사를 찾고 있었다. 이른 아침부터 어디를 쏘다녔던 거냐며 호되게 야단을 맞았다.

한순간, 어젯밤에 있었던 일을 스님께 고백할까 생각했다. 그러나 이야기한다고 해서 무슨 소용이 있을까. 내버려두라고 말씀하시는 게 고작—아니, 또 부처님이 어쩌고저쩌고 하며 두루뭉수리하게 넘어가지 않을까.

파수막의 하나키치에게 와타베를 찾아달라고 부탁해 볼까. 우사가 이야기를 하고 싶어 한다고. 그편이 그나마 효과가 있을 것 같다.

어쨌거나 일을 마치지 않으면 나갈 수 없다. 비를 맞은 탓인지 몸이 무겁고 머리가 아프다. 참으면서 부지런히 일을 하고 있는데 바로 그 하나키치가 주엔지에 불쑥 얼굴을 내밀었다. 이심전심이라고 생각하며 기쁨과 안도를 느낀 자신이 재미있다.

잠시 못 본 사이에 하나키치는 왠지 건방진 얼굴이 되어 있다.

"뭐야, 우사였어? 여기서 일하고 있다는 소문은 사실이었군."

서장을 가져왔다며 스님께 전해 달라고 한다.

"무슨 서장?"

"히다카 님의 '복귀'지."

오늘 아침에 울타리저택의 문지기도 그런 말을 했다.

의식의 수순이 결정되었다. 그래서 성 아래 사는 사람들에게 공고가 내려졌다. 해자 바깥과 어부 마을과 여관 마을에 각각 방이 나붙고 히키테들이 서장을 들고 돌아다니며 알린다.

의식은 다음 경자일庚子日(내일 모레다), 밤 열두 시부터 거행된다. 성의 뒷문과 해자 안쪽에 있는 아사기 가 저택 정문에서 히다카야마 신사가 있었던 언덕 위로 각각 화톳불을 피워 길을 연다. 아사기 가에서는 신체가 나오게 되고, 성에서는 물론 하타케야마 공이 나오신다. 영주님이 뒷문을 사용하시는 까닭은 영주라 하더라도 이 지방의 신 앞에서는 비천한 사람의 몸이라는 사실을 나타내기 위해서이다.

신체가 언덕 위에 다다르면 하타케야마 공과 번의 중신들이 열석한 가운데 히다카야마 신사의 신관이 의식을 시작한다. 지난번 낙뢰와 화재 때 이곳에서 산불 소방원이 다섯 명이나 죽었다. 우선은 그 피로 더러워진 자리를 깨끗이하는 것이다.

다음으로, 이제부터 지을 사당 안에 색깔을 칠하지 않고 껍질만 깎은 나무로 만들어 놓은 받침대에 신체를 모신다. 신관이 축문을 읊고 일동이 엎드려 절을 한다. 그리고 의식은 사당 건립이 무사히 끝나기를 기도하고 낙뢰로 인해 상한 신체의 신위가 회복되기를 비는 단계로 나아간다.

하타케야마 공을 비롯한 번의 중신들이 참석하는 것은 여기까지다. 그 후에는 사당이 완성될 때까지 다시 아사기 가로 돌아가 머물게 될 신체를 번사들과 가신, 처자식들이 신분 격식 순서에 따라 참배하게 된다.

더욱 중요한 것은 이 다음이었다. 모든 참배가 끝나고 마루미 번사들이 히다카야마 신사를 섬기는 마음을 신체께 보여 드리더라도 신위가 회복되지 않을지 모른다. 한때는 뇌수를 쓰러뜨리고 벼락 피해를 막아 주던 신이 낙뢰로 상처를 입은 것이다. 아무리 엎드려 빌어도 신은 이미 영락하고 말았을지도 모른다.

그것을 알아내는 것이 신관의 역할이다. 의식과 참배가 끝난 후에 신관의 귀에 들개 짖는 소리가 들려오면 길^吉. 들려오지 않으면 흉^凶.

들개 짖는 소리가 없으면 히다카야마 신사를 부활시키기 위해서는 또 몇 가지 수를 더 써야 한다.

마루미는 작은 번이지만 번사 전원과 가족들까지도 정성을 다해 참배를 드리려면 아침까지 시간이 걸린다. 그사이 성과 해자 안쪽은 오반^{大番}전시에는 본진을 지키는 정예병이 되고, 평시에는 교대로 성을 경호하는 역할을 하는 관직의 병사들이 지키고, 성 아래의 여관 마을과 해자 안쪽은 마을관청과 히키테가, 어부 마을과 항구는 배 부교와 시오미들이 경호한다. 전쟁이 일어났을 때 같은 분위기다.

한 사람이라도 많은 신자들이 참배를 드리는 것이 신체의 힘을 회복시키는 길로 이어진다면 시정 사람들에게도 참배가 허가될 법도 하지만 그렇게 되지는 않았다. 무사 신분이 아닌 마루미 백성들은 의식과 참배가 끝날 때까지 하룻밤 동안 바깥문을 닫고 가무음곡 고성방가를 삼가며 술을 마시지 않고 불기를 끈 채, 각자의 집 안에서 히다카 님이 계시는 방향을 향해 절을 하는 것밖에 허락되지 않는다.

"신심에는 차이가 없는데."

우사가 슬쩍 불만을 흘리자 에이신 스님은 웃어넘겼다.

"신분이 다르지."

"하지만 부처님은 그런 것은 신경 쓰시지 않잖아요?"

"오오, 자네도 이제 알게 되었나 보군. 본래는 짐승이 변해서 된 신과, 영험하신 부처님의 큰 차이가 바로 그거지."

잘난 척 지껄인다.

"하지만 여관 마을은 힘들겠군."

스님은 느긋하게 말했다.

"이날 밤만은 숙박객에게 술도 내놓지 못하고 재주꾼도 부르지 못하고 이불을 뒤집어쓰고 일찍 자라고 말해야 하니까. 뭐, 하지만 이렇게 야단스러운 분위기이니 명령을 어긴다면 당장 사형될 것 같지. 손님에게는 단 하룻밤뿐이니 목숨을 건 여행에서 방탕하게 놀지 마시고, 곤비라 신사에 도착할 때까지 즐거움을 남겨 두시라고 설득할 수밖에 없으려나."

"어째서 이렇게 삼엄하게 준비하는 걸까요. 그냥 정화 의식이잖아요?"

"자네는 미신은 잘 믿으면서 신심이 부족한 무시무시한 말을 아무렇지도 않게 하는 처자로군."

스님은 눈을 이리저리 굴렸다. 하나키치도 신이 나서 말한다.

"이 녀석은 지기 싫어하는 마음뿐이라니까요."

"그러는 자네도 지기 싫어하지. 입만 살았어. 그 입이 움직이는 양의 절반이라도 일을 하고 있나?"

스님은 하나키치가 끽소리도 못하게 해 놓고 우사에게 말했다. "부상을 입으시고 약해진 마루미의 수호신을 회복시키기 위한 의식을 하려는 걸세. 그때 빈틈을 뚫고 사악한 기운이 공격을 해 온다면 더 큰일이 나겠지. 그래서 사람의 손으로 더욱 단단히 지켜야 하는 걸세."

우사는 냉큼 참견했다.

"흐음. 그렇다면 마른 폭포 저택이야말로 봉해야 하지 않나요?"

"비아냥거리는 겐가, 아니면 진심인가?"

우사는 재미있는 사실을 깨달았다. 이 공고는 가가 님이 오사카에서 마루미에 들어오실 때 난 공고와 매우 비슷하다. 그때도 우리는 숨을 죽이고 집에 틀어박혀 있었지. 그러고 보니 큰 비가 내렸었군.

"맞아. 재미로 해도 될 말이 아니란 말이야."

하나키치는 질리지도 않고 끝까지 스님과 함께 우사를 꾸짖으려는 속셈이다.

"이 '복귀'가 잘되지 않으면 마루미는 이제 통째로 가가 님의 저주에 진 셈이 되고 만다고. 그런 걸 참을 수 있을 리 없지. 알아? 너희 같은 약해 빠진 여자는 혼자 힘으로는 아무것도 할 수 없으니까 우리 히키테들이 지켜 줄 수밖에 없는 거야. 그러니 순순히 말이라도 들어야지."

잘난 척 턱을 쳐들고 하는 말을 듣고 저도 모르게 말대꾸가 하고 싶어졌다.

"어머, 그래? 그렇게 고마운 히키테 분들이 있는데 어째서 팔삭의 대벼락이 일어났을까. 어째서 병이 이렇게 심하게 도는 걸까."

하나키치의 눈초리가 흠칫흠칫 움직였다. 화가 난 것이다. 더욱더 거만하게 몸을 젖힌다.

함께 일하던 시절에는 몹시 잔소리가 심하고 우사에게 참견만 해댔지만 상냥한 구석도 있었던 하나키치이다. 어느새 이렇게 거만하고 성질 급한 거드름쟁이 남자가 되었을까.

"너처럼 아무 도움도 안 되는 녀석이 히키테의 일을 어찌 알겠어. 나한테 한 번만 더 그런 말을 해 봐. 오라를 지워서 옥에 처넣어 줄 테니까."

"위세 한번 좋군. 하지만 우리 절의 일꾼을 멋대로 끌고 가면 곤란하네."

머리에 피가 오른 하나키치는 타이르는 스님에게도 거리낌이 없었다.

"아까부터 듣자듣자 하니까 스님, 당신도 잘난 척 설교만 늘어놓는데 적당히 해 두라고. 이렇게 다 쓰러져 가는 절 한두 개쯤 우리 파수막의 히키테들이 마음만 먹으면 언제든지 없앨 수 있으니까. 거스르지 않는 게 좋을 거야."

"오오, 대단한 말씀이로군. 우리 절은 다 쓰러져 가는 절이긴 하
지만 내 것이 아닐세. 마루미 번의 것이지. 내가 일개 땡중이라면
자네도 일개 영민이야. 자네 마음대로 이 절을 어떻게 할 수는 없
네. 말조심하게."

하나키치의 안색이 어두워졌다. 우사가 알고 있는 하나키치는
이럴 때면 금세 얼굴이 새빨개지는 사람이었는데.

"두고 봐라."

낮게 내뱉고는 가 버렸다.

이런, 이런─하고 스님이 한숨을 쉰다.

"민심이 흉흉해지면 저런 무리가 나타나지. 저 젊은이는 전부터
저렇게 거드름을 피우는 자는 아니었지?"

"예. 저것보다는 마음씨가 좋은 사람이었습니다."

"흉해지는 민심을 억누르려고 위에서 손바닥에 힘을 주면, 그
손바닥에 달라붙은 벼룩도 저도 모르게 같이 으스대지. 그런 걸세.
벼룩이 거드름을 피워 봤자 손바닥에 도움이 되는 것은 아닌데 말
이야."

결국 와타베 일을 부탁하지 못하고 말았다.

밤에 얌전히 집에서 자고 있으라고 하지만 약한 사람들과 병자
들뿐인 주엔지에서는 그저 평소와 똑같은 일을 할 뿐이다. 아무런
지장도 없다.

그래도 절 사람들은 모레 있을 의식에서 들개가 울부짖지 않으

면 어쩌나 신경을 쓰고 있다. 만일 울부짖지 않는다면 전혀 다른 곳에 신사를 지어야 하고, 어쩌면 이제 마루미에는 히다카 님이 없어져 버릴지도 모른다.

그 옆에서 우사는 와타베를 생각하며 마음을 졸이고 있었다. 틈을 보아 마을관청 근처에 가기도 하고, 울타리저택에 가기도 하고, 마을 안에서 와타베가 들를 만한 곳에도 가 보았지만 만날 수는 없었다. 딱 한 번, 울타리저택 앞에서 마침 나오던 하녀가 "아아, 마을관청의 관리 와타베 님이라면 오늘 아침에 도장에 가시는 것을 뵀습니다" 하고 가르쳐 주었다.

도장? 검술 연습을 하는 것일까. 탈번해서 다른 번으로 가게 될 때를 위해 실력을 닦고 계시는 것일까. 성질이 급한 것 같기도 하고 느긋한 것 같기도 하다. 하지만 그런 생각을 할 수 있을 정도라면, 그리고 만난 사람이 아무것도 알아채지 못했다면 지금은 그리 제정신을 잃은 것 같은 분위기는 아닐 것이다.

허둥거리지 않아도 괜찮으려나. 역시 와타베 님, 그날 밤에는 술에 취해서 그러셨던 거다.

왔다갔다, 걱정했다 안도했다, 혼자 북 치고 장구 치면서 이노우에 게이치로에 대해 생각했다. 작은선생님은 와타베 님과 사이가 좋다. 작은선생님께는 와타베 님이 탈번을 입에 담았다는 사실을 알려드리는 게 좋지 않을까.

하지만 그런 생각을 하는 것은 어떻게든 구실을 찾아내 작은선생님을 만나고 싶어서일까. 그것이 와타베 님의 변덕이었다면 일부러 알리는 것은 쓸데없는 고자질이 될 뿐일 테고.

나는 절에서 일을 하면서도 전혀 깨끗해지지 못했다. 스님께 야단을 맞는 것도 무리는 아니다.

의식이 가까워지자 항구에 망루가 설치되었다. 역시 싸움을 준비하는 것이다. 마른 폭포 저택에서는 대울타리가 이중으로 만들어졌다는 소문도 들었다. 호는 무서워하고 있지 않을까.

5

주산은 습자보다 훨씬 더 어렵다.

처음에 가가 님은 곧장 주판 사용하는 방법을 가르쳐 주려고 하셨지만, 호가 전혀 따라가지를 못했기 때문에 일단 양손을 써서 수를 세는 것부터 시작했다.

호는 손가락을 꼽아가며 열까지 셀 수 있다. 가가 님은 기본이 전부 이 열 개의 수에 있고 그보다 많은 것을 셀 때는 자릿수라는 것이 하나씩 올라가는 거라고 말씀하신다.

"주산을 배울 때 중요한 것은 이 자릿수라는 사고방식이다. 자릿수만 알면, 한눈에 다 헤아려 볼 수 없을 정도로 많은 것도 숫자로 나타낼 수 있지."

손가락을 꼽지 않아도, 가령 팥이 한 알이라든가 귤이 다섯 개라든가 뭔가 물건을 떠올리면 호는 셀 수 있다. 하지만 이것이 물건을 떠나 '수'만 남게 되면, 그 순간 헤매고 말았다.

너무나도 갈팡질팡하고 둔한 자신이 초조해지고 부끄러웠다. 다시 되묻거나 가가 님이 고쳐 주실 때마다 죄송하다며 머리를 숙인다. 그러던 중 가가 님이 말씀하셨다.

"무언가를 배우려고 할 때 당장 익힐 수 없는 것을 일일이 사과할 필요는 없다. 이제 막 시작했을 때는 누구나 아무것도 모르는 법이야. 머리를 숙이지 말고 머리를 쓰도록 해라."

이 머리를 어떻게 하면 제대로 쓸 수 있을까.

"이 세상에는 눈에 보이지 않아도 셀 수 있는 것이 많이 있다. 한편 눈에 보여도 셀 수 없는 것도 있지. 너는 우선 눈에 보이고 셀 수 있으며 네 일상 생활에 도움이 되는 것을 세면 된다. 그렇게 하면 산술도 주산도 그저 어렵지만은 않을 것이다."

가가 님은 잠시 생각하는 표정을 지었다가 이윽고 이렇게 물으셨다.

"호, 이 저택에는 사람이 몇 명 있느냐?"

모른다. 생각해 본 적도 없었다.

"그러면 세어 보아라. 청소를 하거나 물을 길으면서 사람을 만나면 세는 것이다. 이곳에서 일하는 자들의 이름이나 역할을 모르더라도 얼굴은 구분할 수 있겠지. 알겠느냐? 열 명까지 세고 나면 자릿수를 하나 올리는 것이다. 열 명 다음은 열 명 하고 한 명, 열 명 하고 두 명—이런 식이 된다. 열 명과 열 명이 되면, 그것은 스무 명이다. 모르겠으면 손가락을 꼽아 보고 어디에 적어서 확인하도록 해라. 알겠느냐?"

"예, 알겠습니다. 하지만 가가 님."

마른 폭포는 오늘 아침부터 소란스럽다. 지금껏 저택 주위에 둘러쳐져 있던 대울타리 너머에 또 새로운 대울타리를 한 바퀴 더 세우고 있다. 낙뢰로 기울어진 이래 방치되어 있던 오두막도 헐고 있다. 그래서 사람들이 많이 들어와 있다.

"옥지기 분들뿐만 아니라 목수나 직인도 와 있습니다. 전부 다 셀까요?"

"무사 신분인 자만 세면 된다."

"도베 선생님은 어떻게 할까요?"

매일 호가 들기 전에 도베 선생님이 가가 님의 진맥을 하신다. 평소에는 금방 돌아가시지만 오늘은 무슨 다른 용무가 있는지, 아까 호가 후타미 님에게 이끌려 이곳에 오는 도중에 정원에 계시는 선생님을 보았다. 옥지기 분과 이야기를 나누고 있었다. 계신다면 세어야 할까.

"그렇군. 도베 선생님은 무사 신분에 들어가지."

의외의 일이지만, 호가 가가 님의 방에서 물러나와 보니 자신에게 주어진 작은 방에 주겐을 한 명 거느린 도베 선생님이 앉아 계셨다. 호는 깜짝 놀라서 뒤로 펄쩍 뛰듯이 복도로 물러나 바닥에 납작하게 엎드려 절을 했다.

도베 선생님은 싱글싱글 웃으며 말했다.

"그렇게 딱딱하게 굴지 않아도 된다, 호. 오늘은 너를 진찰하기 위해서 기다리고 있었거든. 잘 지내고 있느냐?"

도베 선생님은 겐슈 선생님보다 훨씬 젊다. 머리카락도 검고 얼굴도 매끈매끈하다. 이노우에 작은선생님보다는 약간 나이가 위인 것 같다. 키는 작은선생님보다는 작고 겐슈 선생님보다는 크다. 겐슈 선생님만큼 배가 나오지는 않았지만 작은선생님보다는 통통하다. 모든 것이 두 분의 딱 중간이라는 느낌이 든다.

도베 선생님은 호의 목구멍을 들여다보거나 눈동자를 보기도 하고 배를 눌러 보거나 팔다리 관절을 만져 보셨다. 그러면서 상냥하게 말한다.

"팔삭의 대벼락 이후로 빨리 너를 진찰해 주고 싶었지만 좀처럼 허가가 내려오지 않더구나. 혹시 화상이나 부상이라도 입은 것은 아닌지 겐슈 선생님도 크게 걱정하고 계셨단다. 어쨌거나 여기에서는 죽은 사람이 나왔으니까."

그때의 일을 떠올리면 호는 지금도 무서워서 목이 바짝바짝 마른다.

"실은 오늘도 후나바시 님께는 비밀로 몰래 후타미 님께 부탁드렸다. 후나바시 님은 본래 상냥한 분이지만 여러 가지로 바쁘셔서 아무래도 너에 대해서는 생각하지 못하시거든."

그러니 작은 목소리로 이야기하자고 웃으며 말씀하셨다.

"요즘 가가 님께 글씨나 산술을 배우고 있다면서? 후타미 님께 들었다."

"예."

"너는 모르겠지만, 가가 님은 에도에서는 몹시 중요한 직책을 맡고 계셨던 분이다. 모든 학문에 뛰어났고, 특히 산술에는 정통하셨지. 너는 더없이 좋은 선생님께 배우고 있는 거란다."

그 말을 듣고 호는 또 부끄러워졌다.

"하지만 선생님, 저는 머리가 나쁩니다. 가가 님은 아마 기분이 상하셨을 거예요."

도베 선생님은 가볍게 눈을 부릅떴다. "그럴 리 없다. 너를 가르치고 나서 가가 님은 건강해지셨어. 매일 진맥을 하고 있는 내가 하는 말이니 틀림없다."

"정말입니까?"

"그럼, 정말이고말고."

도베 선생님은 곁에 대기하고 있는 주겐을 돌아보고 눈을 마주치며 싱긋 웃었다. 나이 많은 주겐은 무거워 보이는 약상자를 옆에 두고 있다.

"가가 님이 건강해지셔서 매일 올 때마다 가져오는 약상자가 가벼워졌다. 덕분에 이 후사고로는 한시름 덜었지."

주겐의 이름은 후사고로 씨인 모양이다. 주름진 얼굴이 이노우에 가에 있던 가나이 님을 연상시킨다.

"잠시 이야기를 해 주지 않겠느냐? 지금까지 어떤 것을 배웠느냐?"

호는 이야기했다. 습자에, 달력 읽는 방법, 막 배우기 시작한 주산. 한자도 몇 개 쓸 수 있게 되었다는 것.

"선생님, 가가 님은 제 이름 글자를 주셨습니다."

"네 이름 글자?"

'方'라고 지어 주셨다고 이야기하자 도베 선생님의 얼굴에 지금까지 중에서 제일 큰 웃음이 퍼졌다. 그것을 보고 있는 호에게도 기쁨이 전해져 오는 웃음이다.

"그래…… 잘됐구나."

음, 음, 하며 고개를 끄덕이신다.

"가가 님께는 어린 자녀 분이 계셨단다."

도베 선생님은 중얼거리듯이 말씀하신다.

"두 분이었지. 나이 많은 쪽이 여자아이, 어린 쪽이 사내아이다. 여자아이가 아마 너만 한 나이였을 게다. 너를 보면 자녀 분들이 생각나시는지도 모르지."

그 자녀를 가가 님은 죽여 버리지 않았던가. 자신의 손으로 해친 아이들을 왜 떠올리시는 것일까.

그렇다, 가가 님은 사람을 죽인 살인자였다.

역시 더 무서워해야 하는지도 모른다. 이렇게 지낼 수 있는 것은 그저 호에게 지혜가 부족하기 때문이고, 호 이외의 분들은 모두 그것을 알고 계시고—.

도베 선생님도 갑자기 바쁘게 눈을 깜박거리더니 생각에 잠긴 얼굴에서 깨어났다. 손을 뻗어 호의 머리를 쓰다듬었다.

"지금으로서는, 네 몸에는 나쁜 데라곤 하나도 없는 것 같구나. 만약을 위해 열을 식히는 약과 배앓이 약을 몇 개 놓아두고 가마. 그래도 어딘가 몸이 안 좋은 것 같으면 혼자서 약을 먹지 말고 꼭 너를 보살피는 옥지기 분께 상의를 해야 한다."

후사고로 씨가 약상자를 열고 선생님의 지시대로 약 꾸러미를 꺼낸다.

호는 곤란해졌다. 도베 선생님과 함께 오신 분은 셈에 넣어야 할까.

"선생님, 저어, 후사고로 씨는 무사 신분이십니까?"

도베 선생님은 깜짝 놀랐다. 그런 얼굴을 하시니 다람쥐 같다.

"왜 그런 것을 묻는 게냐?"

호는 이유를 이야기했다. 웃으실 줄 알았는데 깜짝 놀란 얼굴을 한 채 한 손을 입가에 대고 몹시 감탄하셨다.

"이 저택에 있는—무사 신분인 자들의 수를 세라는 거지. 그것은 방금 명하신 일이냐?"

"예."

호, 하고 부르며 도베 선생님은 무릎으로 한 걸음 앞으로 나섰다. "제대로 해내야 한다. 그냥 대충 세기만 해서는 안 돼. 왜냐하면 이 저택에서는 아침저녁으로 일하는 옥지기의 수가 달라지기 때문이다. 밥그릇 수가 달라지지 않더냐?"

듣고 보니 그런 것 같다.

"초소에 따라서도 사람 수가 다르단다. 그것을 따로따로 세도록 해 보렴. 아침에는 이 초소에 몇 명, 저녁에는 몇 명 하는 식으로."

가가 님은 그렇게까지는 말씀하시지 않았는데 도베 선생님은 몹시 열심이다.

"너는 이곳 이층에 올라가기도 하느냐?"

마른 폭포 저택은 단층 부분이 훨씬 더 넓다. 초소도 모두 일층에 있다. 이층은 전망대처럼 쓰이고 있어서 호는 아직 올라간 적이 없다.

"없사옵니다."

"그래? 하지만 옥지기는 올라가지?"

"예. 계단에서 뵐 때가 있습니다."

"그러면 계단을 오르내리는 사람의 수를 세어 보아라."

아아, 그리고, 하며 서둘러 목소리를 낮춘다.

"호, 수를 셀 때 목소리를 내서는 안 된다. 그러면 산술 연습이 되지 않으니까. 조용히 세어야 한다. 할 수 있겠지?"

세거든 가가 님께 꼭 전해라. 이것은 중요한 공부니까, 하고 호의 손을 꼭 잡으며 말씀하셨다. 호는 굳게 약속을 했다.

다음 날, 가가 님의 방에 들어가 공부를 시작하자 물으신다.

"세어 보았느냐, 호."

곧 대답했다. 남쪽 초소에 몇 명, 동쪽에 몇 명, 계단 있는 곳에 몇 명, 문에 몇 명.

"그러면 네가 센 수를 가지고 덧셈이라는 것을 해 보자. 지금부터 가르쳐 주마. 잘 들어라."

멋대로 나누어 세었는데도 "왜 그렇게 했느냐?"고 묻지는 않으신다. 가가 님은 오늘도 호보다 먼저 도베 선생님을 만나셨을 테니 선생님께 이야기를 들으신 것일까?

"이것은 하루에 될 일이 아니다. 앞으로도 매일 세도록 해라. 그리고 그것을 가지고 덧셈을 익히는 것이다. 알겠지?"

가가 님의 무표정한 얼굴에서는 아무것도 엿볼 수 없다.

6

히다카 님 '복귀' 날은 매우 맑았다.

낮의 더위는 여전하지만 이제 너무 많이 보아 질리기도 했고 보는 것이 싫어지기도 한 벼락을 부르는 소나기구름 대신 한두 줄기의 비단구름이 하늘을 장식한다. 이윽고 조개 염색을 한 것처럼 붉은 저녁노을과 함께 해가 지고 별이 밤하늘을 채색하기 시작하자 지상에서는 화톳불이 피워졌다.

성의 영주님이나 번의 높으신 분들이 히다카야마 신사에서 밤에 참배를 드리는 것뿐이라면 그리 드문 일도 아니다. 그러나 이만 한 대규모 참배는 이제껏 없었다. 높으신 분들이 총동원된 참배이다.

주엔지에서는 저녁때 스님이 절 안의 일어설 수 있는 자들을 본당에 모아놓고 함께 염불을 외었다. 그 후 밖으로 나가 다함께 히다카 님이 계시는 방향을 향해 두 번 절하고 두 번 박수를 친 후 한번 절하여, 오늘 밤 의식이 순조롭게 끝나기를 기원했다.

저녁을 먹고 나자 모두들 조용히 잠들고 말았다.

우리도 일어나서 절을 하는 게 좋지 않겠느냐는 자도 있었지만 스님은 웃으며 말했다.

"본래 밤에 드리는 참배는 남의 눈을 꺼리는 법일세. 게다가 영주님도 아사기의 신관들도, 각별히 중요한 의식이 있을 때 우리 같은 비천한 민초들이 봄으로써 부정 타는 것을 싫어하기 때문에 그런 공고를 낸 걸세. 걱정하지 않아도 들개는 울부짖을 거야. 자게,

자, 그냥 자. 하룻밤이 지나면 원래대로 돌아와 있을 테니까."

그래서 일이 일어났을 때 우사는 자고 있었다. 어렴풋이 꿈을 꾸고 있었던 것 같기도 하다.

처음에 들은 것은 각 파수막에 구비되어 있는 큰북이 울리는 소리였다. 화재나 홍수, 급박한 재앙이 있을 때 치게 되어 있는 북이다. 그래서 잠이 깼다.

우사가 서쪽 파수막에 있었을 때는 높은 파도 때문에 한 번, 염색집의 작은 화재로 한 번, 그 큰북이 울리는 것을 들은 적이 있을 뿐이다. 두 번 다 큰일로 번지지는 않았다. 그래도 귀에는 달라붙어 있다.

이 북소리는 과거의 북소리와는 다르다. 얇은 이불 위에 일어나 앉다가 곧 깨달았다. 둥, 둥, 두둥. 이것은 무엇을 알리는 박자일까. 당혹해하는 사이에 어부 마을의 조수 관망대에서도 똑같이 큰북을 치기 시작했다. 울림이 낮아서 구분이 간다.

"스님!"

똑같이 잠에서 깨어 불안한 듯 졸린 눈을 비비는 사람들이 어떻게 된 일이냐고 묻는다. 우사는 에이신 스님의 방으로 달려갔다. 침상은 비어 있었다. 누웠던 흔적도 없다. 본당에 계시나?

스님은 산문 기둥을 잘라낸 자리 위에 서서 발돋움을 하며 먼 곳을 바라보고 있었다. 성에서 나와 해자 안쪽을 지나서 해자 바깥을 빠져나가 어부 마을을 찍고 히다카야마 신사가 있는 야트막한 언덕으로 이어지는 횃불의 길.

"예쁘다." 무심결에 중얼거리고 말았다. 저녁때 봤을 때는 그저 횃불이 이어져 있는 것으로밖에 보이지 않았는데.

가장 깊은 밤에야말로 불꽃은 진정한 모습을 드러낸다. 지금 불꽃이 만들어 내는 참배 길에는 우사가 알고 있는 말로는 표현할 수 없는 아름다움이 있었다.

장엄일까. 엄숙일까. 이곳을 지나는 자는 누구냐. 이것은 신의 길이다.

"느긋하군, 우사."

스님은 이마에 양손으로 차양을 만들고 있다.

"뭐가 예쁘단 말인가? 보게, 저기에서 쓰러졌네. 저쪽에서도 꺼졌어."

스님의 말대로 횃불이 흐트러져 있다. 사람들이 뛰어다니고 있는 것일까.

"뭘까요, 이 빠른 북소리는."

"모르나? 역시 자네는 아직 어린 처녀로군."

귀를 기울여 보니 주엔지 앞의 오르막길을 따라 사람들이 소란을 피우는 소리가 띄엄띄엄 들려온다.

"칼부림이다."

"예?" 우사는 펄쩍 뛰었다. 스님의 옆얼굴은 매끈하고 단단하다.

"틀림없어. 야간 참배를 틈타 누군가가 칼을 뽑아든 걸세. 이 시간이라면 이미 영주님이나 중신들은 돌아가셨겠지. 개인적인 싸움일까? 그런 것치고는—."

스님의 굵은 눈썹이 찌푸려졌다. 마루미를 둘러싸고 있는 동서쪽과 남쪽 산을 우러러본다. 산봉우리가 이어져 있는 그곳만은 온

하늘을 가득 수놓은 별들이 끊기고 어두워진다.

"산 북도 울리기 시작했네."

우사도 산을 올려다보았다. 정말이다, 산 망루의 큰북 소리다. 같은 박자다.

"아무래도 칼부림을 일으킨 자는 산으로 간 모양일세. 산을 넘어 도망치려는 것일까?"

우사는 얼어붙었다. 바로 최근에 비슷한 말을 여기에서, 한밤중에 이곳에서 듣지 않았던가.

—바다는 안 돼. 산을 넘어 도사土佐로 나갈 수만 있다면, 그 뒤에는 어떻게든 될 걸세.

혹시, 와타베 님일까.

—내게도 아직 할 일이 있어.

마을관청 도신 와타베 가즈마는 히다카야마 신사의 신체가 돌아오게 하기 위한 의식에서 파수 임무를 맡았으나 자리를 이탈해 야간 참배중인 모노가시라 가지와라 주로베의 여식 미네를 베어 죽인 후 야음을 틈타 도망쳤다.

와타베의 마음에는 한 조각 그늘도 없었다. 눈동자에 망설임의 구름도 없었다.

마루미 번은 상처 입은 신을 지키고 받들기 위해 전쟁 준비를 한다. 마을관청의 도신들도 오늘 밤에는 대역 죄인을 체포하러 가는 차림이다. 와타베는 하카마 좌우 자락을 걷고 하얀 다스키, 하얀 머리띠, 허리에 찬 칼 외에 창도 들고 있었다.

가지와라 미네는 어머니와 함께 참배하러 왔다.

와타베의 자리는 히다카야마 신사로 오르는 돌계단 가장 아랫단. 사실은 좀더 떨어진 곳이 좋았지만 어쩔 수 없다. 여기까지 와서 사소한 일에 좌우될 수는 없다.

가신들이 모두 참배를 드리는 대사大事에, 돌계단을 오르는 사람들의 수는 와타베의 예상보다 훨씬 많았다. 그의 자리에서는 미네의 얼굴을 알아볼 수는 있어도 가까이 다가갈 수가 없었다. 미네 이외의 사람을 이 일에 끌어들여 베고 싶지는 않다. 이 검은 미네를 베어 고토에의 원통함을 갚기 위해서만 존재한다.

그렇다면 신 앞에서 베도록 하자.

히다카 님은 화를 내실까. 그것도 좋다. 미네가 신자고 나도 신자라면, 불운하고 부당하게 생을 마감한 고토에도 신자다. 신은 그중 누구 편을 드실 것인가. 진실로 마루미의 신이라면 사악한 자를 베어 죽이는 와타베의 결의를 반드시 헤아려 주실 것이다. 그런 온정이 없다면 신이 아니다. 두 번 다시 모시지 않을 것이다. 어쨌거나 나는 신이 계시지 않는 곳으로 갈 것이다.

마음은 정해졌다. 숨을 한번 쉬고 속세의 모든 것을 버렸다. 창을 놓고 돌계단을 뛰어 올라간다. 검자루에 손을 댄 그의 질주에 밀린 자들은 할 말을 잃는다.

미네의 등이 보인다. 가냘픈 목덜미가 밤눈으로 보아도 하얗다. 이 여자가 경건하고 신심 깊게 합장을 드리고 있는 그 손가락으로 남몰래 고토에를 죽이고 입을 닦으며 웃음을 감춘 것을, 히다카 님은 아실까. 천벌은 어디에 있는가.

미네는 비명 한번 지르지 못하고 흉한 칼에 맞아 쓰러졌다.

와타베는 비명과 고함소리 속에서 히다카야마 신사를 빠져나가 산으로 달려갔다. 덤불을 가르고 나무 사이를 지나, 발치도 보지 않고 뒤도 돌아보지 않은 채 돌진했다. 소매가 젖어서 무겁다는 사실을 깨달은 것은 한참 후였다. 온몸에 미네의 피를 뒤집어쓰고 있었다.

성 밑에서 큰북이 울린다.

벼랑길에 서서 내려다보니 횃불의 길이 흔들리고 있다. 눈에 땀이 들어가 아프다. 눈을 깜박여도 여전히 시야가 흐리다.

그가 향하고 있는 산 저편에서도 산북이 울리기 시작했다. 와타베는 그쪽을 올려다보며 웃었다.

내게는 잔재주라는 것이 없다. 겁쟁이에 멍청한 놈이지만 일을 일으킬 때만은 똑바로 앞만 본다. 그저 정한 길로 도망치고, 도망치고, 또 도망치자. 무엇이 가로막든 신경 쓸까 보냐.

이미 끝난 일이다.

다시 달려가기 전에 잠시 숨을 멈추고 밤하늘을 올려다보았다. 손을 뻗으면 닿고, 건드리자마자 무너져 당장이라도 쏟아져 내릴 것 같을 정도로 별이 가득하다. 이미 여름 하늘이 아니다.

뱃사람들은 별을 올려다보고 진로를 정한다. 신관은 별을 읽어 길흉을 점친다. 여자와 아이들은 별에 소원을 빈다. 지상에서 깨끗하게 죽은 사람은 하늘 위로 올라가 별이 된다고 한다.

그러나 아무리 무수하게 넘쳐난다 해도 별로 하늘을 메울 수 없다. 별과 별 사이에는 어떤 빛도 비치지 않는 어둠이 있다.

와타베는 깨달았다. 나라는 하찮은 사람의 삶은 그런 틈 사이에 있었던 것이다. 아무도 알아채지 못하고, 형태를 이루지도 못하고, 사람들이 어떤 소원도 빌지 않는 별과 별 사이의 어둠에, 내 운명이 그려져 있다.

그렇다면 이것이 내가 바라는 바다.

7

들개는 울부짖지 않았다. 히다카 님의 '복귀'는 실패로 끝났다. 미네의 몸에서 뿜어져 나온 피가 신체가 자리할 새 사당의 주춧돌이 놓일 자리에 튀어 일대를 더럽혔기 때문이다.

마루미 번에, 그리고 히다카야마 신사의 신자들에게 이것은 돌이킬 수 없는 실책이다.

우사가 할 수 있는 일은 아무것도 없었다. 이제 와서는 걱정하는 것조차 허무했다.

"조금이라도 알고 있었다면 왜 내게 말하지 않았나. 왜 혼자서 끌어안고 있었느냐 이 말일세."

자네는 어리석은 자야—화가 난 스님은 우사가 주엔지에서 나가는 것을 금했다. 우사는 날이 밝을 때까지 방에 갇혀 있었고, 겨우 나와도 된다는 허락을 받았을 때는 모든 일이 끝나 있었다.

이른 새벽, 서쪽 산 관문 근처에서 덤불에 숨어 있던 와타베를 추격대가 발견했다.

마루미 사람이긴 해도 성 아래에서 멀리 벗어난 적이 없는 그는 산길을 잘 알지 못했다. 대규모 추적을 받으면서 같은 편이라곤 밤의 어둠뿐이다. 오히려 용케도 거기까지 도망쳤다고 해야 할지 모른다.

아침 해가 떠오르기 시작하여 추격하던 자들에게는 와타베의 얼굴이 똑똑히 보였다. 저 모습을 보니 처음부터 도망칠 생각은 없었던 것이 아닐까. 와타베가 미쳤다고 하는 자도 있는가 하면, 아니다, 왜인지는 모르겠지만 후련해 보였고 제정신이었다고 단언하는 자도 있었다.

무엇 때문에 이런 짓을 하게 되었느냐는 물음에 와타베는 아무 대답도 하지 않았다.

수많은 사람을 혼자 상대하면서도 그는 몸을 던져 분투했다. 추격자 몇 명에게 부상을 입혀 물리쳤으나 피와 지방이 묻은 검은 그보다 먼저 힘을 잃었고 마지막에는 베여 쓰러졌다.

마지막에 최후의 일격을 가한 것은, 임무를 떠나 근신중인 몸인데도 본인의 강한 희망으로 수색에 가담한 호타 신노스케였다.

이노우에 게이치로도 본인의 강한 희망으로 와타베의 검시를 맡았다. 미네의 검시는 우여곡절 끝에 고사카 가의 이즈미가 하게 되었다. 시집가기 전인 처녀의 몸이니 의원이나 관리라고는 해도 남자의 손이 닿는 것은 좋지 못할 것이라 하여, 이것도 이즈미가 희망한 것이었다.

미네의 시체는 가지와라 가로 돌아갔지만, 죄인인 와타베는 오반大番으로 실려갔다. 게이치로는 평소에 죄인을 조사할 때 사용하는 봉당 한쪽에서 널문에 누워 있는 그와 대치했다.

시체 위에 내던지듯이 덮여 있는 거적을 들춰 보니 와타베는 아직 눈을 뜨고 있었다. 온 얼굴에 진흙이 묻어 있다.

게이치로는 얼굴을 닦고 눈을 감겨 주고 나서 검시를 했다. 상처는 수없이 많았고 깊은 상처도 눈에 띄었다. 그는 다리를 많이 베여 있었다. 장딴지나 복사뼈에까지 상처가 있다. 돌진하는 와타베를 막기 위해 추격대가 고투를 벌인 증거일 것이다.

자네는 잘 싸웠다고, 마음속으로 와타베에게 말을 건넸다.

입회한 마을관청 도신의 고가시라小頭 적은 인원의 부하를 통솔하는 우두머리가 물었다.

"이노우에 선생님은 이 와타베와 지기였다는 이야기를 들었습니다."

"예, 도장에서 알게 된 친한 친구였습니다."

"사지 가의 선생님도 검술을 배우십니까?"

"형식적이지요. 와타베에게는 한 번도 이길 수 없었습니다."

도신 고가시라는 말하기 힘든 듯이 입가를 일그러뜨리고 헛기침을 했다.

"선생님은 짐작 가는 데가 없습니까? 와타베는 왜 이런 난동을 부렸을까요?"

게이치로는 묵묵히 죽은 와타베의 얼굴을 바라보고 있었다.

고토에의 원수를 갚은 것이다.

그러나 이 방식은 잘못되었네. 당사자인 고토에도 결코 기뻐하지 않을 거야. 그 아이는 항상 자네를 걱정하고 있었네. 와타베 님은 상냥한 분이지만 조금 성미가 급한 데가 있으시지요. 느긋한 오라버니와 합쳐서 둘이서 나누면 딱 알맞을 텐데요.

호타 신노스케와 혼담이 오가게 되었을 때 그 아이는 문득 이런 말을 흘렸다.

—이 혼담이 정해지고 시집가 버리면, 이제 오라버니와 와타베 님이 재미있는 이야기를 나누며 웃는 모습을 보지 못하게 되겠네요. 조금 쓸쓸한 기분이 듭니다.

그렇다면 시집을 가지 마라. 계속 집에 있으면 돼. 너도 의원이 되면 되지. 고사카 가의 이즈미 선생님처럼. 게이치로는 그렇게 말해 주었다.

고토에는 웃고 있었다. 아무 말도 하지 않았지만 이노우에 가의 딸로서 그럴 수는 없다는 사실을 알고 있었다. 사지 가문의 격식을 명실 공히 반석 위에 올리기 위해서는 번의 중직에 있는 가문과 인척 관계를 얻을 필요가 있다.

—내가 집을 떠나 에도나 나가사키로 도망이라도 친다면, 싫어도 네가 후계자다. 의원이 되어 네가 좋아하는 사람을 데릴사위로 들여서 가문을 이으면 돼.

게이치로가 그래도 일부러 고압적으로 그렇게 말하자 고토에는 대답했다.

—그러면 오라버니가 없어지잖아요. 저는 오라버니와 와타베 님, 두 분이 계시는 모습을 보는 게 좋아요.

그건 나도 마찬가지였다, 고토에.

"와타베는 어떻게 장사를 지내게 될까요."

"죄인입니다." 관리는 조용히 대답했다. "죄인에게 어울리는 장사를 지내게 되겠지요."

와타베의 집에는 이미 부모가 없고 일찌감치 다른 번으로 시집 간 누이동생이 있을 뿐이다. 가족에게 처벌이 미칠 일은 없다. 그 것만이 다행이다.

아니, 반대인가. 누군가에게 폐를 끼치게 된다면 자네가 성급하게 일을 저지르지도 않았으려나.

혼자서 일어서기 전에 어째서 날 탓하지 않았나. 누이를 비명횡사시키고도 모르는 척하고 있는 내 비겁함을 힐책하지 않았어.

왜 좀더 기다려 주지 않았나.

귀가한 후에도 피냄새가 몸에 달라붙어 있었다. 아버지는 등성했고, 가나이와 시즈가 건드리면 터질 새라 조심스럽게 게이치로의 시중을 들었다.

아버지는 밤중까지 돌아오지 않았다. 돌아오더니 곧장 그를 불렀다.

부자는 한동안 서로 말을 꺼내지 못하고 침묵을 지키고 있었다. 흐물흐물해서 손에 들기 어려운 물건을 상대방에게 어떻게 건네면 좋을지 판단하지 못하고 안고 있었다. 겐슈도 어렴풋이나마 고토에가 와타베에게 아련한 호의를 기울이고 있었다는 사실을 알고 있다.

"이것은 원한을 갚은 것이었을까?"

가까스로, 아버지는 아들에게 그렇게 물었다.

"그 외에 뭐가 있겠습니까."

"고토에가 기뻐할 거라고 생각하느냐?"

"저는 그 물음에 대답할 수 없습니다. 대답하고 싶지 않습니다."

게이치로의 목소리가 저도 모르게 높아졌다.

"아버님도 스스로 당신의 의문에 대답하고 싶지 않으셔서 제게 물으시는 거겠지요."

미안하다, 하며 겐슈는 고개를 떨어뜨렸다. 게이치로는 자신이 누이를 잃은 오라비임과 동시에, 아버지는 사랑하는 딸을 잃은 아비라는 사실을 떠올렸다.

서로 상처만 헤집는 허무한 문답은 그만두자.

"이번 일이 아버님의—아니, 아버님 일파의 계획에 찬물을 끼얹게 될까요?"

겐슈는 조용히 고개를 저었다.

"네 친구는 성급했다. 하지만 우리에게 지장은 없어. 이것은 뜻밖의 사고다."

하지만 성 아래 사는 사람들은 그렇게 생각하지 않겠지, 하고 말을 이었다. 갑자기 눈매가 험악해졌다.

"와타베 때문에 히다카 님은 돌아오시지 못했으니까요."

"아니, 그건." 겐슈는 말했다. "본래 그랬던 것이다. 소동이 없었다 해도 들개는 울부짖지 않았겠지."

신체인 들개를 모시는 일족인 아사기 가에서 그렇게 쉽게 히다카야마 신사가 부활하기를 바랄 리는 없다. 힘이 들면 들수록 영민들은 동요하고 성 아래 마을은 혼란에 빠진다. 그것은 그대로 하타케야마 공의 실정으로 이어진다.

"울부짖느냐 울부짖지 않느냐는 오로지 신관의 귀에만 달려 있다. 영주님도 어쩔 수 없지. 이미 예상하고 있던 일이야."

"그러면……."

"우리에게도 히다카 님이 한동안 약해지시는 게 좋아. 그 대규모 참배는 번사들에게 그것을 구석구석 알리기 위해서 한 것이었다."

마루미의 수호신이 약해져야 한다. 그것은 가가 님이 산 채로 신령이 되게 하기 위해서라는 뜻일까.

겐슈는 게이치로를 가로막으며 말을 잇는다. "이제 여름도 끝날 것이다. 벼락 피해가 심한 계절은 곧 지나가겠지. 우리에게 남은 시간은 그리 많지 않아."

"어떻게 하시려는 겁니까?"

겐슈는 대답하지 않고 눈을 감았다. 그리고 말했다.

"나는 이제 기도할 뿐이다. 준비는 다 되었어. 우리가 끝낼 때까지 성 아래에서 더 이상 소란이 일어나지 않기를 말이다. 가가 님도 그것을 바라시겠지."

"그런 것을 어찌 아십니까?"

"신호를 보내오고 계신다."

"신호?"

"호가 수를 가르쳐 주거든."

마른 폭포 저택에 있는 파수병의 수를.

"매일 호가 세고 있다. 물론 그 어린아이는 그 뜻을 몰라."

"호의 몸에 위험은 없습니까?"

"뜻을 모르니 의심받을 이유도 없지. 그 아이는 그저 매일 가가 님께 느긋하게 읽고 쓰기, 주산을 배우고 있을 뿐이다. 아무도 신경 쓰지 않아."

"허나 어린아이에게 그런 일을 시켰다가."

겐슈는 몸을 내민 게이치로를 손으로 제지했다.

"진정해라. 우리도 이제 와서 가가 님께서 그렇게 힘을 보태 주시지 않아도 준비는 다 되어 있다. 이것은 단순한 신호야. 가가 님의 마음에 망설임은 없다는 신호지."

죽음을 바라고 계신다는.

"호를―다치지 않게 해 주십시오."

스스로도 이렇게 애원하는 목소리가 나올 줄은 생각지 못했다. 게이치로는 자신이 얼마나 지쳐 있는지 자신의 목소리를 듣고 처음으로 알았다.

"고토에가 죽고, 와타베가 죽고, 여기에 호까지 목숨을 잃게 된다면 저는 저 자신을 용서할 수 없을 것입니다."

사람이 너무 많이 죽었습니다.

겐슈는 아무 말도 하지 않는다. 게이치로는 긴 침묵을 견디다 못해 매달리듯이 아버지를 보았다.

겐슈는 눈앞에 손을 짚고 엎드린 게이치로를 보고 있지 않았다.

"나 자신에게도, 다른 누구에게도, 나는 용서받기를 바라지는 않는다."

굳게 닫힌 덧문 너머로 시선을 던진다.

하늘을 보고 있다.

"때는 다가왔다. 하늘의 뜻을 기다려야지. 우선은 그뿐이다, 게 이치로."

8

아침부터 싫은 소리가 들린다.

항구에서, 어부 마을의 조수 관망대에서 치는 큰북 소리다. 조선 도 아니고 화재나 배가 뒤집힌 것을 알리는 소리도 아니다.

둥, 둥, 둥. 단조롭지만 듣는 사람을 재촉하듯이 일정하게 빠른 박자로 울려 퍼진다. 여러 개의 큰북이 마음을 합해 울릴 때도 있 는가 하면 어느 하나가 지나치게 서둘러서 박자를 틀릴 때도 있다.

준비를 갖추라—는 신호다. 어부들, 항구에서 일하는 자들에게 모이라고 부르는 신호이기도 하다.

우사는 주엔지 산문 자리에 서서 마루미의 마을을 내려다보고 있었다. 하늘은 가을 하늘답게 맑고 부는 바람에서도 습기가 사라 져, 길었던 여름은 이제야 자리를 털고 일어났다. 주위를 에워싸고 있는 산들의 지붕을 따라 마루미에 가을의 징조가 내려왔다.

이른 저녁이면 이 싸늘하고 맑은 공기를 바다 위에서도 느낄 수 있다. 해류의 흐름이 북쪽으로 기울고 바다 색깔이 선명하게 바뀐다. 그렇게 되면 진짜 가을이 온다.

산과 바다와 하늘의 손바닥에 감싸여, 푸른색과 녹색 사이의 그곳에만 사람의 손을 거치지 않으면 생겨나지 않는 빛깔이 있다. 그것이 마루미이다. 하늘과 땅 사이에 떨어진 작은 세공품 같은 마을.

그곳에 떠도는 것, 그곳에서 들려오는 소리와 가락은 우사가 아는 한 계절의 변화와, 그것을 달력에 비추어 움직이는 사람들의 생활에서 생겨나는 것뿐이었다. 그러나 지금 계속해서 울려 퍼지는 큰북 소리는 다르다. 이 큰북이 자아내려고 하는 열도 다르다. 지금까지 본 적도 들은 적도 없는 것이 마루미의 성 아래에서 피어오르는 것을 우사는 느꼈다.

와타베가 죽은 지 사흘이 지났다.

우사는 아직 그가 죽어 버렸다는 사실을 이해하지 못한다.

그가 무엇을 시도하고, 무엇을 했으며, 왜 죽임을 당하게 되었는지 자세한 사정은 들어서 알았다. 그뿐이다. 어떤 사실을 들어도 자신의 죽음으로 이어지는 길로 걸음을 내딛기 직전의, 그 흠뻑 젖어 떨고 있던 와타베의 얼굴, 와타베의 목소리와 바뀌지는 않는다. 우사의 마음은 그날 밤에 멈춰 있었다.

시체를 볼 수는 없었다. 설령 보았다 하더라도 역시 납득할 수는 없을 것이다.

와타베는 죽었다. 이제 이 세상에는 없다. 죽기 전에 그는 가지와라 미네를 베었다. 바라는 바였을 것이다. 후련하게 죽었을 것이다. 머리로는 그렇게 생각한다.

하지만 그 생각이 우사의 마음에는 닿지 않는다.

지금도 와타베가 거기에 있는 기분이 든다. 우사가 돌아보면 돌아본 곳에, 시선을 옮기면 옮긴 곳에. 미간에 주름을 짓고 성급하게 다리를 이리저리 바꾸어 디디며 당장이라도 우사를 야단칠 것처럼 입을 삐죽거리면서.

우사와 얼굴이 마주치면 갑자기 눈에 그늘이 지고 짙은 눈썹이 축 처지며 와타베는 중얼거린다.

—나는 겁쟁이일세.

떨면서 어쩔 줄 몰라 하며 어두운 밤의 빗속으로 사라져 가는 것이다.

마음이 이렇게 멈추는 것이라면 왜 그날 밤에 나는 와타베 님을 멈추게 할 수 없었던 것일까. 왜 와타베 님의 마음을 멈추고 생각을 바꾸게 하지 못했을까.

나는 도망칠 걸세. 자네도 같이 가세. 와타베는 그렇게 말했다. 그 말에 따라 우사가 함께 도망쳤다면 그의 앞날은 달라졌을까. 둘이 함께 있었다면 어딘가 다른 곳에 다다를 수 있었을까.

—자네는 나로는 부족할 테지. 나도 자네로는 부족하네.

그것은 남자의 이기심이다.

부족하더라도, 닿지 않더라도, 어째서 살려고 하지 않았을까.

그렇게 목숨을 아까워하더니. 죽고 싶지 않기 때문에 마루미에서 도망치려고 했던 와타베는 무엇을 어떻게 생각했기에 그런 형태로 삶을 마감하기로 결심한 것일까. 도망치자—고 우사에게 다

그치면서도 결국 마음 깊은 곳에서는 어디로도 도망칠 수 없다는 것을 알고 있었기 때문일까.

도망칠 수 없다면 최후의 순간 정도는 자기 좋을 대로 정해야겠다며.

와타베는 많은 추격자들과 싸웠지만 그에게 마지막 일격을 가한 것은 호타 신노스케였다. 이노우에 고토에의 약혼자이자 가지와라 미네의 소꿉친구이며 정인이기도 하다.

고토에가 죽은 후 신노스케와 미네는 남몰래 밀회를 하고 있었다. 방해가 되는 고토에를 제거함으로써 미네의 연심이 통했다.

그렇기 때문에 근신중이라 임무를 쉬고 있던 신노스케는 자청하여 와타베의 추격에 가담했고, 이번에는 그가 미네의 원수를 갚았다.

신노스케가 이야기했는지 사정을 아는 사람이 더 있었는지, 두 사람이 남의 눈을 피해 만나는 사이였다는 것은 사건이 있고 얼마 되지 않아 널리 알려졌다. 그러자 와타베가 미네를 벤 연유는 신노스케와 서로 연심을 품고 있는 미네를 와타베가 짝사랑하고 있었기 때문이라는 소문이 났다. 지금도 끊임없이 그런 소문이 나돌고 있다.

그런 소문뿐이라면 내버려두어도 상관이 없다. 진실을 알고 있는 우사는 와타베가 미네를 연모하고 있었다는 질 나쁜 농담을 어금니로 씹어 부수며 웃을 뿐이다. 와타베 본인도 웃을 것이다. 웃으며 내버려두라고 말할 것이다.

오히려 마음에 걸리는 일은, 와타베가 어째서 호타 신노스케의 손에 죽었나 하는 점이다. 많은 수의 무사를 혼자서 상대했으니 그에게만은 죽지 않도록 할 수도 있었을 것이다. 와타베는 검술 실력 하나는 뛰어났으니까.

어쩌면 와타베는 스스로 신노스케의 검을 맞아 준 것이 아닐까—우사는 망설이면서도 문득 그렇게 생각하고 만다.

미네를 죽인 대가로.

동시에, 이 행동은 고토에를 아내로 맞기로 되어 있던 신노스케에 대한 질투에서 나온 것이 아니라는 사실을 확실히 하기 위해서.

시시한 오기를 부린 것이 아닐까.

그 오기가 남녀 사이의 소문 이상의 것을 지금의 마루미에 낳고 말지도 모른다는 사실을 전혀 생각하지 않은 것일까.

호타 신노스케는 배 부교의 차남이고, 와타베 가즈마는 마을관청의 관리이다. 배 부교소와 마을관청은 원래부터 서로 반목하는 사이고, 히다카야마 신사의 재건을 둘러싸고도 의견이 갈리고 있는 판이었다.

마을관청은, 히다카 님 일은 아사기 가에 맡겨두어도 당장은 지장이 없으니 돌림병과 벼락 피해로 황폐해진 마루미 재건을 우선해야 한다고 주장하고 있었다. 그에 비해 배 부교는—이라기보다 배 부교소가 다스리는 많은 어부와 선주 들은 다른 무엇보다도 무서운 바다에서의 벼락 피해에서 그들을 지켜 줄 히다카 님의 본전을 하루라도 빨리 재건해야 한다고 호소해 왔다.

마루미 번의 살림은 원래 풍요롭지 못하다. 게다가 가가 님을 맡아야 하는 부역이 있고 내년에 하타케야마 공이 에도에 들어가야 하기 때문에 쓸데없는 지출은 더 이상 한 푼도 할 수 없는 상황이다. 마을관청과 배 부교소의 한심할 정도로 절실한 의견 대립도 원인은 거기에 있다.

그런 상황에서 마을관청 관리가 배 부교 무사가 사랑하던 여자를 베었다. 게다가 하필이면 히다카 님 '복귀'를 기원하는 대규모 참배가 한창일 때였다. 덕분에 히다카 님은 다시 아사기 가로 돌아가게 되었고, 본전 재건은 고사하고 신체를 위한 사당을 지을 시기마저 불확실해지고 말았다.

어부들은 미친 듯이 화를 내고 있다. 이것은 마을관청의 꿍꿍이다. 히다카 님에 대한 신앙이 특별히 두터운 항구와 어부 마을에 대한 더없이 심술궂은 방해 작전이다. 마을관청 놈들은 와타베라는 관리가 가지와라 미네에게 사악한 마음을 품고 있는 사실을 알면서, 그의 계획도 알았으면서 히다카 님 '복귀' 의식을 망쳐놓기 위해 일부러 방치해 둔 것이 아닐까. 일부러 그에게 호위 임무를 주어 일을 일으키기를 기다리고 있었던 것이 아닐까.

이것은 그릇된 추측이다. 너무나도 바보 같은 짐작이다. 그러나 어처구니없는 짐작은 아니다. 사정을 전혀 몰랐다면 우사도 이 소문을 믿었을 것이다.

와타베는 자신이 저지른 짓이 이런 파문을 낳을 거라고, 지금의 마루미에는 그런 위험이 있다는 사실을 잠시라도 생각하지 않았을까.

우사는 몹시 후회한다. 역시 와타베 님은 해자 바깥과 해자 안쪽밖에 모르는 사람이었다. 어부 마을에서 태어난 내가 알아채고 타

일러 주지 않으면 모른다. 그런데 나는 그저 당황하여 화만 냈을 뿐 조금도 말리는 역할을 하지 못했다.

본래 어부 마을이나 항구 사람들은 마루미의 영주를 우러러보는 마음이 엷다. 그들을 살아가게 해 주는 것은 바다이고, 매일의 양식은 바다의 은혜이다. 자신들의 생활을 떠받치고 수호해 주는 것을 경시한다면 영주라 해도 용서하지 않는다. 공공연히 이를 드러내고 덤벼들 것이다.

지금은 배 부교소도 그들을 억누르지 못하고 있다.

어제, 우사는 스님의 눈을 피해 어부 마을에 가서 시오미인 우노키치를 찾아가 보았다. 이소반 파수막이 아니라 자기 집 큰방에 다른 시오미들과 모여 있던 우노키치는 우사가 찾아왔다는 말을 듣고 뛰쳐나왔다. 일그러진 것 같은 험악한 얼굴을 하고 말투도 거칠게 "당장 돌아가!" 하고 야단쳤다.

우리는 매일 배 부교님과 교섭을 하는 중이다. 마을관청이 대규모 참배의 경호에 실수가 있었던 것을 인정하고 하루라도 빨리 히다카 님의 신사를 재건하는 데 모든 힘을 쏟겠다는 약속을 해 주지 않는 한, 우리는 더 이상 마을관청의 말을 듣지 않을 것이다. 우리 말을 들어주지 않는다면 배 부교님도 우리의 적이다.

우사는 물러서지 않고 우노키치에게 되물었다. 아저씨, 진심으로 그런 말씀을 하시는 거예요? 아저씨들 시오미가 어부 여러분을 달래지 않으면 어쩌겠다는 거예요?

우노키치는 웃음을 띠지는 않았지만 아주 조금 말투를 누그러뜨리며 우사의 눈을 보고 말했다.

"우사 도령, 너는 여자다. 게다가 어부 마을을 나간 사람이지. 너는 몰라. 우리 시오미는 벼랑 끝에 섰을 때 어느 쪽으로 뛰겠느냐고 물으면 바다로 뛰어들 것이다. 어부들에게 뛰어든다 이 말이야. 우리는 마루미의 백성이고 히다카 님의 신자다. 하타케야마 영주님의 소유가 아니야."

단단한 빛이 깃든 우노키치의 작은 눈을 들여다보고 있자니, 우사에게는 뛰어들 것이다—가 아니라 뛰어들어야 한다는 말로 들렸다.

"앞으로 며칠은 무슨 일이 있을지 알 수 없어. 다 너를 위해서 하는 말이니 주엔지에 얌전히 숨어 있도록 해라."

네게 무슨 일이라도 생긴다면 가쓰가 슬퍼할 게야. 우노키치는 그렇게 말하고 우사를 돌려보냈다.

우사는 그것을 마지막으로 주엔지에 틀어박혀 있다. 우노키치의 충고도 절실하게 와 닿았지만, 여기에서 나간다 한들 무엇을 어떻게 할 수도 없는 자신의 무력함을 깨달았기 때문이다.

이 큰북은 어부들을 모으고 항구에 사는 자들을 부추겨 무언가를 시키려는 것이리라. 다함께 배 부교소로 몰려가 강한 요청을 하는 정도라면 그나마 낫다. 더 거칠어진다면, 더 흐트러진다면 일이 해자 바깥으로 퍼지는 것도 충분히 있을 수 있다.

눈을 가늘게 뜨고 주먹을 움켜쥔 채 우두커니 서 있자니 작은 손이 소매를 잡아당겼다. 내려다보니 절에서 살고 있는 사다키치라는 사내아이다. 돌림병에 걸린 부모와 함께 보름쯤 전부터 이곳에서 살고 있다. 어머니는 많이 좋아졌지만 아버지는 얼마 전에 돌아가셨다.

"왜 그러니, 사다 도령."

어린아이는 손에 쪽지를 팔랑거리며 들고 있다가 우사에게 내밀어 보였다.

"이거, 여기 뭐라고 썼어? 토끼 누나, 글자 읽을 줄 알지?"

요미우리였다. 글씨가 작고 종이 전체에 그림이 그려져 있었다. 짐승의 그림이다. 검은 갈기를 나부끼며 이를 드러내고 탄탄한 네 다리로 땅을 달리는—.

아니, 자세히 보니 짐승의 다리가 달리고 있는 것은 땅바닥이 아니라 구름이다. 네 다리 끝에 달려 있는 다섯 개의 발톱은 흐르는 구름을 찢고 있다. 긴 꼬리 끝은 세 갈래로 갈라져 불꽃이 크게 타오르고 있다.

포효를 지르며 하늘에서 내려오는 짐승.

우사는 그림 끝에 적힌 글씨를 읽었다. '뇌수'라고 적혀 있다.

뇌수다. 구름보다 훨씬 높은 곳에 살며 천공을 종횡무진 달리면서 지상에 벼락을 떨어뜨리는 무서운 짐승.

"이런 걸 어디에서 받았니?"

"오미쓰네 아버지가 마을에서 받은 거래. 저기, 이거 뭐라고 씌어 있는 거야? 엄마는 이게 벼락을 부르는 짐승이라고 하던데."

"응, 맞아. 뇌수라고 하지. 하지만 한번 히다카 님께 당했기 때문에 지금의 마루미에는 가까이 오지 않아."

사다키치는 눈을 둥그렇게 떴다.

"에이—, 안 그래, 누나. 있어. 본 사람이 있는걸."

"누가 봤다고 하든?"

"곤비라 신사에 참배를 하러 온 에도의 환쟁이가 봤대. 히다카 님이 있던 곳에, 어젯밤 이 짐승이 하늘에서 내려와서 울부짖고 있었대. 그래서 이 그림을 그린 거야."

마을 사람들이 모두 이 이야기를 하고 있다고 한다.

우사는 생긋 웃어 보였다.

"그거 진짜일까? 에도에서 온 손님이 지금 있을까? 오사카에서 오는 배가 끊겼잖니."

이것도 항구의 선두들이 오사카까지 배를 운행할 정신이 없기 때문이다.

"모르겠어. 하지만 화가가 그린 거야."

"흐음."

"토끼 누나, 이 짐승, 무섭지? 어린애들을 잡아먹는다는 게 사실이야?"

"그런 건 거짓말이야. 뇌수는 벼락을 부르긴 하지만 사람을 잡아먹지는 않아."

"흐음―."

사다키치는 왠지 불만스러워 보인다.

"하지만 번개를 떨어뜨리잖아. 이 짐승이 와앙 하고 짖으면 그대로 벼락이 되어서 내려오잖아. 지금까지는 히다카 님이 있었으니까 이 짐승도 얌전했지만 히다카 님이 없어졌으니까 마루미 마을까지 내려와서 나쁜 짓을 하게 된 거랬어."

"히다카 님은 없어지지 않았어. 아사기 님의 저택에 계셔."

사다키치는 무슨 말을 해도 끄떡도 하지 않는 우사에게 초조해 졌는지 입을 삐죽거렸다.

"신사는 타 버렸잖아. 이것도 전부 가가 님 때문이라고 다들 그 랬어."

"흐음—. 가가 님이 그렇게 무서운가? 누나는 몰랐네."

"모르는 게 좋대."

사다키치는 갑자기 진지한 얼굴이 되어 목소리를 낮춘다. "가 가 님은 말이지, 마루미를 원망하고 있어서 앞으로도 나쁜 짓을 많 이 할 거래. 마른 폭포의 그 저택 안에서 사방을 살피고 있는데 마 루미의 일이라면 무엇이든 보고 있대. 뭐든지 보인다고 했어. 가가 님은 무서운 귀신이야. 그러니까 가가 님한테 들키지 않도록 우리 는 작게 웅크리고 숨어 있어야 해."

"그럼 사다키치도 어머니 옆에서 착하게 있어야지."

이건 누나가 갖고 있을게, 하며 사다키치에게서 요미우리를 받 아들었다. 혼자 남게 되자 그것을 작게 접어 품에 넣었다.

사다키치의 말을 믿은 것은 아니지만, 왠지 찢어서 버리기는 꺼 려졌다.

9

마른 폭포를 지키는 옥지기 번사들은 대규모 참배에도 참가하지 않았다. 하지만 그곳에서 일어난 사건에 대해서는 모두들 이미 알고 있었다.

절실함의 정도에는 차이가 있을지언정, 번사들도 히다카야마 신사를 신앙하는 것은 다를 바가 없다. '복귀' 의식의 무참한 실패는 그들의 마음에도 동요를 낳았다. 하물며 실패 원인이 된 것이 마을 관청의 관리이다.

게다가 이 실패는 그들의 주군 하타케야마 공의 체면을 망쳐 놓았다. 주군이 스스로 참배를 드린 직후에 가신 중 한 명이 신의 자리를 피로 더럽혔다. 히다카 님은 노하셨다. 결국 마루미 땅을 버리실 것이다. 아니, 그보다 하타케야마 가에 무슨 이변이 일어나지나 않을까. 아니, 히다카 님께 더 이상 그만한 힘은 남아 있지 않을 것이다. 히다카 님은 가가 님의 저주에 지신 것이다. 그렇지 않다면 애초에 색욕에 미친 남자를 그 앞에 가까이 오게 했을 리 없다―.

바깥의 소란을 모른 채 손으로 작은 돌을 쌓듯이 하루하루를 보내고 있는 호에게도 이번 변사의 여운이 미쳤다. 다만 여기저기에서 수군거리는 말을 얼핏 엿들을 뿐이라서 자세히는 알 수 없다. 와타베의 이름이 귀에 들어오는 일도 없었다.

뇌수를 그린 요미우리는 요리 당번 중 한 명이 손에 넣어 몰래 마른 폭포에도 가지고 들어왔다. 밥상을 들이고 물릴 때 호도 얼핏 그것을 보았다.

"이게 뭔지 아니?"

요리 당번들은 옥지기의 눈을 신경 쓰면서 호에게 소곤소곤 말을 걸었다.

"너, 마루미 사람이 아니라고 했지. 본 적이 없겠구나."

"큰 짐승이네요."

"평범한 짐승이 아니야. 벼락을 내리는 짐승이지. 가가 님 때문에 히다카 님이 약해져서 마루미에 내려온 거야."

"벼락이라고요? 하지만 어제도 그저께도 벼락은 치지 않았는데요."

이노우에 가에서도 배웠고 성님도 말했다. 마루미의 벼락은 봄에서 여름까지 심하고 가을이 되면 조용해진다고.

요즘 아침저녁으로 쌀쌀한 날씨를 봐도 그렇고, 하늘 색깔도 계절이 가을로 옮아갔다는 사실을 가르쳐 주고 있다. 벼락의 계절은 끝났다.

그러나 요리를 담당하는 남자들은 물러서지 않는다. "아직 무슨 일이 일어날지 몰라. 매년 마지막에 제일 큰 벼락이 오거든."

팔삭의 대벼락만으로도 충분하다고 모두들 말하고 있는데. 어째서 그런 불길한 생각을 하는 것일까. 호는 알 수 없었다. 무서워하는 한편으로 웅성거리며 기대하고 있는 것 같은 느낌도 든다.

오늘 아침에는 옥지기 분들도 소란스러웠다. 어젯밤 늦게 교대를 위해 마른 폭포로 올라오던 옥지기가 저택 지붕 언저리에서 무언가 반짝이는 것을 보았다는 것이다. 사다리를 대고 지붕으로 올라가 조사해 보려고 했더니 옥지기 두목인 후나바시 님의 심부름꾼이 서둘러 달려와 별이라도 잘못 보았을 것이라며 너무 소란스럽게 굴지 말라고 꾸중했다. 지붕에 올라가 가가 님의 머리 위를 걸어 다니는 무례한 짓을 할 정도의 일도 아니라는 화급한 지시였다. 호는 마침 초소에서 아침 식사 시중을 들고 있었기 때문에 잘 들렸다.

옥지기 분들은 꽤나 거북한 얼굴을 하고 있었다.

요리를 담당하는 남자들은 그 일에 대해서는 모르는 것 같았다. 하지만 호는 이야기하지 않았다. 쓸데없는 수다는 떨지 말 것. 후타미 님도 자주 주의를 주시곤 하지만, 그 이상으로 가가 님께도 배웠기 때문이다. 이 저택에서 보고 들은 것에 마음을 흐트러뜨려서는 안 된다. 하물며 말을 퍼뜨리고 다니는 것은 안 될 일이다.

한바탕 비밀 이야기에 열을 올리고 나서 요리 당번 중 한 사람이 정신이 든 듯 중얼거렸다.

"그런데 말이야, 이 아이는 무사하잖아."

생각난 듯이 슬금슬금 피하며 삐딱하게 호를 본다. 뇌수를 무서워하듯이 호도 무서워하는 것 같다.

"히다카 님도 처치해 버릴 정도로 가가 님의 저주가 대단한데 이 아이는 어째서 아무렇지도 않을까."

"우리도 너 같으면 좋겠다."

호는 저택 안의 이런저런 일들을 아랑곳하지 않고 평소대로 가가 님의 방을 찾아뵈었다. '바다'와 '산'도 쓸 수 있게 되었기 때문에 오늘부터 또 새로운 글자를 배운다.

벼락이라는 글자는 어떻게 쓰는 거냐고 여쭈어 보았다.

"무서운 벼락을 글씨로 써 보고 싶으냐?"

"예. 마루미에서는 벼락이라는 말을 많이 들었지만 글자를 모릅니다."

가가 님은 벼루를 앞에 두고 호의 얼굴을 물끄러미 보았다. 호는 재촉하는 것을 느꼈다. 가가 님은 가끔 이렇게 호의 생각을 읽으신다. 알고 싶은 것은 '벼락'이라는 글자가 아니다.

"뇌수, 라는 짐승의 그림을 보았습니다."

"벼락의 짐승이라고 쓰는 것이로군."

"예. 가가 님, 아시옵니까?"

"이야기로 들은 적은 있다."

"정말로 하늘에서 내려오는 것일까요?"

"글쎄. 하늘 위에 사는 신수神獸에 대해서는 지상에 있는 자들이 알 수 없지."

신수?

"신의 짐승이라는 뜻이다."

"짐승인데, 신인가요?"

"그래. 벼락을 막아 주는 히다카야마 신사의 신체도 들개라고 하지 않더냐. 그것도 신수다."

"히다카야마 신사의 신은 뇌수와 싸워서 마루미를 지켜 주셨다고 합니다. 그러면 그 싸움은 짐승들끼리 싸운 것이었을까요?"

"마루미 사람들이 그렇게 믿는다면 그런 것이겠지."

가가 님은 붓을 손에 들고 '뇌수'라고 술술 적으셨다.

"벼락은—."

쓰신 글자 위로 시선을 떨어뜨린 채 말씀하셨다.

"뇌수만이 부르는 것이 아니다. 원령이 벼락이 될 때도 있다고 하지.”

“원령.”

모두들 가가 님을 그렇게 부른다.

가가 님은 입 끝만 추켜올려 희미하게 웃었다. “나 같은 자를 말한다.”

가가 님의 웃음 자체가 드물기 때문에 호는 넋을 잃고 바라보았다. 그리고 그 웃음이 일그러져 사라지고 가가 님의 눈 속 깊은 곳에 깃든 어두운 빛에도 매료되었다. 지금까지 한 번도 본 적이 없는 빛.

마음 깊은 곳을 뒤져서 무언가를 찾아낼 때 필요한 빛이다.

무언가를 떠올리신 것이리라. 무슨 생각을 하고 계시는 걸까.

“참으로, 벼락은 내게 어울린다.”

중얼거리며 붓을 놓는다.

“이곳에서 에도에 살던 시절의 십 년치 벼락을 올여름 한꺼번에 들었다.”

‘뇌수’라고 쓴 종이를 떼어내며 가가 님은 시선을 든다.

“너는 하늘을 소란스럽게 하는 벼락보다 지상을 적시는 비라는 글자를 먼저 배울 것이다. 그렇지, 비와 은혜다. 그 두 글자를 가르쳐 주마.”

호는 자세를 바로 하고 앉았다. 붓을 든다. 이제는 완전히 익숙해진, 조용한 습자 시간이 흐른다.

비라는 글자는 어렵다. 몇 번을 써도 모양이 흐트러지고 만다. 습자본을 따라 쓰면 가까스로 모양이 나지만 혼자서 쓰면 아무래도 오른쪽이 올라간 형태가 되고 만다.

정신없이 열중해 있는데 "호" 하고 부르는 소리가 났다. "예" 하며 손을 멈추려고 한다.

"습자를 계속해라."

가가 님은 귀를 기울이고 계신다. 기척을 살피고 계신다. 장지문 너머 옆방에 대기하고 있을 후타미 님, 옥지기 분들의 기척을.

목소리가 낮아졌다.

"마루미의 여름은 끝났지만 벼락은 아직 끝이 아니라고 하더구나."

호는 아래를 본 채 계속 쓴다.

"매년 마지막을 장식하듯이 한층 큰 벼락이 떨어지고 그제야 진짜 가을이 온다. 나는 그리 들었다."

도베 선생님께 말이다, 하고 덧붙이셨다.

"그러니 너는 히키테 처녀에게 받았다는 부적을 아직 소중히 간직하고 있어야 한다."

"예."

왜 일부러 그렇게 다짐을 하실까.

"도베 선생님의 말씀을 잘 들어야 한다."

"예."

"일전에 선생님께서 진찰을 해 주셨다지. 또 그럴 기회가 있을 것이다. 너는 선생님이 말씀하시는 대로 하면 된다."

"예."

세 번째 대답을 하면서 더 이상 견딜 수 없게 되어, 호는 얼굴을 들었다. 가가 님이 지금 하시는 말씀에는 호가 모르는 뜻이 있다는 기분이다. 말 뒤에 진짜 말이 숨어 있는 것 같은 기분이 든다. 무엇일까? 가가 님의 얼굴을 보면 알 수 있지 않을까?

가가 님은 호가 쓴 찌그러진 '비'라는 글자를 바라보고 계신다. 야윈 옆얼굴에서 호가 찾는 대답은 눈에 띄지 않는다.

"비는 누구의 머리 위에나 똑같이 내린다. 하지만 그치지 않는 비는 없다."

잘 익혀 두렴―그렇게 말씀하시고, 습자 시간이 끝났다.

10

일은 다음 날 아침 일찍 일어났다.

발단은 사소한 싸움이다. 염색집에서 조개 고르는 일을 하는 일꾼들이 붉은 조개를 주우러 해변에 내려갔다가 감시하러 나와 있던 어부들에게 쫓겨나 돌아왔다. 염색집 중에는 팔삭의 대벼락 때문에 피해를 입은 곳도 있어, 히다카 님의 대규모 참배가 있을 때까지 이래저래 어수선했다. 염색집 일꾼들은 오랜만에 조개를 캐러 나간 것이었다.

염색집은 마을관청의 관리하에 있으니 심술을 부렸다는 논리적인 충돌이 아니다. 어부들은 연일 배 부교소를 물고 늘어져도 결말이 나지 않자 초조해졌고, 바다에 나가기를 삼가야 한다는 사실에도 진저리가 나 있어서 모두들 신경이 날카롭다. 사소한 대화나 인사에 약간만 실수가 있어도 싸움의 불씨가 된다.

그러나 쫓겨난 염색집 쪽에서도 잠자코 있을 수는 없다. 염색집 우두머리들이 모여 시오미에게 쳐들어갔다. 해변도 바다도 어부들만의 소유가 아니다. 붉은 조개를 캐지 못하면 염색집은 일을 할 수 없게 된다.

다툼은 각자의 우두머리들끼리 부딪쳐도 끝나지 않았다. 대체 너희는 누구 편이냐. 히다카 님이 계시지 않는 것을 어떻게 생각하는 거냐. 마을관청에 꼼짝도 못하면서 굽신거리기만 하면 되는 거냐. 그러는 어부 마을은 어떤가. 언제까지 칭얼거리기만 한다고 무엇이 바뀌겠는가. 히다카 님은 아사기 가에 틀림없이 계신다. 바다를 내려다보는 신사에 자리하고 계시지 않는다는 사실에 집착하는 것은 터무니없는 겁쟁이가 아니냐.

우두머리들이 싸우면 일단 가라앉았던 아랫사람들의 싸움도 다시 불타오른다. 염색집은 여자들이 많기 때문에 제대로 맞붙으면 불리하다. 그만큼 말발은 세다. 때 아닌 소란에 결국 해자 바깥의 히키테들이 나서게 되었고, 그러자 또 소동이 커졌다.

그래도 낮까지는 서로 달래거나 물러서거나 타이르는 분위기도 있어서 소동은 일단 종식되었다. 마침 그 무렵 우사는 볼일이 있어서 해자 바깥에 나와 있다가 지나가는 사람들의 입에서 소동에 대한 이야기를 듣고 오산이 걱정되어 별채로 달려갔다.

오산은 웃고 있었다. 거리낌 없이 웃는 얼굴은 아니었지만 겁을 먹거나 두려워하기보다는 오히려 어이없어하는 것 같아서 우사는 안심했다.

"왜 일이 이렇게 된 걸까. 서로 싸운다 해도 아무 소용도 없는데. 우두머리들이 좀더 제대로 해 줘야지."

"내일도 해변에는 못 갈까요?"

"말도 안 돼. 갈 거야. 조개가 모자란단 말이야. 내일은 내가 우리 애들을 데리고 갈 거다. 생글생글 웃고 있으면 싸움은 나지 않겠지."

그 사람들도 낚시를 하러 나가면 될 게 아니냐, 하고 불쾌한 어투로 말했다.

"본전이 없어졌든 어디로 옮겨 가셨든, 히다카 님은 틀림없이 마루미 사람들을 지켜 주실 거야. 신은 그렇게 속이 좁지 않으시겠지."

"아주머니—."

"하지만 그렇게 말하면 또 싸움이 날 테지. 어려운 문제야."

코를 찌르는 염료 냄새 속에서 부글부글 끓는 가마솥 너머로 오산은 눈을 가늘게 뜨고 우사의 얼굴을 보았다.

"우사, 너 괜찮니?"

"저요?"

오산은 말하기 힘든 것 같았다.

"와타베 님은—왜 그러신 걸까. 왜 도를 넘어 버리셨을까?"

"저도 모르겠어요."

"그럼 내가 알 리 없구나."

어색한 웃음을 지었다. 우사를 위로하려는 것처럼 보인다.

"남자들은 어쩔 수 없다니까."

오산은 손등으로 얼굴을 문질렀다. 김 때문에 눈이 아프다고 변명하듯 말한다. 하루 종일 여기에 있는 사람이니 이제 김에도 냄새에도 익숙해졌을 텐데.

"나는 말이지, 네가 와타베 님과 혼인을 할 거라고만 생각하고 있었다. 자주 둘이서 나란히 돌아다니곤 했잖니."

눈에 띄지 않도록 하고 있다고 생각했는데.

"그건 제가 히키테 흉내를 내고 있을 때만 그랬잖아요."

"너, 와타베 님을 좋아하지 않았어?"

우사는 크게 고개를 저었다. "생각해 본 적도 없어요. 와타베 님도 아마 그랬을 거예요. 무엇보다 제가 관리 나리의 색시가 될 수 있을 리 없잖아요."

오산의 얼굴이 흐려진다. "그렇다면 역시 소문이 맞는 걸까? 와타베 님은 가지와라 미네 님에게 반하셨던 걸까?"

남자는 바보구나, 죽을 만큼 바보야. 오산은 슬픈 듯이 말했다. 우사는 애매하게 응, 인지 예, 인지 모를 대답을 남기고 주엔지로 도망쳐 돌아갔다.

와타베가 죽은 후로 에이신 스님은 우사의 언동에 눈을 부라리고 있다. 어디에서 무엇을 해도 스님이 노려보고 있는 것을 느낀다. 자신이 심부름을 보내 놓고 우사가 조금만 늦게 돌아오면 어디에 있었느냐 무엇을 하고 있었느냐고 집요하게 묻는다. 이러이러한 소동이 있었다는 이야기를 듣고 염색집에 들렀다 왔노라고 솔직하게 대답하자 대뜸 야단을 치셨다.

"더 이상 귀찮은 일에 머리를 들이밀지 말게."

너무나 엄하게 감시를 받는 것 같아 우사는 문득 의심을 품었다. 와타베가 찾아온 그날 밤에 스님은 본당에서 크게 코를 골며 자고 있었을 텐데, 어쩌면 그것은 가짜이고 두 사람의 대화를 듣고 있었는지도 모른다.

그렇다면 그 자리에서 뛰어나와 고함이라도 쳐 주셨으면 좋았을 텐데.

낮 세 시가 지났을 무렵, 어부 마을에서 또 빠른 큰북 소리가 들려왔다. 우사는 빨래 너는 곳에서 그날 두 번째 빨래를 걷는 중이었다. 거기에 스님이 다가왔다. 작업복 차림이 아니라 법의와 가사를 입고 있다.

"나가십니까?"

"미노야에 다녀오겠네."

스님은 짧게 대답하고는 얼굴 한가운데에 자리 잡고 있는 커다란 코에 몹시 이상야릇한 주름을 지었다. 스님은 머리도 둥글고 눈도 둥글고 곧은 데라고는 어디에도 없는데도 엄해 보이는 것이 신기하다.

"이 큰북."

하늘을 따라 울려오는 소리를, 손가락을 하나 세워 가리킨다.

"신경 쓰지 말게. 자네와는 상관없는 일이야."

우사는 불안한 마음으로 깨달았다. "무슨 일이 있었군요? 그래서 미노야의 나리께서 부르셨지요?"

"아직 모르겠네. 나도 심부름꾼의 이야기를 얼핏 들었을 뿐이야. 주조가 보기 드물게 당황하고 있으니 좀 살펴보고 오겠네."

스님은 오른손에 굵은 염주를 들고 떡 버티고 서 있다. 코의 주름도 그대로이다. 작게 눈을 깜박거리고는 빠른 어투로 말했다.

"내가 입을 다물고 있어도 머지않아 이곳에도 여러 가지 소문이 들려오겠지. 자네는 경솔한 사람이니 그 소문을 들으면 가만히 있을 수 없을 게야. 그러니 먼저 말해 두겠네. 소란 피우지 말게. 절에서 나가지 마."

"—무슨 일인데요."

"오늘 아침에 사그라진 불이 또 타기 시작한 모양일세."

배는 멈추어 있지만 여관 마을에는 전부터 와 있던 손님들이 있다. 오늘 아침의 소동은 그들의 귀에도 들어갔다. 손님에게 만에 하나 무슨 일이 있으면 안 되기 때문에 여관 마을에서는 삼점三店의 주인들이 선두에 서고 히키테를 보내 달라고 청하여 경비를 하고 있었는데 그것이 오히려 안 좋은 결과를 낳았다. 일각쯤 전에 여관 마을을 돌고 있던 히키테가 어쩌다가 어부 마을에서 온 생선 장수와 싸움을 벌였고, 각자 가세하는 사람들이 모여들어 길가에서 크게 드잡이를 했다고 한다.

결국 그 싸움에서는 히키테가 우세하여 불씨가 된 생선 장수를 붙잡아 파수막으로 끌고 갔다는데.

"물론 그것만으로는 끝나지 않았지. 방금 어부 마을의 성미 거친 사람들이 모여서 서쪽 파수막으로 쳐들어갔다고 하네. 생선 장수를 내놓으라는 거야."

우사는 펄쩍 뛰어오를 뻔했다. "그럼 싸운 히키테는 서쪽 파수마 사람인가요?"

"그런 모양일세. 이름은 모르겠지만."

우사의 뇌리에 이소반 파수막에서 얄미운 말을 했던 하나키치의 얼굴이 언뜻 스쳤다가 사라졌다.

"히키테를 불렀던 여관 쪽에도 불똥이 튀었네. 중재에 나선 주조에게 머리에 피가 오른 어부들이 트집을 잡으러 왔어. 뭐, 이해가 안 가는 것은 아닐세. 이럴 때는 이치에 맞지는 않더라도 마음에 안 드는 것은 마음에 안 든다며 닥치는 대로 아무 데나 덤벼드는 놈들이 나오는 법이거든."

"그럼 여관 마을도 큰일이—."

"그렇게 되지 않도록 주조가 날 부른 걸세. 나도 공으로 가사를 입고 있는 것은 아니니까. 이 까까머리를 보면 정신이 드는 사람도 있겠지. 잔뜩 설교를 해 주고 와야겠어."

에이신 스님뿐만 아니라 다른 절에서도 주지 스님들이 해자 바깥으로 나가 여기저기에서 일어나고 있는 싸움을 진정시키기 시작했다고 한다.

"염색집은 괜찮을까요?"

여관 마을과 염색집은 히다카 님의 사당 재건에 적극적이어서 돈도 모으고 있었다. 하지만 '복귀'가 실패로 끝난 후에는 어부 마을처럼 강경하게 나가지는 않고 우선은 마을관청의 지시에 따르고 있다. 어부 마을 사람들은 그것이 마음에 안 드는 것이다. 결국 너희는 어느 편이냐? 흑인지 백인지 확실하게 하라는, 위세는 좋지만 단순한 분노에 물들고 말았다.

"해자 바깥 전체를 히키테들이 뛰어다니고 있네. 그 사람들이 가라앉지 못하면 마을관청 관리가 나서겠지. 하지만 언제 나서야 할지 시간을 맞추기가 어려워. 섣불리 자극하면 불에 기름을 붓게 될 수도 있거든."

어부들은 애초에 마을관청을 마음에 들어 하지 않았으니까.

"시오미 아저씨들은 어떻게 하고 있는 걸까요. 배 부교소는? 이 소반 파수막의 파수꾼들은."

"글쎄, 모르겠네. 달래거나 부추기거나 자기들 마음대로 하고 있겠지. 도움이 안 돼."

그런 이야기를 하고 있는 사이에도 큰북은 계속 울리고 있다. 뿐만 아니라 주엔지 안까지 소란스러워졌다.

"스님, 스니임!"

"시끄럽군, 대체 무슨 일인가?"

에이신 스님이 느긋한 목소리로 대답하며 빨래를 헤치고 나가자 어른과 아이가 뒤섞인 몇 사람이 여기저기서 달려왔다.

"큰일 났어요, 연기가 나고 있습니다. 해자 바깥에서 불이 났어요!"

우사는 스님을 추월해 달렸다. 산문이 있던 곳에서 둘러보니 하나, 둘, 아아, 지금 세 번째가 보였다. 분명히 연기가 피어오르고 있다. 급한 박자의 큰북 소리가 귀를 찢는다. 이것은 조수 관망대가 아니라 해자 바깥의 화재 관망대에서 치는 큰북이다.

왼쪽 전방에서 가장 짙게 연기가 오르고 있는 곳은 서쪽 파수막 근처가 아닐까.

싸움이 커져서 누군가가 불을 지른 것일까?

무슨 일일까, 어떻게 된 걸까, 오늘 아침에 어부 마을에서 있었던 소동이 아직도 계속되고 있는 것일까. 불안한 속삭임이 우사의 귀를 스친다.

"이런 천치들을 보았나!"

스님은 아래쪽의 광경을 한데 묶어 야단쳤다. 낮게 억누른 목소리다. 우사를 뒤로 밀어내고 모여드는 절 사람들을 돌아보더니 아까와는 달리 우렁찬 목소리로 말했다.

"모두들 허둥거리지 말게. 해자 바깥에서 무슨 일이 일어나든 이 절은 안전해. 여기에 있으면 아무것도 걱정할 필요 없네."

천천히 손을 오르내려 일동의 머리를 누르는 듯한 동작을 해 보인다.

"자네들은 각자의 일로 돌아가게. 이봐, 오토키. 자네는 아직 열이 있지 않았나. 이치스케, 장작은 다 팼나?"

이름을 불린 이치스케가 입을 연다. "스님, 우리는 괜찮지만 해자 바깥에는 할아버지, 할머니가 계십니다."

"오오, 그랬지. 일이 시끄러워지면 안 되겠다 싶어 이곳을 찾아오는 사람도 있겠지. 다 들여보내 주도록 하게. 상황을 보러 갈 생각들은 말게. 이럴 때 안전한 곳에 있는 사람은 움직이지 말고 가만히 있어야 하는 법이야. 움직였다가 괜히 걱정거리만 늘어나지. 모두들 알아들었지?"

일동은 얼굴을 마주보거나 고개를 끄덕거리며 서로 재촉해서 움직이기 시작했다. 에이신 스님은 머리를 맞대고 발돋움을 해 가며 성 아래를 둘러보고 있는 아이들의 엉덩이를 팡팡 소리를 내며 두 들겼다.

"요놈들, 그럴 시간이 있으면 토끼를 도와주어라."

모인 사람들을 흩어 놓고 우사의 팔을 잡더니 얼굴을 가까이 대고 굵은 목소리로 쥐어짜듯이 다짐했다.

"알겠지, 절대로 절에서 나가선 안 된다."

"아, 알겠습니다."

에이신 스님은 문득 망설이듯이 입을 다물었다가 말투를 바꾸며 덧붙였다.

"와타베 가즈마가 죽은 것은 자네 탓이 아니야. 자네는 말릴 수 없었네. 그건 그 남자의 운명이지."

스님이 말투를 바꾼 까닭은 우사를 위로할 생각이기 때문이다. 하지만 꾸중으로 들렸다.

"스님, 역시 알고 계셨군요. 사실은 주무시고 있지 않았지요?"

에이신 스님은 털어놓지 않았다. 우사의 팔을 놓고 어깨를 툭 두드렸다.

"그 녀석은 자네가 함께 도망치겠다고 대답했다면 당황하기만 했을 거야. 자네가 거절할 줄 알고 있었기 때문에 그런 말을 한 걸세. 어리석은 놈. 구제불능의 어리석은 놈이었어. 자네가 그 어리석음에 어울려 줄 필요는 없네."

스님은 우사에게 단호하게 못을 박고 법의 자락을 꽉 움켜쥐어 들어 올리고는 해자 바깥으로 걸음을 서둘러 내려간다.

머릿수를 믿고 일을 벌일 때 사람의 마음은 빛을 잃는다.

어디가 밝은 곳인지를 알지 못하게 된다. 어두워도, 탁하고 소란스러워도, 사람들이 모이는 방향으로 우르르 달려가고 만다. 다 함께 달리다 보면 어깨가 부딪히고, 누군가가 누군가의 발을 밟고, 쓰러진 사람의 등을 밟고, 고함 소리가 나고 주먹을 휘두른다. 상대방의 얼굴조차 분간하지 못한다.

붙잡아 흔들고, 걷어차고, 욕설을 퍼붓고, 욕설을 듣는다. 그저 거기에만 몰두해서 본래 무슨 이유로 싸움이 시작되었는지, 무엇이 마음에 들지 않았는지, 어디에 불만이 있는지, 중요한 사실은 뒤에 남는다.

서쪽 파수막에서 처음 불이 난 이유는, 싸움이 일어났을 때 잡혀 온 어부를 되찾으려고 몰려든 어부들이 좁은 파수막 안에서 히키테들과 실랑이를 벌였기 때문이다.

파수막에서는 언제 필요한 일이 생길지 알 수 없기 때문에 계절이나 시간에 상관없이 불씨를 보존해 둔다. 그래서 촛불 하나라도 켜 둔다. 그 촛불이 쓰러져서 히키테 중 한 명의 옷에 불이 옮겨 붙은 것이 싸움의 시작이었다.

아무 일도 없을 때라면 쉽게 끌 수 있는 작은 불이었다. 하지만 상황이 나빴다. 모두들 신경이 날카로워져 있는데다 사람 수가 많다. 파수막 밖에서 서로 노려보고 있던 사람들은 사정도 모르고 그저 불이 붙었다는 목소리에 흥분한다. 서로 방해하며 우왕좌왕하는 사이에 불은 타오른다.

서쪽 파수막의 대장 쓰네지는 마을관청에 불려가 있어서 자리에 없었다. 서쪽 파수막으로 돌아가려던 도중에 파수막에 불이 났다, 어부 마을 녀석들이 불을 질렀다고 수군거리는 목소리를 듣고 달리기 시작했다. 서쪽 파수막은 염색집들이 늘어서 있는 길에서 가깝다. 인근 사람들은 오늘 아침에 염색집 일꾼들이 쫓겨 온 소동을 알고 있다. 불평불만의 불씨는 여기저기에 널려 있었다. 확 당기면 순식간에 퍼진다. 쓰네지가 달리는 길과는 반대쪽으로, 불이 났다, 어부 마을 녀석들이 파수막에 불을 질렀다―하는 비명에 가까운 소식이 돌고 있었다.

수세로 돌아선 어부 마을 사람들은 일단 도망쳤다. 하지만 파수막이 당했다는 소리에 흥분해서 달려온 히키테들에게 쫓겨 더욱 머리에 피가 오른다. 길 여기저기에서 싸움이 시작된다. 눈앞의 화재는 아랑곳하지 않는다. 히키테들이 모여드니 어부 마을에서도 사람이 더 온다. 항구에서는 조수 관망대의 큰북이 울린다.

사정을 모르는 사람들은 그저 그 소리에 놀라 가만히 있을 수 없게 된다.

무엇이 발단인지 왜 싸움이 일어나고 있는지도 모른 채 그저 흥분에 사로잡혀 싸움 속으로 뛰어드는 사람들도 나온다. 이소반 파수막의 파수꾼들은 어부들에게 가세하려고 달려온다. 달려온 시오미들 중에는 노인도 있는데, 노인이 다짜고짜 얻어맞고 쓰러지면 그것이 또 새로운 불씨가 된다.

서쪽 파수막을 중심으로 해자 바깥 마을의 길을 따라 분노의 들불이 퍼져 나간다. 염색집 쪽으로도 여관 마을로도.

마을관청에서 소방원들이 나와도 혼란 때문에 서쪽 파수막에 가까이 가기도 힘들다. 서쪽 파수막은 불타오른다. 불의 빛깔이 남자들의 눈에 비친다.

길가에서 난투가 일어나면 여자와 아이들은 도망쳐 다닌다. 염색집에서는 작업장까지 남자들이 몰려와 때리고 차는 등 소동을 일으켜 솥이 뒤집힌다. 부상자가 나오면 그것 때문에 또 미친 듯이 날뛴다. 여관 마을에서는 처마를 나란히 하고 있는 여관들이 일찌감치 대문을 닫았지만 누군가가 그리로 도망쳐 들어갔다는 목소리가 들리면 문을 두들겨 부수고 쫓아가는 사람들이 뒤를 잇는다.

이윽고 해자 바깥의 다른 곳에서도 불길이 일어난다. 이번에는 싸우다가 우연히 난 불만이 아니다. 공포와 분노가 회오리바람처럼 피어오른다.

마루미 사람들은 어떻게 되어 버린 것일까. 어느새 이렇게 많은 분노를 쌓았을까.

가가 님을 맡아야 한다는 '변사'가 생긴 후, 모두들 두려워했지만 입을 다물어 왔다. 침묵하고 머리를 숙이며 견디려고 해 온 마루미의 백성들을 비웃듯이 돌림병이 일어나고 벼락 피해가 뒤를 이었다. 죽은 사람, 병에 걸려 괴로워하는 사람, 집을 잃고 일자리를 잃고, 체념할 수밖에 없었던 사람들은 지금까지 분노를 마음속에 억눌러 왔음이 분명하다.

누구 잘못인가? 누구 때문에 이렇게 되었나? 꾹 참아 왔는데 무엇 하나 보답받지 못하지 않았는가. 이 재앙에는 끝이 없다. 마루미는 히다카 님에게마저 버림받고 말았다.

갖가지 분노가 교차해 둑이 무너지고, 서로가 서로를 미워하고 증오하는 마음이 넘쳐난다. 눈앞에 있는 붉은 한텐이 밉다. 겁쟁이들만 모여 있는 주제에 입으로만 떠들어 대는 누비 한텐이 눈에 거슬린다. 바다에 나가지 못하는 우리를 곁눈질하며 뻔뻔스럽게 연기를 피워올리는 염색집 놈들이 얄밉다.

이 사람들은 왜 이렇게 날뛰는 것일까. 누구의 잘못도 아닌데 왜 드잡이를 시작한 것일까. 화재가 번진다. 소방원들은 어디에 있는가? 아이들이 울고 있다. 도움을 청하는 목소리가 들린다. 길가에 넝마 꼴이 된 사람들이 쓰러져 신음 소리를 내고 있다.

마치 농민 봉기라도 일어난 것 같은 상황이다.

멍하니 그 자리에 서 있다가 번져 가는 화재에 쫓겨 몸만 달랑 챙겨서 도망치기 시작하는 사람들의 머리 위로 큰북 소리가 계속 울린다.

11

마을관청에서는 난동을 부리는 사람들이 해자 안쪽으로 들어가는 것을 막기 위해 우선 울타리저택의 경비를 강화했다. 해자 바깥의 일은 히키테에게 맡겨온 그들은, 그 히키테가 바로 이 폭동의 원인이라는 사실을 당장은 파악할 수 없었다.

마을 소방원들이 소란에 가로막혀 성 아래에서 일어난 화재를 진압하지 못해, 산 부교소의 산불 소방원들이 대신 나서는 동안 귀중한 시간을 낭비했다. 해자 바깥의 화재는 널리 번져 갔다.

배 부교에서 관할하는 배관리들은 어부들을 통제하기 위해 달려 갔다가 해자 바깥의 혼란과 참상에 넋을 잃을 뻔했다. 눈에 띄는 대로 포박해 보니 붉은 한텐을 입은 히키테들이 이를 드러내며 덤 벼든다. 이제야 포박 준비를 하고 나타난 마을 관리들과 조우하니 서로의 얼굴에서 분노와 반목을 발견한다. 이 꼴이 뭔가!

소방원들은 불길을 잡기 위해 길가에 있는 집들을 부수기 시작 한다. 큰 망치를 휘두를 때마다 마루미의 마을이 부서져 간다. 불 길이 쫓아와 하늘이 그을린다. 곧 숨쉬기가 힘들어진다. 피어오르 는 흙먼지 때문에 앞이 보이지 않는다.

포박만으로는 일이 수습되지 않아 관리들이 검을 빼든다. 겁을 먹고 도망치는 자도 있지만 오히려 맞서는 자도 있다. 피가 튀고 비명이 일어난다.

에이신 스님은 화재와 소란과 도망치는 사람들 사이를 지나 가 까스로 여관 마을에 도착했다. 가는 길에 호코지實幸寺 주지와 마주 쳤다. 이 소동은 도저히 설법으로는 진정시킬 수 없다, 절과 보양 소를 지키는 게 먼저라며, 가사 자락을 펄럭이면서 마을에서 도망 쳐 나가고 있다.

미노야에서는 남아 있던 몇 안 되는 숙박객들을 모아 곤비라 신 사로 이어지는 산길로 도망시키려는 준비를 하는 중이었다. 주조 가 관리를 하고 있다. 스님의 얼굴을 보더니 공포로 날카로워졌던 턱선이 부드러워졌다.

"아아, 형님. 용케 여기까지 오셨군요."

여관 마을에서는 아직 다른 동네 같은 난투 사태는 일어나고 있지 않았다. 난투가 지나간 흔적이 있을 뿐이다. 겁먹고 허둥거리는 것은 이 마을 사람들과 손님들뿐이다.

"서쪽 파수막에 불이 났다는 이야기를 듣고 주변에서 싸우던 놈들은 모두 돌아갔어요."

바람을 타고 연기가 날아온다. 무언가가 타는 냄새가 코뿐만 아니라 입 안까지 들어와 깔깔하니 불쾌한 맛이 난다.

미노야 앞에 서 있어도 아직 무사한 집들의 지붕 너머로 불꽃의 혀가 보인다. 화재 관망대의 큰북 소리는 전혀 멈추지 않는다.

"빨리 사람들을 데리고 도망쳐라. 내가 지나온 길만 해도 불이 얼마나 많이 번졌는지 몰라. 소방원들은 뭘 하고 있는 건지, 불길은 퍼지기만 할 뿐이다."

"형님도 같이 가셔야지요."

"아니, 나는 절로 돌아가야겠다." 스님은 딱 잘라 말했다. "주조, 다이묘께서 내리신 하오리는 챙겼느냐?"

주조는 흠칫 놀라 형의 얼굴을 보았다.

"미노야의 가보다. 불에 타 버리는 일이 있어서는 안 돼. 잘 부탁한다."

그렇게만 말하고는 발길을 돌려 나막신을 신고 짐을 짊어진 채 여관 앞에 모여 있는 손님들을 향해 손을 벌렸다.

"참으로 터무니없는 재난을 당하셨군요. 걱정하실 것 없습니다. 이제부터 여관 주인이 여러분을 안전한 곳으로 모시고 갈 테니까요. 곤비라 사당까지는 고개를 두 개만 넘으면 됩니다. 별것도 아니지요. 발밑을 조심하시기 바랍니다."

분위기에 어울리지 않을 정도로 밝고 명랑한 목소리에 굳어 있던 손님들의 얼굴이 조금 누그러진다.

"삼점은 모두 도망치는 것이냐?"

"벌써 도망쳤어요, 형님. 우리가 마지막이지. 저는 형님을 기다리고 있었습니다."

"기특하구나. 얼른 가거라!"

에이신 스님은 동생을 재촉했다. 주조는 돌아보고 또 돌아보며 큰 고리짝을 짊어지고 달리기 시작했다.

이노우에 게이치로는 호코지 내에 있는 보양소에 있었다. 고사카 가의 이즈미도 함께 환자들을 진찰하고 있었다. 전보다 사람 수는 줄었지만 아직도 이곳을 떠날 수 없는 자들은 그만큼 중증인 셈이다. 대벼락 때 입은 피해로 집을 잃고 돌아갈 곳이 없는 사람도 있다.

서쪽 파수막이 불탔다는 소식이 들어오는가 싶더니, 절에서 가까운 곳에서도 불길과 연기가 치솟고, 길을 달려가는 남자들의 고함 소리와 여자와 아이들의 비명 소리가 들려오게 되었다. 보양소로 실려 오는 부상자도 있다. 시간이 지남에 따라 싸움 때문에 다친 사람보다 화상으로 중상을 입은 사람들이 더 눈에 띄기 시작했다. 칼에 베이거나 찔린 남자들도 있다. 도착했을 때 이미 숨이 끊어진 자도.

불길이 번져 도망쳐야 하는 때가 오지 않는 한, 섣불리 여기서 움직이지 않는 편이 좋다. 게이치로는 두려워하는 사람들을 달래며 치료에 분주했다. 그때, 싸움 사태를 진정시키기 위해 나갔던 주지가 그을음투성이가 되어 돌아와 해자 바깥의 상황을 들려주었다. 겨우 관리들이 나서서 소란을 진압하기 시작했지만 폭도들 때문에 소방원들이 가까이 갈 수가 없어서 불은 아직도 번지고 있다고 한다.

게이치로는 결단을 내려야 했다.

"이즈미 선생님, 주지 스님과 함께 환자들을 모아 해자 안쪽으로 도망치십시오. 울타리저택의 보양소에 들여보내 달라고 하시면 됩니다."

"이노우에 선생님은 남으실 겁니까?"

"버틸 수 있을 때까지는 여기 있겠습니다. 상황을 보니 부상자가 더 늘어날 것 같군요. 이곳을 찾아오는 사람들에게 어디로 도망치면 되는지 가르쳐 주어야지요."

해자 안쪽에서 가까운 이노우에 가는 걱정할 필요가 없다. 여차하면 약상자를 들고 도망치면 된다. 함께 와 있던 모리스케를 먼저 돌려보내서 다행이다.

게이치로는 불어 닥치는 바람에 연기뿐만 아니라 불똥도 섞이게 될 때까지 보양소에 머물렀다. 수많은 중상자에게 재빨리 처치를 하고 널문에 실어 울타리저택으로 도망치게 했다. 연기 때문에 기침이 나고 목구멍이 칼칼했다. 눈이 따끔거린다.

해자 바깥에서는 어느 정도나 불길이 번졌을까. 오늘 아침에는 서풍이었는데 지금은 소용돌이 같은 바람이 불고 있어서, 어느 방향에서 불어 닥치는지 느낄 수가 없다. 어느 쪽을 보아도 얼굴에 정면으로 바람이 닿는다. 화재가 퍼지고 있기 때문이다. 불은 바람을 부르고 바람은 불을 일으킨다.

임무라든지 의원의 책무라든지 그런 제대로 된 생각이 있어서 움직이는 것이 아니었다. 게이치로는 그저 화가 나 있었을 뿐이다. 아버님, 불길한 병, 큰 벼락, 이번에는 이 참사입니다. 소란과 대화재, 마루미의 마을은 무너지려 하고 있어요. 마루미의 백성들이 무너지려 하고 있다고요.

온화하고 착하고 검소하며 부지런한 백성들이 이렇게 도를 잃고 미쳐 날뛰게 될 때까지, 대체 누가 그들을 몰아세운 것일까요.

여기까지 와 버렸으니 이제 아버님 계획이 무엇이든, 그것이 아무리 잘된다 하더라도, 모두 너무 늦은 것이 아닙니까.

"이노우에 선생님, 이노우에 선생님! 벌써 길 맞은편까지 불길이 와 있어요! 도망치십시오!"

한 손에 약상자를 들고 다른 한 손으로는 방금 전에 치료하고 있던 부상자를 부축하며 게이치로가 보양소 문을 나섰을 때, 기와 위에 불붙은 나뭇조각이 떨어지고 불꽃이 확 튀었다.

스님의 말에는 거짓이 없었다. 주엔지는 위치가 좋았다. 해자 바깥에 번지는 불의 기세에 쫓기던 사람들이 속속 도망쳐 올라온다. 다친 사람은 본당에, 무사한 사람들은 경내에 각각 나누어 피난시키고 얼마 안 되는 약으로 치료를 하기 시작한다.

지금은 연기에 가로막혀 언덕 위의 주엔지에서 내려다보는 것만으로는 해자 바깥의 상황을 잘 알 수 없었다. 하지만 도망쳐 온 사람들이 저마다 서둘러 이야기해 준 내용을 긁어모아 보니, 우사는 무릎이 덜덜 떨리기 시작했다. 상당히 큰 화재다. 낮이고, 북풍이 강한 겨울철도 아닌데 왜 이렇게까지 불길이 번지고 만 것일까.

"한꺼번에 여기저기에서 불이 났어."

"소방원들이 와도 길이 사람들로 꽉 차서 지나갈 수가 없었거든. 히키테 놈들이 어부들과 싸우고 있었고, 어부 마을에서는 계속 가세하러 와서 말이야."

"관리들이 전부 붙잡아 가던데 어디로 데려갔을까. 해자 바깥에서는 어디에 있어도 연기 때문에 앞이 보이지 않는데."

연기 때문에 목에 아픔을 느끼는 사람들에게 물을 나누어 주며 돌아다니다 보니 머리를 끌어안고 울면서 "끝장이야, 이제 마루미는 끝장이야" 하고 신음하는 노인이 보였다. 염색집 거리에서 본 적이 있는 얼굴이다.

"별채는 어떻게 되었나요? 모르십니까? 오산 아주머니와 오키쿠 씨, 하치타로라는 아이가 있는데요."

노인은 눈물로 젖은 얼굴을 들었다. "내가 도망쳐 나올 때 별채는 불길에 휩싸여 있었어. 염색집 거리에는 서쪽 파수막에서 불이 옮겨 붙어서."

"솥에서도 불이 났지요." 같이 있던 여자가 떨면서 말했다. "어부들이 와서 잔뜩 어질러 놓고 불을 질렀어요. 염색집은 전부 당했어요."

"하지만 어째서 그 사람들이 그런 짓을……."

"몰라요! 고기잡이를 하러 나갈 수 없는 게 우리 탓도 아닌데. 그런 놈들은 전부 타 죽어 버렸으면 좋겠어!"

울면서 화를 낸다. 기모노 소매와 옷자락이 불에 타서 그슬렸다. 염색집 거리를 덮친 사람들은 정말로 어부 마을의 남자들이었을까. 소동을 틈타 일을 벌인 마을 사람들도 있을 것이다. 그런 반문을 우사는 입 속에 눌러 담았다. 물어본들 소용없다. 모두 머리로 생각하는 법을 잊고 눈앞의 분노나 공포에만 휘둘리고 있으니까.

모두들 지쳐 있었다. 모두들 인내가 한계에 와 있었다. 가가 님이 오신 이후로 마루미 사람들은 부조리한 인내를 강요당해 왔다. 잘 참아 왔다. 하지만 참고 또 참아도 무엇 하나 좋아지는 게 없다.

우사 주위만 해도 지금까지 몇 명이 죽었을까. 목숨은 붙어 있지만 돌림병으로 고생하고, 벼락 피해 때문에 생계를 잃고 괴로워하는 사람들은 더 많이 있다. 무엇보다도 나쁜 것은 이것이 언제가 되면 끝날지 전혀 짐작이 가지 않는다는 것이다.

이제 진저리가 난다. 누군가에게 울분을 풀지 않고서는 마음이 가라앉지 않는다. 그렇게 외치며 날뛰고 싶었던 사람들은 히키테들과 어부들만이 아니다. 확실히 이 소란에 불을 붙인 것은 그들이겠지만, 이 싸움이 없었다 해도 조만간 어디에선가 같은 일이 벌어졌을 것이다.

그렇게 생각하니 우사는 다리가 움츠러들 정도로 무서웠다. 주엔지로 도망쳐 들어온 사람들 중에는 아는 얼굴이 적지 않은데도 모두들 다른 사람처럼 보이는 것도 무섭다. 지금까지 서로 보인 적이 없는 얼굴을 꺼내어 서로에게 보여 주고 있다. 그 얼굴은 어떨 때는 이를 드러내고 상대를 욕하고, 또 어떨 때는 절망으로 울고 있다. 잘못한 사람은 누구이고, 잘못하지 않은 사람은 누구일까. 아무도 구별할 수 없는데도 억지로 구별하여 원수를 찾아내려 하고 있다.

나도 저런 얼굴로 보일까.

여러 가지 이야기를 듣는 동안에 해자 안쪽의 울타리저택에 들어갈 수 있었던 사람도 있다는 사실을 알게 되었다. 마른 폭포 쪽의 산길로 도망친 사람들도 있다. 호코지의 보양소에도 불길이 번졌어. 드문드문 갖가지 이야기가 귀에 들어온다. 작은선생님은 무사하실까. 우사는 불안이 가슴을 찔러 가만히 있을 수가 없었다. 무턱대고 계속 일만 했다.

스님이 그렇게 단단히 못을 박았어도 몇 번인가 절에서 나가려고 했다. 별채가 불에 탔다는 이야기를 들었을 때는 결국 인내가 다할 뻔했다. 하지만 불어 올라오는 매캐한 바람과 열기와 짙은 연기에 나같이 힘없는 사람이 혼자 내려간다 해도 아무것도 할 수 없다─는 분별이 돌아왔다. 산불 소방원들이 나섰다고 하니 괜찮을 것이다, 기다리다 보면 틀림없이 불을 꺼 줄 것이다. 나는 나대로 할 수 있는 일을 해야지.

작은선생님도 이노우에 가에 계실 테니 무사하실 것이다. 불길은 거기까지 번지지 않았으니까. 불에 타고 있는 것은 해자 바깥의 시정뿐이다.

그건 그렇고 스님이 걱정이다. 여관 마을에 무사히 도착하셨을까. 미노야는 어떻게 되었을까?

끝장이야, 끝장이야—.

이것도 히다카 님이 약해지셨기 때문이다. 마루미는 나쁜 악령에 씌었다. 무서운 병도 그렇고 큰 벼락도 뿌리는 모두 하나다.

원망하는 마음이 담긴, 그러면서도 두려운 듯이 잔뜩 낮춘 중얼거림이 들려온다. 상처 입고 지쳐서 어쩔 줄 모르던 사람들이 숙였던 머리를 번쩍 들고는 누가 그렇게 하라고 명령한 것도 아닌데 마른 폭포 쪽으로 시선을 던진다.

에도의 소문은 사실이었다. 관청도 파수막도 쓸데없는 말을 퍼뜨리지 말라고 엄하게 단속해 왔지만 사실을 막을 수는 없다. 아무도 막을 수 없다.

아니, 사실이기 때문에 입에 담아서는 안 된다고 금지해 온 것이다.

"마른 폭포는 타지 않았겠지."

누군가가 말했다. 고개를 끄덕이는 얼굴, 얼굴, 얼굴.

북쪽 산중에 있는 마른 폭포 저택은 숲에 둘러싸여 고요하고 서늘하게 서 있다.

서로 멱살을 잡고, 싸우고, 부수고 고함치는 마루미 사람들을 곁눈질하며.

원수는—저기에 있지 않은가.

"가가 님은 우리 모두를 죽이려고 하시는 거야. 우리가 가가 님을 가두었기 때문에 원망하시는 거지."

"우리가 가둔 게 아니야. 우리 잘못이 아닌데. 태우려면 성을 태우면 될 것을."

그런 분별 따윈 없는 거지.

가가 님은 귀신이니까.

사람의 마음을 갖고 있지 않으니까.

똑같이 마른 폭포를 바라보며, 우사만은 혼자 마음속으로 중얼거린다. 그래도 호, 너는 마른 폭포에 있으니까 틀림없이 무사하겠지—하고.

해가 기울 때쯤 되어서야 가까스로 해자 바깥의 화재는 진압되었다.

불에 탄 집들과 부서진 집들. 기와와 자갈이 바닥에 넓게 깔려서 갑자기 시야가 트였다. 피어오르는 연기와 매캐한 냄새를 바닷바람이 가져간다.

염색집 거리는 특히 심한 참상을 당해 무사히 남아 있는 건물은 두 개밖에 없다. 해자 바깥 한가운데를 가로지르는 큰 상가들이 처마를 나란히 하고 이어져 있는 큰길은 화재보다도 불길을 막기 위해 건물을 부순 것과 소동을 틈탄 도둑질로 황폐해져 있었다. 그래도 불길이 번지지 않은 이유는 근처 집들이 기와지붕으로 되어 있기 때문이다. 판자지붕인 공동주택이나 사글세 집은 완전히 불에 탔다.

대충 둘러보기에 해자 바깥의 집들은 절반 가까이 불에 타 버린 것 같다.

여관 마을에는 불길이 미치지 않았다. 숙박객을 이끌고 산을 넘어 도망친 가게 사람들이 돌아와 뒷정리를 하면서 도망쳐 들어온 사람들을 돌보고 있다. 이럴 때도 전체를 지휘하는 것은 삼점의 주인이라서 주조는 바쁘다. 하지만 그사이에 짬을 내어 주엔지에 사환을 보내 에이신 스님이 무사한지 물어 왔다.

스님은 돌아오지 않았다.

우사는 결심했다. 이제 화재는 수습이 되었으니 스님의 명령을 어기는 것은 아니다. 절에서 나가 스님을 찾아보자. 사환도 주엔지까지 올라올 수 있었으니 괜찮을 것이다.

"나리께는 우사가 스님을 찾고 있다고, 찾으면 곧 알려 드리러 찾아뵙겠다고 전해 드리렴."

사환에게 부탁한 뒤 신을 단단히 신고는 밖으로 나갔다. 약이나 음식, 무명천 등 조달하고 싶은 물건들도 있다. 성 아래의 어디쯤에 이재민들이 모여 있는지 스님을 찾아 돌아다니다 보면 알게 될 것이다. 사지 가의 선생님을 만나면 주엔지에도 와 달라고 부탁하고 싶다.

호코지의 보양소는 무사할까?

마음이 흐트러진 탓도 있겠지만 집이 없어지거나 길이 건물의 잔해 때문에 좁아져서 마을의 모습이 바뀌는 바람에 눈을 가리고도 걸어 다닐 수 있을 거라고 생각하고 있던 해자 바깥에서 우사는 몇 번인가 방향을 잃었다. 불에 쫓겨 달랑 몸만 챙겨 도망친 사람들이 흔적도 없이 타서 무너진 공동주택 자리에 멍하니 서 있다. 뿔뿔이 헤어진 가족을 목청껏 부르는 사람이 있다. 쪼그리고 앉아 울고 있는 어린아이가 있다. 주엔지로 가라고 말을 해 주고 스님을 보지 못했느냐고 물어도, 처음에는 우사가 무슨 말을 하는지 알아

듣지 못할 만큼 망연자실해 있는 사람도 있었다.

큰길에서는 여기저기에서 이재민들을 위해 밥을 짓기 시작했다. 자연히 사람들이 모여든다. 그런 곳에는 마을 관리들의 붉은 하오리도 보인다. 황폐해진 상가 안을 조사하거나, 무슨 일이 있는지 사람들에게 고함을 치거나, 큰 소리로 지시를 내리고 있다.

건물이 불에 탄 자리에는 관리들의 모습이 없다. 히키테들의 얼굴도 보이지 않는다. 그저 지치고 겁먹은 해자 바깥 사람들이 흩어져 있을 뿐이다.

다친 사람을 널문에 실어 운반해 가는 남자들에게 어디로 가느냐고 물었다.

"고사카 선생님 댁에 가는 걸세. 사지 선생님들 댁은 전부 무사하니까 심각한 부상자는 그쪽에 부탁드리라고 아까 히키테가 알리고 다녔거든."

"보양소는? 호코지는 어떻게 되었는지 아세요?"

"불에 탔다고 들었네."

불에 그슬린 남자도 몸 여기저기 입은 화상 때문에 아파 보인다.

"아까 그쪽에서 온 사람이 이야기하기로는 완전히 불에 타서 남아 있는 것은 종뿐이라고 하더군."

"그럼 환자나 부상자는—."

"그건 모르겠지만 역시 사지 가를 찾아가지 않았을까?"

다른 남자가 해자 안쪽에서 가까운 두 개의 절이 무사하다고 가르쳐 주었다. 양쪽 다 호코지보다는 작은 곳이다. 화재로 집을 잃은 사람들이 모여 있다고 한다.

"고맙습니다. 저는 주엔지 사람입니다. 주엔지도 무사하다고 사람들에게 널리 알려 주세요. 아직 사람을 더 들일 수 있습니다."

"오오, 알겠네."

사람들에게 말을 걸 때마다 똑같은 대화를 주고받으면서 대강의 상황을 알게 되었다. 아는 얼굴도 만났다. 하지만 에이신 스님을 보았다는 사람은 없다. 별채의 오산 씨 등이 무사한지도 알 수 없다.

염색집 거리로 돌아 들어가자 등이 오싹해지는 풍경이 펼쳐져 있었다. 이름난 화가가 화폭에 담았을 정도인 마루미의 명소, 주욱 이어져 있는 염색집 굴뚝이 사라지고 없다. 붉은 조개 염색의 독특한 냄새를 몰아내고 화재가 있었던 자리의 고약한 냄새가 활개를 치고 있다.

남자들이 불에 탄 염색집의 건물 잔해에 달라붙어 소란을 피우고 있다. 그 속에서 더러워지고 불에 그슬린 붉은 한텐을 허리에 감은 히키테의 얼굴을 발견했다. 서쪽 파수막의 두목 겸습 고타다. 그렇다, 이 사람의 아내가 염색집의 직공이었다.

"고타 씨!"

돌아본 얼굴에는 그을음 때문에 줄무늬가 생겨나 있었다. 땀과 눈물이 흐르고 있다. 우사는 쪼그리고 앉은 그의 발치에서 부러져서 서로 포개진 대들보와 벽을 바른 흙과 그을린 판자 틈으로 튀어 나온 여자의 옷자락과 가느다란 손을 발견하고 움직일 수 없게 되고 말았다.

"자네, 누군가."

고타의 눈은 초점이 맞지 않는다.

"우사입니다. 서쪽 파수막에서 신세를 졌지요."

고타는 듣고 있지 않았다. 주위 남자들을 향해 통나무는 없느냐고 갈라진 목소리로 고함을 지른다. "빨리 가져와! 뭐든지 좋다, 여기에 찔러 넣어서 들어 올릴 수 있는 것이라면."

괴로워서 보고 있을 수가 없다. 이럴 때는 도울 수도 없다. 우사는 도망치듯이 발길을 돌려 서쪽 파수막으로 향했다. 보이지 않는다. 벌써 꽤 많이 왔는데 파수막이 없다.

"우사, 자네 우사 아닌가?"

헤매고 있자니 뒤에서 누군가가 불렀다. 갈라지고 뭉개진 목소리다. 돌아보니 등에 노파를 업고 아이들 둘을 거느린 남자—쓰네지 대장이다! 한쪽 소매가 무참하게 찢어진 붉은 한텐을 입고 있다.

"무사했나?"

"대장님도요?"

"간신히. 하지만 서쪽 파수막은 끝장일세. 불에 전부 타 버렸어."

목소리가 엉망이다. 연기 때문일 것이다. 이 사람 때문에 분한 기분을 맛본 적도 있지만 대장으로서는 훌륭한 사람이다. 화재가 한창일 때도 해자 바깥을 떠나지 않고 분전했음이 틀림없다.

"다른 사람들은 어떻게 되었습니까?"

안 그래도 핏기 없는 쓰네지 대장의 얼굴에서 더욱 핏기가 가셨다. 생기도 사라진다.

"모르겠네. 뿔뿔이 흩어졌어. 나도 다친 사람들을 옮기면서 찾는 중일세."

우사는 방금 염색집 거리에서 고타를 만난 이야기를 했다.

"아아, 다행이군. 그런데 자네는 어디 가는 길인가? 아직 이 근처는 위험해. 돌아다니지 않는 게 좋을 걸세."

"우리 스님을 찾고 있습니다. 화재가 일어났을 때 여관 마을로 가셨는데 돌아오시지 않아서요."

그 매부리코 주지 스님이냐고 되묻더니 쓰네지 대장은 크게 고개를 끄덕였다.

"그분이라면 괜찮네. 경계 마을에 계시더군."

수상쩍은 여관들이 많은, 어부 마을과 경계에 있는 마을이다.

"그쪽에는 불길이 미치지 않았기 때문에 도망친 사람들이 모여 있지. 주지 스님은 사람들에게 지시를 내리면서 다친 사람들을 치료하거나 먹을 것을 모으고 계신다네."

우사는 안도한 나머지 힘이 빠졌다.

"어부 마을은 무사했지만." 쓰네지 대장은 목구멍을 꿀꺽 울렸다. "어쨌거나 소동의 시작이 시작이니만큼 집을 잃게 된 사람들은 모두 기분이 좋지 못하네. 그래서 경계 마을에서도 어부들을 상대로 또 싸움을 벌이려고 하는 것을 스님이 일갈로 막아 주었어. 목소리가 진짜 크시더군."

쓰네지는 등에 업은 노파와 아이들을 지금부터 바로 그 경계 마을로 데려가려는 참이라고 한다. 벌써 몇 번이나 왕복한 모양이다.

"그렇다면 제가 가겠습니다. 할머니, 제 등에 업히세요."

우사는 노인과 아이들에게 웃음을 지었다.

"대장님은 다른 곳에 가 보십시오. 불탄 자리를 맴돌면서 어쩔 줄 모르고 있는 사람들이 히키테의 붉은 한텐을 보면 안심할 테니까요."

쓰네지는 고맙다고 중얼거렸다. 가까스로 들릴까 말까 한 목소리였던 것은, 목이 쉬어 있는 탓만은 아닐 것이다.

에이신 스님은 기세가 등등했다.

매끈매끈한 머리는 그을음으로 더러워지고 가사가 찢어져 여기저기 늘어 있지만 크게 다친 곳은 없다. 피난해 온 해자 바깥의 사람들을 질타하고, 달래고, 움직일 수 있는 사람에게는 할 일을 주어 노인이나 아이들을 보살피게 한다. 경계 마을의 수상쩍은 여관은 한 집도 남김없이 구호소가 되어 있었다. 수배도 스님이 혼자한 모양이다.

"아니, 자네, 뭣 하러 왔나?"

그게 인사다. 우사는 웃음을 터뜨리고 말았다. "스님이 걱정되어서 찾으러 왔습니다."

이야기하고 있는 동안에도 '스님, 저것은 어떻게 할까요, 이것이 없습니다, 다음에는 무엇을 할까요' 하고 물으며 끊임없이 사람들이 다가온다. "여관 마을도 무사합니다. 불타지 않았어요. 삼점의 나리들이 객실을 개방하고, 이재민들을 위해 밥을 짓는 등 지휘를 하고 있습니다. 이곳 여관만으로는 도저히 사람들을 모두 들일 수 없을 테니 여관 마을로 옮기면 어떨까요?"

에이신 스님은 손뼉을 쳤다. "그거 좋군. 자네, 사람들에게 말을 해 주게. 빠를수록 좋아."

우사에게 명령하면서 스님은 하늘을 노려보고 있다. 험악한 눈
빛이다. 우사도 해가 저물어 가는 하늘을 올려다보았다.

"보게, 불길한 구름이야."

멀리 북서쪽 하늘에 꼭대기가 새하얗고 아랫부분이 시커먼 구름
덩어리가 떠 있다.

"머지않아 비가 한바탕 올 걸세. 하늘이 거칠어지기 전에 사람
들을 지붕이 있는 곳으로 옮기고 안정시켜야 해."

우사는 수상쩍은 여관들을 하나씩 돌면서 이것저것 보살펴 주
고, 객실에 다 들어가지 못해 복도나 봉당에 앉아 있는 사람들에게
여관 마을로 옮기라고 말했다. 혼자서 걸을 수 있는 부상자는 사지
가문의 선생님들이 치료를 해 주고 계시니 그리로 찾아가라고 가
르쳐 주었다.

움직일 수 없는 중상자도 눈에 띄었다. 간호하는 자들은 우사의
소매를 붙잡고 매달린다.

"사지 선생님은 와 주지 않으시는 겐가? 이쪽에서 가지 않으면
안 되는 겐가?"

우리는 사지 선생님들밖에 믿을 데가 없네, 마을 의원에게 낼 돈
이 없거든—하며 운다. "안 그래도 가난했는데, 그나마 없던 살림
마저 전부 불에 타 버려서 땡전 한푼 없어."

마을관청에서는 아무것도 해 주지 않는 거냐 파수막은 무엇을
하고 있는 거냐는 꾸중에, 자기 일이 아닌데도 사과하는 처지가 된
다. 하지만 덕분에 그 자리에 있던 사람들에게서 소란과 화재의 계

기가 된 어부들과 히키테들의 싸움의 경위를 드문드문이나마 들을 수 있었다.

"마을을 지켜 주어야 할 히키테가 제일 먼저 소동을 일으켰으니 말 다 했지. 서쪽 파수막이 제일 먼저 탔다고 하니 한심해서 눈물이 날 지경이야."

가스케 대장이 있었다면 결코 히키테들이 싸움을 하도록 내버려 두지 않았을 것이다. 어부들이 쳐들어와도 정면에서 부딪치지 않고 교묘하게 받아넘겨 해산시킬 수 있었을 것이다. 그 대장님이라면 틀림없이 그럴 수 있었다. 우사는 새삼 분함과 슬픔을 곱씹어야만 했다.

감탄스러운 일은 불을 피하고 상처도 입지 않은 아이들은 오히려 어른들보다 회복이 빠르다는 사실이다. 같이 물을 긷거나 음식과 물건을 나누어 준다. 무엇보다 그들의 기운찬 목소리를 듣기만 해도 듣는 사람까지 힘이 난다.

에이신 스님은 여관 주인들과 교섭을 되풀이해 있는 쌀을 모두 내 주겠다는 약속을 받아냈다. 큰 솥에 밥을 지어 주먹밥을 만들면 오늘 저녁에는 모두들 식사를 할 수 있다. 우사는 준비를 하면서 머릿속의 절반으로는 주엔지에 대해 생각하고 있었다. 주엔지에는 비축해 둔 쌀도 있고 잡곡도 있지만 사람은 이곳보다 더 많이 모여 있을 것이다. 식사를 준비하기 위해 돌아가야 한다.

그때 갑자기 희색이 만면한 목소리가 들려왔다.

"아, 선생님이다! 사지 선생님이 와 주셨다!"

쳐다보니 이노우에 게이치로가 약상자를 들고 큰 보따리를 짊어진 하인 모리스케와 함께 경계 마을로 통하는 나무 다리를 잔걸음으로 건너오고 있었다. 역시 옷은 그을음투성이고 어디를 다쳤는지 오른쪽 다리의 움직임이 이상하다. 하지만 분명히 이노우에 가의 작은선생님이다.

무사하셨다.

"선생님, 선생님!"

아이들이 달려간다. 에이신 스님도 천천히 나왔다. 게이치로는 스님을 알아보고는 더욱 걸음을 빨리하여 다가왔다.

"사지 이노우에입니다. 경계 마을에도 화재로 집을 잃은 사람들이 모여 있다는 이야기를 듣고 왔습니다."

"수고가 많으십니다." 스님은 합장을 하며 깊이 머리를 숙였다. 그래서 거한인 스님의 그늘에 들어가 있던 우사는 정면에서 작은선생님의 얼굴을 보게 되었다.

게이치로의 눈이 커졌다.

"우사냐. 무사했구나."

우사는 아무 말도 없이 그저 머리만 숙였다. 갑자기 스스로도 생각지 못했을 만큼 강한 오열이 치밀어 올라 그대로 얼굴을 들 수 없게 되고 말았다.

이 얼마나 오랜만인가. 작은선생님의 목소리로 '우사'라고 불리는 것은.

"사지 선생님들의 저택은 무사합니까?"

스님이 묻는다. 게이치로는 고개를 끄덕이고 시원스럽게 말을 이었다.

"모두 별일 없습니다. 사지 가문은 필두인 스기타와 마른 폭포를 맡고 있는 도베를 제외하면 다섯 가문 모두가 대문을 열고 부상자들을 진찰하고 있습니다. 이노우에 가에는 아버지가 계십니다."

"오오, 겐슈 선생님이 손수." 스님은 신음했다. "고마운 일이로군요."

"유감이지만 호코지의 보양소는 불에 타서 이제 쓸 수가 없습니다. 환자들은 울타리저택의 보양소에 맡겼습니다. 그쪽에는 아직 여유가 있으니 옮길 준비만 한다면 중상인 사람들은 옮길 수 있을 것입니다."

"알겠습니다. 곧 지시를 하지요."

"저는 우선 화상과 타박상에 쓰는 약을 모아 왔습니다."

게이치로는 우사를 바라보고 미소를 지었다.

"도와주겠지? 사람들이 있는 곳으로 안내해 다오. 순서대로 치료를 해야겠다."

아직도 목소리를 내지 못한 채, 우사는 크게 고개를 끄덕였다. 당장이라도 눈물이 떨어질 것 같은 것을, 눈을 부릅뜨고 참으면서.

12

마른 폭포의 호에게는 아침에 해변에서 있었던 일을 알 도리가 없었다. 성 아래의 해자 바깥에서 소동이 일어났다는 사실도 꽤 나중이 되어서야 알았다. 서쪽 파수막이 어부들의 공격을 받고 첫 번째로 불길이 치솟은 바로 그 무렵, 호는 평소처럼 가가 님과 함께 습자를 하고 있었다.

봄, 여름, 가을, 겨울. 계절을 나타내는 한자를 배운다. 한 번씩 다 쓰고 나면 다음은 주산이다. 호는 아직 주산을 잘 못했다. 주판알을 움직이는 것은 능숙해졌지만 자릿수라는 것이 아무래도 이해가 안 간다. 배운 것을 되풀이하기만 한다면 할 수 있지만 직접 해 보려고 하면 금세 막힌다. 가가 님의 말씀으로는 아무리 주판알을 움직여도 자릿수를 모르면 주판을 쓸 수 없다고 한다.

저택 안이 왠지 모르게 소란스럽다. 그것은 느끼고 있었다. 사람들이 오가는 발소리가 들린다. 대화하는 목소리도 들린다. 평소 같으면 호가 가가 님께 배우는 이 시간에는 아무도 복도며 정원을 걸어 다니거나, 하물며 이야기를 하는 일은 결코 없을 텐데.

게다가—이 큰북 소리. 마을 쪽에서 들려오는 것이 아닐까.

이윽고 꼭 닫혀 있는 장지문 너머에서 바람 소리가 쉬잉쉬잉 울려왔다. 이상한 일이다. 바깥 날씨는 매우 맑았고 바람이 불 기색은 없었다. 바다토끼가 날고 갑작스런 비가 온다 해도, 구름이 흘러 햇빛을 가리지도 않았는데 바람만 불 리는 없다.

이제는 장지문 자체가 덜컹덜컹 흔들리기 시작했다. 평소에는 바람이 통하지 않는 가가 님의 방에까지 들려오는 바람의 움직임.

"정신이 흐트러졌구나."

꾸중을 들었다. 가가 님은 바람 소리도 발소리도 사람의 목소리도 전혀 신경 쓰시지 않는다. 들리지 않을 리는 없는데.

"가가 님." 호는 머뭇거리며 말씀드렸다. "바깥이—소란스럽습니다."

"네 습자와는 상관없는 일이다."

엄하게 타이르셨지만 아무래도 마음이 들떠서 손이 차분해지지 못한다. 마을에 무슨 일이 있는 것일까.

늘 하던 시간까지 정확하게 연습을 했다. 마지막에 또 한 번 꾸중을 들었다. 금세 정신이 흐트러지는 것은 습자에 몰두하지 못한 증거다. 마음가짐을 새로이 하도록.

힘없이 물러난다. 놀랍게도 호를 기다리고 계셨던 것은 후타미 님이 아니라 다른 옥지기 무사님이었다. 후타미 님은 어디 가신 걸까.

옥지기는 장지문을 닫아 가가 님의 모습이 보이지 않게 되자 호의 팔을 잡아채다시피 하며 복도로 데리고 나갔다. 질질 끌고 가면서 빠른 말투로 이야기하신다.

"성 아래에서 화재가 일어났다."

작은 소리로 속삭이며 고개를 틀어 뒤에 있는 가가 님의 방에 신경을 쓴다.

"설마 불길이 마른 폭포에 미치는 일은 없을 테지만, 만에 하나 어떻게 될지 모른다."

혼잣말 같은 말씀인데다 갑작스러운 소리라 호는 영문을 알 수가 없다. 성 아래에서 화재? 마을이 불에 타고 있다는 것인가?

그제야 '화재'라는 말의 뜻이 머리에 들어오고 이번에는 당장 머릿속이 걱정으로 넘쳐났다. 성님은 괜찮을까.

"얼마나 탔나요? 많이 탔나요?"

"우리도 아직 잘 몰라."

옥지기는 호의 손을 잡아당기며 복도 모퉁이를 돌아 서쪽 초소까지 왔다. 교대하듯이 다른 옥지기 몇 분이 정원에 내려서더니 문쪽으로 서둘러 달려간다. 정신을 차려 보니 평소에는 파수병들이 교대로 올라가기만 하는 이층에서도 사람들이 나누는 대화 소리가 나는 것 같다. 삐걱거리며 돌아다니는 발소리도 난다.

호를 데려온 옥지기는 주위를 둘러보고 툇마루 아래로 내려가더니, 몸을 굽혀 호와 눈을 맞추었다. 더욱 서두르는 말투가 되었지만 그러면서도 목소리는 낮아진다.

"무슨 일이 있어도 우리 옥지기들은 이곳을 떠나지 않는다. 떠나는 것은 불길이 여기까지 다가와 가가 님을 지키며 밖으로 모시고 나가야 할 때뿐이야. 지금으로서는 그렇게까지 되지는 않을 것 같지만, 알 수 없다. 그래서 모두들 정신이 없는 거야."

가까이서 보니 이시노 님이 생각나는 젊은 옥지기였다.

"비상시가 되면 우리는 너를 돌봐 줄 수 없다. 그러니 정신 똑바로 차리고 있어야 한다. 아무도 하녀를 돌봐 주지 않을 거야. 의지할 사람이 없을 거다. 네 짐을 챙겨서 혼자 도망쳐야 해. 할 수 있겠지?"

마른 폭포의 대문 쪽에서 또 사람 소리가 났다. 대문 앞에서라면 성 아래를 내려다볼 수 있다. 그래서 옥지기 분들이 모여 있는 것이리라.

"후타미 님은 벌써 도망치셨습니까?"

후타미 님의 모습이 보이지 않아서 물어보았다. 만일 후타미 님이 도망쳤다면 가가 님도 도망쳐야지 안 그러면 위험하다.

"바보 같은 소리 마라. 후타미 님이 혼자서 도망치실 리 없지. 소동 때문에 서둘러 등성하신 거다."

그렇게 가르쳐 주고 나서, 네가 후타미 님을 걱정할 필요는 없다며 화를 냈다. 양손을 호의 어깨에 올려놓는다.

"너는 머리가 둔하다고 하니 이미 기억나지 않을지도 모르지만 나는 너를 보살펴 주던 이시노라는 자의 친구다."

이시노 님이라면 잊을 리가 없다. "이시노 님의 친구이십니까?"

오랜만에 이름을 말하자 슬픔이 치밀어 올랐다.

"이시노 님은 돌아가셨지요?"

"너, 알고 있었느냐?"

"가가 님이 가르쳐 주셨습니다."

"어떻게 가가 님이 이시노의 처우를 아신단 말이냐."

호도 모른다. 옥지기는 초조해졌는지 고개를 세게 흔들었다.

"아아, 이제 그런 것은 아무래도 상관없다. 어쨌든 나는 이시노에게 네 이야기를 들었다. 미덥지 못한 어린아이이니 버리지 말아 달라는 부탁을 받았지. 그래서 말하는 것이다. 알겠지, 아무도 너를 구해줄 수 없다. 네 힘으로 도망치도록 해라. 도망칠 때는 이 산을 내려가서는 안 된다. 더 위로 올라가는 거야. 알겠느냐? 덤불을 지나 숲으로 들어가서 위로 올라가야 한다. 불은 성 아래에서 올라올 테니까."

한마디 한마디 할 때마다 말을 호의 몸에 쏟아 부으려는 듯이 어깨를 흔든다. 호는 흔들리며 고개를 끄덕였다.

"예. 하지만 저택 주위에는 대울타리가 있습니다."

"빠져나갈 수 있는 곳이 있다. 가르쳐 주마."

옥지기는 주위를 둘러보더니 다른 사람이 없는 것을 확인하고는 호를 끌고 잔걸음으로 달려갔다. 호는 맨발이다.

"잘 들어라, 이 근처 대울타리에는 틈이 없다. 하지만 전에 네가 살던 오두막이 있던 뒤뜰 쪽―."

호를 그쪽으로 데리고 간다. 끊임없이 주위를 둘러보면서.

"벼락으로 무너진 오두막을 헐어 낸 자리가 있다. 자, 보렴."

오두막이 없어진 후에도 물을 긷거나 빨래를 할 때마다 몇 번이나 드나든 뒤뜰이다.

"대울타리 아랫부분이 높아져 있지? 어른은 무리지만 너라면 빠져나갈 수 있을 것이다. 빠져나가서 그대로 숲을 지나가면 돼. 너는 몸집이 작으니 풀숲에 가려져서 아무도 알아차리지 못할 것이다."

호는 몇 번이나 고개를 끄덕였다. 벌써 완전히 눈에 익어서 그 존재를 잊어 가고 있던 대울타리다. 아래쪽으로 지나갈 수 있으리라고는 생각도 못 했다.

"언제 도망치면 되나요? 저택에 불길이 닿으면 그때 도망치면 되나요?"

호가 묻자 옥지기는 갑자기 호되게 꼬집힌 것처럼 아파 보이는 얼굴을 했다.

"너는 정말로 미덥지 못하구나."

호의 머리를 툭 쳤다.

"게다가 바보처럼 정직해. 이시노가 이야기한 것보다 더하단 말이다."

머리에 올려놓은 손으로 호의 머리카락을 마구 쓰다듬었다. 얼굴에 쓴웃음을 띠고 있다. 이시노 님의 친구라고 하지만 이시노 님처럼 뺨이 발그레하지 않은 것을 보면 나이가 좀더 많을지도 모른다.

지금 당장 도망치는 것이다—하고 목소리를 낮추어 말했다.

"지금이라면 옥지기들은 모두 성 아래의 화재에 정신이 팔려 있을 것이다. 너 하나 몰래 빠져나갔다 해도, 당분간 아무도 알아채지 못할 거야. 후타미 님도 계시지 않으니 이것은 천재일우의 기회다."

호는 아직도 마음과 머리의 초점이 맞지 않는다.

"하지만 화재가 여기까지 오지 않으면—."

"화재는 됐어. 그냥 구실이라는 것을 모르겠느냐? 이 저택이 불에 타든 타지 않든 너하고는 아무런 상관도 없지 않느냐!"

아무렇게나 내던지듯이 말씀하신다. 하지만 아니다. 호에게는 그렇지 않다.

"가가 님이 계십니다."

호의 말에 옥지기는 입을 딱 벌렸다.

"뭐—뭐라고?"

"이 저택에는 가가 님이 계십니다. 저는 습자와 주산을 배우고 있습니다. 좀처럼 잘되지 않습니다. 하지만 가가 님은 가르쳐 주고 게십니다. 저는 가가 님께 인사도 드리지 않고 떠날 수는 없습니다. 혹시 불길이 여기까지 와서 가가 님의 목숨도 위험해질지도 모르는데 저만 도망칠 수는 없습니다.”

옥지기는 몇 번인가 입을 뻐끔거리고 나서 맥 빠진 듯 감탄의 목소리를 냈다.

“너는, 참으로.”

이시노도 놀라고 있을 테지, 하며 크게 숨을 내쉬었다.

“이시노는 할 수만 있다면 너를 여기에서 내보내 주고 싶다고, 도망치게 해 주고 싶다고 계속 바라고 있었다. 이곳은 너 같은 어린아이가 일을 할 곳이 못 된다면서 말이야. 그런데 너는 가가 님의 몸이 걱정되어 도망칠 수 없다는 것이냐?”

그렇게 어이없어하실 정도로 틀린 말을 한 것일까. 호는 불안해졌다. 하지만 생각을 정직하게 말한 것이다.

“안 되는 것일까요? 이시노 님이 화를 내실까요?”

옥지기는 아직도 아파 보이는 얼굴을 한 채 잠시 동안 침묵하고 있었다. 바람이 쉬잉쉬잉 분다. 아, 냄새가 섞이기 시작했다. 탄내다. 성 아래에서 일어난 화재의 연기를 실어오고 있는 것일까. 불은 가까이 오고 있는 것일까.

“이시노에게 들은 이야기로는, 너는 마루미 사람은 아니지만 성 아래에는 친지가 있다면서. 그 사람이 걱정되지는 않느냐? 화재가 꽤 널리 퍼진 모양이던데.”

그 말을 듣자 호의 작은 마음은 혼란스러워지고 만다. 가가 님과 성님, 한꺼번에 두 사람을 걱정하자니 어디로 가야 할지 알 수 없다.

"성님은 히키테니까 아마 괜찮을 거예요. 화재에 지지 않을 것입니다."

"그렇다면 가가 님도 괜찮을 거다. 우리 옥지기들이 지킬 테니까. 네 도움은 필요 없어."

알고 있다. 호는 가가 님을 지킬 수 없다. 그저 아무 말도 하지 않은 채 헤어지기가 싫은 것이다.

호는 마음을 더듬다가 말을 찾아냈다.

쓸쓸한 것이다. 이대로 가가 님과 헤어지기는 괴롭다. 도망쳐 버리면 두 번 다시 뵐 수 없게 된다.

어어이, 어어이, 하고 부르는 목소리가 다가왔다. 옥지기는 흠칫 놀란 듯이 몸을 굳히고는 다시 한번 호의 팔을 꽉 잡았다.

"잘 들어라, 더 이상 이야기를 할 시간은 없어. 도망치려면 지금이 기회다. 그 말만 해 두마. 저택을 나가면 산에 숨어서 열이 식기를 기다렸다가—아아, 아니."

초조한 듯이 고개를 젓고 몸까지 같이 흔들었다.

"그런 말은 뜻을 모르겠구나. 시간이 지나기를 기다렸다가 성 아래에 있는 친지에게 가거라. 마른 폭포에서 도망쳐 왔다고 말하면 뒷일은 그 친지가 도모해 줄 테지. 너는 이제 여기에서 일하지 않아도 된다. 좋지?"

호를 밀쳐 내며 가! 하고 날카롭게 명령했다. 비틀거리며 일어서서 복도로 올라가 문 쪽을 향해 달려간다.

호는 툇마루 밑에 쪼그리고 앉은 채 혼자 남겨졌다. 바람에 섞여 있는 연기 냄새가 짙어졌다. 이곳도 불에 타는 것일까. 그러면 도 망쳐야 한다. 하지만 지금은—.

이럴 때 성님이라면 어떻게 할까. 둔한 머리의 호가 아니라 성님 이 여기에서 일을 하고 있었다면.

언제나 상냥했다. 아무것도 모르는 호를, 야단부터 치지 않고 참 을성 있게 가르쳐 주었다. 보살펴 주었다. 호가 무언가를 잘 해내 면 매우 기뻐하며 칭찬해 주었다.

성님은, 지금은 아직 견습이지만 열심히 노력해서 진짜 히키테 가 될 거라고 말했다.

—히키테라는 것은 남에게 도움이 되는 일이란다.

성님이 이곳 하녀라면 말없이 도망치지는 않을 것이다. 결코 그 러지 않을 것이다. 그렇지요, 성님? 지금 어떻게 지내고 있을까. 성 님의 집도 불에 탔을까. 파수막은 어떨까. 이노우에 가는 어떨까.

성 아래의 상황을 눈으로 보고 싶다. 멋대로 문 쪽으로 갔다간 야단을 맞을 것이다. 어떡하나. 이층에 올라갈 수도 없고.

일어서서 이리저리 둘러보다가 불어오는 바람 속에서 눈을 가늘 게 뜬다.

아, 그렇다. 생각났다.

나무에 올라가자. 지금이라면 주위에는 아무도 없다. 무엇을 하 든 야단맞을 일은 없다. 나무에 올라가 본 적은 없지만 하면 할 수 있을 것이다.

아까 들은 대로 대울타리 아래를 빠져나가 밖으로 나갔다. 그러 나 숲에 들어가 보니 호의 손이 닿을 만한 높이의 가지는 전혀 눈에 띄지 않는다. 나무줄기는 굵어 잡고 올라갈 만한 것이 없으면 도저히 올라갈 수 없다.

어디 없을까, 뭔가 없을까. 찾으면서 경사면을 올라갔다. 경사가 급한 데는 기다시피 올라간다. 정신없이 그렇게 올라가다 보니 나무들 사이로 나왔다. 돌아보니 마른 폭포 저택 지붕이 호의 머리 높이에 있었다. 지금까지 전체를 바라볼 기회라곤 한 번도 없었던 저택을 그대로 양손으로 안을 수 있을 것 같다.

저택 너머로 성 아래에서 피어오르는 연기가 보였다. 하늘 가득 퍼져 있는데도 아직 부족한지 계속해서 피어오른다. 불은 보이지 않는다. 더 넓은 곳으로 나가지 않으면 안 보이는 걸까.

큰북 소리는 아직도 계속되고 있다. 빠른 박자다. 호는 거기에 맞춰 흐트러진 숨을 가다듬는다.

마른 폭포 저택 이층에 사람들이 돌아다니고 있는 모습이 언뜻 보였다. 옥지기 분들이 성 아래를 바라보고 있는 것이리라.

그때, 무언가가 호의 눈을 번쩍 찔렀다. 뭘까. 저택 지붕 위다.

자세히 살펴본다. 모르겠다. 방금 반짝였는데. 가가 님을 맞이하기 위해 새로 얹은 기와지붕은 기와가 정연하게 늘어서 있어 아름답다. 기와가 반짝이기도 하는 것일까.

문득 보니 팔다리가 흙투성이다. 너무 많이 올라와 버렸다. 이럴 생각이 아니었는데, 저택이 전부 보이는 것을 보면 그만큼 멀리 떨어지고 말았다는 뜻이다.

큰일났다, 돌아가야지. 온 길인데도, 올라올 수는 있어도 내려가기는 무섭다. 벌렁 넘어지기도 하고 무릎이 벗겨지고 발바닥이 잔가지에 베었지만 그래도 정신없이 대울타리 옆까지 왔다. 옥지기가 정원에 있다. 목을 움츠리고 잠시 엎드려 옥지기가 그 자리를 떠나 주기를 기다렸다가 서둘러 대울타리 밑을 빠져나갔다.

큰북이 아직도 울리고 있다. 화재는 꺼지지 않은 것일까. 바람의 방향은 바뀐 것 같지만 나무들의 술렁거림은 오히려 높아졌다.

어떡하나. 결국 또 마음이 혼란스러워졌다. 어떻게 하면 좋을지 누가 가르쳐 주실까? 이시노 님은 없다. 후타미 님도 없다. 겐슈 선생님도 후나바시 님도 성님도. 호 옆에는 아무도 없다.

가가 님만이 계실 뿐이다.

아무리 저택 안이 허둥거리며 움직이고 있어도 가가 님의 방 옆에 있는 옥지기까지 자리를 비우지는 않았을 것이다. 습자도 끝났는데 다시 한번 가가 님을 찾아뵙는 일은 허락되지 않는다.

호는 이제 무조건 가가 님을 뵙고 싶을 뿐이었다. 눈물이 날 정도로.

어떻게 하면 좋을지 가르쳐 주실 분은 지금 가가 님밖에 없다.

마루 밑으로 갈 수 있을까. 처음에 길을 잃었을 때와 똑같이.

큰맘 먹고 마루 밑으로 기어 들어갔다. 그날 밤과는 달리 마루 밑은 어두컴컴하긴 하지만 아직 햇빛이 있다. 게다가 그 후로 셀 수 없으리만치 가가 님의 방을 찾아뵀기 때문에 위치도 짐작이 간다. 호는 열심히 청소를 하면서 마른 폭포 저택에 대해서는 누구보다도 잘 알게 되었던 것이다.

밤에 파수를 설 때 옥지기 분들은 호가 길을 잃고 헤매다 들어간 후로 마루 밑까지 불빛을 비추어 확인하게 되었다. 하지만 어디 한 군데도 막혀 있지는 않다. 그러려면 많은 인원이 마루 밑에 들어가야 하는데다 소란스러워서 가가 님의 몸에 지장이 생길 위험이 있기 때문이다. 호는 살살 기어서 나아갔다. 가끔 머리 위에서 깜짝 놀랄 만큼 또렷한 이야기 소리가 나거나 발소리가 지나간다. 그때마다 기는 것을 멈추고 가만히 숨을 죽였다.

여기다. 여기가 가가 님의 방 아래다. 숨이 가쁘다. 귀를 기울인다. 옥지기 중 누군가가 계실까? 후타미 님은?

없다. 조용하다. 아무도 없다. 가가 님은 틀림없이 혼자 계신다.

하지만 어떡하나. 정신없이 여기까지 오기는 했지만 머리 위의 마루 판자는 꼭 닫혀 있고, 호가 밀어 올린 정도로는 꼼짝도 하지 않는다. 길을 잃고 헤매다 들어왔을 때는 옥지기 분들이 호의 기척을 알아채고 수상한 놈이 아닌가 의심했기 때문에 열어 주었던 것이다.

"가, 가가 님."

작은 목소리로 불러 보았다.

"가가 님, 호이옵니다."

들리지 않는 것일까. 소용없는 짓일까. 이런 짓을 하다간 그저 야단만 맞을 뿐일까. 그래도 몇 번 불러 본다.

머리 위에서 마루 판자 사이로 빛이 새어들었다. 다다미가 아주 조금 어긋나 들린 것이다.

"가가 님."

호는 다시 한번 부르며 마루 판자에 손을 대었다. 그때, 그것이 슥 치워졌다.

도베 선생님이 눈을 휘둥그렇게 뜨고 들여다보고 있었다.

"세상에! 너는—."

그렇게 말하더니 당황하며 자신의 입을 눌렀다. 주위를 살피고 나서 호에게 손을 내밀어 끌어올려 주셨다.

도베 선생님과 가가 님이 마주 앉아 계셨다. 습자를 할 때 쓰는 책상은 옆으로 치워져 있고 독서대도 거기에 기대어 있다. 호의 얼굴을 보고 가가 님이 눈썹을 흠칫 움직이셨다.

"무엇을 하고 있었느냐? 무엇을 하러 왔지?"

도베 선생님이 호를 덮쳐누를 듯이 물으신다. 호의 모습을 감추려고 하시는 것 같다.

"죄송합니다. 송구하옵니다."

"흙투성이가 아니냐."

화재가, 성 아래에서 화재가—하고 중얼거리자 울음이 나고 말았다. 무슨 말을 하려고 했던 것일까. 무엇을 하러 왔을까. 호는 역시 바보의 호다. 조금도 바뀌지 않았다. 조금도 똑똑해지지 않았다.

가가 님은 얼굴을 덮고 우는 호를 바라보다가 갑자기 도베 선생님 쪽으로 시선을 옮겼다.

도베 선생님은 말없이 고개를 끄덕였다.

"가가 님은 잠시 쉬시겠다고 전하고 오겠습니다. 저는 소란스러운 자가 가까이 오지 않도록 옆에서 대기하고 있겠습니다."

소리도 없이 슥 일어나더니 장지문을 재빨리 여닫고 방에서 나가 버리셨다.

호는 가가 님과 둘이 남았다.

"성 아래의 화재에 대해서는 도베 선생님께 들었다."

호는 등을 웅크리고 머리를 끄덕였다. 눈물이 멈추지 않는다.

"울음을 그쳐라. 옥지기가 들으면 야단이 날 것이다."

호는 이를 악물고 참았다. 억누른 울음소리가 이 사이에서 뭉개진다.

"왜 그리 허둥거리느냐."

가가 님은 양손을 무릎에 올려놓은 채 조금도 놀라신 기색이라곤 없다.

"화재가 무서우냐."

"예." 호는 간신히 대답을 했다.

"성 아래의 친지가 걱정되느냐. 히키테 처녀가."

"예."

"괴롭겠지만 지금은 기다릴 수밖에 없다."

"예."

깊이 숨을 쉰다. 몸의 떨림이 가라앉기 시작했다. 가가 님의 얼굴을 뵈었기 때문이다. 옳은 것을 가르쳐 주시기 때문이다. 이것이 안도감이다.

"도베 선생님도 만에 하나 내가 여기에서 다른 곳으로 옮겨야 하는 사태가 생겼을 때를 위해 서둘러 와 주셨다. 아무래도 그럴 필요는 없을 것 같다만."

여기 계셨던 것이 선생님이라 다행이구나, 하고 말씀하신다. 부드러운 목소리다. 그 목소리에 격려를 받아, 호는 이야기했다. 습

자가 끝나고 물러간 후의 일을. 대울타리 밑을 지나 산에 올라갔던
일을.

무엇보다, 여기에서 도망치라는 말을 들었다는 것을.

호가 입을 다물어도 가가 님은 한동안 조용히 숨을 쉬고 계실 뿐
이다. 이윽고 아까보다 더 억누른 목소리로—그렇다, 분명히 장지
문 밖의 귀를 꺼리면서 낮게 물으셨다.

"너는 왜, 그 옥지기의 말대로 하지 않았느냐."

호는 바로 그것을 가가 님께 여쭤보고 싶었다. 옥지기는 왜 도망
치라고 하는 것일까. 호는 왜 도망치지 않는 것일까. 어째서 도망
치는 것이 괴롭게 느껴질까.

"도망쳤다가 붙잡혀서 벌을 받게 될까 봐 무서웠느냐."

그럴지도 모른다.

"도망쳤다가 산 속에서 혼자 남게 되는 것이 무서웠느냐."

그럴지도 모른다.

가가 님이 후우 하고 한숨을 쉬셨다.

"너는 습자를 더 하고 싶은 게로구나."

호가 시선을 들자 가가 님은 미소를 짓고 계셨다. 분명히 알 수
있을 만큼 뺨이 풀려 있다. 미소를 짓고 있다는 것을 호에게 전하
려고 하시는 것이다.

"너를 도망치게 해 주고 싶다는 옥지기의 마음은 훌륭하다. 너
도 그것은 알겠지."

"예. 이시노 님이—."

"심성이 착한 젊은이였구나. 아깝게 되었다."

그렇다. 이시노 님은 돌아가셨으니까.

"이시노의 목숨은 내가 빼앗았다."

어느새 웃음을 지우고 늘 보아 오던 엄하고 무표정한 얼굴로 돌아와 가가 님은 말씀하셨다. 이 말은 호에게 들려주기 위함이 아닌 것 같았다.

사실 호는 무슨 뜻인지 알 수 없다. 이시노 님은 배를 갈라 죽었다. 가가 님이 죽인 것이 아니다.

"너는 나를 원망하도록 해라. 그러면 알기 쉽겠지."

"하지만 가가 님—."

호의 말씀을 가가 님은 듣지 않으신다.

"성 아래에서 일어난 이 화재로 많은 마루미 백성들이 목숨을 잃게 되겠지. 그것도 내 잘못이다."

나를 원망하라고, 다시 한번 되풀이했다.

"나는 이제 남의 목숨을 빼앗는 데 싫증이 났다. 하지만 좀처럼 끝나지 않는구나."

이번에는 호에게 보여 주기 위한 미소가 아니라 혼잣말 끝에 나온 엷은 웃음이 가가 님의 입가에 떠올랐다.

"그런데 이제 와서 너 같은 아이가 내게 충의를 지키다니."

또 뜻을 모르겠다.

"충의, 이옵니까?"

가가 님은 방금 전까지의 으르렁거리는 울림은 사라졌지만, 아직도 높게 귀에 와 닿는 바람 소리에 잠시 눈을 감으신다.

"어쨌거나 네가 지금 이 저택에서 도망쳐 나가는 것은 좋은 방법이 아니었다. 여기 남은 것은 현명한 일이다. 무엇보다 끝까지 도망칠 수는 없었을 것이다. 산에서 길을 잃거나 성 아래에서 헤매다가 연기에 휩싸이거나 관리에게 들켜 처벌을 받거나, 어쨌든 좋은 결과를 초래하지는 않았을 테지."

가가 님이 그렇게 말씀하신다면 그럴 것이다. 그것이 답이다. 호는 도망쳐서는 안 되었다.

"바람이 강하게 부는구나."

밖으로 나가 그 바람을 느끼는 것처럼 눈을 가늘게 뜨고 말씀하신다.

"예, 이상한 바람이옵니다. 구름도 없는데 갑자기 불어 닥쳤습니다."

"큰불이 바람을 부른 것이다. 불길이 잡히면 자연히 바람도 가라앉겠지."

그런 이야기는 들은 적이 없다. 마루미에서 바람은 바다나 산에서 피어올라 불어오는 것이다.

"시정의 화재가 바다나 산이나 바람까지도 이상하게 움직이게 하는 것일까요?"

"그렇다. 불도 본래 자연에서 생겨나는 것. 사람은 그것을 빌려 부리고 있는 것에 지나지 않는다."

어렵다. 그런데 호에게 갑자기 가슴에 번득인 것이 있었다.

"큰 화재가 일어나면 바람이 빛나기도 하옵니까?"

"바람이 빛난다―."

"예. 뒷산에 올라가 저택을 내려다보았을 때 지붕 근처에서 반짝이는 것을 보았습니다. 자세히 살펴보아도 무엇이 빛났는지 알 수 없었습니다. 그것은 바람이 빛난 것일까요?"

이상한 일이었기 때문에 무심코 여쭈었을 뿐이었다. 중요한 질문이라고 생각하지도 않았다. 하지만 가가 님은 몹시 놀라신 것 같았다. 눈초리가 추켜올라간 가느다란 눈이 더욱 가늘어지고, 그러고 나서 천천히, 이번에는 뭉쳐 굳어진 것이 녹듯이 크게 떠졌다.

"이 저택의 지붕 위에서 말이냐?"

"예."

"분명히 보았느냐?"

"아, 예. 본 것 같습니다."

가가 님은 눈도 깜박이지 않고 호와의 사이에 있는 허공의 한 점을 바라보고 계신다. 호는 걱정이 되기 시작했다. 지금 한 이야기의 어디가 가가 님의 마음에 걸린 것일까. 가가 님이 생각에 잠길 만한 말씀을 드리고 말았을까?

"호."

가가 님은 그렇게 부르며 호의 얼굴을 응시했다. 눈동자에 빛이 돌아왔다. 엄한—그렇다, 이시노 님이 죽은 일로 울어서는 안 된다고 야단치셨을 때가 생각난다. 그때와 똑같이 명령을 내리시는 눈빛이다.

"너는 옥지기가 도망치라고 했는데도 도망치지 않았다. 도망치는 것이 옳은지 내게 가르침을 청하러 왔다. 그렇지?"

"예."

"이 가가가 도망치라고 명령한다면 반드시 도망치겠지?"

예, 하고 대답했지만 가가 님의 너무나도 강한 어투에 호의 목소리는 작게 갈라졌다.

"제대로 대답해라. 내가 도망치라고 명령하면 도망치겠지?"

"예—예!"

"그럼, 잘 들어라."

바람이 덜컹덜컹 소리를 낸다.

"오늘로, 나는 네 고용살이를 해임한다."

호는 조용히 앉아 가가 님의 얼굴을 올려다보았다.

"너는 이제 내게 가까이 와서는 안 된다. 네 고용살이는 끝났다."

호가 뭔가 말씀드리려고 하는 기색을 엄한 눈빛으로 단호하게 가로막는다.

"너는 더 이상 이 저택에 있을 필요가 없다. 떠날 때가 왔다."

"하, 하지만."

습자는. 주산은.

"항변은 허락하지 않겠다. 내 명령이다. 너는 그냥 따르기만 하면 된다."

가만히 있으려고 하는데, 호의 양손이 멋대로 움직여 비틀고 만다. 그것은 마음의 비틀림, 호의 번민의 표현이다.

"성 아래의 화재가 진정되면 오늘 밤 늦게라도, 아니면 내일 새벽이 되기 전이라도 좋다. 어둠을 틈타 파수를 서는 자들에게 들키지 않을 시간을 골라 이 저택을 떠나거라. 옥지기가 가르쳐 준 대로 하면 된다."

"어디로, 갈까요."

"그것도 옥지기가 말한 대로 하면 된다. 성 아래의 친지를 찾아가 마른 폭포 저택에서 도망쳐 나왔다고 고백하면 된다. 이 가가가 직접 고용살이를 해임했다. 그러니 이제 마른 폭포에는 있을 수 없다. 그렇게 솔직하게 말하면 된다. 네게 부적을 들려준 히키테 처녀를 찾아가면 그것으로 충분하겠지."

"하지만 가가 님." 호의 머릿속이 빙글빙글 소용돌이치고 있다. "아까는 도망치는 것은 좋지 않다고 말씀하셨습니다."

"아직 화재가 번지고 있으니 지금은 좋은 방법이 아니라고 말한 것이다. 장난으로 산에 들어갔다간 너는 그저 길을 잃을 뿐이겠지. 하지만 성 아래가 안전해지고 나면 지장이 없다."

"어째서—왜 그러시옵니까?"

"말했지 않느냐. 나는 네 고용살이를 해임한다."

"호는, 고용살이를 더 하고 싶습니다."

"허락하지 않겠다."

돌팔매처럼 아픈 말이다.

"그리고 또 하나, 명령할 것이 있다."

얼굴을 들어라, 하고 엄하게 말씀하신다.

"설령 성 아래의 화재가 앞으로도 오래 끈다 해도, 소란이 진정되기 전이라 해도. 어디선가 벼락 소리가 들리면 그것이 아무리 멀리서 들리는 소리라 해도 즉시 도망쳐야 한다. 절대로 망설여서는 안 된다. 돌아보지 마라. 한달음에 도망쳐 산에 숨어서 성 아래로 내려갈 수 있는 때를 기다려라. 충분히 조심해야 한다. 그때는 아무도 너를 쫓지 않을 것이다. 너는 안심하고 성 아래로 돌아갈 수 있을 것이다. 야단을 맞지도 않을 테지.”

고용살이는 끝이니까.

“습자도 다시 배울 수 있을 거다.”

덧붙여진 말에는 갑자기 상냥한 빛이 돌아와 있었다.

“가가 님은 어찌 하시려고요?”

대답은 없었다. 호는 몸이 저미는 기분을 느꼈다. 가가 님과, 가가 님의 습자와, 가가 님 밑에서 배우던 나날들이 멀어져 갔다.

장지문이 살짝 흔들린다. 가가 님은 다시 문 쪽으로 시선을 던진다.

“마루미의 여름이 끝날 무렵에는 한층 더 큰 벼락구름이 온다고 하지.”

혼잣말을 하듯이 중얼거린다.

“이 화재가 불러들인 바람이 하늘의 은혜를 불러들여 준다면 좋을 텐데.”

호를 마주 보며 낮고 온화한 목소리로 조용히 덧붙이셨다.

“네가, 내 명령을 잊기 전에.”

들키지 않도록 서둘러 자신의 방으로 돌아가 흙 묻은 옷을 갈아입었다. 우물가로 가서 발을 씻었다. 정신을 차려 보니 오늘은 꽤나 시간을 헛되이 보내고 말았다. 아직 초소 청소가 끝나지 않았다. 야단을 맞지 않은 것은, 지금은 옥지기 분들도 그런 데 신경을 쓸 때가 아니기 때문이다.

화재에 놀라고, 혼자서 터무니없는 짓을 저지르고, 게다가 가가님의 이상한 명령까지 더해져 호는 머리도 마음도 가득 차 있었다. 오히려 다행이다. 쓸데없는 생각을 하지 않아도 된다. 머리는 지칠 대로 지쳐서 멈추어 있다. 마음이라는 자루는 입까지 가득 차서 더 이상 아무것도 들어가지 않는다.

일을 하다가 성 아래 화재가 진정되었다는 이야기를 들었다.

마른 폭포 저택 안에도 차분함이 돌아왔다.

하늘은 저물어 가고 있었다. 바람은 아직도 불고 있다. 머리 위로 구름이 흐르고, 산이 술렁거리고 있었다.

비가 가까이 오는 것 같다—.

13

한바탕 치료를 마치자, 게이치로는 다음에는 여관 마을을 돌아보겠다고 했다. 우사는 주엔지로 돌아가기로 했다. 여관 마을에는 자발적으로 작은선생님을 도와줄 사람들이 많이 있을 것이다.

부상자를 치료하느라 바빴기 때문에 쓸데없는 이야기는 하지 않았다. 하지만 우사는 행복했다. 작은선생님 곁에서 지시에 따르며 부지런히 일을 하고 있자니, 몸 안쪽에서부터 따뜻한 파도에 씻기는 기분이 들었다.

아무 생각도 하지 않았다. 고토에도, 와타베도, 가지와라 미네도. 호의 얼굴조차 한동안은 마음 한구석으로 사라졌다.

시간을 되돌린 듯한 기분이 들었다. 가가 님이 마루미에 오기 전으로. 고토에 님이 돌아가시기 전으로. 우사가 작은선생님에게 배우는 것들에 소박하게 눈을 빛내며 자기 자신도 깨닫지 못할 정도로 담담한 연정을 키우고 있던 때로.

게이치로도 지금 이 자리에서 필요한 말 외에는 아무 말도 하지 않았다.

"주엔지에도 사지 선생님 중 한 분이 들어갔을 거다. 만일 아무도 없으면 이노우에 가로 심부름꾼을 보내 다오. 아버지가 어떻게든 하실 테지."

"예, 고맙습니다."

모리스케, 가세, 하고 말을 걸고, 문득 게이치로는 하늘을 올려다보았다. 해는 서쪽으로 기울고 주황색 선이 바다 저편에 흐릿하게 떠 있을 뿐이다. 머리 위는 이미 어둡다. 저녁나절의 어두움이 아니라 구름이 뚜껑을 덮고 있다.

"불길한 구름이로군."

우사는 똑같이 머리 위를 올려다보다가 빗방울 하나가 뺨에 닿는 것을 느꼈다.

"비가 내리기 시작했습니다."

"그런 것 같구나. 큰불 뒤에는 종종 비가 내린다고 하지만—."

게이치로는 말을 끊고 눈매를 엄하게 다잡았다. 우사는 그가 바라보는 곳을 쳐다보았다.

해가 지기 전에 에이신 스님이 하늘을 올려다보며 똑같이 '불길한 구름이다' 하고 중얼거렸다. 그것과 똑같은 방향을 바라보는 작은선생님의 얼굴이 굳어 있다.

그때 우사도 보았다. 갈라진 틈 하나 없이 묵직하게 늘어져 있는 검은 구름 안쪽에서 한 줄기의 섬광을. 한순간이긴 하지만 여관에서 빌린 등롱의 불빛보다 더 눈부신 빛이다.

"벼락이군요."

게이치로는 대답하지 않고 노려보듯이 하늘을 보고 있다. 방금 또 섬광이.

"해가 지기 전부터 저쪽에 벼락구름이 보여서 스님도 걱정하셨습니다. 아직 멀긴 하지만—."

"그래도 바람의 방향이 바뀐 것 같으니 조심하는 게 좋을 것 같구나."

올 때보다 훨씬 작아진 보따리를 짊어지고 모리스케가 목을 움츠린다.

"아니, 작은선생님, 이건 큰비가 될 겁니다."

뚝뚝 떨어지기 시작하는 비가 그을음과 먼지로 뒤덮인 땅바닥에 수없이 많은 얼룩을 만들기 시작한다. "우산을 빌려 오겠습니다."

모리스케가 여관 쪽으로 달려간다.

"우사, 빗발을 보아하니 곧 본격적으로 내릴 것 같다. 불에 탄 건물 옆에는 가까이 가지 않도록 해라. 사람들에게도 그렇게 전해주고. 비를 맞으면 토대가 약해진다. 지금까지 가까스로 버티고 있던 기둥이나 대들보가 쓰러질지도 모르지."

우사는 게이치로의 말을 가슴에 새기며 꼭 그리 하겠다고 대답했다. 모리스케가 사초苺草로 엮은 삿갓을 두 개 안고 돌아온다.

"작은선생님, 조심해 가세요."

"우사도 모쪼록 조심해라."

별것도 아닌 대화지만 그 대화를 나눌 수 있어 기쁘다. 우사는 떠나가는 작은선생님의 뒷모습에서 좀처럼 눈을 뗄 수가 없다.

"이거 큰일 났는데요, 작은선생님. 벼락이 칠 것 같습니다. 마루미 여름의 마지막 벼락일 거예요, 이건."

모리스케의 목소리가 들려온다. 그에 답하듯이 밤하늘 깊은 곳에서 한두 번 빛이 달린다.

빌린 우산이 전혀 도움이 되지 않는 억수 같은 비에, 우사는 물에 젖은 생쥐 꼴이 되어 주엔지로 돌아왔다.

절로 올라가는 언덕 중간에서 첫 번째 벼락 소리를 들었다. 결국 가까이 오고 말았다. 숨을 헐떡이며 뛰어 올라간다.

경내에 넘쳐나던 사람들이 비를 피해 건물 안으로 옮기는 바람에, 본당은 툇마루까지 사람들로 북적거린다. 앉을 자리가 없어서 서 있는 사람들까지 있었다. 듣자 하니 고리庫裡나 뒷간에도 어쨌든 지붕만 있으면 된다며 비를 피하는 사람들이 가득 차 있다고 한다. 본래 절에 있던 사람들이 나서서 조금이라도 사람들이 편하게 있을 수 있도록 분투하고 있다. 어쨌거나 오늘 하룻밤만 버티면 된다.

"스님은 돌아오셨어요?"

스님은 우사보다 먼저 경계 마을을 나섰다.

"돌아오셨지만 한 시간쯤 전에 다시 나가셨습니다. 먹을 것이 모자라서요."

"그럼 여관 마을에 가셨나?"

"어부 마을의 시오미에게 이야기를 해 보겠다고 말씀하셨습니다. 이재민들을 위해서 밥을 짓게 하시겠다나요."

스님답다. 우사는 웃었다.

아하하 하고 소리를 냈을 때, 한층 더 큰 섬광이 왔다. 한 박자를 두고 뱃속까지 울릴 것 같은 천둥이 울린다.

"와아, 오셨다."

"크네."

우사는 절의 여자들과 서로 몸을 기대었다. 쏟아 붓는 굵은 빗방울이 땅바닥을 때렸다가 튀어 올라 몸에 튄다. 툇마루에 있기도 힘들어졌다.

"팔삭의 벼락 때 같은 일이 일어나지 않았으면 좋겠는데……."

한 사람의 불안한 중얼거림에 모두들 다부지게 대꾸한다. "그만해요, 말이 씨가 되겠어!"

"매년 이때쯤 치는 벼락은 제일 크잖아요."

"올해 몫의 큰 벼락은 팔삭날 다 써 버렸을 거예요." 우사는 그렇게 말하며 일부러 명랑하게 웃어 보였다. "그러니까 괜찮아요. 이 비로 남아 있던 불씨도 깨끗이 꺼질 테고요. 그보다 어떻게든 자리를 만들어서 모두들 본당에 들어갈 수 있게 해야겠어요."

우사 씨, 우사 씨 돌아왔어요? 하고 부르는 목소리가 난다. 사람들을 헤치고 찾아보니 절의 고참 일꾼이 똑같이 사람들 사이를 헤치며 다가왔다.

"아아, 다행이다, 돌아왔군요. 기다리고 있었어요. 잠깐 뒤쪽 장작 창고로 좀 와 줄 수 없을까요?"

우사의 손을 잡고 잡아당긴다.

"장작 창고가 왜요?"

"장작은 다 꺼냈어요. 스님이 그런 것은 바닥 밑에 던져 넣어 두래요. 바닥을 깔고, 상처가 심한 사람들을 눕혔는데."

히키테가 한 명 있더군요, 라고 말한다.

"혹시 당신이 아는 사람일지도 모른다는 생각이 들어서요. 염색집 거리에서 불에 타 떨어진 지붕과 기둥에 깔려 있다가 저녁때가 되어서야 겨우 구출되었지요. 처음에는 울타리저택의 보양소로 옮겼지만 쫓겨나고 말았어요. 게다가 왜 그러는지 잘 모르겠지만 엄청나게 날뛰며 끙끙거리면서 나는 그냥 내버려둬라, 나는 히키테니까 나중에 봐 줘도 된다, 다른 사람을 도와주라며 본인이 말을 듣지 않아요."

우사는 흠칫 놀랐다. 그 지기 싫어하는 말투는.

본당을 나가 장작 창고로 달려간다. 번개 불빛에 빗줄기가 새하얗게 떠올라 보이고, 위협하는 듯한 천둥소리가 내려온다.

"잠깐만 비켜 주시오. 우사 씨를 데려왔어요. 좀 지나갑시다."

좁은 장작 창고지만, 그래도 빽빽하게 다섯 장의 이불을 깔아 두었다. 피와 고름 냄새가 우사의 코를 찔렀다. 거기에 섞여 불에 탄 살의 달콤한 냄새. 누워 있는 부상자는 여섯 명, 눈을 뜨고 있는 사람이 더 적을 지경이다.

"자, 이 사람이에요."

우사는 무릎을 굽히고 부상자 옆에 앉는다.

아니나 다를까 하나키치다.

얼굴이나 팔다리는 닦아 준 모양이다. 검댕이 떨어져 나가 피부 색깔이 보인다. 평범한 색이 아니다. 불에 타서 짓물러 있다. 온통 피가 달라붙어 장작 창고에 들여놓은 빈약한 사기 등잔의 불빛에 번쩍번쩍 빛난다. 새로운 피가 배어나오고 있다. 자세히 보니 두 눈은 감고 있는 것이 아니라 눈꺼풀이 부어서 막혀 있었다.

몸에 걸쳐 줄 것이 모자라서 천장을 보고 누운 하나키치의 온몸이 잘 보였다. 옷은 찢어졌는지 그슬렸는지 아랫도리를 가린 천 한 장뿐이다. 눈에 보이는 곳 중에서 무사한 데는 없는 것 같다.

비틀려 있다. 오른쪽 다리가 이상하게 튀어나와 있고 왼쪽 팔꿈치는 심하게 휘어져 있다. 가슴이 움푹 파여 있고 하나키치가 숨을 쉴 때마다 새액새액 소리가 난다.

그렇다, 간신히 숨은 쉬고 있다.

"하나키치 씨."

불러도 얕은 호흡 소리만이 돌아올 뿐이다. 아아, 역시 아는 사람이었군요. 절의 일꾼이 어깨의 짐을 내려놓듯이 중얼거린다.

"하나 씨. 나야. 우사. 알아보겠어?"

머리가 천천히 움직였다. 턱이 떨린다. 호흡이 더욱 격렬해진다. 무언가 중얼거린다. 알아들을 수가 없다. 우사는 귀를 가까이 댄다.

"하나 씨, 무슨 소리를 하는 거야?"

바보 취급하지 마, 라는 말을 알아들을 수 있었다. 잘난 척하지 마라. 그런 걸 용서할 수 있을 것 같으냐. 상대해 주마—.

헛소리다. 하나키치는 아직도 소란 속에 있다. 붉은 한텐을 입은 히키테로서.

"여기에도 사지 선생님이 와 주셨지만 이 사람과는 길이 엇갈려서요."

"이렇게 심한 상처인데 어째서 울타리저택의 보양소에 들여보내 주지 않았던 걸까요."

우사는 일어섰다. 걷잡을 수 없이 화가 난다. "내가 이야기 좀 하고 올게요!"

쾅! 하고 벼락이 울렸다. 장작 창고가 흔들린다. 먼지가 투둑투둑 떨어지고 모두들 목을 움츠렸다. "그만둬요, 밖에 나가면 안 돼요."

"이대로 놔두면 하나 씨는 죽고 말아요."

절의 일꾼은 하나키치를 내려다보며 두 어깨를 축 늘어뜨리고 고개를 저었다. "치료를 한다 해도 이미 늦었어요."

"그럼 내버려두라는 말이에요?"

"달리 무슨 수가 있겠소."

"안 돼요, 어디선가 제대로 치료를 받아야지."

절의 일꾼은 생각지도 못했을 만큼 강한 힘으로 우사를 붙들었다. 우사는 흠칫 놀랐다.

"소용없어요. 포기하는 게 좋아요."

"어째서요!"

"이 사람을 데려온 놈들이 그러더군요. 아무래도 이 사람, 소동의 원흉인 모양이에요."

우사는 숨을 삼키며 계속 헛소리를 중얼거리는 하나키치에게 시선을 떨어뜨렸다. 번개가 치면서 한순간 무참한 하나키치의 모습이 또렷하게 떠올랐다. 곧 원래대로 돌아간다. 하나키치가 기침을 하자 입에서 피거품이 넘쳐났다.

"소동이라니—."

"어부들이 제일 처음 쳐들어온 곳이 서쪽 파수막이잖수. 여관 마을에서 붙잡은 생선 장수를 내놓으라면서. 그 생선 장수를 붙잡은 것이 이 사람인 모양이에요."

우사는 품에 찔러 넣어 두었던 수건을 꺼내 피거품을 닦아 주었다. 하나키치는 침이 섞인 거품을 입가에 흘리면서도 아직도 뭐라고 말하고 있다.

"왜 붙잡았는지는 잘 모른대요. 뭐, 싸움이 났기 때문이겠지만 그것만으로는 끌고 갈 만한 일은 아니지요. 아마 염색집 일꾼들이 쫓겨 온 것에 대한 분풀이일 거라고 하더군요. 그래서 어부 마을 사람들도 화가 난 거예요."

일꾼의 낮은 목소리에는 동정인지 경멸인지 모를 감정이 섞여 있었다.

"쓸데없는 짓을 했지요……."

"그래서 울타리저택의 보양소에서 쫓겨났나요?"

"글쎄요, 확실히 그런지 아닌지는 몰라요. 하지만 그곳으로 도망쳐 들어간 부상자 중 누군가가 이 사람의 얼굴과 일의 경위를 알고 있었대요. 이놈 때문이다, 이놈이 원흉이라며 소동이 일어났다나요."

수건에는 더 이상 깨끗한 데가 남아 있지 않다. 우사는 손바닥으로 하나키치의 이마에 배어 나온 땀을 닦아 주었다. 땀에 섞여 피가 묻어난다.

"울타리저택에 다른 히키테는 없었던 걸까요?"

누군가 있었다면 중재해 주었을 텐데.

"모르겠어요. 히키테도 꽤 많이 죽은 모양이니까."

우리한테 대들 셈이냐? 갑자기 하나키치의 목소리가 높아지고 기침이 분명해졌다. 절의 일꾼은 얼굴을 돌렸다. 우사는 입술을 깨물었다.

"우리, 가, 마루미를, 지킬 것이다."

헛소리를 할 때도 잊지 않는 히키테의 마음가짐이다.

"하나 씨는 성질이 급해요." 우사는 말했다. "기질이 곧고 옳지 못한 일을 싫어하지요. 그래서 염색집 일꾼들이 쫓겨 온 것을 참을 수 없었을 거예요."

그래도 어부 마을에서 온 생선 장수에게 화풀이를 하는 것은 이상하지만, 그게 하나키치의 하나키치다운 점이다—.

"가엾게도." 절의 일꾼은 하나키치가 아니라 우사에게 말했다. "적어도 우사 씨가 간병을 해 주면 안 될까요?"

내가 간병을 하면 하나키치는 기뻐할까. 여자인 주제에 나서지 마라, 여자가 히키테가 될 수 있을 것 같으냐고, 틈만 나면 입을 삐죽거리던 사람이다.

번개 불빛과 천둥소리. 머리 바로 위로 다가오고 있다.

"대장님!"

갑자기 하나키치가 불렀다. 그럴 리가 없는데, 우사도 그렇고 절의 일꾼도 순간적으로 누군가 온 줄 알고 주위를 둘러보았다. 그만큼 또렷하게 부르는 말투였다.

"하나 씨—."

하나키치의 가쁜 호흡이 딱 멈추었다. 움푹 팬 가슴이 오르내리지 않게 되었다.

우사는 주먹을 쥐고 그 주먹으로 입가를 눌렀다. 울 것 없다. 울면 안 된다. 하나키치는 편해졌다. 게다가, 게다가—.

지금 하나키치가 부른 것은 분명히 대장님이다. 가스케 대장님이 여기 와 있었다.

—정말이지 너는 덜렁대는 놈이로구나. 마음을 좀 가라앉히고 깊이 생각을 해! 내가 다시 한번 처음부터 근성을 뜯어고쳐 주마!

화를 내고 야단치면서 하나키치의 멱살을 잡고 끌고 간다.

14

큰비와 벼락 속에서 흠뻑 젖어 비틀거리면서도 필사적으로 주엔지로 달려가는 사람들이 있었다. 여자와 아이들뿐이다. 해자 바깥의 화재에서 도망치기는 했지만 어디로 가야 할지 몰라 주위의 산이나 숲에 숨어 있었던 것이다.

염색집 사람들이었다. 서쪽 파수막에서 가까운 염색집 거리는 불길이 미치는 것도 빨랐고 싸움도 심각했다. 여자와 아이들이 대부분이기 때문에 뿔뿔이 흩어져 도망쳐서 숨어 버리면 지휘할 사람이 적어서 그다음에는 어떻게 해야 할지 알 수 없게 된다. 무조건 산으로 숲으로 달리며 뒤를 돌아보다가 해자 바깥의 연기와 불의 기세를 보고는 더욱 겁을 집어먹고 깊이 들어갔다.

그중에는 마른 폭포 저택 근처까지 간 사람들도 있었다. 마른 폭포의 옥지기들은 그들에게 성 아래의 상황을 묻기는 하지만 도와주지는 않는다. 어디로 가라고 지시를 해 줄 만한 친절한 마음도 없고, 본래 그런 곳을 알지도 못한다. 그냥 쫓겨 돌아온 자들은 해자 바깥에 번진 불길을 내려다보며 판단을 내리지 못하고 우선 숲에 숨어 있었던 것이다.

벼락 피해가 많은 마루미의 사람이라면 누구나 알고 있다. 바다에서 만나는 벼락이 가장 무섭다. 시정은 그다음이다. 하지만 실은 산과 숲의 벼락에는, 다른 데 없는 두려움이 있었다.

나무 사이에 둘러싸여 있으면 낙뢰의 직격을 당하는 일은 없다. 하지만 나무 중 하나에 벼락이 떨어지면 나무가 쓰러진다. 산불이 나기도 한다. 바위밭에 떨어지면 낙석이 일어난다. 숲으로 도망치면 조금이라도 넓은 곳으로 나가라. 바위밭이라면 높은 곳에서 몸을 엎드려라. 튀어나온 바위 밑에 숨어서는 안 된다.

어부고 히키테고 가세하러 온 시정 사람들이고 할 것 없이 분노로 머리에 피가 오른 남자들이 두들겨 패고 눈앞에서 가마솥을 쓰러뜨리고 작업장을 부숴 놓고 불을 지르는 통에, 목숨만 건져 간신

히 도망쳐 왔다. 해자 바깥은 대체 어떻게 되었을까. 화재가 진정
된 것처럼 보여도 소란은 계속되고 있지 않을까. 겁먹고 움츠러들
어 해자 바깥으로 내려갈 계기를 잃고 있던 사람들은 큰비와 벼락
이 닥쳐오자 겨우 제정신으로 돌아왔다. 숲을 나가서 빛이 보이는
곳으로 옮기자. 이대로 있다가는 더 위험하다.

이 사람들을 맞이하자 우사는 마음을 다잡았다. 하나키치의 죽
음을 슬퍼하는 일은 나중이다. 도울 수 있는 사람을 도와야 한다.
마지막까지 지기 싫어하고, 착각을 잘하긴 했어도 히키테의 오기
를 가슴에 품고 있던 하나키치도, 그것이라면 허락해 줄 것이다.
나 같은 건 상관하지 마, 너도 한때 히키테의 붉은 한텐을 입었던
여자라면 해야 할 일을 해 봐. 우사는 뺨을 호되게 얻어맞은 것처
럼 단숨에 기운을 차렸다.

염색집 거리에서 자주 보던 얼굴들이다. 모두 무사했다. 힘든 일
을 당했지만 목숨은 건졌다.

"별채의 오산 아주머니는 안 계신가요? 같이 계시지 않았습니
까?"

그 물음에 흠뻑 젖은 사람들이 떨면서 가르쳐 주었다. 아직 숲에
남아 있는 사람들이 있다. 도망칠 때 다쳤거나 맨발로 뛰쳐나왔기
때문에 오래 걸을 수가 없어서 뒤에 남아 있다고 한다. 오산도 오
키쿠도 어린 하치타로도 그중에 있다고 한다.

"어느 쪽 숲이지요? 사람들은 어디에 있나요?"

"마른 폭포 저택으로 이어지는 산길에 있는 숲이야. 우리는 모
두 여차하면 그곳 관리들이 도와줄지도 모른다는 생각에."

절에서 조달할 수 있는 나막신을 모으고, 도와줄 남자들을 찾고, 널문도 두세 장 준비해서 우사는 마른 폭포의 산으로 출발했다. 남자들은 우사에게 돌아가라고 말했다. 이렇게 벼락이 치는데 나와 있어서는 안 된다. 여자의 몸인 너는 들어가 있어라.

우사는 귀를 기울이지 않았다.

"저도 히키테 나부랭이였습니다!"

산길에는 빗물이 흐르고 진흙이 튀어 걷기가 힘들다. 호우와 벼락 때문에 바로 뒤에서 걸어오는 동료와도 크게 소리를 지르지 않으면 이야기를 할 수 없다. 머리를 낮게 숙이고 몸을 앞으로 바싹 기울여 나아가는 동안에도 어딘가 가까운 곳에 한두 번 벼락이 떨어지고 땅이 흔들렸다. 캄캄한 숲 어디에선가 불꽃이 튀었다.

"비 덕분에 산불이 나지 않는 것만은 다행이군!"

누군가가 자포자기한 듯 명랑하게 외친다.

도중부터 우사는 큰 소리로 오산과 하치타로를 부르면서 나아갔다. 비가 눈과 입에도 날아든다. 그래도 지지 않고 계속 불렀다. 덮개를 씌운 등롱도 넘어지면 금방 불이 꺼져 버린다. 불빛이 적어지면 두 다리조차 보이지 않는 컴컴한 어둠이 닥쳐온다. 의지할 수 있는 것은 목소리뿐이다.

우사, 우사니ー.

우사는 깜짝 놀랐다. 방금 그것은 분명히 오산의 목소리다.

"아주머니! 어디에 계세요?"

손으로 더듬어 나아가다가 발이 미끄러진다. 넘어져서 손을 짚으니 벼락으로 눈이 어지럽다. 젖은 옷이 몸에 찰싹 달라붙어 뼛속까지 차가워진다.

이윽고 등롱의 불빛에 웅크리고 있는 사람의 모습이 비쳤다. 새하얀 다리가 얼핏 보였다. 두 명, 세 명, 네 명인가. 서로 끌어안고 나무 밑에 모여 있다.

"우사!"

모두들 달려왔다. 오산은 우사가 달려들자 비명을 질렀다. 당황해서 살펴보니 오른쪽 무릎에 큰 상처가 있다. 비에 씻겨 상처가 벌어져 있다.

"아주머니, 널문에 오르세요. 자, 빨리."

오산을 부축해 일으키고 오키쿠를 격려하고 하치타로에게 손을 내민다. 잔뜩 겁을 먹고 있어서 좀처럼 어머니의 소매를 놓으려고 하지 않았다. 이제 괜찮다고 열심히 달래서 겨우 안아 든다. 오키쿠는 비틀거리며 걷지를 못해서 널문에 실렸다.

"어이, 여기는 그 저택 바로 옆일세."

남자들 중 한 명이 등롱을 비에서 감싸면서 높이 쳐들고 산길 끝을 비추며 고함치듯이 말했다.

"되돌아가기보다 저택으로 도망쳐 들어가는 게 더 좋겠어. 벼락이 바로 머리 위까지 왔네. 적어도 지나갈 때까지―."

그건 무리예요, 들여보내 주지 않는다니까요. 오산이 울음 섞인 목소리로 호소한다. 우사는 비에 젖은 머리카락이 풀려 얼굴을 가려서 앞이 잘 보이지 않는다. 강아지처럼 몸을 부르르 떨어 흔들며 일어선다.

순간 주위가 새하얘졌다.

"안 되겠다, 모두들 엎드려!"

뒤에서 호되게 누르는 바람에 우사는 고꾸라졌다. 순간적으로 하치타로를 감싸 껴안으며 얼굴을 들었다.

번개가 밤하늘을 달린다. 매우 커다란 빛. 천 개의 촛불을 밝힌 것처럼 산길이, 숲이, 자신의 팔이, 울상을 짓는 하치타로의 얼굴이, 여자들을 돕는 남자들의 등이, 널문 위에서 머리를 끌어안은 오산의 모습이 또렷이 떠오른다.

빗소리로 가득 찬 숲의 어둠 너머에, 산길 꼭대기에.

마른 폭포 저택의 윤곽이 밤하늘을 잘라낸 것처럼 우뚝 서 있다.

하얗게 빛나는 갈고리 같은 번개가 지붕을 움켜쥔다.

섬광이 사라진 다음 순간에 땅이 흔들렸다. 산이 으르렁거린다. 숲이 격앙한다. 하늘이 깨져서 떨어져 내린다.

낙뢰다.

마른 폭포 저택에 벼락이 떨어졌다.

그 순간, 가가 님을 가둔 저택 지붕의 기와 한장 한장까지 샅샅이 보였다. 창에 끼워져 있는 격자도 보였다. 거기에 서 있는 옥지기의 머리 모양까지도 알아볼 수 있었다. 저택을 둘러싸고 있는 대울타리와 문 앞에 있는 한 쌍의 횃불도.

천천히, 시간이 걸음을 늦춘 것처럼 느릿느릿하게 그 횃불이 쓰러진다.

기와가 날아가고 지붕이 기운다.

번개 불빛의 갈고리가 닿은 그곳에 불꽃이 튀고 비에 녹는다.

마른 폭포 저택의 지붕이 무너진다. 벗겨진 널빤지와 깨진 기와 사이로 불꽃이 혀를 내민다.

"호!"

우사는 외쳤다. 목소리가 목구멍에서 넘쳐 나온 것이 아니라 몸이 전부 외침이 되어 튀어 올랐다. 호의 이름을 부른 찰나, 우사는 완전히 텅 비었다.

저기에는 호가 있다. 나의 어린 호가 있다.

내가 호를 보내 버렸다. 내가 호를 가둔 저 저택에, 지금 불길이 치솟아 타오르는 것이 보인다.

우사는 흙탕물을 뒤집어쓰면서 일어섰다. 하치타로를 두고, 무턱대고 팔다리로 땅을 긁으며 뛰어나갔다.

"바보 같은 놈, 무슨 짓을 하려고!"

뒤에서 누가 양팔을 꽉 얽어매어 잡았다. 우사는 이를 드러내며 저항했다. 비가 눈에 들어온다. 귀에도 들어온다.

"놔요! 놓으라고요!"

"저런 곳에 가 봐야 아무 소용없어! 벌써 불이 났다고!"

"호를 구하러 갈 거예요!"

우사는 얽혀드는 팔을 물어뜯고 달려 나갔다. 오산이 부르는 소리를 뒤로하고. 울음을 터뜨리는 하치타로를 발밑에 남겨두고.

구름에 덮이고 비로 가득 찬 밤하늘이 다시 눈을 부릅뜬다. 섬광이 내려온다. 산길에 있는 우사 일행을 향해.

"가깝다!"

올려다본다. 비가 호흡을 막는다.

방금 전에 오산 일행이 웅크리고 있던 나무 꼭대기에 번개가 내려선다. 우시는 그 모습에 매료되었다. 아무 생각도 없이, 아무 의지도 없이, 악의도 없이 하늘을 가로지르는 번개. 작은선생님께는 그렇게 배웠다. 하늘에서 일어나는 일에는, 지상에 있는 사람을 해칠 의도는 없다고.

그것은 거짓말일까.

거기에는 역시 뇌수雷獸가 깃들어 있는 것일까.

뇌수의 앞발이 나무를 긁어 둘로 부러뜨렸다.

마루미 지방의 여름 끝자락. 마지막으로 오는 큰 벼락.

그것이 떨어진다.

흩어진 나뭇잎이 비에 섞인다. 떨어진다. 떨어진다. 그 뒤를 쫓듯이, 우사의 팔로 한 아름도 더 될 것 같은 나무줄기가 가지를 넓게 편 채 떨어져 내린다.

바로 밑에는 하치타로가 있다.

누군가의 팔이 뻗어와 하치타로의 팔을 잡으려다가 놓쳤다. 우사는 낚아채듯이 하치타로의 몸을 안았다. 야윈 아이의 몸은 가벼웠고, 비 때문에 차게 식어 떨고 있었다. 전해져 온다.

오키쿠가 울부짖으면서 하치타로의 이름을 부르고 있다.

안아 올린 하치타로를 그대로 내팽개치듯이 앞으로 내던지고, 우사는 자신도 앞으로 쓰러졌다. 가능한 한 앞으로, 멀리.

버티고 있던 다리가 진흙 때문에 주르륵 미끄러졌다.

―호.

무릎이 꺾인다. 양손이 땅바닥에 떨어져 흙탕물을 튀긴다.

―나는 너를 기다리겠다고 맹세했어.

가슴에 굳게 맹세했는데.

내 손은 닿지 않아. 나는 너를 마른 폭포로 쫓아 보내 버렸으니까. 이제 너를 구할 수는 없어.

—누가 호를 좀 지켜 주세요.

시야가 캄캄하게 닫힌다.

가가 님이 말씀하셨던 대로다. 가가 님은 이렇게 될 것을 알고 계셨던 것 같다.

성 아래의 화재가 수습되고 겨우 안정이 되었나 했더니, 저녁 식사 준비도 마치기 전에 이번에는 비가 내리기 시작했다. 천둥소리도 비를 쫓아 다가왔다.

—오늘 밤, 어둠을 틈타 저택을 떠나거라.

—하지만 그때까지 어디선가 천둥 치는 소리가 나거든 그때는 즉시 도망쳐라.

네 고용살이를 해임한다.

하지만 호는 결단을 내릴 수 없었다. 저택의 옥지기들은 벼락에 신경 쓰는 기색이라곤 없다. 호는 덧문을 닫으라는 명령을 받았고, 그것은 비가 올 때마다 몇 번이나 해 온 일이기 때문에 꾸중을 들을 걱정도 없이 해내었다.

그래도 가가 님은 도망치라고 하셨다.

또다시 마루 아래를 지나 가가 님의 방에서 물러날 때 도베 선생님이 다다미를 들어 주셨다. 선생님은 다다미가 어지간히 무거운지, 무언가를 견디는 듯한 얼굴을 하고 계셨다. 그리고 작은 목소리로 말씀하셨다. 가가 님의 말씀을 가슴에 깊이 새겨야 한다.

그것은 다시 말해, 도베 선생님도 도망치라고 말씀하신 셈이다.

선생님은? 선생님은 어디에 계시는 것일까. 가가 님의 방일까. 다시 한번 확인해야 할까. 호는 어째서 도망쳐야 하는 걸까?

덧문을 닫고 나니 희푸른 번개 불빛이 보이지 않게 되어 몹시 안도가 된다. 하지만 그만큼 아무런 준비도 되어 있지 않은데 엄청난 천둥소리가 들려와, 그때마다 펄쩍 뛰어오를 뻔했다.

언젠가 성님이 가르쳐 주었다. 먼저 번쩍. 그 후에 천둥소리가 난다. 번쩍과 소리 사이가 떨어져 있는 동안에는 번개구름은 멀리 있는 것이다. 번쩍한 후 금방 콰광 하는 소리가 날 때는 번개구름이 머리 위에 있다.

부엌 입구에 초소로 가져갈 식사를 얹은 쟁반이 쌓여 있다. 호는 들어 올릴 수 있는 만큼 쟁반을 들고 우선 남쪽 초소로 향한다.

콰광. 아아, 벼락이 가까워지고 있다.

도망쳐라. 망설여서는 안 된다.

하지만 식사를 가져다 드려야 한다.

콰광. 아까보다 더 가깝다. 쟁반이 무겁다. 호는 멈추어 섰다.

도망쳐라. 그것이 내 명령이다.

이 빗속에서 산으로 도망쳐 나가는 것은 무섭다. 옥지기에게 들켜 꾸중을 듣는 것도 싫다.

심장이 호의 몸을 안쪽에서부터 먹어 치우려고 하는 것처럼 날뛰고 있다.

호는 발치에 쟁반을 내려놓았다. 남쪽 초소는 코앞이다. 장지문이 열렸다. 옥지기가 빠른 걸음으로 나오더니 호를 알아차리지 못하고 복도를 지나 모습을 감추었다.

호가 명령에 따르지 않는다면.

—너 혼자서 즉시 이곳을 빠져나가야 한다.

가가 님은 틀림없이 화를 내실 것이다.

모처럼 '호力'라는 이름을 주셨는데. '호'는 방향의 호다. 호는 어디로 가야 할지 알 수 있게 되었기 때문에 '호'가 되었다. 갈 곳도 알고 있다고, 가가 님은 말씀하셨다.

명령하신 일에 따르는 것은 고용살이 일꾼에게 있어 옳은 방향으로 나아간다는 뜻이다.

다시 한번 쟁반을 들려고 몸을 굽혔다. 하지만 손이 움직이지 않는다.

콰광, 우릉 우릉 우릉—하늘 위에서 크고 무서운 것이 구르고 있다.

호는 쟁반에서 물러섰다. 한 걸음. 두 걸음. 세 걸음째에 기세가 붙어 빙글 우향우를 했다.

가져갈 물건이라곤 아무것도 없다. 이대로 뒤뜰로 나가자. 그렇게 생각했다. 하지만 달리다가 깨달았다. 아니, 있다. 가가 님께서 써 주신 습자본과 주판과, 이시노 님이 주신 달력이다. 오두막이 낙뢰로 무너져 버린 후, 떼어내 달라고 해서 소중하게 보관하고 있다.

호는 자신의 방으로 향했다. 마음은 급하지만 발소리를 내지 않게 조심했다. 복도 모퉁이에서는 일단 멈춰 서서 귀를 곤두세웠다.

방으로 뛰어 들어가 필요한 것을 전부 모아서 보자기에 싸 등에 짊어졌다.

끝에 있는 복도에서 정원으로 내려가자. 덧문을 살며시 열자 후려치는 듯한 비가 얼굴을 때렸다. 번개 불빛이 주위를 비춘다.

맨발로 내려서자 진흙이 발가락 사이로 파고들었다. 폭포 같은 큰비다. 보자기가 젖으면 습자본도 젖고 만다. 등에서 내려 가슴에 안았다. 뒤뜰을 향해 달리기 시작했다.

불빛이 없다. 대울타리까지의 거리를 알 수가 없다. 왼팔로 보따리를 꽉 껴안고, 오른손을 내밀어 대울타리에 부딪힐 때까지 나아갔다. 머리에, 목덜미에, 어깨에도 빗방울이 닿아 튀어서 아프다. 몸이 움츠러든다. 기는 게 더 편하겠다. 대울타리를 따라 기어서 나아가자.

빠져나갈 수 있는 데까지 왔다. 그때까지도 몇 번인가 번개 불빛이 주위를 비추었다.

—망설여서는 안 된다.

호는 대울타리 밑을 지났다.

역시 망설이고 말았다.

마른 폭포 저택을 올려다본다. 호우가 쏟아져 내리고, 덧문 안에 불빛을 가둔 저택은 밤하늘에 녹아들어 있다. 어둠과 밤. 되돌아가면 금방 닿을 수 있는 곳에 있어도 호에게는 몹시 멀게 느껴졌다. 도망친다, 떠난다는 것은 그런 것이다.

걷기 시작한다. 미끄러지는 바람에 다시 기게 된다.

기면서 어깨 너머로 고개를 돌려 올려다본다.

기다가는 멈추고 돌아보고, 또 기다가는 멈춘다.

─돌아보아서는 안 된다.

가가 님의 강한 말씀이 되살아나 호의 귀를 때린다. 비보다 더 세게, 천둥소리보다도 날카롭게.

가가 님, 호는 도망치겠습니다. 가가 님의 말씀을 지키겠습니다.

마지막으로 한 번 더 강하게 다짐하고, 이제 돌아보지 않겠다, 이게 마지막이라고 생각하며 저택을 올려다보았다. 그것을 기다리고 있었던 것처럼, 호의 눈에 비치는 것을 더 밝게 비춰 주려는 것처럼 지붕 바로 위에 번개 불빛이 달렸다.

하늘을 가로지르는 것이 아니라.

저택 지붕을 향해서.

언젠가 뒤뜰 오두막에서도 보았다. 낙뢰의 순간, 눈부신 빛의 홍수를. 그 찰나에는 두려움도 없다. 빛과 소리가 넘쳐나서 사람의 눈과 귀로는 보고 들을 수 없고, 모든 것이 새하얗게 빛깔이 빠지고 모든 것이 고요해진다.

꽝음과 함께, 호가 올려다보는 눈앞에서 마른 폭포 저택에 벼락이 떨어졌다.

호는 도망쳤다. 정신없이 도망쳤다. 큰 소리와 빛과 무언가가 부서지는 소리에서 도망쳤다.

무서웠다. 너무 무서워서 오히려 눈물이 나지 않는다. 소리를 내어 엉엉 울고 있는 기분도 드는가 하면, 그것은 빗소리인 것 같은 기분도 든다. 천둥인 것 같은 기분도 든다. 또 가까운 곳에 떨어졌다. 멈추어 있으면 위험하다.

경사면을 긁다시피 하며 기어 올라가다가 이윽고 가슴이 괴로워지고, 헐떡이고 또 헐떡여도 숨을 들이쉴 수 없어서, 납작 엎드리고 말았다. 습자본에 흙탕물이 물들고 만다. 안 된다, 안 된다.

옆으로 굴러서 어떻게든 일어서려고 하면서 뒤를 돌아보았다.

―돌아보아서는 안 된다.

눈 아래 펼쳐져 있는 밤의 어둠 속에서 마른 폭포 저택이 불타고 있었다.

―충분히 조심해야 한다.

가가 님.

가가 님의 몸은 옥지기들이 지킬 거라고 말씀하셨다. 네 도움은 필요 없다고. 가가 님은 무사하실 것이다. 틀림없이 다른 곳으로 옮기셨을 것이다.

네 고용살이를 해임한다.

가가 님은 무사하실 것이다. 당연히 그럴 것이다.

그런데 그런 옳은 생각을 배반하고, 호의 가슴은 찢어질 것만 같았다. 거기에서 오열이 치밀어 올랐다.

계속해서 울리는 천둥소리에 지지 않고, 숲의 나무 밑에 매달려 비에 젖은 뺨에 번개 불빛을 받으며, 호는 누가 들을까 꺼리지도 않고 목청껏 몇 번이고 가가 님을 불렀다.

마루미의 바다

이날의 마지막 환자를 내보내고 나자, 이노우에 게이치로는 툇마루에서 정원으로 내려섰다.

맑게 갠 하늘에 비단구름이 흘러간다. 햇빛은 한없이 밝지만 홑옷 위에 진찰용 작업복만 입은 차림으로는 쌀쌀할 정도로 바람이 차갑다.

게이치로는 뭉친 어깨를 가볍게 두드려 풀면서 약초밭을 둘러보았다. 방금 전까지는 모리스케가 호의 도움을 받으며 풀을 뽑고 있었다.

그것은 그날—고토에가 죽은 봄날 끝자락의 그때와 같은 광경이었다.

호는 무슨 생각을 했을까. 게이치로는 생각했다. 고토에를 잃었을 때의 놀람과 슬픔을, 그 후에 이어진 부조리한 짓들을 떠올렸을까. 아니면 너무나도 많은 일들에 휘말리고 시달리고 굴복당하고,

그 아이로서는 알 수 없는 곳에서 넘쳐난 깊은 물살에 떠밀려 가까스로 한 바퀴를 돌고 이노우에 가로 돌아온 지금에 와서는, 그날의 일은 이미 아득히 먼 일이 되었을까.

해자 바깥에서 소란과 큰 화재가 일어나고 마른 폭포 저택에 벼락이 떨어져 불이 난 지 열흘이 지났다.

해자 바깥에서는 이제야 마을을 재건하기 위한 망치 소리가 울려 퍼지기 시작했다. 한편 저장해 둔 쌀은 바닥을 보여 지금까지의 빚에 또 빚을 얹는 결과가 되었기 때문에 번의 재정은 더욱 급박해졌을 것이다. 그것은 나중에 다시 영민들과 하급 번사들의 생활로 돌아오게 된다.

그래도 마루미에는 평온이 돌아왔다. 지금은 한때나마 기뻐해야 한다.

마른 폭포 저택은 불에 타 무너졌다. 적잖은 수의 옥지기들이 위험도 돌아보지 않고 불 속에 뛰어들어 막부에서 맡긴 중요한 인물인 후나이 가가노 가미모리토시를 구해 냈지만 때는 이미 늦었다.

가가 님의 목숨은 끊어져 있었다.

벼락이 저택 지붕에 떨어졌지만 가가 님은 그것 때문에 돌아가신 것은 아니다. 불에 탄 것도 아니었다.

가가 님의 시체는 심한 상처를 입고 있었다.

짐승의 발톱에 찢긴 상처라고 한다.

가가 님의 방에는 엎드려 쓰러진 가가 님 옆에 몸길이가 삼 척도 넘는 황금색 털을 가진 짐승이 피거품을 토하며 눈을 부릅뜨고 죽어 있었다고 한다.

하늘에서 마른 폭포를 향해 내려온 뇌수라고 한다.

마루미 땅에 사람의 역사가 시작되기 이전부터 살고 있었던 뇌수다. 한때는 히다카야마 신사의 신체에 의해 쓰러졌다. 그러나 사람의 몸으로 악귀가 된 가가 님이 마루미에 들어와 히다카야마 신사의 신위를 손상시켰기 때문에 힘을 되찾은 뇌수는 다시 마루미의 하늘과 땅을 자기 것으로 만들기 위해 뛰어 내려왔다.

그러려면 땅에 있으면서 귀신 같은 악행을 저지르는 가가 님을 우선 봉해야 한다.

진실로 마루미를 되찾고, 지배하기 위해서는.

뇌수는 가가 님과 싸우다가 서로 목숨을 잃었다—고 한다.

그날 밤, 여름 끝자락의 마지막 번개구름을 타고 마른 폭포로 뛰어내리는 뇌수의 모습을 많은 번사들이 보았다고 한다.

성의 천수각에서 하타케야마 공도 보셨다고 한다.

성보다 더욱 깊은 산 속에 있는 암자에서 은거하고 계시는 측은 공도 보셨다고 한다.

마른 폭포의 옥지기들은 보았다고 한다. 뇌수를 맞아 싸우던 가가 님이 갑자기 사람의 모습에서 귀신의 모습으로 변해 본성을 드러낸 순간을. 그들은 떨면서 서로 수군거린다. 신수神獸와 악귀가 서로 싸우는 모습은 이 세상의 것이라고는 생각할 수 없을 정도로 무시무시하고 불길하고, 그러나—.

아름다웠다고도.

누가 꾸미고, 누가 말을 꺼내고, 누가 퍼뜨리고, 누가 뒷받침을 하는지도 모른 채, 파문처럼 퍼져 가는 소문.

그날 밤이 밝자마자 소문은 성 아래에 퍼져 지금은 모르는 사람이라곤 한 명도 없다. 세 살짜리 아이조차 뇌수와 가가 님이 맞붙어 싸우다 죽은 모습을 어른들에게 졸라서 듣고, 제대로 돌아가지도 않는 입으로 읊고 다닌다.

같은 날 밤, 낙뢰는 다른 곳에서도 일어났다.

산에도, 숲에도.

해자 안쪽에서는 아사기 가 저택의 지붕이 부서졌다.

눈도 뜨고 있을 수 없을 정도의 폭우 덕분에 어디에서도 불은 나지 않았다.

불에 탄 것은 마른 폭포뿐이다.

뇌수의 몸이 벼락뿐만 아니라 화기火氣도 띠고 있었기 때문이라고, 소문은 전한다.

일설에 따르면 뇌수의 시체가 성 안으로 옮겨져 영주가 직접 조사에 입회했다고도 한다. 목숨이 끊어진 짐승의 몸은 아직도 작열하는 불꽃을 내뿜고 있었고, 똑바로 얼굴을 향할 수 없을 정도의 이상한 냄새를 두르고 있었으며, 영주와 중신들이 지켜보는 앞에서 스스로의 화기에 완전히 타서 재와 숯으로 변해 사라졌다고 한다.

마루미의 여름 마지막 벼락. 사람들의 마음에 깊이 새겨져 앞으로도 떨어지지 않을 재앙은 이렇게 끝났다.

뇌수는 쓰러졌다.

그와 함께 가가 님도 이 세상을 떠났다. 그 현신現身은 이제 마루미 땅에는 계시지 않는다.

사람들은 고개를 갸웃거린다. 저주로 병을 부르고 히다카 님을 더럽히고 상처를 입혔으며 마루미에서 수호신을 빼앗은, 사람의 몸을 한 악귀 가가 님이 그 옛날 히다카 님이 해 준 것과 똑같이 뇌수를 쓰러뜨려 주셨다.

우리는 지금도 가가 님을 두려워해야 할까.

아니면 존경하고 경외해야 할까.

가가 님은 역시 사람이 아니었다. 귀신, 악령, 악귀로 변해 마루미를 괴롭힌 존재였는데.

그러나 우리는 가가 님 덕분에 뇌수를 피할 수 있었지 않은가—.

게이치로는 알고 있다.

이것이 아버지 겐슈가, 아버지가 짊어진 마루미 번의 의지가 바라던 형태라는 사실을.

그래서 소문은 멈추지 않는다. 근원도 알고 있다. 지금은 고개를 갸웃거리며 머리를 끌어안는 마루미 백성들도 점차 고개를 끄덕이게 될 것이다.

벼락 피해 때문에 고민해 온 마루미 땅에는 벼락 피해에 대한 지혜가 있다. 뒤집어 보자면 그것은 벼락 피해를 부르는 방법으로 쉽게 바꿀 수도 있다.

마른 폭포 저택 지붕에는 금속 기운을 가진 물건이 은밀히 장치되어 있었을 것이다. 자객이 가가 님에게 접근하기보다 훨씬 더 쉽고 간단한 일이다.

아버지는, 마루미 번의 의지는 그저 때만 기다리고 있었다.

벼락구름이 오기를.

한 번 낙뢰가 일어나면 혼란과 동요를 틈타 이번에야말로 진짜 자객을 움직이기란 더욱 쉽다.

낙뢰가 일으킨 화재인지 저택 안에 있던 사람이 불을 질렀는지 누가 구별할 수 있을까.

일이 일어나고 나면 그 후에는 꼼꼼하게 만들어 둔 이야기가 처리해 준다.

가가 님이 목숨을 잃은 이틀 후에는 에도에 보내는 서장을 든 파발꾼이 가마를 타고 마루미를 떠났다.

오랫동안 마루미의 영민들을 괴롭혀 온 뇌수를 퇴치하고 이 땅의 수호신이 되셨다—.

그 상소가 쇼군의 분노를 부르지는 않을 것이다. 그쪽도 준비는 다 되어 있을 것이다.

당시의 쇼군 이에나리 공은 사람이 아닌 존재인 가가 님을 두려워한 나머지 직접 처분을 내리지 못하고 있었다. 마루미 번은 마음을 하나로 모아 쇼군 가 대신 가장 바람직한 결단을 내렸다.

이제 원령이 아니다. 귀신도 아니다. 영달을 위해 짓밟은 많은 사람들의 원한을 모은 나머지 산 채로 사람의 마음을 버리고 저주의 원천이 된 가가 님은 이제 사라졌다.

자신의 손으로 처자식의 목숨을 빼앗고 부하를 베어 죽이고도 변명 한마디 하지 않은 채 단정하게 살아온 괴물은 사라졌다.

사람이 아닌 존재는 이번에야말로 진짜 사람을 떠나, 이제는 마루미의 신이 된다.

신령이 되게 하겠다는 아버지 겐슈의 계획은 성공했다.

마루미 번의 의지와 계획이 승리를 거두었다.

게이치로는 아버지에게 물은 적이 있다. "아버님은 만족하셨습니까" 하고.

아버지는 대답하지 않고 이렇게 말했다.

"아사기 가는 불에 타지 않았다."

"그것은 계획에 어긋나는 일이었습니까?"

"조금 부족한 감이 있기는 했지."

그리고 희미하게 웃으며 말을 이었다.

"그래도 저택이 그 꼴이니 당분간 그 집안의 독을 쓰는 자도 얌전해지겠지."

순조롭게 토끼 한 마리를 얻었으면, 두 번째 토끼를 아까워하는 것은 욕심이라는 것이다. 웃지도 않고 공을 뽐내는 기색도 없는 목소리로 겐슈는 그렇게 말했다. 어쨌거나 이 일로 아사기 가의 권세도 쇠해 갈 것은 뻔하다. 히다카 님을 지키지 못하고, 뿐만 아니라 악귀가 뇌수를 퇴치해 주었는데도 자신의 저택은 벼락을 맞았다. 수치 위에 수치를 덧칠하지 않았는가.

"게이치로."

"예."

"아까 네가 한 물음은 네가 이 집의 당주가 되어 사지 가문을 짊어지고 내 나이에 이르렀을 때, 자신에게 물어보아라."

교활한 대답이라고, 게이치로는 말했다. 아버지는 말없이 등을 돌렸다.

게이치로도 굳이 그다음 말을 묻지는 않았다.

*

우사는 이 집에서 죽었다.

낙뢰로 쓰러진 나무에 깔렸다가 구출되었을 때는 이미 숨이 끊어져 가고 있었다. 그러나 다부지고 부지런한 이 처녀는 가느다란 숨결로 호의 이름을 부르고 있었다.

게이치로는 소식을 듣고 우사를 이노우에 가로 옮기게 했다. 직접 치료를 했지만 오래 버티지 못할 것은 분명했다.

마른 폭포에서 도망쳐 나온 호가 진흙투성이의 모습으로 이노우에 가에 도착한 것은 날이 밝기 전의 일이다. 화재로 모습이 변한 성 아래를 등불도 들지 않은 채 헤매던 이 아이는, 그래도 지혜를 짜내 집을 찾아왔다.

호는 우사의 베갯맡에 앉았다.

무슨 일이 일어난 것인지, 우사가 어떻게 된 것인지, 어쩌면 호의 작은 머리로는 모든 것을 다 알 수 없었을지도 모른다. 호는 우사의 손을 잡고 '돌아왔습니다, 성님'이라는 말을 되풀이했다. 저택에 벼락이 떨어지고 불이 나서, 그래서 산으로 도망쳤지만 언젠가 성님이 가르쳐 준 대로 가능한 넓은 곳에 있으려고 했어요. 계속 엎드려 있었어요. 기어서 움직였어요. 바위밭에는 가지 않았어요. 높은 나무 밑에도 있지 않았어요. 성님, 호는 돌아왔어요. 성님, 성님이 주신 부적도, 호는 잘 갖고 있어요.

"성님."

호는 우사의 귓가에 얼굴을 가까이 대고 열심히 불렀다.

"가가 님이 벼락 소리가 들리면 마른 폭포 저택에서 도망치라고 하셨어요. 가가 님이 호에게 그렇게 가르쳐 주셨어요. 저택에서 도망쳐 나가서, 성님이 계신 곳으로 도망치라고 하셨어요."

서툰 말이지만 그 내용은 옆에 있는 게이치로의 가슴을 울렸다. 게이치로는 숨이 막힐 정도로 감격했다.

가가 님이 호를 도망치게 해 주셨다.

역시 그분은 자신의 몸에 일어날 일을 알고 계셨다. 마루미 번의 뜻을 알고 계셨다. 그것을 받아들일 각오를 하고 계셨다.

그리고 호가 휘말리지 않도록 손을 써 주신 것이다.

눈시울이 뜨거워졌다. 게이치로는 견디기 위해 머리를 숙였다.

"성님, 호는 가가 님께 글씨를 배웠습니다."

호는 열심히 미소를 짓고 있다. 웃는 얼굴로 우사에게 말을 건다.

"호가 모르는 것을, 가가 님은 무엇이든 가르쳐 주셨어요. 성님, 가가 님은 상냥한 분이셨어요. 성님과 똑같이, 호에게 상냥하게 대해 주셨어요. 마른 폭포는 무서운 곳이 아니었어요. 가가 님은 무서운 귀신이 아니었어요. 호는 가가 님과 헤어지는 게 슬펐어요. 하지만 이렇게 성님이 있는 곳으로 돌아올 수 있었으니까, 이제 쓸쓸하다는 말은 하지 않을게요. 성님, 이제 다시 같이 살 수 있어요."

이미 아무것도 들리지 않을 우사가, 왠지 그때 희미하게 미소를 지은 것 같다고 게이치로는 생각했다. 그 입가가 살짝 움직여 "미안해" 하고, 목소리는 내지 않은 채 말하는 것을 보았다.

게이치로는 호의 손을 잡고 같이 우사의 눈을 감겨 주었다.

"이별이다."

그렇게 말해도 호는 모르는 것 같았다.

"성님은 어떻게 된 것입니까?"

"우사는 죽었다. 마지막으로 너를 만날 수 있어서 기뻤을 테지."

한때는 히키테로서 붉은 한텐을 입었던 처녀는 끝까지 히키테의 길을 지키며 사람을 구하고 목숨을 잃었다.

호는 꽤 오랫동안 우사 곁에 앉아 있었다.

결국 보다 못한 시즈가 데리고 나가 옷을 갈아입히고 밥을 먹이며 보살피려고 하자, 나쁜 꿈에서 깨어난 것처럼 눈을 크게 뜨고 물었다고 한다.

"이제, 성님과 같이 살 수 없는 거군요."

그렇다고 가르쳐 주자 갑자기 입을 다물고, 이번에는 "가가 님은 무사하십니까?" 하고 물었다.

시즈는 돌아가셨다고 대답했다.

꽤 시간이 지나고 나서, 게이치로는 호가 복도 구석에서 손을 얼굴에 대고 혼자 우는 것을 발견했다.

위로할 말은 없었다. 자신에게도, 아버지에게도, 누구에게도 그럴 자격은 없다.

얼마 안 되어 주엔지의 주지가 이노우에 가를 찾아왔다. 호를 만나고 싶다고 한다. 호는 아직도 울고 있었지만 눈물을 닦고 예의 바르게 주지에게 인사를 했다.

주지는 정원에 호와 나란히 서서 바다를 바라보면서 오랫동안

이야기를 하고 있었다. 주지가 이야기할 때도 있고, 호가 이야기할 때도 있었다. 주지는 주엔지에서 우사가 어떻게 살았는지를 이야기하고, 호는 마른 폭포에서 고용살이를 할 때 어땠는지를 이야기했다.

에이신 스님은 돌아갈 때 배웅하러 나온 게이치로에게 이렇게 말했다.

"저 아이는 부처님을 만났소. 사람의 몸속에 계시는 부처님을."

"저도 그렇게 생각합니다." 게이치로도 대답했다. "저 아이를 통해 저도 부처님의 얼굴을 엿본 것 같다는 생각마저 듭니다."

스님은 고개를 저었다. 자신과 게이치로를 모두 가엾게 여기듯이 천천히 고개를 저어 게이치로의 말을 물렸다.

"우리에게는 보이지 않는 부처님이십니다. 하지만 저 아이는 만났소. 우사도 지금쯤 만나고 있겠지요."

그리고 발을 크게 내디디며 느릿느릿 주엔지로 돌아갔다.

"호, 잠깐 이리 오너라. 겐슈 선생님이 부르신다."

아침 식사가 끝나고 뒷정리를 막 시작했을 때였다. 물을 길어야 하고 설거지도 해야 한다. 그런데 시즈 씨가 호를 부른다.

"예, 지금 갑니다."

대답을 하고 복도를 달려가자, 겐슈 선생님의 방 앞에서 시즈 씨가 기다리고 있다가 옷의 목깃과 띠를 고쳐 주었다.

"실례합니다."

절을 하고 앞으로 나아가자 "손님이다" 하고 겐슈 선생님이 말씀하신다.

호, 하고 들은 적 있는 목소리가 났다. 얼굴을 들어 보니 겐슈 선생님 맞은편에 도베 선생님이 앉아 계신다.

"이제야 너를 찾아올 수 있게 되었다. 다친 데도 없고 건강해 보이니 다행이구나."

싱긋 웃으며 그렇게 말씀하시는 도베 선생님은 오른팔에 무명천을 감고 있다.

호의 놀란 얼굴을 보았는지 도베 선생님은 무명천을 살짝 만지며 말해 주었다.

"마른 폭포 저택이 불에 탔을 때 나도 화상을 좀 입었지."

가나이 님과 시즈 씨가, 가가 님이 돌아가셨기 때문에 진맥을 하던 도베 선생님은 어쩌면 벌을 받을지도 모른다고 걱정스러운 얼굴로 소곤소곤 이야기한 적이 있다. 하지만 지금 선생님의 얼굴을 보기로는 그런 일은 없었던 것 같다. 겐슈 선생님도 싱글벙글 웃고 계신다.

"우리는 이제 등성해야 한다. 에도에서 심부름꾼이 왔거든." 겐슈 선생님이 입을 연다. "좋은 소식을 가져온 모양이야."

"좋은 소식이옵니까?"

"음. 가가 님을 마루미의 신으로 모셔도 좋다는 쇼군의 허락이 내려진 모양이다. 호, 머지않아 가가 님을 위한 신사가 지어지는 거야. 다시 언제든지 가가 님을 뵐 수 있게 될 거다."

호는 몇 번인가 가가 님의 몸은 어디에 있느냐고 겐슈 선생님께 여쭈었다. 선생님은 그때마다 성에서 맡고 계신다고 상냥하게 가르쳐 주셨다. 그래도 몇 번이나 되풀이해서 묻다가 가나이 님과 시즈 씨에게 야단을 맞았다. 그러면 겐슈 선생님이 달래 주신다. 화내지 마라, 화내지 마라. 이 아이는 가가 님이 어딘가로 보내지지 않을까 걱정이 되어 견딜 수 없는 것이다—.

그랬다. 성님은 무덤도 생겨서 매일 만나러 갈 수 있지만, 가가 님은 돌아가신 후 한 번도 뵙지 못했기 때문이다.

사실을 말하자면, 돌아가셨다는 것도 아직 마음 깊은 곳에서는 이해하지 못했다.

네 고용살이를 해임한다. 그 말이 남아 있을 뿐이다.

"예, 고맙습니다!"

손을 짚고 머리를 바싹 숙였다가 얼굴을 들어 보니, 어쩐 일인지 도베 선생님이 눈가를 손가락으로 누르고 계셨다.

"신사는 어디에 지어질까요?" 하고 얼굴을 숙인 채 말씀하신다.

"역시 마른 폭포 저택이 있던 자리겠지요. 어느 곳보다도 어울립니다."

"그렇군요, 그렇군요."

호가 두 분을 바라보고 있자니 도베 선생님은 웃음을 띠고 당황하신 것처럼 품에서 뭔가를 꺼내셨다.

"오오, 그렇지. 좀더 빨리 갖다 주고 싶었다만—."

습자에 쓰는 종이다. 반듯하게 접혀 있다. 도베 선생님은 그것을 펴서 호를 향해 내미셨다.

"이것을 받으렴."

글씨가 씌어 있다.

가가 님의 글씨다.

마른 폭포에서 도망쳐 나올 때 습자본을 가지고 나왔다. 하지만 보자기에 쌌을 뿐이라 비에 젖고 진흙탕 속에서 넘어지다 보니 전부 엉망이 되고 말았다. 가가 님이 써 주신 글씨도 더러워져서 읽을 수 없게 되고 말았다.

이것은 새 습자본이다.

"그날, 낙뢰가 있기 전에 가가 님의 방에서 너를 만났지." 도베 선생님이 말씀하셨다. "네가 간 후, 가가 님이 이것을 써서 내게 맡기셨다. 네 고용살이를 해임하는 증거로 이것을 주시겠다면서."

착각할 리 없는 아름다운 필체로 커다란 글씨가 하나 적혀 있다.

호는 읽을 수가 없다.

"이것이 네 이름이라고, 가가 님은 말씀하셨다."

내 이름. '호ţ'라는 글자를 붙여 주셨다. 그런데 이 글자는 또 다르다.

"무슨 글자인지 모르느냐? 이것은―."

보물이라는 글자란다.

"보물―."

"그래. 이 세상의 소중한 것, 귀한 것을 나타내는 말이지. 이 글자 하나 속에 그 모든 것이 담겨 있다."

호는 습자본을 조심스럽게 손에 들어 얼굴을 가까이 대고 찬찬히 바라보았다.

"이 글자는 호라고도 읽는다."

"호."

"그래. 그러니 네 이름이다. 가가 님께서 주신, 네 이름이다."

이 세상의 소중한 것. 귀한 것.

"그것은 네 생명이 보물이라는 뜻이다. 너는 가가 님을 잘 모셨
다. 일도 잘했고. 가가 님은 네게 그 이름을 주시고, 너를 칭찬해
주신 거야."

오늘부터 너는 보물寶의 호다.

국화를 꺾었으니 가져가거라. 모리스케 씨가 건네주었다. 조심
해서 다녀와야 해.

"예, 다녀오겠습니다."

호는 이노우에 가를 나서서 숲길을 달려간다. 성님의 무덤은 해
자 바깥 마을이 내려다보이는 야트막한 언덕 위에 있다.

작은선생님이 묘소를 정하셨다. 우사는 아마 바다도 산도, 마루
미의 마을도, 모든 것을 둘러볼 수 있는 곳을 좋아하겠지. 여기에
서는 이제 염색집이 다시 지어지고 호가 일을 하러 가게 되면 그
모습을 바라볼 수도 있을 것이다.

호는 달려간다. 숨을 헐떡이며 하얀 국화를 세 송이 손에 들고.
언덕길을 올라가는 호에게 파란 하늘이 가까워지고, 발치에 마을
의 풍경이 펼쳐져 간다. 바람이 호의 뺨을 어루만진다.

끝까지 올라가자 하늘을 밀어올리고 갑자기 바다가 가득 펼쳐
진다.

성님의 바다다.

호는 걸음을 멈추고 마루미의 바닷바람을 들이마신다. 그리고

발길을 빙글 돌리고 발돋움을 해서 마른 폭포 저택이 있던 그 숲의 풍경을 향해 얼굴을 돌린다.

"가가 님, 안녕히 주무셨습니까."

꾸벅 머리를 숙여 인사를 한다. 다시 달리기 시작한다. 성님의 무덤은 바다에서 가장 가까운 곳에 있다. 응, 호도 그렇게 생각해. 성님은 아마 이곳이 마음에 들 거야.

"성님, 안녕히 주무셨어요."

달리면서 부른다. 호는 기운차게 오늘 하루도 열심히 일하겠습니다.

파랗고 잔잔한 마루미의 바다는 거울처럼 평평하고 온화하게 가을 햇빛 아래에서 쉬고 있다. 호의 인사에 답해 '잘 잤니, 호' 하고 대꾸하듯이, 하얀 토끼가 드문드문 날았다.

후기

이 작품은 픽션이며, 작중의 마루미 번은 작자의 상상 속에만 존재하는 가공의 번입니다. '가가 님'도 물론 실존하는 막부 신하가 아닙니다.

아마 역사 시대 소설을 좋아하시는 독자 여러분께는 일목요연할 테지만, 마루미 번의 모델이 된 것은 사누키의 마루가메 번입니다. 본래 이 작품의 발상이 된 것은 '요괴'라는 별명으로 널리 알려져 있는 막부 말의 도리이 요조가 죄를 받아 사누키 마루가메 번에 맡겨지게 되고 메이지 원년에 사면을 받을 때까지 그곳에서 유배 생활을 보냈다는 사실이었습니다.

취재를 갔을 때, 역사 고증에도 사실史實에도 약한 저를 친절하게 안내해 주시고 귀중한 가르침을 주신 마루가메의 여러분께 말미에서나마 깊은 감사의 말씀을 드립니다. 우사가 올려다보는 푸른 하늘, 호가 둘러보는 푸른 바다를 그릴 때 제 마음에는 언제나 마루가메의 풍경이 펼쳐져 있었습니다.

2005년 5월 길일
미야베 미유키

옮기고 나서

결코 바보가 아닌 바보 호와 그 주변 사람들의 가슴 뭉클한 미스터리 시대 소설 『외딴집』, 어떠셨나요? 행복하게 읽으셨는지 모르겠습니다. 좀 난해할 수도 있고 가슴 아플 수도 있는 작품이지만, 독자 여러분께 행복한 독서였기를 바라마지 않습니다.

북스피어에서 미미 여사 시리즈를 또 이렇게 번역할 수 있게 되어서 영광입니다. 저한테는 두 번째가 되는 작품이네요. 그것도 높은 퀄리티로 정평이 나 있는 미스터리 시대 소설. 내용이 다소 무거워서 힘든 점도 있었지만, 책의 발간을 목전에 두고 후기를 쓰고 있는 이 시점이 되고 보니 늘 그렇듯 힘들었던 기억은 다 휘발되어 날아가고 즐거웠던 기억만 떠오르는군요. 이 편리한 기억력이라니.

사실 저는 그간 시대 소설과 참 인연이 많았습니다. 헤이안 시대에서 쇼와 시대까지, 천 년의 시간을 넘나들면서 좋은 작품들을 많이 만날 수 있었던 것은 분명히 제 행운입니다. 그중에서 에도 시대를 배경으로 하는 소설이라면 『외딴집』 외에는 하타케나카 메구미 씨의 『샤바케』뿐이네요. 같은 에도 시대를 배경으로 하는 미스터리 소설이라도 전혀 분위기가 다른 작품이지요. 『샤바케』는 마치 만화를 그대로 소설화한 것처럼 홍겹고 신나는 분위기인데 이 『외딴집』은 조금은 무겁고 다 읽고 나면 가슴 한켠이 먹먹해지는, 완전히 정반대의 분위기입니다. 안 그래도 가뜩이나 어렵고 생소한 말 많이 나오는 시대 소설, 그런데 분위기까지 너무 진지하다고, 읽기 힘들었다고 하시는 분들도 계실지 모르겠습니다. 혹시 본문을 읽기 전에 역자 후기를 먼저 읽으시는 분이 계시다면, 지레 겁먹지 마시고 용기를 내서 꼭 한번 읽어 보세요. 절대로 후회하지 않으실 겁니다.

작품이 에도 시대를 배경으로 하고 있으니, 전문가는 아니지만 에도 시대에 관한 이야기를 잠시 해 볼까 합니다. 에도 시대라면 한국에서는 얼추 조선 시대에 해당한다는 것은 다들 알고 계실 테고—정확하게는 1603년부터 1867년까지 265년 동안이니 조선 시대보다는 짧습니다만—도쿠가와 이에야스를 초대 쇼군으로, 도쿠가와 막부가 현재의 도쿄인 에도에서 천하를 호령하던 시대라는 것도 많은 분들이 아시겠지요. 체제로 보자면 봉건 체제인데, 에도 막부와, 막부의 지배 아래 각자 독립적으로 영지를 갖고 있는 여러 번들로 구성되는 막번 체제를 취하고 있습니다. 봉건 체제가 다 그렇듯이 중앙정부(막부)와 지방정부(번)의 신경전이 치열했습니다. 이 『외딴집』에서도 그 신경전을 비중 있게 다루고 있지요.

이런 에도 시대를 배경으로 하는 소설의 특징으로 '화재'를 꼽을 수 있습니다. 나무로 지은 집이 많고 물이 귀해서였는지, 에도를 배경으로 하는 소설이나 영화에서는 큰 불이 나서 주변 일대가 초토화되고 이재민들이 대량 발생하는 이야기가 자주 등장합니다. 화재가 일어나는지를 감시하고 소방 활동을 하는 관리를 따로 두었던 것을 보아도, 에도 시대에 화재가 얼마나 큰 재난이었는지를 엿볼 수 있습니다. 같은 시대라도 조선 시대를 배경으로 하는 소설이나 영화에서는 화재가 그리 잦은 빈도로 등장하지 않는 걸 보면, '화재'는 나름 에도 시대의 키워드일지도 모르겠습니다. 어쩌면 조선에서는 (물론 나무도 많이 썼겠지만) 흙으로 짓는 집이 많아 목재 의존도가 일본보다 낮았기 때문일까요? 별로 대단한 건 아닐지도 모르겠지만 요즘 에도 시대 소설들을 보면서 인상에 남았던 흥미로운 사실이라 후기에 언급해 봅니다. 자세한 역사적, 문화적 배경을 아시는 분은 제보 부탁드립니다.

여기서부터는 미리니름이 포함되어 있으니 본문을 아직 읽지 않은 분이라면 유의해 주세요.
작중 등장인물 중에서는 개인적으로 가가 님 팬이었습니다. 이런 인물이 좋더라고요. 상권에서는 이름만 언급될 뿐 거의 등장하지도 않는데도 휘황찬란하게 빛나는 카리스마에, 등장한 이후에도 마치 연예인처럼 철저한 신비주의 전략. 저는 가가 님이 누명을 벗고 당당하게 금의환향(?)하거나, 그게 안 된다면 누명을 벗고 마루미 번에서 한 자리 차지하고 앉아 즐겁게 살아가시는 모습을 기대하며 방대한 양을 달렸는데, 제 바람이 하나도 이뤄지지 않아서 슬폈습니다. 그래도 신으로 승격되셨으니 팬으로서는 기뻐해야 할까요. 등장인물 하나하나가 애틋한 사연을 간직하고 있는 『외딴집』이라, 독자 여러분께서는 어떤 인물에게 제일 정을 느끼셨는지 궁금해지네요.

두서없는 후기를 접으면서, 좋은 작품의 번역을 맡겨 주신 북스피어 김홍민 사장님과 임지호 편집장님, 어려운 작품을 맡아 교정과 편집에 애써 주신 조소영 편집자님, 그리고 작품을 함께 즐겨 주신 독자 여러분께 진심으로 감사드립니다. 항상 건강하시고, 행복 가득한 날들 되시기 바랍니다.

2007년 가을 어느 날, 김소연

'미야베 월드 제2막' 관람 안내서

'비공식 미야베 미유키 팬클럽 한국지부'인 북스피어는 앞으로 '미야베 월드 제2막'이라는 이름으로 미미 여사의 시대 미스터리 작품을 독자 여러분들께 소개하고자 합니다.

물론 '미야베 월드'에 빠지는 데 필요한 것은 수면 시간 단축에도 끄떡없는 체력뿐, 과분한 설명이나 예비지식 제공은 소심한 편집자의 괜한 오지랖일지도 모르지만, 앞으로 기나긴 레이스가 될 예정인 '미야베 월드 제2막'의 관람이 조금 더 즐거워졌으면 하는 바람으로 안내문을 시작합니다. 자, 앞 사람 의자 발로 차지 마시고, 핸드폰은 진동으로 해 주세요.

'시대 미스터리' 작가 미야베 미유키

한국 독자들에게 미야베 미유키는 현대 사회가 낳은 문제와 함께 그 속을 살아가는 사람들의 모습을 섬세하면서도 날카롭게 포

착한 사회파 미스터리 작품을 쓰는 작가로 주로 인식되고 있습니다. 하지만 일본에서 지금까지 출간된 미야베 미유키의 작품 리스트를 살펴보면, 현대 미스터리만큼 시대 미스터리 작품의 비중도 만만치 않다는 것을 알 수 있습니다. 일본의 경우 그녀의 시대 소설 작품을 먼저 접하고 팬이 된 독자들이나, 미야베 미유키라면 역시 시대물이 최고라고 생각하는 굳건한 고정 독자층이 존재합니다. '시대물은 어려워서 읽기 싫다'고 생각하는 독자라도 미야베 미유키의 작품이라면 안심하고 선택할 수 있다는 독자들도 많다고 합니다. 현대물에 못지않은 판매고 또한 이를 입증합니다.

미야베 미유키는 창작 활동을 시작했을 때부터 시대물에 몰두해 왔습니다. 문예 평론가 나와타 가즈오繩田一男와의 대담에서 "미스터리와 시대물 중 어느 쪽부터 먼저 쓰기 시작한 겁니까?"라는 질문에, 미야베 미유키는 이렇게 대답하고 있습니다.

> "매우 드문 일이라고 많은 사람들이 말하지만, 거의 동시에 시작했습니다. 두 번째 습작이 시대물이었으니까요. 단지 저의 경우, 흔히 생각하는 시대 소설의 전형보다는, 미스터리 안의 '도리모노초捕物帳'라는 느낌이지만요."

이 미야베 미유키의 답에 등장하는 '도리모노초'는 일본 시대 소설의 주류 장르 중 하나로, 주로 에도 시대를 무대로 한 탐정·추리소설을 뜻합니다. 주인공은 마을의 작은 관리로 일하는 경우가 많고, 마을에서 일어나는 괴이한 사건을 해결해 나갑니다. 지금까지도 소설뿐만 아니라 드라마, 애니메이션, 게임에 이르기까지 다양한 분야에 응용되어 꾸준한 사랑을 받고 있습니다.

미야베 미유키의 시대소설은 대체로 이 '도리모노초'와 '시정 소설市井小說'을 결합한 형태라고 이해하시면 가장 편할 것 같습니다. 여기서 시정 소설이란 무사나 공직자가 아닌 일반 평민, 즉 직공이나 상인을 주인공으로 한 작품을 말합니다. 하층민들의 인정人情을 그린 작품이 많고, 대표적인 작가로는(한국에선 본인의 작품보다 문학상 이름으로 더 유명한) 야마모토 슈고로山本周五郎가 있습니다.

에도의 변두리 마을 후카가와를 무대로 일본 전래 7대 불가사의를 소재로 쓴 연작 단편집 『혼조 후카가와의 이상한 이야기』(1991)를 시작(요시카와 에이지 문학 신인상 수상)으로, 보통 사람에게는 없는 신비한 힘을 가진 오하쓰와 미덥지 못한 무사 우쿄노스케가 후카가와에서 일어난 소동을 조사하는 '도리모노초'의 전형을 볼 수 있는 『흔들리는 바위―영험한 오하쓰의 사건 기록부』(1993), 괴담과 미스터리를 접목한 단편집 『괴이』(2000), 하급 관리 주인공이 괴이한 사건을 수사하는 미스터리물 『본쿠라』(2000), 『히구라시』(2005) 등 (이상 모두 가제) 미야베 미유키의 시대 미스터리 작품들은 다양한 장르를 오가면서, 주로 자신의 고향이기도 한 후카가와를 무대로 하여 에도의 시정에서 살아가는 이름 없는 사람들의 애환을 그리고 있습니다.

'사회파' 시대 미스터리 – 『외딴집』

『외딴집』을 다 읽으셨다면 앞에 언급한 미야베 미유키 시대 소설의 특징과 『외딴집』은 상당히 이질적이라고 생각할지도 모르겠습니다. 배경도 '후카가와'가 아닌 에도에서 저 멀리 떨어진 시코쿠의 가상의 마을 '마루미 번'이며, 다양한 시정 사람들이 등장하기는 하지만 막부의 중직을 맡았던 사람이 주요 인물로 등장하고, 시정 사람들의 알콩달콩한 이야기보다는 번의 존속을 위해 비상식적이고 비인간적인 행위를 서슴지 않는 비정한 무가 사회의 모습이 소설의 중요한 요소를 차지하고 있으니까요.

『외딴집』은 미야베 미유키 자신이 '지금까지와는 다른 것을 하고 싶다'는 마음으로 새로운 경지에 도전한 그녀의 시대물 가운데 가장 이색적인 작품입니다.

"에도 시대의 번 단위의 세계는 매우 작아서, 어느 정도의 높은 지위에 있는 사람은 거의 모든 사건의 진상을 알고 있다. 하지만 서민은 아무것도 모르니까 살짝 보이는 것에도 매우 무서워하고, 화를 내기도 하고, 뭐라도 해 보려고 해도 아무것도 할 수 없는 채로 도중에 좌절하거나 죽임을 당하거나 도망칠 곳은 점점 사라져 간다. 현대 소설에서 이러한 것들을 쓰기는 매우 힘듭니다. 지금이라면 인터넷을 무기로 하면 단 한 사람의 시민이 사회문제를 파악할 수도 있으니까요. 진실은 감춰져 있고, 호소할 수단조차 없던 시대를 살아 온 서민들은 거대한 권력 앞에서 무력감을 느낄 수밖에 없었겠지요.

지금까지 저는 높은 관리나 동네 부자보다, 이름도 없이 매일매일 열심히 일하며 발품을 팔며 살아가는 서민들이 제일 올바르고 따뜻하다고 써 왔습니다. 이번처럼 선량한 서민이 자꾸자꾸 죽거나 불행하게 되는 이야기를 쓴 적이 없었습니다. 하지만, 봉건제도의 에도 시대에는 아무리 마음이 따뜻한 서민도 권력에 대해서는 무력해 해를 입거나 희생될 수밖에 없는 일이 많았다는 것을 꼭 써보고 싶다고 계속 생각해 왔습니다."

이와 같이 미야베 미유키는 『외딴집』 출간 후 가진 인터뷰를 통해 '역시 옛날 사람들은 따뜻해, 그때가 좋았어'라는 서민에 대한 상투적인 감상(혹은 환상)에서 벗어나, 진지한 시선으로 에도 시대를 살아가는 서민들의 고통에 주목하고자 했던 작품의 의도에 대해 밝히고 있습니다.

『외딴집』에서는 '정보 은폐'를 통한 지배와 조종에 대한 문제와 함께, '번의 존속을 위해서'라는 명분으로 번 안에 살고 있는 서민들에게 부당한 희생을 강요하는 조직 사회의 비정함을 리얼하게 그리고 있습니다. 『외딴집』에서 제기하고 있는 문제들은 비단 에도 시대뿐만 아니라 오늘날의 사회에서도 얼마든지 일어날 수 있으며, 일어나고 있는 일이기도 합니다. 사백여 년 전, 일본에서 벌어지는 이야기를 읽으면서 우리가 무심해질 수 없는 이유는 바로 이 때문입니다.

그리고, 머물 곳을 찾지 못한 사람들을 위한 이야기

『외딴집』은 꼼꼼한 시대 고증과 잘 짜인 구성이 돋보이는 시대 미스터리 소설임과 동시에, 어디에서도 결국 자신이 머물 곳을 찾을 수 없었던 고독한 사람들을 위한 슬픈 동화이기도 합니다.

상권에 이어 하권에서도 '가가 님의 저주'가 부른 괴이한 사건 때문에 마루미 번 사람들은 불안과 무력감에 빠지고, 왜 이런 소동이 일어나는지 알지도 못한 채 희생당하는 슬픈 사건들이 이어집니다. 하지만 이 소동의 원인이 되는 '가가 님'이 살고 있는 '마른 폭포 저택'에서는 가가 님과 호의 고요한 습자 시간이 시작됩니다.

호는 매일 정해진 시간에 가가 님을 찾아뵈어 안부를 묻고, '오늘 있었던 특별한 일'에 대해 이야기하고, 습자와 주산을 공부합니다. 머나먼 에도에서 마루미 번까지 흘러 들어왔지만, 어디에도 머물 곳을 찾지 못한 공통의 고독을 공유하는 두 사람—태어날 때부터 누구의 축복도 받지 못하고 여기저기 옮겨 다니는 신세의 불행한 소녀 '호'와 막부의 죄인이며, 사람이 아닌 귀신 취급을 받는 '가가 님'—에게 이 고요하고 따뜻한 습자 시간은 유일한 구원이 됩니다.

책장을 덮으면서 어쩌면 우리가 살아가는 동안 자신이 머물 수 있는 곳을 찾아내는 건 불가능한 일일지도 모른다고, 우리가 방황을 멈추는 건 죽어서야 가능한 건 아닐까 하는 우울한 결론에 도달할지도 모릅니다.

하지만, 그래도 열심히 떠돌면서 살아 보는 게 더 나은 이유

는 떠돌다 만나는 외로운 우리들이 서로 주고받는 크고 작은 구원
들—'바보'가 '보물'이 되는 마법 같은 순간들 때문이 아닐까요.

조소영(책임편집자)

✻ 참고 자료
위키피디아 - '시대소설' 항목.
미야베 미유키 인터뷰 :
  1. 「빈둥빈둥, 오오에도 두 사람 산책」, 나와타 가즈오-미야베 미유키 대담 (PHP연구소,
     1995년 5월)
  2. 「마이니치 신문」, 2005년 7월 14일자 도쿄석간 인터뷰
  3. 『읽어서 손해는 없다! 헤이세이 시대 소설(讀んで悔いなし! 平成時代小說)』(다쓰미 출판,
     2005년 11월) 미야베 미유키 스페셜 인터뷰

외딴집 - 하

초판 3쇄 발행 2009년 2월 27일

지은이   미야베 미유키
옮긴이   김소연

발행편집인   김홍민 · 최내현
편집장   임지호
편집자   추지나
표지디자인   이혜경디자인
지도 일러스트   이승현
용지   화인페이퍼
출력   스크린출력
인쇄   청아문화사
제본   정민제책
코팅   금성산업
독자교정   김선영, 이하나, 장수진, 정혜경

펴낸곳   도서출판 북스피어
출판등록   2005년 6월 18일 제105-90-91700호
주소   (121-130) 서울특별시 마포구 구수동 16-5 국제미디어밸리 4층
전화   02) 701-0427
팩스   02) 701-0428
홈페이지   www.booksfear.com
전자우편   editor@booksfear.com

ISBN 978-89-91931-31-2 (04830)
     978-89-91931-29-9 (세트)